エターナル・サマーレイン

UMI HINOMOTO
ひのもとうみ

CHOCOLAT BUNKO

ILLUSTRATION Ciel

CONTENTS

エターナル・サマーレイン

ザアア――。

突然の雨に、鈴木彰信(すずきあきのぶ)は男と共に、慌てて駆け出した。

頬に触れる雨粒が一気に強まり、視界がかすむ。ついさっき鮮やかな夕日を見たばかりだというのに、イギリスの気候は本当に予測不能だ。

散歩していたボーンマス・ビーチから、宿泊先のB&Bはそう遠く離れてはいない。

男は繋いでいた彰信の手を決して離さず、彰信のペースに速度を合わせながら走ってくれていた。彰信もまた、転ばないよう注意しながら足を進めた。

繋がった手のひらから熱が伝わり、鼓動が早まる。

しばらくして、二階建てのコンバージョンフラット式の建物が見えてきた。

中に入るとそのまま階段を駆け上がり、男は部屋に備え付けのシャワールームへと彰信を押し込んだ。

「あっという間に、ずぶ濡れだ」

そう言って笑いかけると、男は「そうだな」と頷きながら、彰信のシャツを脱がし始める。

「早くシャワーを浴びよう」

「う、うん……」

そんな場合ではないのに、頬が熱くなった。触れられただけで、どうしようもなく鼓動が跳ねる。

首筋まで真っ赤になっていたし、走ってきたこともあって、息も荒い。だけどそれ以上にシャワールームで服を脱がされているこの状況が、彰信をひどく興奮させた。

「アキ？　どうした」

彰信の様子に、男は顔を覗き込んできた。瞬間、男とまともに視線がかち合ってしまう。

「……っ」

スカイブルーの瞳から目が離せなくなって、彰信は無意識に唾を飲み込んだ。自分の心臓の音があまりにうるさくて、外の雨の音などもう耳に届かないほどだ。

「……アキ」

男がそっと名前を呼ぶ。するりと指先が頬にかかり、彰信は咄嗟に目を眇めた。

どうしようもないほど感情が高ぶって、ぽろりと涙がこぼれる。

「……好き。大好き……」

言わずにはいられなくて、小さくこぼした。彰信はそのままぎゅっと男に抱きつく。

口にしてはいけないとわかっていた。でもどうしても、我慢できなかった。

「ごめん」

「謝るな」

彰信の言葉に、男が苦笑を浮かべる。息を詰め見つめていると、男がゆっくりと顔を近づけてきた。啄むような、優しく柔らかな口づけが落ちる。

——ああ……。

胸がぎゅっと痛くなった。体を震わせながら、彰信はしゃくり上げるようにして泣き出した。

「……しょうがないな」

男が困ったように笑う。

彰信がくっついて離れなくなってしまったため、仕方なく体を洗うことを断念し、代わりに彰信の膝裏をすくいあげそのまま肩に担ぎ上げる。

シャワールームを出てすぐ、男はベッドに彰信を横たえた。体に引っかかるだけになっていたシャツを剥ぎ取り、ジーンズを脱がせると、自らも慌ただしく服を脱いでいく。

彰信は息を呑んで、だけど男から一瞬も目を離せずに、潤んだ瞳を向けていた。

窓を叩く水滴の音が耳に届き、ようやく雨の激しさを思い出す。窓枠がガタガタと風で揺れていて、まるで嵐みたいだ。

――俺の心とおんなじだ。

彰信の心もまた、嵐に揺さぶられている――。

覆い被さってきた広い背中――彰信は目一杯大きく腕を広げ、その背中をぎゅっと抱き締めた。気持ちが、全部伝わるといい。

願いが通じたように、男の手が彰信の背を撫でる。

また、涙がこみ上げてきた。

「……口を開けろ」

指先が頬の涙を拭い、彰信は言われるままに唇を開く。真上から口づけられ、舌先は彰信の唇を舐め、そのまま口内に入り込んで来た。初めてのことに、彰信はうまく息ができず胸を喘がせる。

「可愛いな」

フ、と笑われ、彰信は頬を染める。

子供扱いされたのかと思ったけれど、そんなことはなさそうだ。こちらを見る男の瞳が、愛おしそうに細められたからだ。

ゆっくりと絡められた舌先を、そのままジュッと吸い上げられ、彰信は体をびくりと跳ねさせる。男は彰信の肌に手のひらを触れさせ、脇腹や腹まで撫でさすった。

「ん……っ」

体の奥が熱い。彰信は男にとろりとした視線を向けた。

その逞しい体つき——無意識に視線を滑らせると、男の下半身に目が吸い寄せられる。欲望を露わにしたそこは、猛々しい屹立を見せていた。

——すごい……。

彰信は無意識に唇を舐めた。

男が自分なんかに感じてくれているのかと思うと、嬉しくてどうにかなってしまいそうだ。

男は前髪を優しくかき上げながら、彰信の目尻や頬に甘やかな口づけを落とした。口づけは首筋をたどりながら胸元に落ちていき、時折、きつく吸い上げられて、彰信は小さく唇を噛む。

「……っ」

不意に、肩先に噛みつかれた。痛みの後じんわりとした熱が広がって、なかなか収まらない。

——何、これ……。

体がびくびくと跳ね、勝手に震え出す。彰信は自らの足を男の腰に絡ませ、隙間もないほどきつくしがみついた。

「好き……好き。お願い、もっとして……」

譫言（ざれごと）のように呟くと、男は笑みを深くした。優しくも蠱惑的（こわくてき）な表情に、彰信はまたぶるりと体を震わせた。

ピュウ、と口笛が聞こえて、彰信はハッと目を開いた。

「アキ、どうしたの。今日はなんかノリノリだねぇ」

「あ……っ」

瞬間、深く腰を突き上げられ、彰信は大きく体を仰け反らせた。

目覚めたら、夢の相手とは全然違う男にのしかかられていた。男は悦に入ったように腰を激しく揺らしている。

「っ、やめ……」

乱暴で自分本位な動きに、咄嗟に怒りのようなものがこみ上げた。だが、男はそれを単なるポーズと捉えたようで、ますます腰を激しく動かす。

その分、絶頂はすぐに来た。達した男は、彰信の上にどさりと覆い被さってくる。

彰信はその体をぐいと押しのけ、浴室に駆け込んだ。

——最悪。

心の中で詰って、目を閉じる。ただしそれは男に対してというより、夢見の悪さに対してのものだった。

シャワーのコックを捻る直前、窓の外の雨音に気づいた。いつの間に降り出していたのか、雨は随分と激しい音を立てている。

——ああ、それでか。

雨音に古い感傷を呼び起こされてしまった。何もかも全部洗い流してしまいたくて、彰信は頭からシャワーを浴びた。

——ガシャン！

マグカップが派手な音を立て割れる。起き抜けだからか、ぼうっとしていて手が滑ってしまった。半年前、つきあい始めたばかりの頃に買ったケン用のマグカップが、シンク内で真っぷたつになっている。

「アキ、大丈夫？」

身支度を整えていたケン・ローガン・佐久間が、慌ててキッチンに顔を出した。

「ごめん、手がすべった。平気だよ」

答えながら、割れたマグカップがケンのものだとは言わずにおいた。大雑把な男だから、次、別のものを出したとしてもきっと気づかないだろう。

それにしても、久しぶりに嫌な夢を見たせいですこぶる調子が悪い。ケンには何の関係もないが、しばらくセックスするのはご免だった。そう、これは八つ当たりだ。

「もう出かけるんだろ。いってらっしゃい」

ケンは日米ハーフで、同じ職場の先輩にあたる。昨年の夏、出張先に同行したことがきっかけでつきあうようになった。

同じ職場なので、こういう関係になってからは、互いの出勤時間をずらすよう気をつけるようにしていた。外資系ＩＴ企業ということもあり、同性愛者に対してあまり偏見はなさそうだが、わざわざ吹聴（ふいちょう）して回ることでもないため、秘密にしている。

だがケンが内緒にしておきたい理由は、自分が妻帯者だからということもあるはずだ。

ケンが既婚者である事実を知ったのは、つきあい初めて半月ほど経った頃のことだ。すぐに別れようとしたが、メロドラマさながらケンに追いすがられ、邪険にできずにずるずる半年以上経ってしまった。本人は「妻とは別れる」と言い続けているが、本気かどうかも怪しかった。ただ、夫婦仲が冷え切っているのは本当らしく、週に二、三日は彰信のマンションに泊まって行く。

自分でも、どこまでこの男につきあう気でいるのかよくわからないが、ケンの大型犬を思わせる人懐っこさ、おおらかで優しいところがどうにも憎めずにいた。

「じゃ、後で」

ケンを見送った後、彰信はふと思い立って、オーディオボード下の引出しを開いた。

カラフルなアラベスク模様の洋書が覗く。じくりとした痛みが胸を走って、彰信は結局また引出しを閉めた。

ケンも出て行ったことだし、自分も出社準備に取りかからなければならない。

——ピンポーン。

スーツに着替えたところで、突然、インターフォンが鳴った。

こんな時間に、一体誰だ。一瞬、何か忘れ物でもしたケンが戻って来たのかと思ったが、あの男はわざわざインターフォンなど鳴らさない。もうじき出かけるというのに、相手をしていられない。無視していると、インターフォンは二度、三度と鳴らされた。

しばらくして、音が鳴り止んだ。たっぷり数分待って、ようやく出かけようと玄関口に立った彰信は、ギョッとなった。ガチャ、と音がして、勝手に扉が開いたのだ。

「な……」

あり得ない。先程ケンを送り出した際も、彰信はきちんと施錠しなおしている。

驚いて固まる彰信の前に、長身の男がにゅっと顔を出した。

「やあ、おはよう」

「あんた……」

彰信は愕然(がくぜん)として、男を見返す。

ネイティブな英語、目映(まばゆ)い金髪に淡いブルーの瞳、くっきりした派手な美貌——彰信はこの男に見覚えがあった。五年前、母の葬儀に現れた男で、確か——ジャン・デュラックとか名乗っていた気がする。

後にも先にもその時に顔を合わせただけの男が、一体どうして人の家の鍵を開けることができるのか。彰信は男をキッと睨み付けた。

「どうやって鍵を開けた？　まさか、合鍵を持ってるんじゃないだろうな」

彰信は男、ジャンに英語でまくしたてる。

「んー……」

首を傾げ、ジャンは否定とも肯定ともつかない反応を見せた。

「ごめん、急ぎでね。手順を踏めなかった。でも、彼氏が出て行くのは待ってあげたよ」

「……っ、ふざけんな」

外で聞き耳を立てていたと、しゃあしゃあと告白してくる男に、彰信は苛立ちを露わにした。

「どうやって合鍵を手に入れたのか知らないけど、それを俺に渡して、今すぐさっさと出て行け」

「えぇー」

不満げな声を上げながら、ジャンは仕方なさそうに鍵を摘まんで掲げて見せる。おどけたような態度が、ますます彰信を苛立たせた。

「早く渡せよ」

鍵を引き取ろうと手を伸ばしたところ、逆にジャンに腕を掴まれ詰め寄られる。ぐいと引き寄せられ、「アキ」と名前を呼ばれた。

「よく聞いて。……ボーフォール公が、事故に遭って重体だ」

耳元に囁かれた言葉は、非常に端的だった。彰信は一瞬動きを止め、表情を強ばらせたまま、まじまじとジャンを見返す。彰信の体から力が抜け落ちたからか、ジャンはそっと手を離した。

「まだ報道になっていないけど、まあ……時間の問題だよ」

ジャンはそっと目を伏せる。

ボーフォール公というのは、中欧の小国、テリオラ公国の国家元首アルマン・ボーフォールのことだ。ジャンにとっては自国の君主で、まさか嘘や冗談でこんな話題を出すはずがない。実際、ジャンの表情は陰っていた。

――けど……けど、それが何だ。

彰信はぎゅっと手を握りしめ、再びジャンを睨みつける。自分には何の関係もないことだ。どこかの国の王様がどうなろうと、知ったことではなかった。

彰信はジャンの手から鍵を奪い取ると、大柄なその体をぐいぐいと部屋から押し出そうとした。

「待って、待って。ただ報告に来たわけじゃないんだよ。言っただろ、時間がないって」

「あんたの都合なんか、どうだっていい。俺はこれから仕事なんだ」

「そう言われてもね……」

ジャンはハア、と困ったようにため息をついて、すっと彰信から体を離した。力一杯、その体を押し出そうとしていた彰信は、勢いのままつんのめって、逆にジャンに支えられるような格好になってしまう。

「ねえ、アキ。悪いけど今すぐ、俺と一緒にテリオラに向かって欲しいんだ」

「……は？」

あまりに唐突だし、意味がわからなかった。咄嗟にまずいと感じて、彰信はジャンから離れようとした。だが屈強な腕は、がっちりと彰信の体を抱き込んでいて、少しも身動きが取れない。

「ちょ……っ、離せよ。ふざけんな」

「ごめんね。離したら逃げちゃうでしょ。俺も上を怒らせたくないからさ」

上ってなんだ——そんなことを考えた瞬間、何か布のようなものを口元に当てられた。

「ぐっ……」

慌てて引き剥がそうとしたが、くらりとしてあっという間に体の自由が利かなくなった。

——くそ、やられた……。

彰信はがくりと膝を折る。

「……おっと」

ジャンの腕が、崩れ落ちそうになった体をすくい上げた。

「悪いね。文句は後で……に……──」

何か言葉が続いたが、もううまく聞き取れない。

意識はそこで、ぷつりと途切れた。


今から二十四年前──彰信は、テリオラ公国で生を受けた。

父はテリオラ公国の公世子(こうせいし)、アルマン・ボーフォール。母、鈴木恵里(すずきえり)は十九才でイギリスの大学に留学していた。その頃、アルマンも同じ大学に留学しており、ふたりはそこで出会ったのだ。まるで映画のような話だったが、実際のところ、ふたりの関係は映画のように甘い展開にはなり得なかった。

身ごもった恵里を国に連れ帰ったものの、当然結婚は許されなかった。それどころか、恵里の存在は秘匿(ひとく)され、辺境の城に幽閉されることとなってしまった。そんな環境下で、彰信はひっそりと生を受けたのだった。

あの頃、母子の面倒を見ていたのはごく一部の公室関係者だけだった。外に出る自由は与えられず、その代わりに生活や教育などは充分に保証されていた。年の近い遊び相手もいて、幼い彰信にとって、幽閉生活はそれほどひどいものではなかった。

そんな自分の複雑な生い立ちを理解したのは、日本に渡り数年経ってからのことだ。最初は自分が幼少期を過ごした国が、テリオラという海外の小国だったことさえ理解しておらず、突然の環境の変化にただただ戸惑った。母はそんな彰信をいくつかの語学学校へと通わせてくれた。これまで親しんできた英語、フランス語、ドイツ語が飛び交う場所で、時にシェルターの役割を果たしてくれた。

当時何も事情を知らなかった彰信は、母に向かってよく「なぜこの国に来たの」と問いかけた。今思えば、残酷な言葉だ。あの時、母は困ったように微笑むだけで、何も言葉を返してはくれなかった。今にして思えば、テリオラからの口止めもあっただろう。

そのうちに彰信も日本での暮らしに馴染み始め、そうした不満を漏らすようなことはなくなった。また成長するにつれ、彰信もまたあまりテリオラのことを口にしなくなっていった。あの国で母や自分の立場がどういうものであったか、彰信なりに理解したからだ。

母と自分は、存在を認められずに国を追い出された——そう思うと、ひどく苦い気持ちにさせられる。そうしていつからか、彰信はテリオラのこと、父のことについて一切考えないようになった。どうせ一度も顔を合わせたことのない相手だ。割り切って記憶に蓋をしてしまえば、それで随分と気持ちは楽になった。

だけどそれでも——あの城で過ごした幼き日々の出来事は、彰信の心の中、鮮やかに残り続けていた。

『――アキ！』

淡いスカイブルーの瞳をきらきら輝かせ、手を差し伸べてきた少年――あの頃、彰信の世界はただ彼と共にあった。

愛しくも美しい日々――。胸が、じくりと痛む。

「う……」

頭痛を感じ薄く目を開くと、彰信は空港の待合所の椅子に座らされていた。

隣にはジャンが腰掛けている。うう、としかめ面で額を押さえていると、「はい」と当たり前のようにパスポートを差し出してきた。

「……おい」

どこからどう見てもそれは彰信本人のもので、思わず、低い声が漏れた。一体どうやって手に入れたのかを考えると、なんとも嫌な気持ちにさせられる。

今ここで拉致（らち）されたとでも言って、大騒ぎしてやろうか。そうすれば、警備員が駆けつけてくれるかもしれない。だが平々凡々な自分が、犯罪まがいのことも平気でやる男を相手に、簡単に出し抜けるとも思えなかった。

ため息をこぼし、しぶしぶパスポートを受け取る。ジャンが訪ねてきた時点で、きっともう自分には逃げ道などなかったのだ。

ドイツを経由して飛行機を乗り継ぎ、翌日、彰信たちはテリオラ公国に到着した。

空港に降り立ちテリオラの地を踏む。数十年ぶりの祖国——しかし彰信の心にはさしたる感慨もなく、ただ空しさと疲労ばかりが募っている。

記憶を掘り起こせば、それなりに思い出せることもあるだろう。だが彰信はあえて何も考えなかった。結局は、自分を捨てた国だ。こんな状況で懐かしめるはずもない。

「何年ぶりだい？」

それなのにジャンは、そんなことを訊いてくる。

「……十六年、かな」

ハア、とため息をこぼし、彰信は仕方なく答えた。言葉にすると、月日の移ろいを強く実感させられる。

「それじゃ、もう知らない国と変わらないじゃないか」

ジャンがヒュウ、と口笛を鳴らした。

「ああ……。その通りだよ」

彰信は無感動に頷く。記憶に残っていることはごくわずか——それこそ、城で過ごした日々だけだ。目の前に広がるテリオラの景色は、何ひとつ記憶にはなく、まさに知らない国だった。

その後、ジャンが手配していた車に乗せられ、すぐに空港を離れた。車は市街地を通り抜け、山手へと向かっているようだった。

すぐさま景色は山深さを増して、そういえばこの国が山岳地帯にあるということを思い出した。そのため三月上旬のこの時期も、辺りはまだ雪に覆われている。車に乗り込む際、ジャンが中に用意してあった厚めのコートを手渡してきたのはそのためだろう。

それから一時間近く車を走らせ、やがて崖の上の行き止まりのような場所で唐突に停車した。目の前には大きな両開きの門があり、その後方、切り立った崖の上には城がそびえていた。

「ここって……」

彰信は身を屈めるようにして、車中から城を眺めた。

窓という窓に鉄格子がはめられた堅牢な建物――その異様な光景を見るうち、じわじわと記憶が蘇ってくる。

そう、これはかつて自分が閉じ込められていたローグベルグ城だ。今までは何を見ても単なる外国の景色でしかなかったのに、突然、情景へと変わった。意志とは関係なく、気持ちが揺さぶられるのを感じる。

車を降り城の中へ連れて行かれると、今度は違和感を覚えた。

似て非なる場所——そう、記憶にある城内はもっと厳めしい印象だったのに、今はなんだか現代的な雰囲気が漂っている。石畳の通路の上には真新しい深紅のカーペットが敷かれ、肖像画は現代アート風のポスターパネルに変わっている。扉も軽い力で開閉できるようになっているし、ところどころ改装がなされているらしい。

だがそれでも、相変わらず窓には鉄格子がはめられていて、牢獄のような造りはかつてのままだった。

かつて暮らしていた頃はそうと気づいていなかったが、今はこの城の異様さがよくわかる。それだけに、再びここに連れて来られたことに作為的なものを感じずにいられなかった。

「じゃあアキ、ここで待っててね」

ジャンの仕事はここまでのようだ。鬱々(うつうつ)とした気分の彰信とは裏腹に、軽やかな足取りで立ち去っていく。

応接室のような部屋に残された彰信は、少し迷ってソファに腰を下ろした。どうにも落ち着かない気分だ。

扉の向かい側には三カ所の上げ下げ窓があったが、どちらにも鉄格子が取り付けられている。隙間からは空が覗いていたが、どんよりと曇っていてますます気が塞いだ。

——あの頃は、どうしてこんな暗くて冷たい場所が平気だったんだろう。

ひとりではなかったからか。母がいて、使用人たちがいて、そして――。

その時、部屋の扉が開いた。

「！」

驚いて、彰信は思わず立ち上がりかける。

現れたのは、黒のスーツに身を包んだ長身のすらりとした体型の男だ。ダークブラウンの髪を後ろに撫でつけ、冷たいほどに整った顔立ちをしている。

「クロード……」

唇がカラカラに乾いていた。心臓がうるさいぐらいに鼓動を早めている。

「アキ」

スカイブルーの瞳が柔らかく細められ、冷たい印象が一気に和らぐ。

「……っ」

眩しさを感じ、彰信は咄嗟に目を逸らした。

クロード・バルティエ、二十九歳。アルマン・ボーフォールの実姉、ソフィーの二番目の息子で、彰信にとっては血縁上の従兄弟（いとこ）にあたる。

公族の中で最も年が近かったからか、彰信がここで暮らしていた頃、遊び相手として頻繁にこの城を訪れていた。子供同士、お互いの素性など関係なく親しく過ごし、彰信が日本に渡ってからも、その交流はしばらく続いた。はっきりとした事情はわからないが、クロードはそれが許されるような特別な立ち位置にあったのだろう。

しかしその交流も、あまり長くは続かなかった。

最後に顔を合わせたのは、彰信が高校生の頃で——あれからもう七年以上経つ。交流が途絶えて久しく、今はもうどんな顔をすれば良いのかもわからなかった。

「よく来た」

それなのに、クロードは腕を大きく広げ彰信を抱き締めてくる。

「……っ」

懐かしい匂いに包まれ、どうしようもなく胸が震えた。

「……勝手なことをして」

咄嗟に体を押し返し、小さく詰る。

ジャンが言う「上」というのが、クロードかもしれないということには、薄々感づいていた。なぜなら五年前、母の葬儀の際にジャンを寄越したのが、この男だったからだ。

そしてあの時、直接連絡して来ないクロードに、彰信は少なからずショックを受けた。テリオラという国にとって、自分は汚点でしかない存在だ。それでも、クロードだけは自分をそんな目では見ていないと信じていたからだ。彰信がテリオラを追い出されてからもしばらく交流が続いていたのは、そういう気持ちがあったからだと思っている。

だけどそれも、ある日を境にぷつりと途絶えてしまった。その時、彰信はクロードも結局、テリオラの人間なのだと思い知った。アルマンの事故が理由だとして、一体何を思って自分をこの国に呼び寄せたのか知らないが、言うことを聞く気はさらさらなかった。

「すぐに日本に帰してくれよ」

彰信は早速、そう訴えた。一分一秒でも早く、この国を出たい。

しかしクロードは、澄み渡るスカイブルーの瞳を不思議そうに瞬かせた。

「——なぜだ？」

「なぜって……仕事があるんだよ。クビになったらどうしてくれるんだ」

瞬間、怒りとも虚しさともつかない感情がこみ上げてきたが、今更クロードやテリオラに恨み言を言っても始まらなくて、仕事を理由にするしかできなかった。だがそんなものは、まったくクロードには響かない。

「残念だが、アルマンのことで今はそれどころじゃない。お前を呼ぶのに、これ以上のタイミングはなかったと思うが？」

笑みを崩さず、ひどく不謹慎な言葉を口にする男に、彰信はただ呆れた。

「……俺が来たって、誰も喜ばないよ」

呟き、卑屈な気持ちで目を伏せる。

彰信の存在が明かされたところで、実際のところはたいした影響はないはずだ。うさんくさいゴシップ誌が気まぐれに取り上げるぐらいのものだろう。だがそんなものであって

も、テリオラ側は二十四年もの間彰信の存在をなかったことにし続けてきたわけで、公室の威信にかけてこのどうでも良い秘密を守り通すつもりなのではないかと思う。

この城に幽閉されていた時、使用人たちはみんな、彰信たちのことをバルティエ家の関係者と認識していたようだ。そんな自分を再びこの城に呼び寄せて、どう考えても面倒が増えるだけだ。

「それより、主君の一大事に側についていなくていいわけ」

クロードが現在、アルマンの側近として仕えていることは知っていた。映像の中、君主の背後に控えるその姿を、何度か見かけたことがある。カメラはテリオラ公であるアルマンを映していたに過ぎないが、クロードの姿は、どうしたって彰信の目に止まった。

クロードは何も答えない。ただ肩をすくめるだけだ。

そんな芝居がかった態度も、この男にかかれば気障には映らない。むしろ目を奪われてしまいそうになって、彰信は目線を床に落とした。

会わなかった七年を、なかったことになどできない。急に連絡が途絶えて、彰信はショックを受けたし、傷つきもした。何でもなかったように話すのは、過去を流せたわけではなく、そうしなければ恨み言を口にしてしまいそうだからだ。

「それはそうと、久しぶりのこの城はどうだ？　三年前に父からこの地を譲り受けた。少し手を入れて、今は俺が別荘として使っている」

「……悪趣味」

　バルティエ家が所有する城のひとつなのだろうが、ここはかつて彰信が幽閉されていた城だ。わかっていながらあえてここを別荘としたわけだから、そう言うよりなかった。

「だとしても、この城を譲り受けるのは俺こそが適任だろう？」

　笑みを浮かべた男に、彰信は眉を寄せる。

　その通りだとしても、やっぱり悪趣味だ。大体、こんな攫（さら）うようなやり方で自分をこの城へと連れてきたこと自体どうかしていた。

　この城での記憶のほとんどは、それでもクロードと過ごした日々のことばかりだ。昔は、一緒にいてただ楽しいばかりで、彰信は年上の美しい少年が訪れる日を心待ちにした。クロードのことが、本当に大好きだったのだ。

　――それなのに……。

　息苦しさを感じて、彰信は窓の外に視線を移した。

　その時、急に部屋の外が騒がしくなった。慌ただしく駆け寄る足音が聞こえてきて、いきなり、バン、と扉が開いた。

「クロード！」

　現れたのは、険しい顔立ちをした壮年男性だ。

　クロードと同じ色の髪と瞳――彰信はハッと目を瞬かせる。クロードの父、デイビッド・バルティエに違いなかった。この城に住んでいた頃、何度か顔を合わせている。厳格で威圧的な風貌は、幼い彰信にとってはひどく恐ろしく感じられて、いつも遠巻きにしていた。

デイビッドは彰信を一瞥(いちべつ)し、クロードにきつい眼差しを向けた。

「こんな大変な時にアキを連れて来て、一体どういうつもりだ」

「どういうも何も、父親に別れの挨拶をさせようと思ってね」

鼻で笑って、クロードは「なあ、アキ」とこちらを振り返る。

「知らないよ」

同意を求められても困る。彰信は大きく首を振った。何を企んでいるのか知らないが、勝手に巻き込まないで欲しい。

「アキ……久しぶりだね。それなのに、こんな再会となってしまってすまない」

デイビッドは椅子に座る彰信に向かって、膝を折った。

「この馬鹿のせいで、君には本当に迷惑をかけた。できる限り早く、帰国できるよう手配しよう」

彰信の手を取ったデイビッドは、そのいかめしい風貌とは裏腹に優しげに語りかけてくる。願ってもない言葉で、彰信は「お願いします」とその手を取り強く握り返した。

「……せめて葬儀を待つべきだ」

　そんな彰信たちを横目に、クロードがぼそりと呟く。

「お前は黙っていろ」

　デイビッドがひくりと顔を引きつらせた。

「そもそもこの大事な時に、どうしてお前はアルマンの側についていない？　また外野が好き勝手言うぞ」

「アキを会わせる準備が整えば、すぐにでも戻るさ」

「お前は……っ」

　言いかけて、デイビッドは言葉を飲み込んだ。直後、ハア、と大きなため息をこぼして、額を押さえる。もう何を言っても無駄だと感じたのだろう。

　この大事な時、デイビッドもまた相当忙しいはずだ。それを、わざわざこの城まで足を運んで、気苦労の絶えないことだと思った。

「――とにかく」

　短く吐き捨て、デイビッドはおもむろにクロードに指先をつきつけた。

「後は全部こちらで段取りする。クロード、お前はこれ以上何もするなよ。余計な火種を抱えるのはご免だ」

　そう言って、デイビッドは来た時と変わらぬ慌ただしさで、城を去って行った。

「……わかってるさ」

呟き、クロードはうっすらと微笑を浮かべる。彰信には、この男が何を考えているのか全くわからなかった。

その晩は、与えられた寝室で休んだ。

疲れているはずなのに――いや、疲れすぎてなかなか寝つくことができない。ぼうっとしていると、いつの間にかクロードのことを考えている自分がいる。

ここ数年は、思い出すこともなかった相手だ。――いや、あえて考えないようにしていた。

クロードと再会するかもしれない可能性に気づいていたのだから、たとえどうにもならなかったとしても、もっと本気で逃げる努力をすべきだったのかもしれない。

『――アキ』

自分を呼ぶ声は、かつてのそれとなんら変わらない。思い出したくなどないのに、一緒に過ごした夏の日々がフラッシュバックする。

その夏、自分とクロードはひたすらに甘く爛(ただ)れた日々を過ごした。

彰信にとっては初めての恋、初めてのキス、初めてのセックスで、それこそ何もかも全部クロードに捧げた。クロードはそんな彰信を受け止め、同じだけの愛情を返してくれた──そう思っていた。

そんなものはクロードにとって、ひと夏の遊びでしかなかったのに。

怒りとも悲しみともつかない気持ちがこみ上げてきて、瞼が震える。もうこんなことで泣きたくなどなくて、彰信はぎゅっと目を閉じた。


クロードと再会したのは、彰信が中学二年になったばかりの頃だ。

クロードは十三歳でイギリスに留学したため、彰信がテリオラを離れる時にはもう側にいなかった。だから、その時は六年ぶりの再会となった。

きっかけは、クロードからの突然の電話だ。大学生になっていたクロードは、休暇を利用して、日本に遊びに行きたいと連絡して来た。

もうクロードに会うこともないと思っていたから、彰信は本当に驚いた。そして嬉しかった。まさかクロードから連絡があるなんて、想像もしなかったからだ。

久しぶりに会ったクロードは本当に格好良くて、彰信は挨拶も忘れ、しばし見とれてしまった。幼い頃から美しい子供だったけれど、そこに大人の優雅さと色気が備わり、まるでショーモデルのような完成された美を湛えている。

そんなクロードに気後れしてしまった彰信は、会えて嬉しいという気持ちとは裏腹に、受け答えがどうにもぎこちなくなってしまった。

「アキ。どうしてこちらを見ない？」

これが日本人同士であれば、人の顔を見ないで会話していても人見知りなのかな、程度で済んだだろうが、クロード相手にそうもいかない。彰信は気まずい気持ちでそろりと視線を上げた。

澄み切ったスカイブルーの瞳が、まっすぐこちらを見つめていた。

「……っ」

顔が熱くなるのをコントロールできない。彰信は首筋まで赤くなりながら、結局じわりと顔を俯けた。

「ごめん……。なんか、久しぶりでちょっと緊張してるのかも」

辛うじてそう告げると「ほう」と意外そうな声が返り、次の瞬間すいと顎先を取られた。

「可愛いことを言う」

囁くように言って、クロードは彰信の頬に軽くキスをしてきた。

瞬間、自分は相当間抜けな顔をしたと思う。見上げたクロードは、悪戯っぽくウィンクして見せ、そのまま彰信の体を腕の中にぎゅっと抱き込んだ。

「お前が不安な時は、いつもこうしていたな？　さあ、体から力を抜くんだ」

笑いを含んだ言葉は鷹揚に響き、体から自然と強ばりが解けていく。そのうちに、心もじわじわと落ち着きを取り戻していった。

――ああ……昔のままだ。

物心ついた時からずっと、面倒を見てくれたクロード。不安な時は、確かにこうして抱きしめてくれたし、悪さをすればふてくされながら叱りつけてきて、それが嫌で泣き出した自分を、結局また抱きしめてくれた。自分にとってテリオラの記憶は、ほとんど全部と言っていいほどこの男とのものだ。

「……ありがと。会えて嬉しい」

ようやく、素直な気持ちを口にすることができた。彰信は笑顔でクロードを見つめ返した。それからは、六年の歳月など感じさせないほどするっと打ち解けることができた。

この時のクロードの日本滞在は五日間で、彰信はその間ずっと、片時も離れずくっついていた。最後の日は空港まで見送りに行き、それでも離れることが辛くて、人目も憚らず泣き出してしまった。

離れたくなかった。ずっと一緒にいたい。幼い頃から自分を知る存在で、彰信の出生も現在の境遇も全部わかってくれていて、何ひとつ隠す必要がない。そんな相手はクロードしかいなかった。

「また電話する。カードも送ろう」

微笑み、クロードは力一杯抱きしめてくれた。

その言葉に嘘はなく、それから彰信はクロードと連絡を取り合うようになった。

高校生になり携帯電話が与えられてからは、無料通信を使ったりして頻繁に電話をかけるようになった。イギリスとは九時間近く時差があったけれど、クロードはよほどのことがない限り連絡を受けてくれるし、折り返してくれる。またクリスマスや誕生日などの節目ごとにはグリーティングカードを送ってくれて、それにはいつも『お前が幸せであるように』だとか、『愛を込めて』といった、短いながらも愛情溢れる言葉が綴られていた。

――クロードが好きだ。

彰信はいつしか、そう感じるようになった。

空港で別れた時、悲しくて泣いたことも、あれからずっと会いたくてたまらないことも、彰信にとっては初めての体験だった。これが恋愛感情なのかどうかはわからなかったが、クロードに強く惹かれていることは間違いがない。特別な存在だった。

中性的な顔立ちのためか、幼い頃から男女を問わず告白される機会は多かった。だけど彰信はまだ誰ともつきあったことがなかった。興味がないのかと言えばそういうわけではなく、好きだと言われたら素直に嬉しいと感じたが、そこから一歩進むきっかけが、なかなか掴めない。

誰にも打ち明けることのできない事情を抱えていることは、どうしたって彰信に引け目を感じさせる。そのせいでなかなか自分をさらけ出すことができずに、求め、求められることに対してどうしてもストッパーがかかってしまう。だから、これまでずっと誰とも密接な関係を築けずにいた。

クロードとの再会は、そうした彰信の世界を大きく変えた。

自分のことを何ひとつ隠さなくていい分、引け目を感じなくていい。テリオラで暮らした日々のことも、自由に話すことができた。その変化は大きく、彰信はクロードともっと一緒に過ごす時間が欲しいと思うようになった。それで思いついたのは、クロードのいるイギリスに留学するという方法だ。

『留学したいって……今すぐか？』

戸惑っているクロードの声が返る。

この時、彰信は高校一年、クロードは九月に大学院に進んだばかりだった。

『卒業を待って、大学からでもいいんじゃないのか』

クロードがそう言うのもわかる。だがイギリスの大学の修士課程は二年制で、彰信の卒業を待っていてはクロードが卒業してしまう。そうなれば、長い留学生活を終えテリオラへと帰ってしまうだろうし、きっとこれまでのように気軽に電話し合うこともままならなくなる。

ただクロードと一緒にいたい——留学の動機というにはあまりに不純だったが、残された時間を思えば、なりふり構っていられなかった。

『今すぐ、何かやりたいことでもあるのか』

「それは……まあ、見つけられたらいいなって」

携帯ごし、クロードがかすかに息をつくのがわかった。胸がぎゅっと痛くなる。考えが甘いとでも思われたのかもしれない。

「だ……だって、早くしないとクロードに会えなくなる」

だからつい、本音をこぼしてしまった。

「大学修了したら、クロードは戻っちゃうだろ。俺は、あの国には行けないから……そしたら、もう連絡も取り合えないじゃん」

『アキ……』

驚いたような声に、言わなくていいことを言ってしまったと後悔する。彰信にとっては重要なことでも、クロードにはそうではないかもしれない。大げさに捉えすぎだと言われれば、それまでだった。

だけど——長い沈黙の後、小さく『わかった』という声が耳に届いた。彰信は力一杯携帯を握りしめる。

『毎年、夏に大学のキャンパスを利用したサマースクールが開かれる。来年の夏休み、それに参加してみるのはどうだ』

卒業資格を得られるような長期留学にチャレンジするには、今の彰信ではどう考えても準備不足だ。それでも行きたいと言う彰信の想いを汲んで、クロードはそう提案してくれたのだった。

本音を言えば、夏休みの間だけなんて短すぎる。だけど、頭ごなしに否定したりうやむやにしたりしなかったクロードの気持ちがただただ嬉しくて、彰信はすぐに「行きたい」と返した。

サマースクールは夏の間、休暇中の大学施設を利用して、大学やシックスフォーム、民間の語学学校などが主催して開催されるものだ。イギリスに限らず、様々な国で行われており、彰信の語学学校の友人たちの中にも、体験したと言う者は多い。今まであまり気にしたことがなかったので気づかなかったが、これも短期留学のくくりに入るようだ。

「でも大学が夏休みってことは、クロードも実家に帰るんだろう。そしたら会えないんじゃ……」

『いや、今年は残ろう』

「残るって、寮に？」

映画で得た程度の知識だが、イギリスの寮生活は厳格で、休暇中は必ず寮を空けなければならなかったような気がする。大丈夫なのだろうか。

彰信の疑問に、クロードがくすりと笑う。

『申請すれば、普通に残ることはできる。研究で離れられない連中もいるからな。だけどまあ、今回の場合はどこかに部屋を借りるのも手だな。せっかくお前がこっちに来てくれるわけだし』

「クロード……」

全部彰信の我儘なのに、そんな風に言ってもらえることが嬉しい。思わず泣きそうになってしまって、彰信は言葉を詰まらせた。

それからしばらくして、クロードが手配してくれた資料が届き、母にも留学の件を相談した。もしかしたら反対されるかもしれないと思っていたが、学生時代に留学を経験し──そこでアルマンと出会ってしまったわけだが──彰信にも多くの語学の習得を促してきた母だけに、むしろ喜んでくれた。

希望コースを選び、手続きはクロードに頼んで、それからはあっという間だった。

行き先はイギリスのオックスフォードで、開催期間は三週間。七月の第三週にはスタートするため、彰信は夏休みに入ってすぐ渡英した。

本来、カレッジの寮に入らなければならないところ、なんとクロードが申請を通してホームステイ先からの通学という形に切り替えてくれていた。

ホームステイ先とは、つまり夏の間のクロードの仮住まいのことだ。友人が所有しているテラスハウスを丸々一軒、一時的に借り受けたらしい。場所はオックスフォードの西側で、彰信の通うことになっているカレッジからもクロードの通っているカレッジからも近く、広さや快適さ、利便性まで、何もかもまったく申し分のない物件だった。

イギリスに着いた翌日には、もうサマースクールの初日の授業が開始され、そうして始まってみると、少しもゆっくりできる時間がない。日中は授業がびっしり詰め込まれているし、土日にも屋外課外活動が組み込まれている。一緒に住んでいたから、なんとか朝晩に顔を合わせることができたが、もしも規則通りカレッジの寮に入っていたとしたら、クロードとはほとんど顔を合わせることができなかっただろう。

「高校の夏休みは八月末までなんだろう？　サマースクールの修了が八月半ばだから、帰るのを少し遅らせたらいい。せっかくだから、一週間ほど旅行に行こう」

「え！　いいの？」

クロードの言葉に、彰信はパア、と表情を明るくした。

今回のことでは、イギリスに残ってもらい、友人の所有する物件とはいえ、こうしてわざわざ家を一軒借りてもらって、この上旅行にまで連れて行ってくれるなんて、嬉しいのを通り越して、なんだか申し訳ないほどだ。

「そういうところ、お前はちょっと日本に染まりすぎてるな」

クロードは呆れたように笑う。

「いちいち気にしなくていい。お前のことで無理なことなど、何ひとつない」

まっすぐな言葉に、彰信はひどく照れてしまった。

──そっか……。

今しかないと思ってイギリスまで押しかけてきたのだから、もっとこの状況を素直に楽しむべきだ。

「……ありがとう。楽しみだ」

ようやく素直な気持ちを告げた彰信に、クロードがそっと眦(まなじり)を下げた。

それに、動機そのものは不純だったけれど、サマースクールで扱う授業内容はどれも興味深く学び甲斐のあるものばかりだ。クラスの編成は幼い子供を含まない中学生以上の少人数構成で、勉強に意識を向けやすい環境となっている。もともと英語が話せる彰信にとって言葉の垣根はほとんどなかったし、同世代が多いことからもコミュニケーションが取りやすい。勉強に限らず、土日のアクティビティも豊富だった。忙しい分、本当に充実した日々を送っていた。

「寮生活も楽しそうだけど、今回、入寮してないのって俺だけだから、みんな結構、自由があって羨ましがってる。遊びに行っていい？　って訊いてくるよ」

「それは……勘弁してくれ」

クロードは首を振り、困ったように額を押さえた。

「いくらお前のためでも、見知らぬ子供の相手をする余裕まではないぞ」

「あはは。俺のお守りだけで精一杯かあ」

笑っていると、苦笑したクロードに額を指先で軽く弾かれた。

口にしたものの、彰信だってこの家に他の誰かを連れて来る気などない。クラスには年頃の女子も多いし、彼女たちに限らず好奇心旺盛な男子だって、クロードのような男を前にしたら、みんな夢中になってしまうと思った。自分以外の誰かに、クロードを占有されたくはない。

授業の期間はあっという間に過ぎ、彰信は無事、サマースクールの修了式を迎えた。

これでついに、日本に帰るまでの間はずっと、クロードと一緒にいられる。

旅行は土日を挟み、週明けから出かける予定にしている。イギリスの短いサマーシーズンは終わりに近づきつつあるが、それでも休日の人出はまだまだ多い。そのため、あえて土日を避けることにしたのだ。行き先はクロードに任せている。彰信はクロードと一緒であれば場所はどこでも良かったし、こういうことを決めるのはクロードのほうが得意だ。

その代わり、この土日はクロードの通っているカレッジを見学しに行くことにした。だけどクロードは、あまり乗り気ではないようだった。

「一応休校中だし、お前の行ってたカレッジみたいに広くもなければ、年代物の建物ってわけでもないぞ」

オックスフォード内にあるカレッジの中でも、クロードの所属しているカレッジは比較的規模が小さいようだ。ただし、国際社会・地域研究に特化しており、冷戦時代には諜報員を多く輩出していたとされ、『スパイ・カレッジ』という異名を持つらしい。興味を引くには充分だ。何より、クロードの学んでいる場所が見てみたかった。

「なんでそこにしたの？」

そんなことを尋ねられると思っていなかったのか、クロードは一瞬、虚を衝かれたような表情を見せた。

「まあ……どこよりも現代的に感じられたからかな」

クロードにしては、少し曖昧な表現だった。たとえば将来役に立つだとか、どういったことが勉強したかったといった言葉が返ってくると思っていた。だがそれも、彰信に対する配慮なのかもしれない。

思えば、クロードがテリオラの話をする時は、彰信と過ごしたローグベルグ城での出来事だけだ。彰信を慮って言葉を選んでいるのかもしれないし、あるいはクロード自身、ここでの暮らしと母国のことを切り離して考えているのかもしれなかった。

翌朝、彰信はクロードの通うカレッジへと向かった。確かに、彰信が学んだ広々としたレンガ造りの学舎とは対照的に、こじんまりとした洋館のような佇(たたず)まいをしている。しかし、学生数が少ないということはそれだけ少数精鋭なのではないかとも思う。ともあれここオックスフォードには全部で三十八ものカレッジがあるというから、それぞれ個性も様々なのであろう。

彰信は朝からずっと上機嫌だ。ずっと忙しくしていたので、クロードとこんな風に出かけることもできなかった。だけどこれから帰るまでの数日は、ずっと一緒にいることができる。上機嫌にもなろうというものだ。

普段、クロードはTシャツにジーンズという格好ばかりなので、それが彼の通常なのかと思っていたが、今日は白地のインナーにサックスブルーの半袖シャツを羽織り、踝丈(くるぶしたけ)のグレーのパンツを合わせている。ラフになりすぎない爽やかな上品さがあって、まるでファッション誌から飛び出してきたかのようだ。

チラチラ視線を向けていたからか、クロードが首を傾げる。

「どうした?」

「……なんでもないよ」

まさか見惚れていたとも言えず、彰信はごまかすように胸先でバタバタ手を振った。

時間ができたことでクロードと過ごせるようになったのは良かったけれど、うっかりするとこんな風にぽーっとなって見つめてしまう。これまではハードスケジュールに気を取られ、そうならずに済んでいたけれど、少し気をつけたほうが良さそうだ。

休校中ということで学内は無人状態なのかと思っていたが、大学自体が閉鎖しているわけではなく、歩いている学生をちらほら見かける。学生によっては動いているプロジェクトを抱えていたりで、必要に応じそれぞれ研究室などに顔を出しているらしい。また彰信たちのようにサマースクールでこのカレッジを利用する学生もいるので、日々、賑やかなようだ。

「あらクロード、もうこっちに戻ってきたの？」

突然軽やかな声がして、向かいから女性のふたり連れが近づいてきた。クロードは鷹揚に手を上げて見せ「今年は帰ってない」と答える。彼女たちは目を輝かせ、予定はどうなっているの、暇な時はある？　とかしましく騒いで、突然降って湧いた幸運をなんとしても掴み取ろうといった力強さを感じさせた。

クロードはといえば、まんざらでもない様子で「ああ」とか「そのうち」などと調子の良い相づちを打っている。自分以外の誰かとのやり取りを見るのは初めてで、その愛想の良さには意外なものを感じた。

ただでさえモテるだろうに、これではみんな、夢中にならないはずがない。目の前でそれを見せつけられ、彰信は内心置いてきぼりのような気持ちにさせられた。

それに彼女たちはクロードに夢中で、側にひっそり立っている彰信のことなど一切眼中にない。彰信は小さく息をついて、クロードたちから距離を取った。そうして近くのベンチに腰掛け、冷めた目線を彼らに向ける。

――と、突然「やあ、こんにちは」と、突然誰かが彰信の真ん前にしゃがみ込んだ。

「ハイ」

片手を上げ、咄嗟に挨拶を返す。まったく見覚えのない男だった。

背が高くがっしりとした体格をした男で、しゃがみこんだ体勢が窮屈そうに見える。ポカンと見返していると、淡い緑の目が柔らかに細められた。いかつい体格とは裏腹に柔らかで優しげな風貌をしている。

「可愛いね。君は誰？　クロードの……恋人にしちゃ、ちょっと若過ぎるよね」

「こ……恋人？」

思いも寄らない問いかけに、声が裏返る。

「あいつ、この夏は予定があるの一点張りで、誰からの誘いも断ってたからね。実家にも帰らないって言ってたし、何があるのかと思ってた。そしたら、君と一緒に歩いてるところを見かけて……そりゃ気になるってもんさ」

あはは、と笑う男に、彰信は狼狽えた。さっきの女性ふたり組は自分に気づいていなかったのに、この男は気づいて気になったと言うのだ。

「俺は、別にそんな……そういうんじゃ」

何を言えば良いのかわからなくなって、離れた場所にいるクロードに視線を向ける。まだ彼女たちとの会話の途中のようだったが、視線に気づいたかのように、クロードはこちらを振り返った。遠目に、ハッとしたように背を伸ばし、次の瞬間「フランツ！」と一声叫んで、すごい勢いでこちらに駆けつけてきた。

「お前、なんでここにいる」

「俺？　俺はインターンが修了したから、次の行き先を探そうと思って顔を出したんだけど。お前こそ、大事な用事があるって言ってたのに、こっちに残って何してる？」

フランツと呼ばれた男は、楽しそうに微笑んでいる。クロードは苦虫を噛みつぶしたような表情を見せた。

「大事な用事って、彼のことかなー」

「……お前に言う必要はないだろう」

「えー。じゃあ見たままのことを憶測でみんなに報告しよーっと。みんな、お前の予定のことを気にしてたから」

「なんのつもりだ。……くそ、だからここに来るのは嫌だったんだ」

小声で吐き捨て、クロードは疲れたように首を振った。ふたりの関係はよくわからないが、多分親しい友人同士なのだろう。

ここに来たいと行ったのは彰信の我が儘だったから、クロードの様子に、なんだか申し訳ない気持ちになる。

「アキ、お前が気にする必要はないからな」

ふと、クロードが手を伸ばし、彰信の前髪を優しく撫でた。彰信のしゅんとした空気を感じ取ったのかもしれない。

「ま、いいんじゃないの」

呟き、フランツはおもむろにすっくと立ち上がった。やはりかなり大柄で、百九十センチ近くあるクロードよりさらに数センチ背が高い。百七十五センチある彰信も、このふたりに挟まれていると自分が小さくなったような気にさせられた。

フランツは、チラ、と彰信に視線を向け、笑みを深くした。

「アキ、よろしくね。俺はフランツ。クロードとはラボが一緒なんだ」

「よ……よろしく」

にゅっと差し出された手は大きく、彰信はおずおずと手に取った。クロードは呆れたように肩をすくめただけで、黙っていた。

「じゃ、行くよ。ごゆっくり～」

ひらひらと手を振り、フランツは唐突に去って行った。

「なんか……ごめんね？」

クロードのシャツの裾を引っ張り、彰信は小声で謝った。夏休み明け、クロードが妙な噂の的となっていたら、かなり申し訳ない。

「別にいいさ。ああは言ってたけど、あいつは俺をからかいたいだけだ。それに、お前が最優先なのは間違いないわけだし」

「……」

──最優先。

前にも、彰信のことで無理なことは何もないと言ってくれた。

嬉しかった。彰信の心の中、喜び、感動──クロードへの想いが一気に膨れ上がる。

「どうした」

頬が熱い。真っ赤になっているのが自分でわかって、彰信はなかなか顔を上げることができなかった。

「アキ。悪いけどもうここを離れていいか。思っていたよりも人が多くて、面倒だ」

「あ……、うん。そうだね」

彰信が隣にいる状態で、いちいち会話の相手をしなければならないことが苦痛なのだろう。彰信にしても、フランツのような男の場合は返事に迷うし、さっきの女性たちのようにクロードしか目に入っていない存在に、時間を割かれることは辛かった。

マーケットに立ち寄って昼食を摂った後は、いったん下宿先へと戻った。

それにしても、先ほどのフランツの誤解は不思議だった。高校生で男の自分なんかが、どうしてクロードの恋人などと思われたりするのだろう。

「何年も男ばっかりでコミュニティ作って暮らしてるからな。人にもよるが、男が相手でも、特に不思議に思わない者は多い」

「へぇ……」

目から鱗だ。彰信自身クロードのことが好きで、男同士ということに偏見は持っていないが、だからといって今ここで「好きだ」と告げられるほどの勇気は持ち合わせていなかった。偏見はなくとも、当たり前とまでは思っていないからだ。

「クロードも？」

「まあな」

「もしかして、男の人と……その、つきあったことある？」

「……そんなこと、知ってどうする」

おそるおそる尋ねた彰信に、クロードは苦笑を浮かべた。

一瞬の間とその表情に、胸がちくりと痛むのを感じる。多分、つきあったことがあるのだろう。クロードの性格ならば、何もなければ即座に「ない」と言い切るはずだ。

ショックだった。もやもやとした気分が、胸の奥に広がっていく。女性が相手ならば当然だと諦められたものが、自分と同じ男性がクロードと、と思うと、いても立ってもいられないような気持ちになる。そんな権利、自分には何ひとつないにも拘わらずだ。

「俺……」

呟き、彰信は膝上でぎゅっと手を握りしめた。

クロードは静かにこちらを見つめている。もしかすると、彰信の抱えている理不尽な怒りを肌で感じているのかもしれない。

「俺、クロードが好きだよ」

真っ直ぐクロードを見つめ返し、咄嗟にそう告げる。

「ずっとずっと好きだった。だから無理言って、ここに来たんだ」

今、言う必要なんてない。わかっているのに、なぜだかどうしても、伝えずにはいられなかった。コントロールできない不安と焦りが、彰信を突き動かしている。

「アキ……」

クロードは驚いたように目を見開く。その表情から、戸惑いも伝わってきた。

「それはその……勘違いってことはないか?」

ややあって、窺うような眼差しを向けてきた。

「……なんでそんなこと言うんだよ」

呟き、くしゃりと顔を歪める。勘違いだなんて言って、適当にやり過ごすつもりなのだ。

「今思いついたようなことじゃない。ずっとずっと考えてたんだ。そりゃ、これがどういう好きかなんてわからなかったけど、でも勘違いなんかじゃない」

「アキ、そういうことじゃない。ただ普通に考えて、お前は兄のように見てくれているのかと……」

クロードにしてはめずらしく、歯切れが悪かった。どうしよう。よっぽどショックを受けているのに違いない。彰信は顔を青ざめさせた。

「そのほうがいいんだろ。俺なんか、この先テリオラに行くこともできないし、クロードだって困るだけだよな……」

言いながら、ひどく悲しくなってきて彰信は項垂（うなだ）れた。膝元で握りしめた拳をじっと見つめていると視界がじわりとかすんできて、ぽたぽたと涙がこぼれた。

「……っ」

好きだなんて言わなければ良かった。我慢すれば良かったのに、口から出た言葉はもう元には戻らない。

旅行はこれからだったのに――。それももうきっと中止になるだろう。

泣いていると、クロードが立ち上がる気配を感じた。リビングから出て行くのかと思って、彰信はハッと顔を上げる。呆れられたのではないかと考えると、それだけで背筋が凍り付きそうになる。

――だが、クロードは出て行ったりしなかった。座る彰信の真ん前に膝を折り、顔を覗き込んでくる。

「泣くな。お前に泣かれるのは辛い」

「うぅ……っ、でも俺……」

「俺はお前を何より大事に思っている。それは昔も今も変わらない。だから、自由に身動きが取れるようになってすぐにお前に会いに行ったんだ。……久しぶりに会ったお前は、幼い頃と変わらず可愛かったよ。変わらず俺を慕ってくれて、それがどれだけ俺を喜ばせたか――」

クロードは彰信の頬に手を這わせ、涙に濡れた頬をそっと拭った。もう片方の手は、膝の上で握りしめていた拳の上にかぶせられる。ひどく優しい仕草だった。

都合の良い夢を見ているのだろうか。彰信は呆然とクロードを見つめる。

「アキ、忘れないでくれ。俺は本当にお前を大切に思っている。だから、できる限りお前の良き兄であろうと思ってやってきた。そうするのがお前のためになると思っていたし、そうしたいという気持ちも嘘じゃなかった。……だけど今、そんなものは俺自身の言い訳でしかなかったことに気づかされた」

どういう意味だろう。涙目のまま見つめていると、クロードは困ったような笑顔を浮かべた。

「お前に好きだと言われて、頭が真っ白になった。……信じられないほど嬉しいと思った」

その言葉に、彰信は大きく目を見開く。

「良くないことだと、わかっているのにな」

触れている指先が、柔らかに頬を撫でる。

いた。
ただ本音をさらけ出した清々しさと苦々しさが滲み出し、泣き笑いのような表情を作って
口にしているだけではないのか。だがクロードの顔つきにそうした同情めいた色はなく、
胸が苦しい。今、耳にしたことは、クロードの本心なのだろうか。彰信を傷つけまいと
「……そんなの……」

「クロード……」
名前を呼ぶと、クロードは観念したように彰信の体を引き寄せた。
息が触れるほど近く顔が近づいて——そっと、優しく口づけられる。
——ああ……。
彰信は小さく体を震わせた。やっぱり、夢を見ているのかもしれない。
だけど、口づけが離れてもクロードは彰信の体を抱きしめたままだった。彰信は勇気を
振り絞り、おずおずとクロードの背中に手を回す。
抱擁がこれほど心を満たすものなのだと、初めて知った瞬間だった。
その晩は、ほどんど眠れなかった。ぎこちなくクロードにお休みの挨拶をして、自室に
入ったものの、クロードの言葉、触れ方、そしてキス——ひとつひとつがまざまざと思い
出され、とても寝付くことができなかった。ドキドキして、心臓がどうにかなってしまい
そうだ。それに、寝て起きたら、やっぱり夢だったというオチになるのではないか。昂揚

と不安を行ったり来たりして、情緒は滅茶苦茶だった。

眠れないまま朝を迎え、キッチンに行って水を飲んでいると、目を覚ましたクロードがやって来た。

「お……おはよう」

「早いな。……眠れなかったか？」

クロードは彰信の目の下に指先を触れさせ、顔を覗き込んでくる。続けて、頬にキスされる。その甘い仕草に、彰信は目を眇めた。

「……夢じゃなかった」

呟き、彰信は目を伏せた。目頭が熱くなるのを感じて、彰信は咄嗟に手で顔を覆った。

「どうした。……何か不安でも……」

クロードの言葉に、顔を覆ったまま違う、と首を振る。

「昨日のこと……夢じゃないんだなって……それが嬉しくて」

泣き笑いの状態で答えると、クロードが「そうか」とホッとしたような笑みを浮かべた。

「部屋で休め。ちゃんと眠ったほうがいい」

「平気。……ちょっとだけ、側にいてもいいかな？」

「もちろんだ。ああ、それなら……一緒に旅の計画を立てないか」

「行き先、もう決めてたんじゃなかったっけ」

「車で行くし、どこになったっていい。こういうものは、一緒に決めたほうが楽しいぞ。恋人と行くのなら、特に」

クロードは楽しげに言って、もう一度、彰信の頬にキスしてきた。

「わ……わかった」

頬を染めながら、彰信は神妙に頷いた。内心、舞い上がってしまっていたけれど、今度は泣き出さずに済んで良かったと思う。

「ここは？　シェイクスピアの生家があるって書いてる」

元々、名前を知る程度の文豪だったが、このサマースクールの授業で取り上げられ、レポートを作成したことで随分と身近な存在となった。クロードにとっても馴染みが深いらしく、彰信の質問に対し随分と詳細な説明を与えてくれた。

「では、ストラトフォード・アポン・エイヴォンを経由して、コッツウォルズあたりの有名どころを見て回るか」

クロードが地図上、オックスフォードの北西側に指先をぐるりと走らせた。

「うん。楽しみだ」

初めて来た土地だから、あちらこちらに興味を引かれるだろうし、一緒に行くのがクロードならば、きっとどこだって楽しい。不安はなかった。

翌日は朝早くに出発し、最初の目的地であるストラトフォード・アポン・エイヴォンへと向かった。クロードはイギリスで免許を取得しており、運転には慣れているようだった。

一時間半ほどで到着し、開館したばかりのシェイクスピアの生家を訪れる。随分と観光地化された場所で、町は多くの人で賑わっていた。

「もしかしてクロード、ここに来たことある？」

淀みなく歩くクロードに、彰信はふと尋ねた。

「……まあ、有名な観光地だから、何度か」

一瞬の間があった。直感的に、つきあっていた相手と来たのだと感じる。オックスフォードからも近いし、文豪の生家などと言うとどうしたってアカデミックな雰囲気があるから、学生のデート先には持って来いだろう。

「……だったら、別のところにすれば良かったかな」

おもしろくない気持ちになって、つい嫌みなことを口にした。言葉に棘を感じたからか、クロードは肩をすくめただけで、何も答えなかった。

——なんだよ。

自分だけが感情的になっているみたいで、居心地が悪い。気まずさも手伝って、彰信はそれきり観光を楽しめなくなってしまった。別にそんなに興味があったわけでもないし、どうだっていいけど——そう言い訳しながらも、熱心に建物内を見て回る人々を前に、さらに気まずい気持ちになった。

昼過ぎに簡単な昼食を済ませ、ストラトフォード・アポン・エイヴォンを離れた。車中の会話も、あまり弾まなかった。

思えば、クロードとは喧嘩らしい喧嘩をしたことがない。クロードはいつだって彰信に対して優しかったし、彰信はクロードと一緒にいられるだけで嬉しかったから、そんな空気にはなりようがなかったのだ。だからこうなってしまうと、どうしていいのかがわからない。クロードは彰信に対して優しいけれど、本来、やたらと気を遣うような性格でもなく、あれこれ言い訳するようなタイプでもない。だから、先ほどの彰信の嫌みに対しても、振り返って何か言うようなことはないだろう。

——言わなきゃ良かった。

発作的に苛立ちを発散させたところで気が晴れるわけでもなく、何ひとつ良いことがない。なかったことにして話しかけたらいいだけなのに、うまく気持ちを切り替えることもできなかった。クロードなどは、あの後すぐに何でもなかったように話しかけてきたというのに、同じ気軽さで言葉を返すことができないのは、彰信がそれだけ幼稚だからだ。

「——やめた」

ふと、クロードがぽつりと呟く。

「え」

「コッツウォルズはやめて、海に行こう」

急な行き先変更に、彰信は不安を感じた。拗ねたまま浮上できず、大人げない態度を取り続けた彰信に、とうとう嫌気がさしてしまったのかもしれない。

「あの……ごめん。俺、この旅に文句をつけたいわけじゃなくて……。だからそんな、急に行き先変えたりしないでよ」

「なんだ。そんなにコッツウォルズに行ってみたかったのか？」

「そうじゃなくて、もうそういう予定組んでるし、宿も取ってるし……俺のせいで駄目にしたくないから」

「ああ、だったら気にするな」

不安でしどろもどろになる彰信の隣で、クロードがくすりと笑う。

「お前と海に行きたくなった——それだけのことだ。平日だし、ハイシーズンは過ぎてるから、宿は当日でもなんとでもなるさ」

「でも昨日、あんなにしっかり計画立ててたのに」

クロードの笑顔に緊張が解け、彰信はポカンとなった。

「まあな。でも俺は、お前とふたりで海に行きたくなった。嫌か？」

チラ、と視線を寄越され、彰信はうう、と手元を見つめる。嫌じゃない。嫌なわけがなかった。

「どうって……俺は、クロードとならどこだって……」

「じゃあ決まりだ」

快活な笑顔は、彰信の鬱々とした気持ちをあっけなくからりと晴らす。

気遣いはしないタイプだと思ったのに、クロードは多分、彰信がうまく気持ちを切り替えられるように対応してくれたのだ。本当に大人だなと思う。

「ごめん。……ありがとう」

彰信はようやく、素直な気持ちを口にする。クロードは「いや」と呟き、少し照れくさそうな表情を浮かべた。

海に行きたいと言ったクロードが向かった先は、イギリス南西部にあるドーセット海岸だ。最寄りの都市ボーンマスに到着すると、イギリス屈指のリゾート地のひとつということもあり、海岸沿いに様々なホテルやB&Bを見かけた。ちょうど駐車場のあるB&Bが目にとまり問い合わせてみると、空きがあるというのでその場で予約を入れた。

こじんまりとした二階建てのB&Bは海に程近く、食事を済ませた後、ビーチに散歩に出向いた。夏の終わりが近づいているが、まだまだ海岸を散歩している者が多い。

クロードから少し遅れながら歩いていると、ふと立ち止まったクロードが、後ろ手に彰信の手をつかんだ。そのままぎゅっと握り込まれて、そこから先は手を繋いで歩く。恥ずかしくて、だけど嬉しくて、彰信はどうしていいのかわからないような気持ちになる。

「アキ。空を見てみろ」

俯き加減で歩いている彰信の肩を、クロードがそっと引き寄せた。

ハッとして顔を上げると、空色が橙色から赤、そして紫へと変化していくのが目に入った。

「すごい……」

なんて美しい光景だろうか。彰信はしばしの間、ただ呆然と海岸線を眺めた。

隣にたたずむクロードもまた、目映そうに空を見つめている。

なぜだか胸が熱くなった。――きっと、この景色を忘れることはないだろう。

日が沈み暗くなった途端、海岸沿いに立ち並ぶ建物の明かりが燦然と輝きを見せた。今度は夜景の美しさが堪能できるようになっている。

景色を楽しみながらロングビーチを思うままゆっくり歩いていると、突然、頬にポツポツと雨粒が落ちてきた。

「わ……っ」

イギリスは天候の変化が激しい。それはオックスフォードで過ごしている間にも充分思い知らされたことだが、まさかあの美しい夕日を眺めた直後に、雨が降り出すとは思わなかった。

幸い、B&Bに戻る途中だったので、走れば数分の距離だ。しかし雨脚はどんどんひどくなり、帰り着く頃にはずぶ濡れになっていた。

階段を駆け上がり部屋に入ると、クロードはすぐに彰信をシャワールームに押し込んだ。

そしてその後、彰信は初めてクロードと抱き合った。

ボーンマスでは、結局B&Bやホテルを転々と四泊して、ほとんどの時間、クロードとのセックスに耽った。最初のうち、慣れずにガチガチだった体も徐々に解けて、彰信はクロードに体を開いた。好きで好きでたまらない相手との行為は中毒のようで、半日ベッドから出ない日もあった。――振り返ってみても、あれほど爛れた時間を過ごした経験はない。


旅を終え再びオックスフォードに戻った彰信は、そのまますぐに日本に帰国する日を迎えた。クロードと離れることが、辛くてたまらない。この時ほど、まだ自分が高校生であることを残念に思ったことはなかった。

「アキ、また日本に行くから」

エアポートで涙を目に浮かべる彰信に、クロードが囁く。

「俺も……クロードがこっちにいる間に、もう一回遊びに来たいな」

彰信は本気だった。クロードがテリオラに戻ってしまう前に、なんとしてももう一度会いに行く。

「アキ……愛している」

熱い抱擁が、彰信を包み込む。今生の別れでもあるまいに、涙が溢れた。だが、彰信にとってはそれと変わらないほどの強い思いがあった。世の中、ほとんどの恋人同士が当たり前のように一緒に過ごしているというのに、自分たちの間には隔たりが多すぎる。

引き裂かれるような思いでゲートをくぐり、彰信はクロードと別れた。

そして——その日を最後に、自分たちは再び顔を合わせることはなかった。また会いに行くと言ったクロードから、一切の連絡が途絶えてしまったからだ。いつの間にか電話もメールも繋がらなくなっている。わけがわからなかった。

不安を感じていた矢先、十月半ば頃になってクロードから二冊の本が届いた。だけど、手紙も、メモ書きすらも入っていない。こんなことがあるものだろうか。腹が立ったし、ひどく傷ついた。

複雑な気持ちで、届いた本を手にする。二冊のうちの一冊は彰信が忘れて行ったもので、授業の参考にと現地で購入した歴史書だ。もう一冊は、シェイクスピアの詩集だった。『The Sonnets』とあるが、これは自分で買ったものではなく、授業で取り扱ったものでもなかった。多分、クロードが勘違いして送り返して来たのだろう。

苛立ち混じりにパラパラと詩集をめくっていると、途中、あるページの角が折られていることに気がついた。それで思わず、そのページに視線を走らせた。冒頭、『Shall I compare thee to a summer's day?』

——君と夏の日を……くらべようか？

なんだか意味がよくわからなかった。何しろ彰信は、サマースクールで初めてシェイクスピアの戯曲をかじったという程度の知識だ。せっかくだからと彼の生家を訪ねてみたものの、あの場にいたファンたちのように熱い思いを感じるより先に、子供っぽい嫉妬で観光を台無しにしてしまった。

少し迷って、彰信は『The Sonnets』について調べてみることにした。すると、非常に有名な詩集だということがわかる。特に、ページの角が折られていた一八番の詩篇は愛の詩として語られ、『君を夏の日に例えようか』と訳されている。内容はシェイクスピアがある年下の青年に宛てたものということだった。

エピソードだけ切り取ってみると、なんともロマンチックだ。

だからというわけではないが、彰信は何度も十八番の詩を読み返し、文字を追った。

彰信の持ち物と勘違いして送り返してきたと思ったが、ひょっとして、クロードはあえてこれを選んで送ってきたのではないだろうか。だけど、こんなページの角を折っただけでは、彰信が気づかない可能性もある。それを、理由を手紙やメモにも綴らず、どうしてこんなわかりづらいやり方をするのか、謎だった。

いや――クロードのことだから、伝わる、伝わらないは、あまり気にしていないのかもしれない。彰信が気づけば良し、気づかないならそれでも構わないと思っている。

そう考えると、怒りや不安が少し和らいだ。

もちろん、正解はわからない。悩んだ末、彰信は筆を執った。この詩集の意味はもちろん、どうして突然、電話もメールも繋がらなくなったのか、それが知りたい。

言いたいこと、聞きたいことは後から後から溢れ出て来たが、書き上げてみれば、結局、手紙はたった一枚きりの短いものとなった。

今どうしているのか。そして、なぜ連絡をくれないのか。何かあったのなら教えて欲しい——シンプルに、それだけだ。そうしないと、うっかり恨み言ばかり書き綴ってしまいそうだった。そんなものを、手紙の形で残したくはない。

だから、末筆にはひとこと、控えめな愛の言葉を記すにとどめた。あの夏の日が嘘ではなかったと思いたい。今も同じ気持ちでいると、伝えておきたかったのだ。

送り先の宛名に手紙を返送したのに、結局、その後もクロードからの返事はなかった。そうなるとやはり、不安が募る。もしかしたら、何か連絡が取れないような事態に陥っているのかもしれない——。テリオラにおいて、彰信の立場は微妙だ。クロードの身に何かがあったとしても連絡が来ることはないし、問い合わせる方法もなかった。

いっそ単身イギリスに飛んで確認したいと思うけれど、悲しいかな、高校生の自分にはそれもままならない。自由に旅行できるようになる頃には、クロードはとっくに帰国してしまっている。

落ち着かない日々を過ごしながら、彰信は徐々に諦めを感じ始めた。何かアクシデントがあったのかもしれないし、いろいろと複雑な事情を抱えていたのかもしれないけれど、連絡がないというのが、ひとつの答えのような気がしたからだ。本当に何か伝えたかったのならば、本を送って来た時に、何らかの手紙やメモを同封してくれたら良かった。そうでなければ、あの詩集の意味さえも彰信の単なる希望でしかなくなる。

だけどもう、どうしようもないのかもしれない。

クロードにタイムリミットがあることは最初からわかっていた。わかっているのに、好きになってしまったのは、彰信の都合だ。あの一瞬、応えてもらえただけでも良かったのかもしれない。それでも——別れがあるとしたら、もう少し穏やかで優しいものだと思っていたから、ただただ辛く悲しい。

それに、母にはこのことを打ち明けることはできなかった。経緯を話せば、再びテリオラから捨てられた記憶を思い起こさせてしまいそうで、嫌だったからだ。

だから彰信は、なんとかして気持ちを切り替えようとした。忘れなければならない。クロードと再会する前まで、感情を全部巻き戻して、日本での暮らし、目の前の高校生活が楽しくて、クロードへの興味が薄れた——周囲だけでなく、自分自身にもそう思わせようとした。

自己暗示というのは案外と良い方法で、時間はかかったものの、彰信は徐々にクロードのことを考えないで済むようになっていった。気を紛らわせようとして勉強に明け暮れたおかげで、それなりの大学に進学できたし、外資系の優良企業に就職することもできた。

その反面、誰かとつきあうことに関してはあまりうまくいかなかった。高校時代は周囲の誰もが幼く感じられてその気になれなかったし、大学に入ってからも合コンだなんだと騒ぐのは性に合わず、出会いの場に出向くこともなかった。

ある時、留学生のための交流施設を手伝うことになり、そこで二歳年上のフィンランド人と出会った。すらりと背が高くすっきりとした顔立ちの男で、全体的に知的な雰囲気がある。気にしてチラチラ見ていたからか、それからしばらくして男に誘われ、つきあうようになった。

自分はこの時、いろいろなことを期待していたのだと思う。かつてクロードに抱いていたような想いを、再び感じることができるものだと。だけど実際は、そんな気持ちの盛り上がりは訪れなかった。そのくせ、クロードのことを思い出すことが増えて、男の話し方、眼差し、抱きしめ方やキス、そしてセックスのやり方までも、全部違うと感じて、そんな自分にうんざりしてしまう。

相手に夢中になれないまま、その時は半年と持たず別れてしまった。きっと煮え切らない彰信の態度も、良くなかったのだろうと思う。

その後も、誰とつきあっても似たり寄ったりで、彰信は次第に恋愛に対してまったく期待しなくなっていった。いいなと思っても、ふとした瞬間、冷めてしまう。それはもう相手に問題があるわけではなく、彰信自身に問題があるということだ。

もう忘れたはずの男と交わした古びた熱情に、いつまでも捕らわれている。まるで、呪いだった。

それでもいつかその呪いを消し去り、新しい熱をともしてくれる誰かが現れてくれるかもしれない――そんな身勝手な望みを胸に、また他の男とつきあい始めるのだ。今は、ケンがその相手ならいいなと思ってつきあっている。

――そのはずだったのに。

再会したクロードに抱きしめられた瞬間、燻（くすぶ）っていた熱は再び一気に膨れ上がり、彰信を打ちのめした。

もう忘れた、今更心を揺り動かされるわけがない――そう思っていたのに、こんなにもあっけなく揺らいでしまうのかと、恐怖を覚えてしまうほどだった。

それなのに、クロードは昔のままだ。会わなかった時間などなかったかのような自然さで話しかけてきた。

――嫌になる……。

小さく息をついて、彰信はベッドの上で寝返りを打った。

これ以上は考えても無駄だ。

どうせあの男は、自分のやりたいようにしかやらないし、自分もまたここに閉じ込められて、自由に外に出ることさえままならない。

だとすれば、日本に帰れるよう手配をしてくれると言っていたデイビッドの言葉を信じて待つしかない。それがいつになるのか、考えれば考えるほど憂鬱になってくる。八方塞がりだった。


翌朝、彰信はノックの音で目を覚ました。

ハッとして体を起こすと、女性の声で入っていいかと尋ねられる。

「え……あ、はい」

慌てて目をこすり、手で髪を撫でつけているとガチャ、と扉が開いた。

扉を開けて現れたのは、プラチナ色に輝くロングヘア、透き通った白い肌に青い目を持つなんとも美しい女性だった。黒の膝丈ワンピースに白の腰エプロンといったメイドのような格好をしている。

「おはよう。よく眠れた？」

「はあ、まあ……」

頷いたものの、体の疲労感はむしろ増していた。きっと、夢見の悪さが理由だろう。

「ええと……あなたは？」

「マリアよ。クロードから、あなたの衣食住のフォローを頼まれてる」

「衣食住のフォロー……」

彰信は眉をひそめる。つまりそれは、彰信の意思とは関係なくしばらくの間ここで暮らさなければならないということだ。わかっていたことだが、やはり腹が立つ。

「はい、これ。着替えたらダイニングに」

「あ……ありがとう」

ハッとして礼を言う彰信をチラ、と一瞥し、マリアは部屋から出て行った。

モデル並みに美しいけれど、表情に乏しく無機質な雰囲気がある。白磁の肌、白金色の髪色からすると、生粋のテリオラ人ではなく、もっと東の方の出身なのかもしれない。クロードから彰信の世話を頼まれたと言っていたが、一体どういう関係なのだろうか。

ぼんやり考えながら、彰信は頭を振った。今更、クロードが誰とどんな関係だろうと、どうでも良い。この期に及んで、まだそんなことを気にする自分に嫌気がさした。

マリアが置いていった着替えは、誂えたように彰信の体にぴったりとフィットした。シンプルながらもひと目で上等なものとわかる質感を備えている。綺麗にプレスされた白シャツに、黒のパンツ――

本当はこのまま部屋に篭っていたかったが、呼ばれた以上いつまでもそうしてはいられない。彰信は仕方なく、部屋を出た。

浮かない気持ちのままダイニングルームの扉を開くが、そこには誰も見当たらない。中まで入ると、続き部屋となっているラウンジのソファに、クロードとジャンの二人が腰掛けていることに気づいた。すでに食事を済ませ、コーヒーを飲みながらのんびりしているところらしい。

ふと、クロードが体を屈め、こちら側を覗き込んで来る。

「おはよう。よく眠れたか」

「こんな城で、よく眠れるわけないだろ。最悪だ」

悪態を返し、彰信はむすりと椅子に腰掛ける。

「ほんと、早く帰りたい」

うんざりしたように吐き出すと、彰信はラウンジのクロードを睨みつけた。視線の先、クロードは肩をすくめ苦笑を浮かべるだけだ。

「あまり眠れないようなら、マリアに薬を調合させるが」

「そういうことじゃないんだけど……てゆうか、何それ。マリアって、どういう人なんだよ」

アンドロイドのような美女と薬の調合というワードがうっかり気になって、話を拾ってしまう。

「何、この男と同じく、俺の部下だ」

言って、クロードはソファに寝転がり雑誌を読んでいるジャンを指さした。なるほど、個人的な関係からあの美女を呼び寄せたわけではなく、ジャン同様、仕事がらみの存在ということか。ちょっとホッとしている自分に気づいて、彰信は額を押さえた。

「安心しろ。ふたりとも警護隊所属だから、護衛任務もなんなくこなす。マリアの場合は身を守るためにそういう薬が必要になることもあって、それで詳しい」

「へえ、そういうこと。大変だね」

投げやりに答え、彰信はげんなりとした気分で窓の外を眺めた。警護隊というものがどういう機関かは知らないが、きっと何か軍隊みたいなものだろう。

しばらくしてマリアが彰信の朝食を運んで来たが、警護隊所属と聞いた後だけに、ちょっと緊張を感じてしまった。

だが、漂うスープの香りに山盛りのチーズにスライスオニオンの載ったトーストを前にすると、急に空腹を感じた。どうせ逃げられるわけもなし、さっさと気持ちを切り替えたほうが良さそうだ。

彰信は「いただきます」と呟いて、そっとスープに口をつけた。

「アキ。食事を終えたら、ちょっと出かけよう」

「出かけるって、どこに?」

聞き返すが、返事はない。ソファにゆったりと腰掛けたクロードは、黙ったままそっと窓の外に視線を向けた。

食事を終えてしばらく、言葉通りクロードは彰信を城から連れ出した。ジャンに運転をさせ、クロードは彰信とふたり、車の後部席に乗り込む。懲りずにどこに行くのかと尋ねてみたものの、やはり返事はない。

山あいを抜け、街中に入った途端、景色はがらりと都会的になった。車はやがて、ある建物の前で止まる。自分たちを下ろしたジャンは、建物際に車を寄せた。そこで待機するようだ。

クロードはエントランスを潜り、その建物——病院の中へと入って行く。日本のものとは幾分雰囲気が違うものの、こういった建物は大体似たような造りをしている。無言のまま、クロードの後をついて行く。

着いた先が病院だとわかった瞬間から、彰信はやはりという気持ちになっていた。無言のまま、クロードの後をついて行く。

病院内は軍服や警備服らしき姿の人間が多く見受けられた。そんな中、クロードは誰の注意も受けることなくすいすいと病院内を進んで行く。中には見知った顔もあるようで、時折、挨拶を交わし合ったりもしている。

彰信はといえば、クロードの背後に隠れ、顔を俯けてひたすら気配を消そうと努めていた。そんなことをしなくても、この国のほとんどの人間は彰信の素性を知らない。気にする必要はないとわかっていたが、本来自分がいるべきではない場所だと思うと、体が勝手に萎縮してしまう。

エレベーターで上階に上がると、突然人気がなくなった。ある扉の前にだけ、ふたりの軍服姿の男が立っている。彼らはクロードが近づいた途端、ハッとした顔を見せ敬礼し、扉前から退いた。

クロードに続いて部屋の中に入ると、中には誰も訪問客はいなかった。たったひとり、窓際に置かれたベッドに眠る男がいるだけだ。その男を取り囲むようにして、色とりどりのたくさんの花々が飾られていて、室内は花の香りで満たされている。

「今はもう遠慮してもらっているが、先日まで国民から花がどんどん届けられていたんだ」

国民からの献花に包まれ、この国の国家元首、アルマン・ボーフォールは静かに眠っていた。

肉眼でその顔を見たのは、これが初めてだった。アルマンは生気のない青白い顔色をしていて、これまで密かに画面越しにチェックしてきた男とは、まるで別人のように見える。

「……触れてやってくれ」

背後に立ったクロードが、そっと耳打ちしてくる。

「……」

促されるまま、彰信は手を伸ばした。上掛けの間に手を忍ばせ、眠る男の腕を探る。

探り当てた手首は、温かかった。彰信はホッとしたように小さく息をつく。

こうして触れてみても、この男が父親だと実感できない。だが、この温もりはもうじき失われようとしていた。かける言葉もないまま、彰信はただ静かにその顔を見つめる。

クロードはそんな彰信の側に、ひっそりと控えていた。

正直、自分がどんな気持ちでいるのかもよくわからない。今この時ばかりは、何も尋ねたりせず、黙って側にいてくれることが、素直にありがたかった。

どのくらいそうしていたのか――ふと足音が聞こえてきて、病室の扉が開かれた。

「クロード！」

決して大声ではなかったが、鋭く尖った響きがあった。中に入って来たのは、眼鏡をかけた線の細い青年だ。

クロードを睨み、次いで視線を彰信へと向けた。青筋を浮かべ、表情に怒りを滲ませている。色白で華奢（きゃしゃ）、顔立ちも整っている男なのに、全身から噴き出している苛立ちのオーラのせいか、やたらと神経質そうな印象を受ける。

「お前、どういうつもりだ」

「エミル卿こそ。急にどうしました」

クロードは男のことをエミルと呼び、わざとらしいほどの恭しさで頭を下げて見せる。慇懃無礼なあまり、エミルがどういう立場の存在なのか、まったく判断がつけられなかった。

そのエミルが突然、彰信を指さした。

「そ……その男を入国させるなんて、お前は何を考えているんだ」

強ばった顔つきには、あからさまな嫌悪感が滲んでいる。

「……」

思わず、彰信は顔を俯けた。誰かはわからないが、向こうはこちらの素性を知っているようだ。充分自分の立場を理解しているつもりだったが、こうしてはっきりと嫌悪感をむき出しにされると、すぐにでも逃げ出したいような感情に駆られる。

「別に何も。ボーフォール公のために、ご子息をお連れしたまで」

だが、クロードは気にした風もなく当然のようにそう言い放つ。チラ、と視線を上げると、エミルがわなわなと唇を震わせるのが目に入った。

「お前の独断か、バルティエ家の総意か、どちらだ」

それには答えず、クロードはただ含み笑いを浮かべた。

バルティエ家の総意のはずがないことは、先日のデイビッドとのやり取りではっきりしている。だがそれを正直に打ち明ける気は、さらさらないらしい。彰信も、まさかこの場で仲裁に入れるほどの度量は持ち合わせていなかった。

「今がどんな時期かわかっているのか。余計な問題を持ち込んで、騒ぎを起こすんじゃない」

エミルもまた、デイビッドと同じような言葉を口にする。結局のところ、彰信はこの国では邪魔者でしかないのだ。

「……余計な問題、ね」

不意に立ち上がったクロードが、エミルに近づく。

「安心しろ。俺にそこまでの権限はないさ」

クロードはエミルの耳元に低く囁き、ひっそりと笑った。

「さあアキ、帰ろう。今日のところは、本当に顔を見に来ただけだからな」

そう言って、クロードはさっさと病室を出て行ってしまう。

彰信は慌てて後を追った。すれ違いざまエミルに会釈したが、青ざめた表情の男は彰信のほうを見ようともしなかった。

「……あんな煽る言い方しなくたって」

車に戻った彰信は、ぼそりと呟いた。

エミルを庇うわけではなかったが、それでもクロードの態度や言いようは、行き過ぎという気がした。

「あいつとは昔から相性が悪い。向こうが俺を嫌ってるんだ」

エミル・デュフォアは、先代のテリオラ公の弟、セルジュ・デュフォアのひとり息子で、アルマンの年の離れた従兄弟だ。クロードにとっては、姻戚関係にあるというだけでなく、クロードの兄、ピエールとエミルが同じ学校の同級生同士ということもあって、幼い頃はそれなりに交流があったらしい。

エミルやその父であるセルジュは公族の中で最も公位に近く、アルマンが生死の境をさまよっている中、彰信のようなややこしい素性の人間に現れてもらっては困る——というのが、クロードの見立てだった。

彰信にしてみたら、何もかもが杞憂でしかない。アルマンにもこの国にも、今更何かしてもらうつもりはないし、それより何より今すぐ日本に帰りたいと思っているだけだからだ。

小さく息をついて、彰信は窓の外に視線を向ける。これでひとまず、用は済んだのではないだろうか。

流れゆく景色を眺めながら、彰信はぼんやりとアルマンのことを思った。

生気のない青ざめた寝顔——おそらくは、これが最初で最後の邂逅となるだろう。

いまだ何を言えばいいのか、どういう気持ちが正解なのかわからないままだったが、少し気持ちは落ち着いていた。長年心に澱（おり）のように積もっていた感情を、ようやく流せる時が来たのかもしれない。

「あのさ……仕事のこともあるし、本当にもう帰りたいんだけど」

「馬鹿を言うな」

クロードはピクリとこめかみを震わせ、表情を変えた。

「……このまま回復しなければ、国葬が執り行われることになる。お前にはこの場にいてもらわなければならない」

「そんな、まだ亡くなってもいないのに……不謹慎だろ」

目をそらし、彰信はぼやいた。

この場に自分たちとジャンしかいないからいいものの、アルマンの一番近くで警護も務める男が、言って良い言葉とは思えなかった。

「大体わかってきたけど……俺はやっぱり、この国にいないほうが良さそうだし」

「何を言う。お前がそんな肩身の狭い思いをする必要はない。どいつもこいつも、何を慌てているのか、まったく滑稽なことだ」

鼻で笑い、クロードは本気でどうでも良さそうに呟く。

「俺の立場とかはどうでも良いんだよ。そんなことより、あっちでの生活のほうがよっぽど大事だ。仕事がクビになったら、どうしてくれるんだよ。俺が可哀想だって思うなら、すぐにでも帰してくれ」

クロードはチラ、と視線を寄越し、小さく「真面目なことだ」とこぼした。

「ジャン、後でアキの勤め先に電話して、辞めると伝えてくれ」

「ちょ……、ふざけんな。何の権利があって、そんなこと決めるんだよ」

挙げ句、運転席のジャンに向かってそんな指示を出したため、彰信は慌てて止めに入った。本当に、ふざけないで欲しい。

クロードは不満そうに眉を寄せたが、それ以上は何も言わなかった。

「まあ一応、アキの会社には事故で入院することになったって連絡は入れてるから……」

車のミラー越し、苦笑を見せたジャンが取りなすように口を挟む。

行ってらっしゃいとケンを送り出した足で入院とは、いくらなんでも無理がある。まったく、誰も彼もこちらの意思などお構いなしだ。彰信はシートに深くもたれ込み、疲れたように目を閉じた。

アルマンは、それから三日と持たずに亡くなった。

長引けばますます日本に帰れなくなると思っていた矢先のことで、どこかホッとしている自分がいた。我ながら、情がない。

とにかくこれで、義理は果たした。ようやく日本に帰ることができる。

「それは無理だ」

しかしそう思っていたのは彰信だけで、クロードにはまったくその気がなかった。

「なんでだよ」

噛みつくと、クロードがじろりとこちらを見据えてくる。

「二週間後、葬儀が執り行われることに決まった。葬儀のことはすでに伝えていたはずだ。お前も参列しなければならない」

国家元首の葬儀までに二週間というのは、かなり急だ。いくらテリオラが小国とはいえ、他国の賓客（ひんきゃく）が弔問に訪れるだろうし、きっと国民との別れの場も設けなければならない。関係各所、調整に追われていることだろう。

だが、この国の人間ではない彰信にとっては、何ひとつ関係がない。

「しなければって……それ、誰の指示なんだよ。デイビッドはなんて言ってるわけ」

葬儀への参列など、どう考えてもデイビッドが許すはずがなかった。

「何、遠慮は不要だ」

不適に笑うクロードは、本当に何も気にしていないようだ。

本気で葬儀に参列させるつもりでいるらしく、彰信のスーツを誂えるため、その日のうちにテーラーをローグベルグ城に呼びつけた。

クロードは壁に背を預け、テーラーが彰信の体をてきぱきと採寸して行く様を楽しそうに眺めている。きっとこのことも、デイビッドの了承は取っていないだろう。何もかも無駄になる可能性もあるというのに、本当にやりたいようにしかやらない男だ。

まったく話の通じないクロードを前に、彰信は無力感を覚えた。以前の自分の目には、クロードのそういう部分がひどく大人びて映ったものだが、今は迷惑極まりない。

葬儀までの無為な二週間を過ごすこと、そして葬儀に参列しなければならないことを考えると、あまりに憂鬱だった。

それがストレスにでもなっているのか、彰信はその日以降、夜はなかなか寝付けず、朝もすっきりしない目覚めを迎えるようになった。

その日も、彰信はなかなかベッドから起き上がることができなかった。ドア越し、マリアに声をかけられて、しぶしぶ起き上がる。

「あれ……」

着替えを済ませてダイニングに向かうと、いつもであればラウンジでのんびりしているはずのクロードの姿が見当たらない。ソファに仰向けに寝転がっていたのは、ジャンだけだ。

「おはよう。……クロードは？」

「ボーフォール公の葬儀の打ち合わせやなんやかんやで慌ただしくしてる。ひょっとすると、葬儀当日まであちらにつきっきりになるかもしれない」

「ふうん」

当然のことだろう。仕えていた主君が亡くなり、ましてクロードは近しい親族のひとりでもあるのだから、外野でのんびりというわけにはいかないはずだ。

──無関係の、俺とは違って。

皮肉な気分でそんなことを考え、彰信は足下の上等な絨毯を見つめた。

このままクロードに文句を言うこともできずに当日を迎えるのかと思うと、本気でうんざりする。

──いや、待てよ。

クロード不在のこのタイミングに、なんとか日本に帰ることはできないだろうか。彰信はふと、そんなことを考える。

「そういえばさ、ジャンが勝手に持ってきた俺の荷物ってどこに片付けてる？　ちょっと鞄に入れてたものとか確認したいんだけど」

「うーん、ちょっとわからないなあ。その辺はクロードが管理してるからさ」

返答に、明らかにとぼけているとわかる間があった。この野郎、と睨みつけるが、ジャンは笑顔で受け流す。途中、マリアが食事を運んで来たが、こちらは相変わらずの無表情で何を考えているのかまったくわからなかった。

これではこのふたりに何を尋ねたところで、どうにもならない。だが、それも当然だろう。そうでなければクロードも側に置いたりはしないし、こうして彰信の世話を任せたりなどしないはずだった。

「ふたりとも、いつからクロードの下で働いてんの」

早々に諦め、彰信は別の質問を投げかける。あの身勝手な男に付き従って、随分と物好きなふたりだと思うからだ。

「そんなこと、知ってどうするんだい」

ジャンは困ったように肩をすくめた。

「クロードみたいな男の下で働くのって、大変だろうなと思って。何か弱みでも握られてるのかなー、とか」

冗談めかして言いつつも、結構本気だ。クロードならやりかねないと思ってしまう。

「はは、ひどい言われようだな」

「だって、ほんと勝手じゃん。一方的で、全っ然会話が成り立たないよ……」

彰信にしてみれば、せめてこうして愚痴でも聞いてもらわなければ、まったくもってやっていられない。

「んー、まあそれも含めて、クロードだからね。アキだってそうは言いつつ、穏やかで物わかりのいいクロードなんて、想像つかないだろ」

　言って、ジャンはくく、と喉を震わせた。残念ながら、確かにジャンの言う通りだ。

「いつからって言えば、ほんの五年ほど前からだよ。マリアは、三年ぐらい？」

　ジャンの言葉に、マリアが小さく頷く。どちらも案外と最近で、意外だった。

「だけど俺は前々から縁があってね。親父がバルティエ家の使用人で、そもそもクロードとは同じ敷地で暮らしてた。通ってる小学校も同じ」

「幼なじみってこと？」

「そういうのとはまた違うかな。言ってもあちらは公族で、こちらは一般人だからね。もちろん、お互いのことを知ってはいたんだけど……兵役に就いた時、偶然同じ隊の所属になって、まともに話したのはその時が初めてだ」

　テリオラには兵役の義務があって、それは公族であるクロードにも等しく課せられるものらしい。クロードは大学院を卒業した後すぐ入隊し、そこでジャンと再会したようだ。幼い頃は話したこともない間柄だったのに、この時はすぐに意気投合したとかで、ジャンは誘われるまま、クロードの所属する警護隊へと入隊したのだと語った。そして、警護隊というのはやはり、テリオラにおける軍事組織の扱いとなるようだ。

「俺みたいなのはどこに所属したって必ず誰かの下に就くことになるわけだし、だったらクロードのほうが面白いだろうなと思った。確かにいろいろ振り回されちゃいるけど、あいつ自身にはブレがない。軸ってのはそうでないとさ」

少し照れたように言って、ジャンは後ろ頭を掻いた。

「へぇ……なんか、運命みたい」

苦く笑って、床に目線を落とす。

なぜだろう。クロードとの間に当たり前のように信頼関係を築いてきたジャンに、少しばかり妬けてしまった。

――俺の場合はそんなんじゃなくて……何かもっと、刷り込みのようなものだ。

世界にはクロードしかおらず、いつだってゼロか百かみたいな距離感しか与えられなかった。

今は――ゼロだろうか。それとも百？

決めるのはいつだってクロードで、彰信にはどうすることもできない。一体いつまでこんな状況が続くのだろうか。

一度、きちんと話がしたかった。はぐらかしたりせず、一方通行にならない当たり前の会話がしたい。

しかしジャンの言った通り、クロードはそれからまったくローグベルグ城に顔を出さなくなった。どうやらこんな辺境ではなく首都であるリウムフェルトにきちんとした自宅マンションを所持しているらしい。

だったらずっとそこにいてくれて構わないというのに、数日後の葬儀当日、朝早くに城に戻って来た。先日採寸したものができあがってきて、自らそれを運んで来たのだ。

着てみろ、と言われしぶしぶ袖を通すと、よくもまあこんなにぴったり仕上げられるというほど、体にフィットした。揃いで選んだらしいコートに身を包み、黒のカントリーブーツに足を通し出かける用意が調ったところで、クロードはまじまじと彰信を見つめ、満足そうな笑みを浮かべた。

葬儀はアルマンの居城、ベルレフォール城で行われることになっている。クロードの予定では彰信も参列することになっているため、ジャンの運転する車に乗り三人で城へと向かった。

この二週間、彰信はひたすら「この日さえ過ぎれば」という思いで過ごしてきた。葬儀さえ無事終われば、今度こそ解放してもらえる。ストレスを感じながら、ただ城に閉じこもっているだけの無為な日々をやり過ごすには、そうして耐えるしかなかった。

そうしてやっと迎えた葬儀の日――到着した彰信は運良く参列を免れた。

城に到着してすぐ、待ち構えていたデイビッドから、城外の芝生広場での待機を言い渡されたからだ。

クロードは参列させることはもとより、彰信にアルマンの最も近くで見送らせたかったようで、デイビッドと一悶着起こしていた。

周囲には先日、病院で顔を合わせたエミル・デュフォアがいるのが見える。その傍らに、小柄な老人が立っていた。どうやらそれが、エミルの父であり先代のテリオラ公の弟であるセルジュ・デュフォアのようだ。

小声でひそひそやり合っているふたりの側で、エミルはまたも青筋を立てピリピリとした空気を醸(かも)し出している。時折、チラとこちらに視線を向けてくるので、彰信はずっと視線を床に落としていた。それでも何かちくちくするものを感じ、思わず顔を上げると、エミルの隣に立つセルジュと目が合った。瞬間、フイと視線を逸らされたが、鋭い目つきはエミルとは比べものにならない迫力があった。

——帰りたい……。

心底そう思って、彰信は空を仰いだ。

クロードとデイビッドはまだこそこそ言い合いを続けている。もういいや、と思い彰信はジャンの袖を引っ張った。この場合、どう考えてもデイビッドに従うのが吉だ。ふたりでそっと芝生広場へと移動することにする。

「いいのか、アキ」

「これ以上あそこにいると、悪目立ちする。外のほうが気楽だよ」

「──おい、アキ！」

背中越しクロードの声が聞こえてきたが、彰信は振り返らなかった。

誂えたばかりのスーツ、それに合うコートやブーツ、貴金属類はどれも上等品ばかりで、クロードがこの日のためにわざわざ用意したとわかる。すべてのお披露目(ひろめ)の機会が失われ、クロードは歯噛みする思いでいるだろう。ここ数日のうちに蓄積した鬱憤が、少しばかり晴れた。

今日に限り、広場は国民に開放されるらしい。中では大勢の人がひしめいていた。城内の様子が少しでも伝わるようにと、急ごしらえの巨大スクリーンが設置され、みんな、そちらに視線を向けている。生粋の西洋人とは言いがたい彰信の容姿が目立たないで済んでいるのは、ほとんどの者の意識がスクリーンに向いているからということもあった。

広場を突っ切り、城から城門まで真っ直ぐに続く通路には、数台の黒塗りの車が並んでいる。中でも城の真ん前につけられた車は車体が長く、ひと目でアルマンの棺を乗せるためのものだとわかった。

晴れてはいたが、寒さの残るこの時期、芝生の上にはまだ残雪があり、吹く風も冷たかった。それでもみんな、少しでもテリオラ公の側にと集まって来ている。ところどころからすすり泣く声や祈りの声が聞こえてきて、彰信は落ち着かない気持ちになった。

自分はアルマンに対して、いまだどういう感情を持てばいいのかわからずにいる。特定の宗教を持たずに育ったこともあり、この場にいる者たちのように祈りを捧げることもできない。ただ突っ立って映像を眺めているだけの自分は、果たして何者なのだろうか——。

やがて城の扉が開き、豪奢な棺が運び出されてきた。

棺を支えて歩く人々の中に、クロードの姿を見つける。公族といえど、こういった仕事は親族が務めるものなのか、棺の足下側を支えていた。

ぼんやり眺めていると、かなり距離があるにも拘わらず、バチ、と目が合った。

こんなだだっ広い広場の中でも、彰信の居場所は報告されているらしい。しかも、彰信が一緒に参列できないことにまだ腹を立てているのか、ひどくピリピリとした空気が伝わってくる。

あのクロードにしても、さすがにこの場では勝手することはできないようだ。棺を運び入れた後は、他のみんなと同様、控えている黒塗りの車のうちのひとつに大人しく乗り込んでいった。

アルマンを乗せた車がゆっくりと静かに動き出し、他の車もそれに続く。どこからともなく悲鳴のような声が聞こえてきて、集まった国民たちが声を上げて泣き出した。

「アキ。車を回してくるから、東の門扉のところで待っててくれ」

それまでずっと側に控えていたジャンが、そっと耳打ちしてきた。

「城に帰るの」

幾分、ホッとした気持ちになりながら尋ねる。正直言って、あまりこの場にはいたくない。彼らの嗚咽を浴びていると、否応なしに感情の渦に飲み込まれてしまいそうになるからだ。

「いや、クロードたちを追いかけるよ。これから埋葬だ」

「……それ、俺が行く必要ってある？」

目をむいた彰信に、ジャンは肩をすくめて見せた。俺に言われてもね、という顔つきだ。

「東門で待っててくれ。車をまわしてくる」

言い置いて、ジャンは彰信から離れて行った。

「くそ……」

行きたくない――。それでも、このまま嘆きの渦の中に居続けることはできなくて、彰信はのろのろと東門のほうへと足を向ける。

東門というのはいわゆる勝手口のような出入り口で、今朝この場に来る時にもそこを通っていた。そのため、特に迷うこともなくすぐにたどり着く。

これから来賓の送迎もあるし、広場に集まっている者たちもみんな、正門から出入りするため、こちらはまったくといって良いほど人気がない。無造作に手で門扉を開いて、彰信は敷地の外へと出た。

その時不意に、大きな鐘の音が鳴り響いた。

彰信は思わず、背後の城を振り返る。

この国の葬儀の風習は、なにひとつ知らない。だが、それがこの国の君主に別れを告げる鐘だということは、なんとなく想像することができた。

瞬間、彰信はアルマンの死というものを、強く実感した。

喪失感や悲しみはない。幼い頃から抱え続けてきた憎しみや寂しさも感じなかった。ただ何か、ようやく解放された――そんな感覚が走り抜ける。

「……」

見上げれば、空は抜けるように青く澄み渡っていた。憑き物が落ちたみたいに、すっきりとした気分だ。アルマンにもこの国にも用などないと思っていたけれど、来て良かったのかもしれない。

ややあって、車のエンジン音が聞こえてきた。ジャンかと思ったが違った。シルバーのスポーツワゴンではなく、黒のボックスワゴンだったからだ。

車は歩道脇に停車し、運転席から誰かが降りてくる。あまり他の誰かと顔を合わせたくなかった彰信は目線を下に向けていた。――と、その視界がぐるりと反転する。

「え！」

体を担ぎ上げられていると気づいた時には、ワゴンの後部席に放り込まれていた。

彰信の手を後ろ手に縛り上げ、タオルのようなもので目隠しをする。何もかも、一瞬のことだった。

男はすぐさま運転席に移動し、ワゴンはそのまま猛スピードで走り出した。対向車でもいたのか、激しいクラクション音が響いている。

何が何だかわからない。転がされた状態のまま、彰信は必死に車の振動に耐えた。

「……あんたは、誰？」

ややあって、彰信は小さく問いかけた。少し迷って英語にしたが、返事はない。車だけが車体を揺らしながら、異様なスピードで進んでいく。

こうして縛られどこかに連れ去られようとしているというのに、どうしてか現実味がない。明らかに緊急事態だったが、彰信は車の揺れに耐えるのに必死で、他のことまで考えられずにいた。

クロードの気持ちを満足させられたら、適当なところで日本に帰れるものと思っていたが、もはやそれどころではなさそうだ。クロードがさっさと自分を帰してくれてさえいればこんなことにはならなかったというのに、これではあんまりだった。

男はひとことも口をきかなかった。

どのぐらい走っていたのか、車は車体をガタガタ揺らし、唐突に停車した。

車を降りた男は、後部座席の扉を開いて転がる彰信の体を抱え起こした。そうして、彰信の手の縛めも目隠しも取り払ってしまう。

一瞬、視界が真っ暗に感じられたが、目が馴染んでくると、何か倉庫のような場所だとわかる。

驚いたのは、目の前の男が、ハッとするほど美しい顔立ちをしていたからだ。

長いプラチナブランドに透き通るような白い肌と青い瞳をしている。高身長で、体つきはがっしりと鍛え上げられていた。思えば、特に小柄ということもない彰信を軽々と抱え上げ、車に放り込んだのだから相当な腕力だ。

「お前にはしばらくの間、ここにいてもらう」

男はおもむろに口を開いた。容姿の特徴やこの母音の強い英語——この男もマリア同様、生粋のテリオラ人ではなさそうだ。

男が何者で、何が目的なのか。それが知りたくて、彰信は早口で尋ねた。

「しばらくって、どのぐらい？　あんたは誰？　なんでこんなことするんだ」

「……なんででもだ」

男は答える気がなさそうで、ぽつりとそう呟く。冷めた瞳に淡々とした口調で、感情的なものが一切見えない。美しい顔立ちをしているだけに、かえって気味が悪かった。

男は彰信を一瞥すると、そのまま後部席の扉を閉めた。運転席には戻らず、外に出ていってしまう。それからすぐに、入り口のシャッターが下ろされた。

あっという間の出来事で、彰信は身動きひとつ取れなかった。慌てて車から降りて、閉まったシャッターをもう一度開けようとしたが、ただ揺れるばかりでびくともしない。狭い倉庫で、他の出入り口なども見当たらなかった。

さすがに、焦りを感じ始めた。

車ごとこの場に監禁されたようなものだ。外気温はまだまだ低く、エンジンがかかるわけでもない車があったところで、凍えるのは時間の問題という気がした。

案の定、シャッターの隙間からはひんやりとした風が入り込んできて、一気に冷えを感じた。

とりあえずまだ車内にいたほうがマシだと思い、後部席に戻る。見れば、ラゲッジ・スペースに毛布が積まれている。何か荷物を包んだりするのに使っているようで、ところどころ黒くくすんでいた。

そんなものでも、ないよりはマシだ。彰信はそこから毛布を引っ張り出すと、くるまって横になった。

一度冷えた体は、なかなか体温が上昇しない。それでも何度も足や手を摺り合わせるうち、ようやく体が暖まってきた。そのせいか、今度は頭がぼうっとしてくる。やがてそれは猛烈な睡魔に変わり、彰信は抗い切れずに意識を手放す。

頭の片隅、もう二度と目覚めることはないかもしれないという絶望が過ったが、彰信はもう指一本動かすことができなかった。

＊＊＊

アルマンの棺にひとつ、またひとつと切り花が放られていく。白、ピンク、オレンジ——色とりどりのマルタゴン・リリーは、首都リウムフェルトの語源であるリリウム（ユリ）を象徴する国花だ。力強さと素朴さの両方を備えた純朴の花は、アルマンの死を静かに優しく覆っていった。

クロードは人の輪の背後に立ち、隙間から花に埋もれゆく棺を見つめていた。

みんな、さめざめと泣いている。最前列、公妃のディアナが膝を折り肩を震わせている姿も見えた。

アルマンの側近となってから、ディアナとも顔を合わせることが増えた。

十二歳の年の差がある中、穏やかで優しい夫婦関係を築いていたように思う。結婚して十年、子供を授からなかったことが本当に残念だ。そのことで口さがなく言う者は多かったが、まさかこんな悲劇に見舞われるとは誰も想像していなかっただろう。

おそらく、ディアナは実家に戻ることになる。そうして公室内のお節介な誰かが、次の婚姻相手を見繕うはずだ。もちろん、再婚するしないはディアナの心ひとつだが、誰かと新しい道を歩んでくれるようになれば、アルマンもきっと安心するだろう。

祈りが捧げられ、みんなが立ち上がる。棺に少しずつ土が被せられていった。

——会いたかっただろうに。

彰信。ただひとり心から愛した女性との間のひとり息子——一度も顔を合わせることなく、逝ってしまった。クロードだけは、そんなアルマンの本心を、願いを知っている。できるなら、会わせてやりたかった。

「……残念だ」

思わず漏らした呟きは、風に消える。

目を眇め、感傷を頭から追い出すと、クロードは思い出したように腕時計を見た。

——遅いな。

ジャンには彰信をここに連れて来るよう言ってある。父、デイビッドに阻まれるのは間違いないが、それでもクロードはできるだけ近くでアルマンを見送らせたかった。それが、アルマンの本心を知る自分のせめてもの務めだ。

ふと、園路を走って来る男の姿が見えた。ジャンだ。クロードはそっと参列者から離れ、彼の下へと足を向ける。

「どうした。彰信は？」

連れて来いと言ったのに、彰信に嫌がられでもしたか――。そう思っていたが、ジャンが青い顔で首を振る。

「まずい。連れ去られた」

「なんだと？」

クロードは顔色を変えた。

「お前がついていていながら、どうしてそんなことになる」

ここにいる男はただの運転手などではなく、銃の扱いにも長けた護衛のプロだ。

「すまん、ひとりの時間を作っちまった」

「お前は馬鹿か！」

信じられなかった。彰信がテリオラに入国したことは、伝わるところには伝わっている。絶対に目を離すなと言ったのに、あり得なかった。

「発信器は？」

だがとにかく、今は彰信だ。

彰信のスーツを誂えた際、一緒に用意した腕時計には、超小型の発信器を仕込んでいる。こういう万が一のためのもので、そのことはジャンも知っていた。

「マリアにはもう追跡を頼んでる。お前がどうするかと思って、指示を仰ぐついでに迎えに来た」

行動としては、間違っていない。だがクロードは歯噛みせずにはいられなかった。

「ジャン。アキにもしものことがあったら、いくらお前でも――」

「わかってるよ！　処罰は受ける。死ねと言うならそうするさ。だからとにかく急いでくれ」

ジャンも、焦りを隠せていない。いくら何でも死ねなどと言うはずもないのに、滅茶苦茶だった。

クロードは葬儀には戻らず、そのままジャンと共に墓地を離れる。風に乗り、遠くデイビッドの怒鳴り声が聞こえてきたが、構っている余裕などなかった。

＊＊＊

彰信は、ひとり薄暗い城の中を歩いていた。

城の内部は部屋数が多く、ひどく入り組んでいる。自分が軟禁されていると知らない彰信にとって、この城は実は格好の遊び場となっている。冒険、探検、そんな名目で、ほとんど毎日、城内を散策していた。

自由にしていられる時間は一日のうち一時から三時までと決められていて、なおかつ施錠されているような部屋も多く、六歳になった彰信にとって、この城はまだまだ未知の場所だらけだ。

幸い、使用人が働く場所は開放されている。そのため彰信は、そうした場所にばかり出入りしていた。人のいる気配、活気が感じられることが単純に楽しい。中でも洗濯室はたくさんの窓があり、日の光が差し込み非常に明るく、彰信のお気に入りの場所のひとつだった。

チラ、と覗き込むと顔見知りの使用人の女性が「あらあら」と笑顔を差し向けてくる。

しかし今日は洗濯室が目標ではないのだ。女性にひらひらと手を振りながら、彰信は洗濯室を抜け、細い廊下の先にある階段を駆け上がった。

その部分は独立した塔となっていて、階段はぐるぐると塔内を旋回している。三階建てぐらいの高さしかないが、螺旋状の階段にはわくわくせずにはいられない。

たどり着いた先は、小窓のある質素な部屋となっていた。それは戦時下、見張り台であった場所だが、幼い彰信にそんなことがわかるはずもない。

小窓の下には飾り気のないテーブルと椅子が置かれていて、彰信はそのテーブルに立って窓の外を覗くのが好きだった。窓は接着されてしまっていて開けることはできなかったが、景色は他のどの場所で見るものよりも素晴らしい。

見張り台だっただけあって、見晴らしが良いのだ。

青い空、白い雲、下に広がるのは深い緑——羽ばたく鳥たちの群れも美しい。彰信は飽きることなく窓の外に広がる風景を眺めていた。

「あ」

ふと、窓枠に小鳥がやってきた。もしも窓が開いたなら、ちぎったパンをあげたりもできるのに、と残念に思う。その鳥も、しばらくして羽ばたいて行ってしまった。

物寂しい気持ちで鳥の去った方向を眺めていると、窓から目と鼻の先の壁面に、タラップが取り付けられているのを発見した。幼い彰信にも、それが壁面を昇降する梯子だとわかる。

彰信は窓から上を見上げてみた。どうやらタラップは、この部屋の屋上部分から下りてきているようだ。距離的にはそれほど離れていない。どうやったらあそこに行けるだろうか——屋上へのアクセス方法を探し、彰信は室内をきょろきょろと眺め回すうち、やがて天井の片隅に真四角の鋼鉄製の扉があることに気がついた。

扉だとわかったのは、天井部分に取り付けられたそれには取っ手があり、引っ張れば開きそうだったからだ。だが子供の彰信にはそもそも手が届かない。それで窓際に置かれていたテーブルと椅子を引きずってきて、椅子を持ち上げテーブルの上に載せた。そこによじ登ってバランスを保ちながらゆっくりと椅子の上に立つ。するとようやく取っ手に手が届き、彰信はそれを思い切り引っ張った。キィ……軋むような音と共に、鉄製の扉が開く。見上げれば、そこには切り取られたような青空が覗いていた。

「わあ……」

目を輝かせ、彰信は真四角の穴を覗き込んだ。屋上まで続くそれの内部には、壁面と同じようなタラップが取り付けられている。登って行けば、あの青空をもっと身近に感じることができる――彰信は爪先立ちになって、そこに手を伸ばそうとした。

「――アキ！」

大きな声がして、ハッと目を開く。目の前に、クロードの顔があった。少年の姿ではない、大人のクロードだ。強ばった表情で、彰信の肩を揺さぶっている。

――夢……。

彰信はこめかみを押さえ、頭痛を堪える。

「アキ、大丈夫か」

クロードの言葉に平気と頷きながらも、夢を見ていたせいで、少し混乱していた。

だが周囲に視線を走らせ、連れ去られた時の車の中だと気がついて、ようやく思考がはっきりしてくる。

「クロード……なんで？」

なんとか声を絞り出し尋ねる。

「ジャンが、このワゴンのことを覚えていた。それで、市内の監視カメラをくまなく探して、当たりをつけて探し回った。……良かった、手遅れにならなくて」

クロードの表情がようやくホッとしたように緩んだ。

その表情に、やはり随分と危険な状況にあったのだと気づかされる。

「体は？　頭痛がするのか？」

彰信は平気、と首を振る。置き去りにされた直後はどうなることかと思ったが、ラゲッジ・スペースにあった毛布で、それなりに暖が取れていたようだ。

「今って……何時ぐらい？」

「夜の十時だ」

「十時――」

城で鐘が鳴り響いたのが二時頃だったという記憶があるから、あれから八時間近く経っていることになる。あのまま何日も閉じ込められていた可能性もあったから、逆によくこんな早くに見つけてくれたものだと驚かされる。きっと、必死になって彰信の行方を捜しまくってくれたのだろう。見れば、クロードは葬儀の時の黒のスーツのままだったし、きっちり撫でつけられていた髪は乱れ放題になっている。

「……ごめん」

「お前が謝ることじゃない。連れ去ったのはエミルの子飼いで、サム——サミュエルという男だ」

「え……」

まさかという気持ちだった。エミルが彰信を邪魔に思っていることは病院でのやり取りからも明らかだったが、だからといってこんな荒っぽいことを仕掛けてくるタイプとも思えなかった。

「エミルは何も知らないと言っている。もちろん信用などできないが」

彰信の顔色を読んだかのように、クロードが言葉を続ける。

「……まあでも、結局危害は加えられなかったし——」

「当たり前だ！」

瞬間、クロードが鋭く怒鳴った。

——しまった。

つい、怒らせてしまった。平和で安全な日本で育った彰信の言葉は、クロードにはあまりに軽く聞こえてしまったかもしれない。実際、車ごと閉じ込められた瞬間は、命の危機を感じていたのに、無事帰って来られたこと、連れ去った相手がどこの誰なのかわかったことで、明らかに気が緩んでいた。

さすがにのんきすぎだ。何も言い返せなくて、彰信は唇をぐっと噛んだ。——と、クロードが胸元に深く彰信の頭を抱え込んでくる。

「……お前が無事で良かった」

低く、絞り出すような声に、彰信の心はひどく揺さぶられた。

彰信ひとりのことでクロードの人生は変わったりしないというのに、そんなこの世の終わりみたいな声を出さないで欲しい。

「……ごめんなさい」

いたたまれない気持ちになって、彰信はもう一度そう口にした。

ローグベルグ城に戻ると、彰信はすぐに湯に浸かるよう言われた。以前はシャワールームにバスタブなどなかったのに、クロードの所有となったことで、いろいろと好きなように改修しているのだ。

それにしても、体が重い。ぼうっと浸かったままいると、クロードが「おい」といきなり扉を開けた。

「……なに」

驚いて見上げると、クロードはむすりとした表情をしている。

「寝ているかと思った。風邪をひくぞ」

「わかってるよ。……もうあがる」

「……食事を用意しておく」

顔を引っ込め、クロードが去って行く。

無事で良かったと言いながらも、クロードはあれからずっと不機嫌だ。迷惑をかけたし、怒らせてもしまったから、彰信はただ大人しくしていることしかできない。

重い体を起こし、彰信はようやくバスルームから出た。

髪を乾かしてから、ダイニングルームに向かう。クロードは奥のラウンジのほうにいて、ちょうどボトルワインの栓を抜いているところだった。

テーブルの上には、パンやスープ、ボイルしたソーセージなどが並べられている。どうやらここで食事するつもりのようだ。

「みんなは？」

「休ませた。今日はかなり神経を使わせたからな」

若干、嫌みな響きを感じたが、今の彰信に文句を言う資格はない。むしろ申し訳ない気持ちになりながらソファに腰掛ける。

「お前も早く食事を済ませて、ゆっくり休め」

「……うん。食べていい？」

「ああ」

むすりとしながらも、クロードはチラ、とこちらを流し見て頷く。

ややあって、グラスにワインが注がれた。これは、七年前にはなかったことだ。

「飲めるんだろう？」

「……まあ」

彰信はグラスを手に取り、ワインに口をつけた。軽めの赤で、するっと飲み干せてしまう。クロードも食事にはほとんど手をつけず、ワインばかり飲んでいた。

「ちょっと飲み過ぎだ」

しばらくして、クロードが彰信の手からグラスを取り上げる。

「クロードのほうが、ずっと飲んでるじゃん」

じきにボトル一本を空けてしまいそうだが、そのほとんどはクロードが飲んだものだ。だけどまあ、それにも拘わらず酔いがまわっているのは確かだった。

ふう、と息をついて彰信はそのままソファの上に仰向けになった。

そうすると、窓から満天の星が見えた。この城は深い森に囲まれ闇が深いけれど、こうして天を仰げば、目映いほどの星の輝きが目に入ってくる。それだけは良い点だ。

ふと視界が遮られ、かわりにクロードの顔が現れた。気づけば、ソファの肘掛けに腰を下ろし真上からこちらを覗き込んでいる。

じわじわとその距離が近づいてきて、あ、と思った時には口づけられていた。

つられるように薄く唇を開いたのは、ほとんど無意識だった。もう何年も触れ合っていないのに、感覚は恐ろしいほどに体に馴染んでいる。

クロードに顎先を取られ、今度は噛みつくような口づけになった。舌先は乱暴に彰信の唇を割った。

「……っ、ん」

熱い舌先に内側をぞろりと舐め上げられ、体が勝手に反応する。この先の、頭がおかしくなるほどの感触を知っていた。何も考えず、身を委ねてしまいたい――そんな感情に駆られ、彰信はぶるっと体を震わせた。

――けど、こんな……こんなことは――。

「やめろよ」

彰信は飛び起きてクロードの体を押し返した。すんでの所で落ちずに済んだと、彰信は額に浮かんだ汗を拭う。

「なぜ嫌がる？」

だが、クロードは不思議そうに眼を瞬かせた。まさか拒否されるとは思ってもみなかったというような顔つきだ。

「なぜって……」

彰信はもどかしい気持ちになって、前髪をくしゃりと掴んだ。

「俺たちはもう、何の関係もないじゃないか」

そんなことは、自ら関係を切り捨てたクロード自身、一番わかっていることではないのか。それを、どうしてこっちが口にしないといけないのか。こんな惨めなことはない。

「そ……それに、俺には今、ちゃんとつきあってる人がいるんだよ」

「……」

スカイブルーの瞳が、薄く細められる。クロードは、ハンと鼻を鳴らした。

「ちゃんと、ねぇ……。ケンとか言ったか？」

突然、ケンの名前が出て、彰信は驚いた。その名を、どうしてクロードが知っているのだろう。

「あんな男の何がそんなにいいんだ？　浮気性で嘘ばかり。しかも妻帯者だ。……アキは、そういうだらしのない男のほうが好きなのか？」

「そんなわけあるか！」

馬鹿馬鹿しい。呆れて、苛立ちのまま吐き捨てた。いや、だけど問題はそこじゃない。

「――じゃなくて、なんでケンのこと知ってるんだよ」

本来、知り得ないことをペラペラと口にして、そちらのほうが気になった。

瞬間、クロードはハタと真顔になった。

「おかしいだろ。この七年、俺たちは連絡なんて取り合ってない。そもそも自分が誰とつきあってるとか、誰かに吹聴してまわった覚えもない。それなのに、どうしてだよ」

「……さあな？」

またしても、まともに答える気はないらしい。しゃあしゃあと首を傾げて見せたところで、クロードの胸元で携帯のバイブ音が鳴り響いた。

「すまないな、電話だ」

「……ちょ、クロード！」

これ幸い、そそくさと部屋を出て行ってしまったクロードに、彰信は唖然となった。

「なんなんだよ！」

頭にきて、扉に向かって手元のクッションを投げつける。だがもう、後の祭りだった。

なんだか嫌な感じがする――。あまり考えたくないことだが、もしかすると勝手に何もかも調べ上げているのではないだろうか。

思えば昔から、何か変だった。こちらからは直接テリオラに連絡する手段はないというのに、母が亡くなった時、ジャンがふらりと葬儀にやって来た。

今回のことだってそうだ。祖母以外、誰にも教えていないはずの彰信の住まいに、突然現れた。しかも、合鍵まで持っていたのだ。あの時は深く考える余裕もなかったけれど、一体どうやって合鍵を用意したのだろう。

疑念はじわじわと膨らんでいく。今日のことも、もしかしたら何かからくりがあるのではないだろうか。冷静に考えてみれば、攫われ車ごと閉じ込められた自分を、わずかな手がかりしかない中で、こんなたった半日ほどで見つけ出せるものだろうか。

何もかも、疑いだしたら切りがなかった。

——一体、どうなってる……。

この城で一緒に遊んでいた頃、再会後の四年、そして交流が途絶えてしまったこの七年——どこまでが、自分の知るクロードなのだろう。どういう男か自分なりに理解しているつもりだったが、なんだかまったく自信がなくなってしまった。


翌日、彰信は昼過ぎに目を覚ました。クロードの言動が気になって、明け方まで寝付けなかったからだ。

——もう日本に帰りたい……。

ここにいると、落ち着かなくて疲れる。日本での暮らしは変化がなく淡々としているが、こんなふうに苛々したり不安を煽られるようなことはない。

アルマンを見送ったのだから、これでもうテリオラにいる理由はなくなったはずだ。攫われるというハプニングはあったものの、どうにか無事だったわけだし、ここで彰信がテリオラを去れば、もう誰のことも煩わせずに済むのだから万事解決のはずだ。

いつもなら起こしに来るマリアが、今日は静かだ。昨晩、戻ってきた時間が遅かった彰信の体調を気遣って、放っておいてくれているのかもしれなかった。

空腹を感じ、やっと起き出した彰信は、ダイニングに向かう。だが、そこにもラウンジにも誰もいない。キッチンを覗くと、ちょうど片付けを終えたマリアが前掛けを外しているところだった。

「起きたの。何か食べる?」

それはありがたい。頷くと、マリアは手早くリゾットを用意してくれた。

「みんなは?」

「クロードは出かけてるわ。今日は帰って来られないかもって。私もこれから買い出しに出る。ジャンは、まあその辺にいるんじゃない?」

ジャンに対する雑な言動に苦笑しつつ、彰信はゆっくりと食事を口にした。そのうちに、マリアがダイニングから出て行ってしまう。

食べ終えたらそのままにしておいていいと言われたが、自分で皿を洗って片付けた。日本でなら当たり前のことが、ここにいると上げ膳据え膳ですっかり自堕落になってしまう。

「……ん?」

その時ふと、シンクの並びにひっそりとした扉を発見した。

なんだろう。見覚えがある気がして、彰信はそっとその扉を開く。中には洗濯機と籠が置かれており、どうやらそこが洗濯室だとわかる。

その風景に、デジャヴを感じた。

そう――この部屋は、先日見た夢とまったく同じ造りだ。奥を見ると、夢で見た通りの場所に、もうひとつ別の扉があった。思わず近づいて、その扉も開いてみると、細長い廊下が続いている。つきあたりは、螺旋状の階段だった。

――これは……。

何もかも夢の通りで、彰信は思わず眉を顰めた。何もかも夢の通りだったからだ。訝しみながら中に入り、廊下を進んで階段を上がる――すると、簡素な部屋が現れた。夢と同じように、窓際にはテーブルとイスが置かれている。そして天井に視線を向ければ、鉄の扉――ハッチがあった。

彰信は目を瞬かせた。

「ハイ、アキ。こんなところに来て、どうしたんだ」

突然、声がかかって彰信はビクリと振り返る。

ジャンだ。足音がしなかったから、まったく気づかなかった。

「あ……、いや。懐かしいなと思って」

嘘ではない。自分はかつてここで暮らしていたし、この辺りは施錠されていないのだから、立ち入り禁止というわけではない。それこそ、当時と同じように城の中をうろついていて来る。

「今日、クロードは帰って来れないかもしれないんだって？」

尋ねながら、彰信はそろりと部屋から出た。ジャンも「らしいね」と言いながら、後をついて来る。

そうしてふたりでダイニングまで戻って来て、彰信はようやく体から力を抜いた。

別にやましいことは何もない。それにハッチは確認したけれど、あれが本当に夢の通りに開くかどうかはわからないのだ。

ただ、そうしたことをジャンに打ち明ける気にはなれなかった。逃走を企んでいるかのような誤解を与えたくはなかったし、何よりこの鉄壁の城に、実は針の穴ほどの抜け道があるということは教えたくなかった。

「体は平気かい？」

「うん。あの……昨日はごめん」

昨晩、城に戻る車の中、クロードはジャンに厳しい言葉ばかり口にしていた。彰信が攫われたことは、ジャンの管理不行き届きということのようだ。だけど今回の件は、あのサミュエルという男が悪いのであって、ジャンはその巻き添えを食らったに過ぎない。それでも、アルマンの側近として警護を務めてきたクロードからすれば、ジャンに責任があるということになるのだろう。

それなのに、「無事だったんだから」などとのんきなことを言ってしまって、彰信もクロードの怒りを買った。

「ごめんって、何が？」

ジャンはキョトンとしている。

「俺のせいで、クロードにめちゃくちゃ怒られてた」

「はは、そのことか」

ジャンは破顔した。

「あれはクロードの言う通りだからね……。あのタイミングでは、万が一にもアキから離れるべきじゃなかった。まったく、俺も日本が長くて平和ボケしたよ」

「そっか……」

その時ふと、言葉に違和感を覚えた。

――日本が長くて？

ジャンはクロードに用事を言いつけられるたび、テリオラから日本にやって来ているものと思っていたが、そうではなかったのだろうか。

「ジャン、日本に住んでたのか？」

「あ、いや……うん。ほんの一時期だけな」

瞬間、ジャンがしまったという表情をしたのを、彰信は見逃さなかった。やはり、今の言葉は失言だ。

「別に隠さなくてもいいだろ。いつ頃の話？　クロードがそうしろって？」

「そりゃまあ、あいつが俺の上司だからね。でも、随分前のことだよ」

「なんのために？　……そういえばさ。クロード、俺がつきあってた男のこと知ってたんだよ。全然、連絡なんて取り合ってなかったのに。……なんでだと思う？」

「それはほら……今回、俺がアキの部屋の前で待ち伏せしてたからね。わかる範囲で、部分的に報告させてもらったんだ」

鎌をかけてみた。昨晩、クロードには逃げられてしまったが、ジャンはどうだろう。

「ふうん……じゃあ、ケンに奥さんがいるってことは、どうやって知ったわけ？」

「ハハ、それは男の手に指輪があったのを見たからだよ。あれ、ただのファッションリングじゃなかったからね」

「……っ」

指輪についてはその通りで、彰信はぐっと黙り込む。

ジャンはクロードよりも手強いかもしれない。あの手この手でギリギリのところでさらりと回避して、決定的なものを掴ませない。

「俺の部屋の合鍵だって持ってたくせに、今更ごまかさなくていいだろ。俺にだって知る権利はあるはずだ」

彰信は少し声のトーンを下げ、窺うようにジャンを見た。

「アキ、だめだめ。そんな目で見ないでくれ。それがどんなことであっても、俺には言えない。仕事に関わることだからね」

申し訳なさそうにしながらも、ジャンは何ひとつ答えるつもりはなさそうだ。

「じゃあ、もういい」

癇癪を起こしたみたいにひと声叫んで、彰信はプイとジャンに背を向けた。

部屋まで戻ると、苛立ちのままどさりとベッドに倒れ込む。

「馬鹿にして！」

腹が立ってしょうがない。彰信は俯せになり、バン、バン、と手でベッドを打った。それでも怒りは収まらず、今度は枕でベッドを叩く。

クロードは逃げだし、ジャンは口を閉ざした。それは裏を返せば、やましいことをしているということだ。見張り、盗聴、聞き込み——どういったやり方をしていたのかはわからないが、何らかの監視行為をしていたのは間違いなさそうだった。

散々バタバタ暴れて、彰信の電池は突然、ぷつりと切れた。

——なんか、もう……。

怒りを通り越して、空しくなってきた。

ここにいると、人権などないような気持ちになってくる。

クロードがいつまで彰信をこの城に縛り付けておくつもりなのかもわからないし、帰るための手配をしてくれると言っていたデイビッドだって、とんと音沙汰がない。

葬儀が終わったのにこの状態ということは、もしかすると、こうして幽閉状態であれば放って置いて良いとでも思っているのかもしれない。

このまま何もかもうやむやにされて、一生ここから出してもらえないとしたら、どうしたらいいのだろう。

テリオラに連れて来られて三週間目、彰信は初めてそんな不安を抱いた。

クロードが再び城に現れたのは、それからさらに一週間経ってからのことだ。

もう葬儀は終わったというのに、彰信はこうしてずるずると無為な時間を過ごさせられている。だがきっと、彰信以外の誰も、そんなことは一切気にしていない。誰も彼も、彰信の日本での暮らしに意味などないと思っているからだ。

確かに惰性で日々を過ごしているところはあった。だけどそれをこんな形で否定される謂れはなかった。

静まりかえった中、重く響いた玄関扉の音に、彰信はパチリと目を覚ました。目を擦り、時計を確認すると夜中の二時を回っている。

それでも彰信は起き上がると、パジャマ姿のまま部屋を出た。薄暗い廊下の先、ダイニングから仄(ほの)かに明かりが漏れている。そっと覗くと、奥のラウンジにだけ明かりが灯っていた。

クロードは上着を脱ぎ、天井を仰ぐようにしてソファに倒れ込んでいる。明かりが絞られているからか、俯いた顔に深い影が落ちている。濃い疲労を感じて、彰信は一瞬、ラウンジに足を進めるのをためらった。

「なんだ。入って来ないのか」

ふと、そんな声がかかる。とっくに気づかれていたようだ。彰信はそっと足を進め、クロードの前に立った。

「久しぶり。……このまま永遠に放っておかれるのかと思ったよ」

一週間分の嫌みが、口を衝いて出る。クロードは「悪かった」と肩をすくめた。

「雑務に追われて、なかなかこっちに帰って来られなかった」

「どうかな。俺と話すのが嫌で、それを理由に避けてたんじゃないの」

皮肉を言うと、クロードが軽く目を瞬かせる。

「まさか。俺がお前を避けるわけないだろう」

「よく言うよ」

手を広げ、首を傾げて見せるクロードの大げさな仕草に、彰信はプイと顔を背ける。ついさっき、ほんの一瞬でもクロードの体調を気にしてしまった自分が馬鹿みたいだ。

「みんな、俺のことなんかどうだっていいと思ってる。俺がここでじっとしてれば、もうそれで満足なんだろうな……。デイビッドだって、結局俺のことはほったらかしだ」

「……」

クロードは答えなかった。否定する気もないらしい。苛々する——だけど今は、まず知りたいことがあった。

「……まあいいや。それより、この前の続きだ」

「この前の続き……?」

怪訝そうな表情になったクロードは、ふと合点がいったように頷くと、おもむろに彰信の手首を掴んだ。あ、と思う間もなく引っ張られ、ソファに押し倒されてしまう。

「ちょ……っ」

「この前の続きというなら、これだな」

「バカ、違う！」

顔が近づきキスされそうになって、彰信は慌てて両手をクロードの胸元に突っ張った。

「ごまかすなよ。なあ、クロード。俺のこと、ずっと監視してたんだろう」

瞬間、彰信の肩を押さえていた力がフッと緩む。クロードは体を起こし、ソファに座り直した。

「……そう目くじらを立てるな。必要なことだった」

この前はすっとぼけて逃げ出したくせに、もう隠す気はないのか、クロードは拍子抜けするほどあっさり認めた。

「そういうの、日本じゃれっきとした犯罪なんだからな！」

「何、そんな大げさな話じゃないんだ。そもそもは援助金の受け渡しの際、エリに現状確認した内容を記録していたに過ぎない」

「……え？」

聞き覚えのない話だ。彰信は戸惑うようにクロードを見返した。

「ちょっと待ってくれ。援助って、どういうことだよ？」

そんな話、母の口から聞いたことがない。

「……エリは話していなかったのか」

クロードはわずかに目を瞠り、小さくこぼした。

「──だとしたら、お前の養育費はどうやって用意していたと？　エリが仕事に就いていなかったことは、お前も知っていたはずだ」

「そ……そうだけど、それはじいちゃんの遺産があるからって……」

言いながら、彰信は急に不安になった。彰信が日本に来た時、すでに祖父は亡くなっていた。母や祖母の言うことをそのまま鵜呑みにしてきたが、実際はどうなのだろう。

アキ、と呼びかけられハッとする。

「こちらの記録では、エリの育った家庭はごく普通の中流家庭だ。名家だとか飛び抜けて裕福な家庭だったとは聞いていない。少なくとも、お前をいろいろな語学学校に通わせたり、私立の高校や大学にやれるような財産まではなかった」

「……」

言われてみれば、確かにそうだ。母や祖母と暮らした実家は、四十坪程度のこじんまりとした一軒家で、資産家の自宅というには随分と物足りなかった。だとしたら――母や祖母が、故意に嘘をついていたことになる。

「まあそれは、あまり気にしなくて良い。援助金はお前たちがテリオラを出る際の条件のひとつだった。だから受け取る権利はあるし、どのように使うのも自由だった。お前が気にするようなことは何もないんだ」

黙り込んだ彰信を、気づかうような言い方だ。その通りなのかもしれなかったが、ショックだった。

何の関係もないと突っぱね続けてきたテリオラという国が、実はずっと援助してくれていたこと。そしてそれを、母や祖母がずっと黙ってきたこと。どちらも知らなかったし、疑問に思うこともなかった。ただ振り返ってみれば、母も祖母もあまり贅沢を好まず、随分と清貧な暮らしをしていた。彰信だけが好き勝手に進路や留学を決め、就職するまでの数年、何も考えずに金を工面してもらってきた。

「ひょっとして、高校の時のサマースクールの費用も……テリオラが用意した？」

「さあ。その頃、俺はただの学生だったからな」

クロードはとぼけた。だがおそらく、そうだったのだろう。あるいは、直接クロードが用立てたのかもしれない。思い起こせば、短期のサマースクールとはいえ随分と贅沢な、自由度の高い留学生活だった。

放心し、彰信は窓の外に視線を向けた。監視の件についてきっちり話してもらうつもりだったのに、なんだかそれどころではなくなってしまった。

「……なんで、言ってくれなかったんだろ」

「お前のためには、そのほうがいいと思ったんじゃないか」

クロードの顔色を読んだかのような言い方に、彰信は顔を歪める。

その通りだ。もしも知っていたら、もっと身の丈に合った暮らし、進路を選んでいただろうし、意地でも援助金を使わないで済むようにした。だがそうなれば、母は悲しんだだろう。幼い頃からあれほど多くの語学学校に通わせて、それは彰信のためでもあり、また母の希望でもあったからだ。彰信の将来を考えてのものと思っていたけれど、もしかしたら、いつか自分たちがテリオラで暮らせる日が来ることを夢見ていたのかもしれない。

「アキ。俺はエリがお前に質の高い教育を与えてくれていて、本当に良かったと思っている」

「そんなの、別にクロードのためでもテリオラのためでもない」

俯いたまま拗ねたように呟くと、手が伸び、クロードの胸の中に抱き込まれた。

「そうかもしれないが……とても重要なことだ」

「そう思うのは、俺があの人の子だからだろ」

「そんなことを言うな」

ため息と共に、さらに深く抱きしめられる。

「お前が誰の子でも関係ない。お前はお前だ。お前のことは俺が一番よく知っている。だからこそ、俺が見守らなければならないと思った。誰にも任せられないし、任せたくなかった」

「よく言う。見張ってたの間違いじゃないか」

「お前がひとり暮らしを始め、エリが亡くなり……お前のことをきちんと把握する手段が必要だったんだ。わかって欲しい」

「……っ、わかるわけないよ。犯罪まがいのことしてたくせに」

クロードの腕の中、彰信はじたばたともがいていたが、その体はびくともしない。

「だから極力、お前のプライベートには踏み込まないようにしていただろう。あのケンという男のことも――大学時代のあれやこれやだって、全部見て見ぬふりをしてきた。もちろん、国にだっていちいちそんなことは報告していない。何もかもだ」

「だから感謝しろって？　ふざけんな。四六時中監視されて、自分ならどんな気持ちになる？」

　まして、監視していたのはクロード本人だ。彰信が初めて好きになり、初めて体を交わした相手――それなのに、あまりに無神経な行為だ。

　彰信の剣幕に、クロードは軽く息をついた。

「だから、ずっと黙っていた。……お前が詮索するから、言わざるを得なくなっただけで。それに、知り得た情報で俺たちが何かお前に不利益を与えたか？　それはないだろう。お前は日本という国で、いつだって自由だった。もしかしたら、テリオラで暮らしていたら、与えられないものだったかもしれない」

「そんなの、詭弁(きべん)だ」

「だとしても。……まあ、今後はもうそんなことは考えなくてよくなるさ。……お前の存在を明らかにして、正当な公位の継承者ということを国民に知らしめる」

「……は？」

　彰信は耳を疑った。それこそ意味がわからない。いきなりどうして、そんなことを言うのだろう。

クロードは床に置いていたブリーフケースを取り上げ、中から重厚そうな革張りの黒のケースを取り出した。

「ここに、お前の正当な血筋を示す書類が入っている。アルマンのサインもある」

「……」

クロードはそれを見せてはくれなかったが、ありもしないものを口にすることはないだろう。だけど、聞かされたところでどんな気持ちになればいいのか、何を言えばいいのかわからなかった。

「そんなものどうするつもりだよ」

「議会に出席してこれを提示すれば、お前はアルマンの息子だと認められ、テリオラ人としても認められる」

現実味がなかった。そもそも、こんな紙切れのどこに自分とアルマンの親子関係を立証できるような根拠があるのだろう。

「そして……もしも国民が求めたなら、お前が公位を継ぐことだって充分にあり得る」

「やめてくれよ。そんなこと、考えたこともない。大体、誰も望まないよ」

「なぜそう思う。お前はこの世でただひとり、アルマンの血を引く者なんだぞ。テリオラ公の死に絶望している国民たちにとって、お前の存在は新たな希望になると思わないか」

「あり得ないって！　公室の人たちも嫌がるだろ。絶対に納得しない」

否定しながら、彰信は今ようやく、どうしてこんなに自分の周囲が騒がしいのか、その理由がわかった。ただ単に彰信が望まれざる客というだけでなく、クロードがあちらこちらに火をつけて回っているからだ。

「別に、納得させる必要なんてない。こちらにはこのアルマンが残した正式な証文とＤＮＡがある。鑑定書のほうはお前のものと照合しなければならないから時間がかかるが、一致するのは間違いないし、それらを広く知らしめることができれば、誰もがお前を認めざるを得なくなる」

「そんなことまで……」

満足げに笑みを浮かべたクロードに、なんだか薄ら寒いものを感じた。彰信のためと言いながら、こちらの事情はまったく気にしていないからだ。

この国には、本当に何も望んではいない。それなのにクロードは、そんな彰信の気持ちとは関係なく、好き勝手に動き回っている。

彰信はこれまでずっと、アルマンやテリオラという国には複雑な思いを抱いてきた。でも、だからといって、後継者として認めて欲しいなどと考えたことは一度もなかった。

クロードはあえて「国民が求めたなら」という言い方をしたけれど、存在を明かした時点で、大なり小なり揉め事は起きるだろうし、そうなれば困る人間も出てくるのではないだろうか。

「顔も見たし、見送った。だから、もう充分だ。頼むから、もう日本に帰らせてくれよ」

義務は果たした。もうここにいる理由はないはずだ。

「アキ、そんな情けないことを言ってくれるな。俺はお前をこの国に戻すと決めたし、アルマンもそう望んでいた」

クロードは彰信の頬に両手を這わせ、まじまじと彰信の顔を見つめてくる。

「アルマンが生きているうちに、叶えるはずだった夢だ。もちろん、お前のために。だから……事故の第一報を受けたあの瞬間、俺がそれを引き継ぐと決めた」

アルマンとの話は、事実なのだろうか。どこか思い詰めたようなクロードの昏い表情に、彰信の不安はじわじわと増していった。

「い……いいよ、そんなことしなくて。さっきクロードも言ったじゃないか。俺が誰の子でも関係ない、俺は俺だって。立場なんかどうだっていいんじゃないのかよ」

「……」

ほんの一瞬、真顔になったクロードは、すぐにフン、と皮肉な笑みを浮かべた。

「気持ちの上では、という話だ。……実際には、立場がなければどうにもならん」

吐き捨てるように言って、クロードは彰信の背中をソファへと押しつけた。そのまま、ゆっくりと唇が寄せられる。彰信は慌てて顔を背けようとしたが、ぐいと顎先を取られ、そのまま強引に口づけられた。

「……っ、う」

彰信は顔を歪めながら、必死にクロードの体を押し返そうとする。ちゃんと話がしたいのに、どうしてすぐ、こうやってごまかそうとするのだろうか。

「クロード、待って。話を……」

「もうした。お前はもうしばらくここにいろ。その間に、俺が全部終わらせる」

「なんで。俺はずっと日本に帰りたいって言ってるじゃん。どうしてそんな、何もかも勝手に決めちゃうんだよ」

ここに来てからずっと、会話が一方通行だと感じていたけれど、本当に話が通じなかった。

「……なぜ、そんなに日本に帰りたがる」

首筋に唇を這わせながら、合間にぼそりと尋ねられた。

「……っ、そんなの、俺には俺の生活があるからだよ。こんな何もないところに閉じ込められてたら、頭がおかしくなる」

「いつまでもこの状態が続くわけじゃない。少しの辛抱だ」

「だから、俺のことは放っといて欲しいんだってば。無理だよ、今更認めてもらうなんて……」

「やってみもせずに……お前は俺のことなど、どうでも良いんだな」

「な……」

聞き捨てのならない言葉だった。反論しようとしたのに、また唇を塞がれて声は飲み込まれた。

——なんで、そんなこと言われないといけないんだよ。最初に俺を捨てたのは、そっちじゃないか！

「ちょ……っ……ぅ」

クロードはいつの間にか、膝をつくようにして座面に乗り上げていて、片手で器用に彰信のパジャマのボタンを外し始めた。唇を塞がれているせいでうまく抵抗できないでいると、クロードは露わになった胸元に手を差し込んだ。指先は首筋、鎖骨を撫でた後、おもむろに彰信の乳首をつまみ上げる。

「……っ、ア」

疼痛が走り、彰信はひくりと喉を鳴らした。

「クロード……っ、嫌だ！」

唇が離れた瞬間、必死で訴えた。まだ何も話し合いができていないのに、こんななし崩し的に行為に持ち込まれるのは嫌だ。もう七年前とは違うのに、どうしてこんなことをするのだろう。しかし、逃れようとして体を捩(よじ)った瞬間、むき出しの肩口にきつく噛みつかれた。

「痛っ……」

「……何人だ？」

引き絞るような声が落ちる。

「この七年の間、この体を何人の男に、どれだけ抱かせた？」

「何、言って――」

頭にきて睨み付けると、クロードはギラついた視線を向けていた。彰信を見据えたまま、彰信の手を取り、指先へと唇を這わせる。おもむろに爪先を唇に含み、かり、と軽く噛んだ。

「……っ」

爪先からジンとした痺れが広がって、彰信はひくりと喉を鳴らした。逃げたいのに、体が麻痺したみたいに動かなくなる。そのうちに、また顎先を取られ、口づけられた。

――くそ……っ。

せめてもの抵抗で唇を固く閉ざしていると、クロードが指先を口の端に引っかけ、強引に彰信の唇を開かせる。

「……っぐ、……っ」

すぐさま口づけられ、口内に舌先がねじり込まれる。熱く蠢くそれは歯列を割り、歯裏をぞろりと舐め回した。顎裏をつつくように刺激して最後にジュッと音を立てて彰信の舌先を吸い上げた。一方で、クロードの指先は彰信の腹や胸、乳首をいじり回している。

「……っ、うぅ……っ」

たまらず、彰信は声をこぼした。

「嫌だ……も……っ」

「嫌？　こんな状態で、よく言えたものだ」

クロードは彰信の足裏を抱え上げると、彰信のズボンを下着ごと一気に引きずり下ろした。露わになった彰信のものは勢い良く勃ち上がっていて、とろりとした先走りを溢れさせている。ひっそり笑って、クロードは指先で容赦なく彰信のものを弾いた。

「ヒっ……」

短い悲鳴を上げ、彰信は大きく仰け反った。クロードの指先は、彰信のものをそっと握り込む。

もう片方の手は愛おしげに彰信の頬を撫で、額の髪をゆっくりと何度もかき上げた。

「嫌がることはないだろう。……久しぶりに俺を楽しませてくれ」

吐息混じりの囁きは、ぶしつけな言葉のわりに甘く切なげで、彰信はひくりと体を震わせる。

嫌なのに逃げられない。体は気持ちを裏切って、己のものははしたなく蜜をこぼし続けている。あまりのいたたまれなさに、彰信はぎゅっと目を瞑(つぶ)った。

クロードは彰信のものをゆるゆると扱き始める。立てた指先でぐり、と鈴口をいじり回され、その度滴がとろとろと溢れ出す。それを指ですくいとり、張り出した部分に丹念に塗り込めていく。そうして指先は裏筋を辿り、根元の叢(くさむら)をかき回した。

「あ、っ、あ、あ、っ」

その際、たっぷりと膨らんだ部分をそろりと撫でられ、彰信は小刻みな喘ぎをこぼす。いてもたってもいられなくなって、彰信はクロードの肩を押し返した。だがその途端、責めるかのように彰信のものを扱く手指の動きが激しくなった。荒々しく扱きたてられ、彰信はあっけなく達してしまう。

「あ、あっ、……ああっ」

どぷりと吐き出されたそれを手で受け止め、クロードはくすりと笑う。

「随分と濃いな。自分ではあまりやらないのか？」

「……っ」

どうしてわざわざそういうことを言うのだろう。彰信は涙目でクロードを睨んだ。自分の知るクロードは、こんなことをしたり言ったりしなかった。

だが、文句を言おうにも彰信は息をするのもやっとの状態で、ただ睨み付けるしかできない。

クロードは彰信と視線を合わせたまま、今度は膝裏を抱え上げるようにして足を大きく開かせた。放出を果たした彰信のものは、くたりと力なく揺れる。クロードは再びそれに手を伸ばすと、さっきと同じようにまたゆっくりと扱き始めた。

「っ……も、いやだって……」

彰信は悲鳴のような声を上げ、体を捩らせた。達したばかりのそこはひどく敏感になっていて、少しの刺激でも変になってしまいそうになる。

だが、それはかえってクロードを煽ったようで、手指の動きがますます荒々しさを増した。そのくせ、身を屈めて目尻や頬に何度もあやすようなキスをしてくるものだから、彰信はだんだんとわけがわからなくなってきた。

「あ、っ、あ、あ、っ」

開きっぱなしになった唇から、ひっきりなしに声がこぼれる。唇の端からはたらたらと唾液がこぼれ、時折、クロードが舌先でそれを舐め取った。

ふと、指先が後ろに触れる。後ろにまで垂れ落ちた飛沫をすくい、ぬめりをまとった指先は、窄まりをゆっくりとなぞっていく。丹念にじりじりと擦られるうち、彰信のそこは意思とは関係なくひくひくと動き始めた。やがて、指先はつぷりと中に埋められた。

「あ、っ」

細長い指先は、ぬめりに助けられさほど抵抗なく奥まで進む。入り口をほぐすように何度も抜き差しされ、そこはますます柔らかく解けていった。後ろを弄(いじ)りながらも、クロードは彰信のものを扱く手を止めようとしない。

「あ、……っ、はぁ、っ……」

前も後ろも一度に責められ、彰信は体を捩り、ソファにしがみつくようにして喘ぎをこぼした。体が勝手に反応して、もう何もまともに考えられない。

後孔の指は一本、また一本と増え、中をかき回すように動いた。内側を押し広げられる感覚に、彰信は何度も声を上げた。

細く長い指先が、ふとある部分に触れる。

「ヒ、ィッ……」

悲鳴を上げビクンと背筋を反らすと、クロードは嬉しげに目を細めた。確かめるように、もう一度そこを強く探られる。

「あ、っ……いやだ……っ」

そこから断続的に同じところばかり責められ、彰信は大きく体を仰け反らせた。前と後ろを激しく責め立てられ、何度も強い射精感に晒される。そのくせ、ギリギリで指を引き抜き放り出すものだから、彰信は髪を振り乱してその感覚に耐えた。

「わかるか？　ここ……俺を欲しがってひくついている」

ひっそり笑って、クロードは指先でぐるりと後孔の周りをなぞる。

「っ、うぅ」

自分でもそこがひくりと蠢くのがわかった。クロードの言う通りだ。体が勝手にクロードを欲しがっている——。

ぼんやり視線を向けると、クロードがゴムの袋を噛み切っていた。いつの間にかスラックスの前をくつろげていて、クロードのものは腹につくほど大きく反り返っている。目が吸い寄せられ、彰信は無意識に喉を鳴らした。

身を屈めたクロードが、また口づけてくる。噛みつくような荒々しい口づけに、一瞬で意識が飛びそうになる。——と、熱く硬いものが、彰信のぬかるんだそこにあてがわれるのがわかった。

「……っ、ア！」

怒張したそれが、襞をめくりあげるようにしてずぶりと中へと押し入って来る。クロードはすぐには奥まで進めずに、太く張り出した部分で中を浅くかき回すようにした。

「あ、っ、うぅ……」

クロードが腰を前後させるたびに、泡だった音が響く。浅い部分ばかりを擦られ、めくりあげられて、彰信は大きく胸を喘がせた。それもつかの間、クロードは腰を揺するようにしながら、ゆっくりと己のものを埋めていく。

「う、っく……」

まるで、内側から食われているみたいだ。彰信は体を丸めソファにしがみつくようにして、必死にその感触をやり過ごそうとした。

クロードは彰信の頬や額を何度もあやすように撫で、目尻に浮かんだ涙を舌先で柔らかに舐め取った。嫌になるほど優しく甘い仕草——かつてよく知っていたそれに、心が揺さぶられそうになる。

内股に手がかかり、おもむろにグンと腰を突き入れられた。

「っ、ああっ——」

奥深くを突かれ、堪えきれずに悲鳴を上げる。

じりじりとした注挿はすぐに激しさを増して、深い部分を抉るように何度も突かれた。

彰信は揺さぶられるまま何度も胸を喘がせる。熱い肉棒に何度も内側を擦り立てられ、頭が変になりそうだった。

「アキ」

名前を呼ばれうっすら目を開くと、間近にクロードの顔があった。

瞳は熱を帯び、額にもじわりと汗が滲んでいる。普段は綺麗に撫でつけられている髪が額に落ちて、ひどく余裕のない表情を見せていた。

——知ってる……。

あの夏の日、何度も目にした表情だった。思い出し、彰信は声を詰まらせる。

「……っ」

どうしようもないほどの愛おしさがこみ上げてきて、彰信は腕を伸ばしクロードの首筋にしがみついた。

あの頃は自由だった。当たり前のようにしてクロードの側にいることができて、それだけで充分幸せだった。あの頃に戻れたら、どんなに良いだろう。

しがみついていると、クロードに体を抱え起こされ、腕の中に抱き込まれた。そうしてクロードは、再び腰を動かし始める。

「……あ、っ……ん」

自重がかかり、一層深くまでクロードのものが入り込んでくる。腹の奥が焼けつくように熱かった。揺さぶられ、奥深くまで突き入れられて、彰信は今度こそ何も考えられなくなった。思い出も感傷も何もかも、どろどろになって溶けていく――。

体の狭間で、彰信のものは再び頭をもたげ、またとろりとした滴をこぼしていた。激しく腰を突き入れながらも、クロードはそれを握り込み荒々しく手を上下させる。

「あ、あ、ああっ――」

仰け反り、彰信は大きく体を震わせながら己を放出した。同時に後ろが激しく収縮して、クロードのものをきつく締め上げる。

「……く……っ」

うめき声が聞こえ、直後、中でクロードが達したのを感じた。堪えきれず、彰信はクロードの体にしがみつく。

しばらくの間、互いに荒い息をついてぴたりとくっついていた。どのぐらいそうしていたのか——ややあって、クロードが彰信の体を抱え上げ、己を抜き去った。

「あ、っう……」

ずるりと抜け出していく感触に、また声がこぼれる。

動けずにぐったりしていると、クロードが身を屈めて彰信の頬やこめかみにキスしてくる。腰や脇腹を愛おしげに撫でられ、彰信は震える手で必死にその体を押しやった。

「も、無理……。変になる、から……」

「なればいい。どうせ俺しか見ていない」

くすりと笑って、クロードは再び彰信に覆い被さってくる。

彰信の肌に手をすべらせ、背筋、腰骨をなぞったかと思うと、彰信のどろどろになった下半身の叢をまさぐった。彰信は声を上げ、びくびくと体を跳ねさせる。

「……っ、あ、あっ、ああ——……んぅ」

また追い立てられて、彰信だけが達してしまう。彰信はぐったりとソファに沈み込んだ。それでもまだ物足りないのか、クロードは彰信の体に触れ続けた。長い長い愛撫は、それでも少しずつ穏やかなものに変わっていき、彰信はそのうちにうとうとし始めた。茫としていると額に手がかかり、指先が優しく髪を撫でた。

視線だけ向けた彰信に、クロードが眦を下げる。

「アキ」

名前を呼んで、クロードはまた口づけてきた。こめかみに、頬に、唇に繰り返し口づけ、合間に何度も「愛している」と囁いてくる。

――クロード……。

瞬間、胸を迫り上がってくるものがあった。嵐のように吹き荒れるそれを、彰信は必死にやり過ごす。

ただ何も考えず、愛を囁き合って一緒にいられるのなら良かった。

なぜなら、今も自分はこの男を愛している――。この七年、必死に忘れようとしてきたのに、結局誰も代わりにはならなかった。

ただ一緒にいることがこんなにも難しいなんて、それならいっそ、二度と会わないほうがマシだった。

彰信はクロードに唇を寄せ、自分から口づけた。もうこれ以上、クロードがもう、愛など囁かなくていいように。

フッと意識が浮上した。目を開くと、クロードとふたり、絡み合うようにしてソファに転がっていた。

その体勢のまま、壁の掛け時計を見上げると、あともう少しで四時、という時間だった。

「クロード、起きて」

このまま朝を迎えるのはまずい。彰信はクロードに呼びかけ、絡みついている腕や足から自分の体を引き剥がす。

よほど疲れていたのだろう。クロードは、うー、と応えるものの、なかなか起きようとしなかった。こんなクロードは初めて見る。

仕方なく、彰信はクロードの頬を叩いた。

「……っ」

ようやく目を開いたクロードは、それでも少しぼんやりとしていた。本当にめずらしい。

「アキ」

こちらを認めた瞬間、目を細め彰信の体を抱きしめてきた。そうじゃない、そうじゃないんだと宥めるように背中を叩く。

「クロード、起きてくれ。部屋に行こう。ちゃんとベッドで寝ないと……」

このままでは風邪を引くし、そのうちマリアも起きて来てしまう。焦っていると、クロードがどうにか体を起こして、半裸のままのろのろと歩き出した。これはまだきっと、寝ぼけている。

「ああ、もう」

ソファの足下に散らばっていた衣類や靴を拾い集め、彰信はクロードを追いかける。途中からはぐいぐい背中を押しながら、なんとかクロードを部屋まで運んだ。ベッドに転がすと、間を置かず、すう、という寝息が聞こえてきた。

まったくもってクロードらしくない。こんなことなら、わざわざこちらに戻って来なくても良かったと思う。しかも自分を抱いたりして、無茶をし過ぎだ。

彰信もここまでクロードを運んだことで一層疲れてしまった。しかも情けないことに、まだ全裸のままだ。思わずため息をついた彰信は、せめてシャワーを浴びようと、眠るクロードに背を向けた。

その時、ラウンジから運んできたクロードのブリーフケースが目に入る。

『ここに、お前の正当な血筋を示す書類が入っている。アルマンのサインもある』

クロードがそう言っていた書類が、あの中に入っている。

彰信はブリーフケースの中から革張りのケース取り出した。そっとケースを開いて、一番上にあった紙切れを引っ張り出す。

「……」

素っ裸なのも忘れて、彰信はしばらくそれに見入っていた。

「……さむ」

さすがに寒さを感じて、ぶるっと体を震わせる。彰信はそっと書類をケースの中に戻すと、急いで浴室に向かった。

シャワーを浴び、新しいパジャマに袖を通した彰信は、部屋に戻りしばらくベッドの上に仰向けに転がっていた。

証文には、母の名と彰信の名前が入っており、アルマン・ボーフォールの息子と認める――そんな一文がしたためられていた。

それでも彰信は、そうか、と思っただけだ。やっぱり現実味がなかったし、アルマンの父親としての愛情を強く感じることもなかった。

彰信にとって、それよりも何よりもはっきりしていることは、この証文があるためにクロードが無茶をするかもしれない、ということだけだ。

――国とか王とか、そんなもの俺はどうだっていいのに……。

どうしてクロードにはわからないのだろう。彰信が欲しいのは、テリオラに迎え入れられることでもアルマンに息子と認められることでもなく、ただクロードの心だけだ。夢や目的を理由にするのではなく、ただひと言、側にいてくれと言ってくれたなら、一生ここに幽閉されてもいいと思えたのかもしれないのに。

――でも……もうどうしようもない。

仰向けのまま、まんじりともせず天井を見つめていた彰信だったが、やがて体を起こし、ベッドから下りた。

ワードローブから、アルマンの見舞いに行った時の着替えやコートを引っ張り出す。靴は葬儀の時に買い与えられた頑丈なカントリーブーツが良いだろう。

そうして時計が五時を回る頃、彰信はそっと部屋を抜け出した。音を立てないよう気をつけながら廊下を進み、静かにキッチンに入った彰信は、シンク横の扉を開け洗濯室の中に入る。さらにそこを素通りして奥の扉を開くと、細長い廊下が現れた。息を潜め、つきあたりの階段をゆっくり音を立てないようにして上っていくと、例の見張り台のような場所へとたどり着いた。

キッチンから階段まではずっと暗闇のような状態だったが、ここは窓からの月明かりで、うっすらと夜目が利く。

目的は、天井に取り付けられたハッチだった。念のため窓から外を覗くとすぐ側の壁面に夢で見たのと同じタラップが確認できた。暗がりではっきりしないが、タラップはこの部屋の屋上から外階段の踊り場まで続いているはずだ。

——よし。

彰信は夢での行動をなぞるようにして、ハッチ下までテーブルを移動させた。夢と違って、椅子を積み上げずともテーブルの上に立っただけで取っ手に手が届く。何度か力を入れ引っ張る動作を繰り返すと、か細い引き攣れたような音を立て、ハッチが開く。

息を潜め、彰信は周囲の様子を窺った。この前は、いつの間にかジャンが側にいて驚いた。幸い今は何の物音も聞こえず人の気配も感じない。頭上を見上げれば、真四角の穴の先に星明かりをまとった夜空が浮かんでいる。

ここで目覚めてしまったから、彰信にはこれを登った先のことはわからない。だが、彰信はもう確証していた。あの夢は、かつてここで暮らしていた頃の記憶だ。こんな印象的なことを、なぜ何も憶えていないのかは不思議だったが、こんな風に何もかも同じなのだから、あれをただの夢と片付けるには無理があった。

タラップを登っていくと、あっという間に部屋の真上——屋上に辿り着いた。

「……っ」

顔を覗かせた瞬間、ビョオ、と強い風が吹き付けてくる。目に涙がにじみ、視界が一気にぼやけた。

夜明け前のこの時間、風の音が響くばかりで他には何も聞こえて来ない。だけど夜空には満天の星が輝き、月明かりが辺りを仄かに照らし出している。

屋上は随分と狭く、窓から見えていたタラップの降り口はすぐに見つかった。目を凝らしタラップの行き先を確認すると、確かに外階段の踊り場に下りられるようになっていた。

彰信は迷わず、タラップに足をかける。そのまま危なげなくタラップを降りて行き、ついに踊り場へとたどり着く。そこからは階段を下るだけで、予想していたよりもずっと簡単に地上に降り立つことができた。

ローグベルグ城は崖の上に切り立つ山城だ。それだけに、城門を出てしまえば、道を下るだけということはわかっていた。実際、見舞いの時と葬儀の時、車は一本道を通り下山していた。平地までたどり着く頃には、もっと明るくなっているだろうし、車通りも増える。そこまで行けば、後はどうとでもなると思った。

しかし、彰信が降り立った場所から城門までは道らしい道がなく、急勾配の山肌を歩かざるを得なかった。思いのほか時間がかかってしまったが、彰信はそれでもようやく城門までたどり着くことができた。気づけばもう、空が白み始めていた。

ホッとしながら城門を抜け、道を下って行こうとしたその瞬間、ぐいと肩を掴まれた。

「……っ！」

悲鳴を上げかけた口を、大きな手に塞がれる。彰信は慌てて斜め上を仰ぎ見た。

「！」

押さえ込んでいたのはなんと、以前彰信を拉致したサミュエルという男だった。

サミュエルは彰信の口を塞いだまま、引きずるようにして歩き出す。そうして百メートルほど道を下ったところで、ようやく解放された。

「こんな時間に、どこに行く」

「ど……どこって……」

いきなり尋ねられて、彰信はまごついた。

彫刻のように美しい顔立ちをしているが、その眼差しは相変わらず平坦で、一切の感情が見えない。

「もしかして……また俺を連れ去ろうとしてる？」

こんな時間にこんな場所に潜んでいるなんて、それ以外思い当たる節もなくて、彰信は表情を変えた。

返事はなかった。彰信の想像通り、本当にその機会を窺ってずっとこの辺りに潜み城を見張っていたのかもしれない。

――どうしよう……。

前回は白昼堂々攫われた形だが、今回、こんな山奥の夜も明けきっていないような時間で、まさか人が潜んでいるなどとは想像もしなかった。逃げる隙を窺って、じり、と後じさったものの、サミュエルに隙など微塵（みじん）も見当たらない。どう考えてもまずい状況だ。

「に……逃がしてくれないか。行きたいところがあるんだ」

追い詰められた彰信は、なりふり構っていられず、必死の面持ちでサミュエルに訴えかけた。あまりに悲愴な様子だったからだろうか。眉を顰めたサミュエルが、低く「どこに行く」と尋ねてきた。

「デイビッド……デイビッド・バルティエのところ。早く日本に帰してもらいたくて」

「日本に？　どうして帰ろうとする。お前、本当はこの国の人間なんだろう」

サミュエルは、エミルからいくらか彰信の情報を得ているらしかった。だが、あまり正確ではない。

「違う。俺はこの国の人間とは認められてないから。でも、今ちょっと揉めてて……それで、今すぐにでも日本に帰りたいんだ。……えっと、そう。このままだと、あのエミルって人にも迷惑がかかるかもしれなくて」

この時、彰信はわざとエミルの名前を出した。そうすれば、サミュエルが耳を貸してくれるのではないかと思ったからだ。そして案の定、エミルの名に、サミュエルがピクリと表情を動かした。

「逃がしてくれたら、二度とこの国には近づかないって約束する。だから……頼むよ」

サミュエルはしばらくの間、真偽を確かめるようにして彰信の顔を眺めていた。穴の開くほど長い時間見つめられて――わかった、とサミュエルが頷いた。

「いいだろう。俺が連れて行ってやる」

「サム……！」

まさかこんなに早く了承してもらえるとは思わなくて、彰信は驚いてサミュエルを見上げた。そして次の瞬間、彰信の体は突然、宙に浮いた。またしても、屈強な肩に担ぎ上げられてしまったのだ。

「ちょ……っ、歩ける、歩けるから」

「車まではまだ距離がある。こうしたほうが早い」

淡々とした口調で答えたサミュエルは、彰信を担いだままものすごい勢いで走り出した。

＊＊＊

朝八時過ぎ――クロードはジャンの運転でバルティィエ本家へと向かっていた。

山岳地帯を多く含むバルティィエの領地は随分と広く、父母の居城はローグベルグの城から南西に下ったヴァールルデという町にある。特にアポイントメントを取っていないが、今朝電話を入れたら、十時頃まで書斎に詰めているという返事があった。

「昨日、アキとはちゃんと話をした？」

「……話？」

ジャンに唐突に切り出され、クロードは眉をひそめる。

「監視の件について、何か言われただろ。俺も何度も詰め寄られたから」

「それなら、話せる範囲のことはすべて話した」

答えながら、クロードは肩の力を抜いた。てっきり、昨晩のラウンジでの出来事に気づかれていたのかと思ったが、違ったようだ。よくよく考えてみれば、仮に気づいていたとしても、ジャンもマリアもいちいち何か言ってくるような人間ではない。

彰信はまだ寝ていたようだが、体は大丈夫だっただろうか。後始末をしてやりたかったのに、頭も体も鉛のように重くて、もうろうとして全く自由が利かなくなった。あの後、彰信がクロードを部屋まで運んでくれたようだが、断片的にしか覚えていない。気づけば、朝になっていた。

「悪かったよ、ほんと。俺がボロ出しちゃったのが原因だからさ」

ミラー越し、申し訳なさそうな瞳と視線が絡んで、クロードは苦笑を浮かべた。調子が良く軽いところばかりが目立つ男だが、実直な一面もあって、失敗については絶対に隠したりごまかしたりはしない。

大体、ボロを出したというなら、こちらのほうが問題だ。どうでも良い男への嫉妬心から、ケンの名前まで出して嫌みを口にしてしまった。それがなければ、彰信だって一生気づかないままでいてくれたかもしれない。

「それで、納得してくれたのか」

ジャンの言葉に「まさか」と首を振る。納得どころか、犯罪だとまで言われてしまった。

「だろうなあ。……心配だよ。城の中うろうろしてたことあるし、そのうち逃げようとするかもしれない」

「どうやって逃げるって言うんだ。大体、万が一城から出られたところで、あの山道じゃどうすることもできない。それに一度攫われてもいるんだぞ。彰信だって、城の中が一番安全だってわかってるはずだ」

もちろん、ジャンが言うように、彰信が逃げる可能性はゼロではなかった。悲しいかな、彰信は最初から一貫してずっと日本に帰りたいと言い続けているからだ。葬儀が終わった今、義務は果たしたと思っているし、こちらへの不信感もあって、すぐにでも帰りたいと考えている。

――そんなこと、させるものか。

うんざりするほど遠回りして、やっと手に入れたというのに、むざむざ手放すはずがない。クロードにしてみれば、なぜ彰信があれほど日本での暮らしにこだわるのか、それがまったく理解できないでいる。まさか本気で、あんなどうしようもない男に未練を残しているのだろうか。

「クロード、聞いてるか」

「――え？」

少しぼんやりしていた。ハッとミラーを見返すと、しょうがないなと眉を寄せているジヤンと目が合う。

「アキのこと。中身は案外、普通の日本人だよな、って言ったんだ」

「どういう意味だ」

「世界一安全でのんびりした国でただの一般人として育って、びっくりするほど危機意識が低い。この前拉致されたのは俺のせいだけど、アキの反応が思った以上にあっさりとしてたから……俺はそれに救われたところもあるけど、それだけにちょっと不安だよ」

「ああ、それはわかる」

あの時はクロードも「危害は加えられなかったし」と愛想笑いを浮かべた彰信には怒りを覚えた。

「ま、だから注意しておいたほうがいい」

「……そうだな」

クロードは小さく苦笑する。自分ほど彰信を見続けてきた者はいないという自負のあるクロードだが、自分の代わりに日本に住んで、長らく彰信を見守ってきたジャンには、どうにも頭の上がらない部分があった。

彰信と恵理を日本に帰した後、半年に一度ぐらいのペースで、母子の報告を受ける——それはデイビッドが個人的に行っていた秘密裏の任務だ。常駐で日本に口の堅い部下をひとり住まわせ、母子の動向を見張っていた。

クロードがこの事実を知ったのは、七年前だ。彰信がサマースクールでイギリスを訪れた直後のことだった。

デイビッドから連絡が入り、一時帰国するよう促されたのだ。その時、彰信と会っていることについてやんわり非難を受けた。

「お前が三年前、旅行で日本に行ったことも、つい先日までアキがイギリスに来ていたことも、すべてこちらの耳に入っている。どういうつもりだ」

「……」

内心、ひどく驚いた。どちらもクロードが単独で決め行動したことで、デイビッドにはひと言も伝えていない。それを知っているというのは、おかしな話だ。

「別に、会うなとは言われた覚えはない」

疑問が渦巻いたが、クロードは顔色を変えることなく答える。相手の腹を探りながら揺さぶりをかけ、うっかりボロを出したところを一気につつく――デイビッドの得意なやり方だ。幼い頃はよくこれにひっかかり、雷を落とされたものだった。

「ただの友人に会っていただけだ」

「友人というには年が離れているし、接点はなんだ？　そう不思議に思う者もいるかもしれないだろう。お前が普通の一般市民なら誰も気にしないだろうが、生憎（あいにく）そうじゃない。お前がアキのまわりをうろちょろすると、それを嗅ぎつけて面白おかしく書くやつだって出てくる。そういう隙を与えてくれるなと言っているんだ。お前を外に出しているのは、ただの道楽じゃない。従えないなら、すぐにでも帰国させるぞ」

脅しとも取れる言葉に、クロードは思わず、デイビッドを睨み付けた。

「そんな目をするな、クロード。関わらないことこそ、アキやエリを守ることになるんだ。今後は一切の関係を絶て。お前もバルティエ家の人間なら、正しく理解しわきまえなければならない」

「……」

到底納得などできなかったが、反論もできなかった。クロードは苛立ちを堪えるように、ただぐっと手を握りしめた。

何より、アキと自分の関係について、デイビッドがどこまで気づいているのかわからない。うっかりこちらから関係を明かしてしまうようなことはしたくなかった。

――どうする。

本音を言えば、別に関係がバレたって構わない。それで自由に彰信と会えるようになるのなら、いっそ喜んで何もかも打ち明けるだろう。――だが、絶対にそうはならないし、下手をすると彰信にまで何か害が及ぶ可能性があった。

「ひとつ、提案がある」

デイビッドは、ふとクロードの顔を覗き込んできた。

「お前に完全にアキとの交流を絶つ意志があるならば、の話だが」

思わず、視線を合わせてしまった。しまった、と思った時にはもう遅い。ついにほころびを見せたクロードに、デイビッドは満足げに眉を下げる。

「お前はテリオラにおいて、誰よりもアキとの縁が深い。だから、お前ほどこの任務に向く者はいないと思っているんだ」

その言葉と共に明かされたのが、母子の監視任務だった。

この時は、我が父ながら、つくづく非情で計算高い相手だと思った。

なぜならクロードは、この条件をのむしかない。ここで決断しなければ、デイビッドは今後もう二度とこの話題を口にしないだろうし、断れば他の誰かがその任務に就くことになる。自分以外の誰かが彰信の生活を覗き見るのかと思うと、そんなことはとても耐えられそうになかった。

ふと、別れ際の彰信の泣き顔が思い出される。

——会いに行くと……言ったのにな。

歯がゆかった。己の立場の不自由さは充分自覚していたつもりだったのに、思っていた以上にがんじがらめで、息が詰まりそうだ。クロードは一層強く、手のひらを握り込んだ。爪が手のひらに食い込み、じわりと血が滲む。だが、痛みなど少しも感じなかった。

その後、監視任務を引き継ぐのは一年後、大学院を卒業してから、さらに二年の兵役任務を終えてからと決まった。あと一年の間、これまで通りデイビッドの監視が続くことになるため、この時点で彰信には連絡を取ることができなくなった。交流を絶つことを前提に引き継ぐことを許された任務だけに、こちらが約束を破れば、何もかも反故にされてしまう可能性が高い。

それでも最後に、何かひと言でもいいから彰信にメッセージを伝えたかった。

どうしたものかと考えるうち、夏の終わりが近づき、とうとう借りていたテラスハウスから寮に戻らなければならなくなった。部屋を片付けていると、雑誌に混じって彰信が忘れていったらしき一冊の教本が見つかった。そこで、教本を送り返すことを口実に何かメッセージを送ることができないかと考えたのだ。だが、手紙やメモは駄目だ。デイビッドとの約束を破らずに、だけど何か気持ちを伝えることのできるもの――ふと思いついて、クロードは手元にあったある詩集を添えることにした。

シェイクスピアの『The Sonnets』だ。

彰信はサマースクールの中でシェイクスピアについて学んでいたし、一緒に旅行した時に生家を訪れてもいる。教本に添えて詩集を送ったところで、さほど違和感はないはずだ。彰信ならばきっと、この詩集に目を通すだろうし、その背景を調べもするだろう。

――いや。別に気づかなくたっていいんだ。

クロードはある詩篇のページを開いて、しばし読みふけった。

——ただ、俺の想いはここに。

夏の日、愛しい少年と過ごした瑞々しいひとときに思いを馳せ、そのページの角を折って詩集を閉じた。仮にこれに気づかれたところで、ただクロードの感傷が浮かび上がるだけだ。それ以上でも以下でもない。それぐらいは構わないと思った。

その後、彰信からそれに対する返信は来なかった。正確には、デイビッドに手を回され、こちらに手紙が届かなくなっていた。ただ、返信があったことだけは知ることができて、クロードは安堵した。手紙を送ってくれたということは、こちらの想いの断片のいくらかは、彰信に伝わっているはずだ。そうでなかったとしても、伝わったと思い込むことで、この先待ち受けている未来と向き合う覚悟を持つことができる。

——だが、このままにしておくものか。

この時、密かにそう決意した。力が必要だった。彰信のことで、誰にも何にも言わせないほどの力と立場が。

そうして卒業までの数ヶ月、そしてテリオラに戻ってからの兵役の二年間、考えに考えを重ね、クロードはひとつの答えを出した。

自由に彰信に会えないことも、彼に監視が必要なことも、ひとえにこの国との接点を隠蔽しなければならないことが原因なのだ。だったら、そんなもの取り払ってしまえばいい。搾取されてきたものすべて、何もかも彰信に取り戻してやる。アルマンの子であること、正しくテリオラの国籍を持つ者であることを、すべての人間に認めさせてやる——クロードは強くそう決心したのだった。

　そのためには最短距離で、確固たる地位を手に入れなければならない。デイビッドや他の誰かに簡単に奪われてしまうようなポジションでは駄目だ。揺らがない確固たる立場——それは、テリオラ公であるアルマンの近くだった。

　社会に出たクロードは、あらゆる手段を尽くしてアルマンの近くを目指した。そもそもバルティエ家の人間であるというアドバンテージは大きく、最初から公室警護隊への所属が決まっている。クロードはすぐさまアルマンの側近となるべく動き回った。

　そんな中、警護隊への所属に合わせ、デイビッドから彰信の監視を引き継いだ。

　クロード自身がテリオラを離れることはできないため、日本での監視についてはジャンに託すことにした。兵役中に意気投合し友人となり、警護隊入隊後にはクロードの部下となってくれた男だ。もともとバルティエ家とは縁も深く、デイビッドに妙な警戒心を抱かせないで済む。飄々とした性格ながら口が堅く、機転も利き腕も立った。言葉の習得も早く、さらに監視と警護どちらも可能な人材とくれば、これほど任務に向く男もいなかった。

　高校卒業、大学入学——日々変化していく彰信の生活をジャンから知らされる。

　そして、彰信が自分以外の誰かとつきあい始めたことを知った時——クロードは自分でも驚くほどに動揺した。妨害があったとはいえ、手紙に返事を送らなかったのも、何も説明しなかったのも事実で、このことで彰信を責めることなどできないのに、どうしても許容することができない。気づけば、彰信と男たちの行為さえも監視の対象としている自分がいた。

密接な関係となった相手に、いつか身の上話をしてしまうかもしれない——そんな有りもしない懸念を言い訳にして、盗聴、盗撮の類いの指示を出す。蓋を開いてみれば、ただの嫉妬だ。ジャンにしても、その指示の異常さ、不自然さに気づいていただろうに、よくも忠実に従ってくれたものだと思う。

そうして五年前、クロードはようやくアルマンの側近に収まることができた。

公室関係の集まりなど、直接アルマンと顔を合わせる機会を見つけては個人的に何度も働きかけてきた結果だ。そのため、十数名いる側近の中ではクロードは最も年若い。古参の側近たちの中には口さがなく言う者もいて、だからこそお飾り扱いされないよう率先して動いてきた。結果を出せなければ、アルマンの側にいる意味さえなくなってしまう。

そうやってアルマンの側に控えるようになって、見えてきたことがあった。

アルマンの彰信に対する父としての想いだ。

クロードにとっては叔父であり、幼い頃からつきあいのある存在だというのに、ずっと何を考えているのかわからない存在だった。情に溢れ優しい男のはずが、ろくに抗いもせずあっさりと彰信や絵里を捨て去って——いや、あの頃は先代の力も強かっただろうし、かえってその立場が邪魔となり、どうすることもできなかったのかもしれない。

いつだったか——夜遅くふたりで酒を酌み交わしていた時のことだ。叔父と甥という間柄ならではの気安さもあったのか、クロードは仕事明けの一杯に誘われることが多かった。

その日は寝室に酒を持ち込んでいて、そのせいかアルマンの飲むピッチは早く、すぐに酒の回ったとろりとした顔つきになった。

「……いつか、あの子とこんな風に飲める日が来るだろうか」

ふと、アルマンがぽつりとこぼす。あの子という呼びかけが誰を指すのかは、確かめずともすぐにわかった。

「クロード。私はね、ただ顔を見て、会えてそれで終わりということにはしたくないんだ」

相当酔っているのだろう。その日のアルマンは、ひどく饒舌だった。何をです、と水を向けると、目を閉じ何かに思いをはせるような顔を見せた。

「……あの子を、ちゃんとした形でこの国に迎え入れたい。そうして、本来なら受け取っていたはずの可能性というものをなんとかして与えてやりたいと思っているんだ」

「……」

その言葉に、クロードは目を見開く。まさか、アルマンの口からそんな望みを聞くとは思わなかった。そしてそれこそ、クロードが喉から手が出るほどに欲しているものだ。

「はは。なんだか最近、こんなことばかり考えているよ。……年を取ったからかな」

自嘲気味に呟いたアルマンの横顔は、ひどく寂しげだった。年を取ったと言ったって、アルマンはまだ四十八歳になったばかりで、世界の王族たちの中にあっては充分若い部類に入る。ただ、彰信のことを思う回数が増えたのだとしたら、やはり老いてきている部分はあるのかもしれない。

「それ……なんとか、実行に移せませんか。俺が手伝います」

なんとしても言質を取りたくて、気づけばクロードは自らそう提案していた。相手が酔っ払っているにも拘わらずだ。だがアルマンも、クロードの言葉に酔ってとろりとしていた瞳を大きく瞬かせた。

それからは時間を見つけては、ふたりで密かに彰信について相談し合うようになった。また、アルマンは頻繁に彰信の様子を知りたがるようになった。それまでも気にかけていたのだろうが、なかなか言い出せなかったに違いない。だから、クロードは監視で知り得た情報を可能な限り、惜しみなく話すようにした。アルマンはいつも遠く離れた日本で暮らす愛息の話題に、笑みを浮かべて静かに耳を傾けていた。

こんな君主の姿は、国中の誰もが知らないだろう。近しい間柄のクロードだって、ずっと気づかなかった。

やがてアルマンは自身のＤＮＡを保管し、彼を息子と認める証文を用意した。ＤＮＡはアメリカのバイオ関連企業に、そして証文はスイスの貸金庫に保管され、いずれも代理人はクロードに指定されている。これは自分たちだけの秘密で、他の誰も知らない。

クロードにも変化はあった。アルマンに対し、ある程度冷静に彰信のことを伝えなければならないという意識からか、耐えがたいと思っていた嫉妬心を少しずつコントロールできるようになっていったのだ。感情で動いたりしないテリオラ公を前に、取り乱すわけにはいかなかったし、何よりそうした個人的な感情は、大きな目的の前には無意味なものに感じられたからだ。

——彰信は、自分たちのそうした思いを知らない。

ここに来てからというもの、顔を合わせれば「日本に返してくれ」の一点張りで、アルマンのこともテリオラという国のことも、そして自分のことも——何ひとつ知ろうとしなかった。過去を遡ろうとせず、何もかも終わったことのように扱う。

昨晩、正直に包み隠さず、証文まで見せて彰信をアルマンの子としてテリオラに迎え入れようとしていると打ち明けた。

それなのに、彰信は戸惑いを隠しもしなかった。喜びもせず、むしろ困ったような顔をして、否定的なことばかり口にして——さすがのクロードも、落胆と失望を感じずにはいられなかった。

体を抱けば、決して自分を忘れたわけではないと思えるのに、どうして昔のように心を開いてくれないのだろうか。

わずかな不安が、クロードを駆り立てる。これ以上彰信が揺らがないよう、この国に確固たる居場所を作る必要があった。彰信をこの国に戻し、誰にも何の文句も言わせない。どのみち彰信は、自分のこともアルマンのことも本当の意味では理解してはくれないだろう。だからといって、今更日本に帰してなどやれない。それならば、このまま突き進むだけだ。

抑え込んできた感情は今や重苦しいほどの執着となって、どうやっても彰信という存在を思い切ることができなくなっていた。大体、そんなに簡単に捨て去れるなら、最初から抱いたりもしなかった。

「もう少しだ」

低くこぼし、クロードは窓の外に視線を向ける。

車はもう街中に入っていた。もうじき、バルティエ家の城が見えてくる。

今日、自分はデイビッドに相談しに来たわけではなく、宣言をつきつけに来た。だから準備が整えば、広報を通じ、然るべき発表を行う予定だ。根回しは、とっくに済ませている。

アルマンの事故が起きた直後、ジャンを日本に向かわせたクロードは、すぐさまスイスに向かった。例のアルマンの証文を持ち出すためだ。そしてもうひとつ、保管されているアルマンのＤＮＡを使って、近々彰信との父子関係を公表するつもりでいた。もう手配は進めていて、彰信にはそのためにもこちらにいてもらわなければならない。

彰信を正しくこの国の人間と認めさせること――今クロードにとって大事なのは、それだけだ。誰が跡を継ごうが、知ったことではない。ただ、それがもしも簡単に彰信を迎え入れる手段となるならば、血筋を盾にして、強引に跡目を継がせてしまえばいい――それだけのことだった。

「なんだ？」

気づけばミラー越し、ジャンが不安げな視線を向けてきている。

「あんまり、無茶するなよ」

友人らしい気遣いだったが、今無茶をしなければ、この七年がすべて無駄になる。それは口にはせず、クロードは「ああ」と頷く。

できる限りは――。心の中で続け、ひっそりと笑みを浮かべた。

デイビッドは黙り込むと、クロードの手にした革張りのケースに視線を向けた。

てっきり、ろくに話も聞かず顔を真っ赤にして怒り出すかと思っていたのに、随分と落ち着いている。

「——お前は私の部下でもある。……それを私に黙ってアルマンを唆して、この場で今すぐ、立場を剥奪してもいいんだぞ」

いや、その声は怒りに満ちていた。クロードは背を正し、デイビッドを見返した。

「唆したりなんかしていない。すべてアルマンが望んだからこそ、叶ったことだ」

クロードは証文の入った革張りのファイルを軽く揺らす。

「……父上だって彰信が誰の子か、こんな紙切れに頼らなくたってよくわかっているだろうに」

「親子関係を認めないと言ってるわけじゃない。ただ、もしもお前が公位を継がせる目的でこれを用意したというなら、それはもうクーデターと変わらない。そんなことは絶対に許されん」

「……」

クロードは目を細めた。

自分にとっても、彰信にとってさえ何の意味も持たないおまけも同然の冠が、こうしていつもネックになる。

だが、だからこそ利用しない手はないと思うのだ。

「俺はただ、この事実を公表すると言いに来ただけだ。結果、彰信が跡を継ぐことになるのならそれでもいいと思うだけのことで、クーデターだなんてとてもとても」

「クロード、そんな簡単な話じゃないんだぞ」

「――そう。簡単じゃないから、厄介だ。この国に存在していないことにされて、誰ひとりまともに関わることが許されない。父上。俺は長らくあんたに従ってきた。だけどもう終わりにする。充分我慢した。俺は彰信を自由にする」

「彰信が望んでもいないのにか。あの城に閉じ込めている間はと、目を瞑ってきただろう。彰信の帰国の手配のことも、放っておいてやった。だからそんな、個人的な思いだけで国を分断するような真似をするな」

「ほら、そういうところだ」

何が分断だ。クロードは白けた気持ちでデイビッドを見返した。

「アルマンのため、国のためと言って、全部なかったことにしようとする。そのアルマンも、もういない。……あの人の意志は俺が継いだ。だから俺は彰信を――」

その時、胸元の携帯が震えた。

大事な会話の最中だ。無視していたが、しんとした部屋の中、バイブ音はいつまでも響いている。

「……出ろ」

気がそがれたように手を振り、デイビッドはソファに背を深く沈み込ませた。クロードは「失礼」と、胸元から携帯を取り出す。

『アキがいないの』

電話に出た瞬間、マリアの切羽詰まった声が聞こえてきて、クロードは愕然とする。

「なぜ。いつ、どうやってだ。時計は？」

動揺を隠せず、クロードは矢継ぎ早に問いかけた。

彰信のために用意した腕時計には、発信器が取り付けてある。以前、サミュエルに攫われた時も、それのおかげですぐに発見することができた。

『時計はつけてない。でもブーツやコートは消えてるわ』

舌打ちすると、クロードはすぐさま革張りのケースをブリーフケースの中に突っ込んだ。

「どうしたんだ」

「アキが消えた」

「なんてことだ……」

デイビッドが額を押さえる。

「勝手に連れて来ておいて逃げられるなど……お前の管理は一体どうなってる」

「……説教は後にしてくれないか」

憮然として言い放ち、クロードは部屋を出た。

あの城の造りは充分理解しているつもりだ。改築の際、以前よりは開放感を持たせたものの、それでも扉は内側から開かない造りのままだし、窓は鉄格子がついているか防弾の分厚いはめ殺しかのどちらかで、抜け出すのは容易なことではない。

いや——だけどアキは、たった一度だけ外に出たことがあった。

何かを思い出しかけたが、はっきりしない。

「クロード、乗れ」

その時、ジャンが車から顔を出して叫んだ。

「どうする。どこに向かう?」

ジャンは車を発進させようと前傾姿勢でハンドルにしがみついているが、クロードも明確な行き先を伝えることができないでいる。

普通に考えれば、行き先は空港だ。だが金もパスポートも持たない彰信が向かうとは思えない。だとすれば、大使館と考えるのが妥当だ。

「念のため、空港に向かってくれ」

「わかった。お前は?」

「他の心当たりを探す」

車を急発進させたジャンを見送り、クロードはその場ですぐに大使館へと連絡を入れた。

彰信の容姿と背格好を伝えるが、そのような者は来ていないとの返答だった。見かけたら連絡を、と伝えて電話を切る。

もしかしたらこのバルティエの城を訪ねて来る可能性もあって、クロードはデイビッドにも電話をかけ、動かず彰信を待ってくれるよう頼んだ。そうしてバルティエ家の車を一台借り、城を出発する。ジャンには他の心当たりを探すと言ったものの、実際にはそんなものはなかった。

彰信の知るテリオラという国は、十六年前と変わらず、ただローグベルグ城の中だけなのだ。ほかにどこにも行く宛などない。

――アキ……。

まさか昨日の今日で、こんなことになるとは思わなかった。七年ぶりに、抱き合ったばかりだ。クロードの想いは、何ひとつ彰信には伝わらなかったのだろうか。

たったひとりで、一体どこに向かったのか――。

じくりと胸が軋みを立てる。まるで捨てられたような気分だった。だったらいっそのこと、探さないほうがいいのかもしれない。咄嗟にそんな思いが過ったが、クロードは頭を振ってやり過ごした。――諦められるわけがなかった。どうあっても、絶対に見つけ出す。

しばらくして、マリアから連絡が入った。

『監視カメラをチェックしたんだけど……五時過ぎぐらいに、アキらしき影が急に城の外に出てきてるの。といっても夜明け前の映像でかなり暗くて……』

いつだって平坦なマリアの声が、ことさら沈んで聞こえる。

「俺たちも知らないような抜け道を、アキだけが知ってたってことだな。参った……。その後の足取りは掴めそうか」

『城門まで駆け下りていった姿は映ってるんだけど、その先はもう追い切れない。ただ……これはここ数日のカメラから割り出したんだけど、深夜から早朝にかけ、城門の前の道を、何度か車が往復してるの。ライトの筋でわかった』

「何者かが城の近くをうろついていたってことか。……アキはそいつと通じていた？」

口に出してみたものの、現実味が湧かない。この国で彰信が頼れる人間はごくわずかだ。それこそバルティエ家の人間ぐらいしか思いつかない。だが、デイビッドは間違いなく関与していない。

『解析しないと車種までは限定できないけれど、車高やライトの位置からすると、大型車なんじゃないかと思う。ボディカラーは多分黒ね』

黒の大型車、彰信が通じている可能性のある相手――そう考えて、不意にある男の顔が浮かんだ。

「わかった。お前は引き続き、映像解析を続けてくれ」

電話を切ったクロードは、車の方向を変えるため、乱暴にハンドルを切った。

向かった先は、エミル・デュフォアの居城だ。

「アキ？　知らないよ。君が例の城に閉じ込めてるんじゃなかったの」

開口一番、詰め寄って彰信の居場所を尋ねたクロードに、エミルは嫌悪感を露わにした。

「突然いなくなった。誰かが手を回した可能性もある。あんたには、前科があるからな。……サミュエルはどこにいる？」

先日の誘拐騒動は、エミルの護衛であるサミュエルが単独で行ったものと聞いていた。だが、真偽のほどは誰にもわからない。いまだエミルが指示した可能性は拭えなかった。

「あれはサムの独りよがりな行動だったと言ってるだろう。君が彼を葬儀になんて連れて来るから、刺激されて先走ったんだ」

「刺激を受けたのはあんたも同じだろう、エミル卿。さあ、サミュエルの居所を言え」

「……君は本当に失礼な男だな」

眉を寄せ、エミルはため息交じりにぼやく。

「生憎、サムは今、父のところに使いに出していていない」

「――使い？　デュフォア候が、あの男に何の用だ」

突然、セルジュ・デュフォアの名が出て、クロードは眉を顰める。

「さあ。用向きまではわからないけれど、それなりに重用されているみたいだ。僕のお守りをしてるよりは実のある仕事なんじゃないかな」

皮肉を込めて笑っているが、前大公の弟であるセルジュ・デュフォアが、わざわざ外国人であるサミュエルを重用するとはとても思えない。そもそも、サミュエルはエミルが拾って来たヤクザ者で、護衛に付けることについて、セルジュはあまり快く思っていなかったと訊く。

――やっぱり、何か変だ。

セルジュがサミュエルを使う場面を想像してみるが、どうやってもまともな状況を思い描けない。つまり、外国人であるサミュエルに、何か特殊な仕事をさせている可能性が高かった。そう、例えば何か汚い――暗殺などの仕事だ。

そんな想像、気弱でおっとりとした性格のエミルには、思いつきもしないことだろう。

「もう一度聞いておきたいんだが、この前の誘拐騒動……あれは本当にサミュエルが独断でやったことか？」

「本人がそう言ってる。……あれは僕のこととなると、ちょっと目の色が変わるところがあるから」

それはその通りだったので、クロードは確かに、と頷いた。拾われた恩義だか何か知らないが、サミュエルのエミルへの忠義心は異様なほどに厚い。

「まあいい。それであの時、デュフォア侯は何をしてた？」

続けて尋ねると、エミルが顔色を変えた。

「ちょっと待ってくれ。まさか、父がやらせたと言いたいのか？」

「そういう可能性もあるというだけだ。あの日はあんたもデュフォア侯も葬儀の場にいて、サミュエルも側に控えていただろう。……アキが現れて、その場で何か良からぬことを思いついたとしても不思議じゃない」

「あり得ない。クロード、君が思うほど、アキに大きな価値はないよ。ゴシップ誌が騒ぐ程度のものだ。……今のは聞かなかったことにするから、今すぐここから出て行ってくれないか」

「……」

そうやって彰信に価値がないと言い切るのは、彰信がアルマンの跡を継ぐ可能性を、エミルがまったく想像していないからだ。今、クロードが手にしている鞄の中には、形式上それをひっくり返すことのできる証文が収められている。

そのことは、今日デイビッドに明かすまで、ずっと誰にも言わずに来た。だが、どこにも情報が漏れていないとまでは言い切れない。特にアルマンの死後、クロードはスピードを重視するあまり、随分と大胆に動き回ったからだ。

その時、またマリアから連絡が入った。山道に繋がる道路の監視カメラを徹底的に洗った結果、付近をうろついていた車を発見したと言う。

「……では、やはりサミュエルか」

呟くと、目の前に立っていたエミルがみるみる顔色を青ざめさせた。

＊＊＊

信号が青に変わった。サミュエルは危なげのない運転で、車を発進させる。

最初はデイビッドの下に向かうつもりでいたのだが、彰信が金もパスポートも持たず、日本に帰ろうとしていると知ったサミュエルが、もっと確実な方法がある、と提案してきたのだ。

それで今、自分たちはドイツの日本大使館に向かうため、まず経由地であるスイスへと車を走らせていた。国をまたいで、随分と乱暴な方法となるが、ドイツであればテリオラの公族の息もかかっていないし、確実に日本に帰ることができる。正当な日本国籍を持つ彰信であれば、パスポートや財布は盗まれたと言えば、なんとかなるらしい。

「この国の公族たちは、みんな、二枚舌だからな。……あまり信用しないほうがいい」

デイビッドに限って、と思ったが、最初に顔を合わせてからもうひと月近く経つのに、いまだ日本に帰る手配を整えてくれないことを思うと、確かに不安を感じる。

「バルティエ家の人間は、特に信用ならない。警護隊っていうのは、つまり国防軍だからな。そのトップともなれば、百戦錬磨だ」

それでますます不安を煽られ、彰信はとうとうサミュエルを頼ることにした。この場にクロードがいたら、きっとまた怒鳴りつけられたことだろう。

だが彰信は、不思議とこのサミュエルという男が嫌いではなかった。確かに怖いと感じる部分もあるが、朴訥な分、その言動には嘘がないように思える。口にした言葉以上の意味はなく、何か裏をかいたりといったこともないのではないだろうか。

「言いたくなかったらいいけど……サムってどこの国出身？　テリオラ人じゃないよな」

気になっていたので、尋ねた。サミュエルはチラ、と一瞥したものの、それきり黙ってしまった。

「……ロシアだ」

答える気がないのかと思いきや、随分経ってからぽつりと言葉が返る。その辺りの国だろうと想像していたので、驚くことはなかった。

だがそんな男が、どうしてテリオラの公族の護衛などしているのだろう。

「国で失敗して行き倒れていた俺を、外遊中だったエミル様が助けてくれた。行くところがないと言うと、この国に俺を連れて来てくれた」

「ああ、それで……」

エミルに対して特に忠実なことには、ちゃんと理由があったのだ。ぽつぽつとであったが、サミュエルは身の上について話してくれた。もともとはロシアンマフィアの一員として働いていたらしい。行き倒れと言ったが、何か仕事を失敗して、死にかけていたところを助けられたということなのだろう。

「お前は、この国を捨てるのか？」

問いかけは唐突だった。

「そんな、捨てるも何も……」

そんな風に考えたことがなかったので、彰信はすぐに反応できなかった。そういえば、日本に帰りたいと言った時も「どうして帰ろうとする」と尋ねられたなと思う。

「俺はもう母国には戻れない。だからといって、テリオラの人間でもない。エミル様が手を回して住めるようにしてくれているがこの国の人間になれはしないんだ。……だが、お前はそういうものとは違うんだろう」

もしかするとサミュエルは、便宜上というだけでなく、ちゃんとこの国の人間として認められたいという想いがあるのかもしれない。だが、その明らかに種族の違う外見と訛りの強い言葉は、良くも悪くも隔たりを感じさせるものだ。

見た目の話ならば彰信だって似たようなものだが、それでもアルマンの実子であること、この国で生を受けたことは間違いがなく、だからこそクロードがすべてを明らかにしようと動いている。

サミュエルの目には、せっかく手にしている宝をあっさり捨て去ろうとしているように見えるのかもしれなかった。

「俺は——」

口を開きかけた時だ。いきなり、車に激しい衝撃が走った。

「な……何」

「伏せろ。後ろの車がぶつかってきた」

手を伸ばしたサミュエルが、彰信の頭を押さえつける。

「ど、どういうこと……っ」

尋ねた瞬間、また衝撃が走る。確かに自分たちの乗っている四駆に向かって、一台の車が激しくぶつかってきていた。

「つけられてたのか……」

サミュエルは小さく呟き、車のスピードを上げた。彰信は顔を伏せたままシートベルトにしがみつく。一回ぶつかっただけなら事故だろうが、立て続けでは明らかにぶつけに来ているとわかる。

——俺たち……俺を、狙って？

だが、一番そういうことをしでかしそうな男は、今自分の真横でハンドルを握っていた。

だとすれば、一体誰がこんなことを——？

かなりスピードを出しているのに、後ろから追ってきた車は、さらに車体をぶつけてきた。牧草地が延々と続く田舎道、走る車はまったくといっていいほど見かけず、それゆえにできる限りスピードを出して逃げ切るしかないが、車体の重さの分、四駆のこちらのほうが不利だ。

「……っ、しまった」

切羽詰まったようなサミュエルの声に、ハッと顔を上げる。

ドン――！

強い衝撃が来て、彰信の視界がぐるりと反転した。押された弾みに分離帯にぶつかり、反動で歩道側に大きく乗り上げ横転してしまった。

「うぅ……」

サミュエルがハンドルに伏したまま、呻いている。ぶつけた時に切れたのか、瞼のあたりに血が滲んでいた。

「サム、平気か」

体を揺するが、反応が鈍い。

彰信は扉を開け、サミュエルを外に引っ張り出そうとした。

「くそ、重い……っ」

筋肉の塊のような体格を引っ張り上げるのは至難の業だ。せめて誰かの助けが借りられたらと思うが、だだっ広い牧草地の狭間で本当に人気がない。

身を乗り出して周囲を見回していると、数メートル後方から、男がひとりこちらに向かって走ってくるのが見えた。しかしその格好は、スーツ姿にサングラス。どう考えても、こののどかな牧草地には不似合いだ。

「……げろ」

「え」

気づけば、サミュエルが薄く目を開いていた。

「目的は、お前だ。早く逃げろ」

「そんな……」

だとしても、こんな状態のサミュエルを放って行けない。——と、おろおろしている彰信を、サミュエルが突き飛ばした。

「わっ」

傾いた車体から外に転がり落ちた彰信は、しかし着地した瞬間、すぐさま走り出した。もう目と鼻の先まで男が迫ってきていたからだ。

——ごめん、サム！

彰信は牧草地の中に飛び込み、遠方にそびえる建物めがけ、全力で走った。誰でもいいから、とにかく助けを求めなければならない。しかし慣れない草地を走るのはひどく困難で、彰信は何度も足をもつれさせ、転びそうになった。何度目かに草に足を取られ転んだ時、ついに追いかけてきていた男に捕まってしまった。倒れたところを押さえ込まれ、みぞおちに一発食らわされる。

「……っ、う」

息ができない。彰信は胸を喘がせ、必死で息を吸おうとしたがうまくいかなかった。

──クロード……。

今度ばかりは、もう会えないかもしれない。離れるために城を抜け出したというのに、彰信はそんな矛盾した気持ちになった。

次第に、意識が遠くなっていく。ごめん、と口にしたけれど、もう声にはならなかった。

まぶしさを感じ、ゆらゆらと意識が浮上するのを感じる。ハッと目を開くと、錆びて色あせたランプシェードが目に入った。

「……」

天井から吊り下げられているもので、彰信は椅子に座らされた状態で意識を失っていたようだ。人の気配はない。ぐるりと視線を巡らせると、視界の端にサミュエルの姿が映った。壁に背中を預けるようにして座らされている。

「サム！」

思わず叫んだ。繰り返し何度も呼びかけると、ややあって「うぅ……」とかすかな声が聞こえた。だが、ぐったりとしたままぴくりとも動かない。ゾッとした。このままではまずいのではないだろうか。彰信はひどく不安になった。

サミュエルを巻き込んだのは、自分だ。おとなしくサミュエルに連れ去られていたほうが、きっとよほどマシだった。

車がぶつかってきた直後、サミュエルはつけられていたのか、というようなことを呟いた。尾行されていたとして、それは誰にだろう。考えてもわからず、彰信はただ不安を募らせるしかない。

「ああ、くそ！　なんでだよ……」

両手両足を椅子に縛り付けられていて、びくともしない。苛立って激しく揺さぶったが、縄が擦れ食い込み、手首が傷ついただけだった。

見渡せば、せいぜい十畳ほどの大きさの部屋だ。出入り口はひとつだけのようで、彰信の視界の右手に錆びた鉄扉が見えていた。

何かの倉庫として利用しているのか、目の前の壁面は鉄製のシェルフで埋められていた。棚には古びた本や段ボールが積まれている。窓はそちら側にしかなく、それもシェルフによってほとんど隠れてしまっていた。一応、光は差し込むものの、天井のランプの明かりがなければ、相当暗いに違いない。

空調の入っていない室内は、コートを身につけていても肌寒さを感じる。夜になればもっと冷え込むのかと思うと、気が滅入った。

その時、彰信の気鬱が伝わったかのように、ブン——と音がして、突然室内の暖房装置が働き始める。急にどうしたのだろうとキョロキョロしていると、軋む音と共に、鉄扉が開いた。彰信はビクリとして、入り口に視線を向ける。

入ってきたのは、グレンチェックのスーツに身を包んだ小柄な老人だ。その男が暖房装置を動かしたようだった。

——あ……。

その顔を見て、彰信は大きく目を見開いた。

「ほう。私が誰かわかるか」

彰信の表情を読んで、男は感心したように呟く。

アルマンの葬儀の際、エミルの隣に立っていた男——セルジュ・デュフォアだ。彰信にとって、血縁上の大叔父に当たる存在だ。

「どうしてあんたが……」

「どうして？　それはこちらが訊きたい。……おとなしく日本に引きこもっていてくれれば、一生放っておいてやれたものを。クロードに唆されて、馬鹿を見たな」

一瞬にして、セルジュは冷たい表情になった。

「唆されてなんか……そもそも、来たくてここに来たわけじゃない」

この国に何か期待したことなど一度だってないし、セルジュが何かを危惧していたとしても、そんなものは全部杞憂だ。

——だけど……。

クロードのやろうとしていることを知った今、果たして無関係と言い切れるだろうか。遡れば、彰信がクロードに告白したりしなければ、体の関係を持ったりしなければ、きっとこんなことにはならなかった。結果的に、彰信の存在自体がクロードを焚きつけることになってしまった。

「クロードが何をどうしようと、俺はこの国とは関わるつもりはない。今だって、日本に帰ろうとして、ドイツに向かってたんだ。だから、サムだってあんたを裏切ったわけじゃない。早く解放してやってくれよ」

「あんな奴のことはどうだっていい。まったく、お情けでエミルの側に置いてやっているというのに、自らの意志で勝手に動くなど……。これだから余所者は駄目だ。油断も隙もない」

「じゃあ、余計に解放してやってくれよ。そいつは俺が日本に帰りたいって言ったから、ただ力を貸してくれただけだ。あんただって、さっさと俺が出て行ってくれたら、それでいいんじゃないのか」

　彰信の訴えに、セルジュは嘆かわしげに首を振った。

「ことはそんなに簡単じゃない。……お前の意志など、正式な書状を前には何の役にも立たん」

　セルジュの言う正式な書類というのは、アルマンの証文のことだろうか。

　やっぱり、想像した通りだ。大なり小なり揉め事が起こる――。

　だけど、少し不思議だった。彰信、その他の公族たちや政治家たちの意志に一切左右されることなく採択される文書というのは、あり得ないのではないだろうか。少なくともテリオラは絶対君主制の国ではない。はっきり言えば、テリオラ公は国家元首でありながら、限りなくお飾りに近いもののはずなのだ。

　――それなのに、どうして……。

　こちらを見据えるセルジュの額には、深い皺が刻まれている。

　伸びた背筋や服装の洒脱さもあって、最初、老人と言うには生気に溢れているように見えたが、その皺は年相応の老いを感じさせた。

　公位継承権第一位は、この男と聞いている。ただ、もしも今回彰信の存在が明らかになれば、順位が逆転するらしい。そうならなかったとしても、そのための審議が一定期間設けられるだろう。それが一週間か、半年か、一年か、それとももっとかかるのか、よくわからないが、時間を浪費することになるのは間違いない。そう考えると、セルジュがそれを回避したいと思ったとしても、不思議はなかった。

「さて」

セルジュはどこからか養生テープらしきものを取り出し、彰信の口に貼りつけた。

「うーっ」

呻いてじたばた暴れると、セルジュはその瞳に不愉快さを滲ませた。彰信から離れ、向かいに置かれた椅子に腰掛ける。

「心配せずとも、そう時間はかからんよ」

——何がだ。

彰信はキッとセルジュを睨み付けた。この男は一体、何をしようとしているのだろう。

それからしばらくして、扉を叩く音が響いた。

「開いているぞ」

鷹揚な返事に、「失礼」と誰かが入ってきた。

「！」

現れたのは、クロードだった。彰信は驚いて立ち上がりかけ、椅子を大きく揺らした。

真正面に立ったクロードは、まじまじと彰信を眺めた。

「……随分な扱いだ」

ぼそりとこぼし、クロードはセルジュに向き直った。その手には使い込まれたブリーフケースが抱えられている。

「早かったじゃないか」

セルジュはクロードが来ることを知っていたようだ。クロードは険のある眼差しを隠しもせず、座っているセルジュを見下ろした。

「探していた車が公道で横転していたという情報以外、まったく手がかりがなかったので、連絡をもらえて助かりました。……ところで、デュフォア候。そこの男、死んだんですか」

眉を寄せ、クロードは顎で部屋の隅のサミュエルを示した。その様子に、セルジュは苦笑を見せた。

「まだ息はある。だがじきにそうなるかもしれんな」

「……エミル卿が悲しまれるのでは」

クロードがそう言った時、サミュエルの肩がピクリと動いたような気がした。だがそれは、早く目覚めて欲しいと願う彰信の見せた幻影なのかもしれない。

「いつまでもあんなチンピラを側に置いておけるか」

憮然と言い放つセルジュに、クロードは「なるほど」と頷いた。

「そんなことより、クロード。ちゃんと書類は持って来ただろうな」

「ええ、まあ。持ち歩いてましたので」

クロードは手にしたブリーフケースを、軽く持ち上げて見せた。

「ですが……まずアキを自由にしてもらえませんか。いくらあなたであっても、こんな仕打ちは……許しがたい」

クロードはあからさまに顔を歪ませた。落ち着いたやり取りをしているように見えたが、内心は怒りで煮えたぎっているようだ。

「やむを得なかった。逃げられたり騒がれたりされては困るからな。何しろ、私は若くない」

「……それにしては、堂に入った縛り方だ」

呟き、クロードは彰信を縛めている縄を見つめた。

「昔取った杵柄だよ。お前だって、そのぐらいはお手の物だろう」

クロードは部屋の中に視線を走らせる。セルジュが単身動き回っていることに、違和感があるのだろう。実際、彰信を捕らえた男の存在がある。もしかすると今この部屋のどこかに潜んでいるという可能性も充分あった。

「ウー、っ」

それを知らせたくて、彰信はクロードを見上げ声を上げる。

「大丈夫。すぐに終わる」

耳元に囁いて、クロードはあやすように彰信の肩を撫でた。

「そうだな。こちらとしても、さっさと終わらせたい。さあ、例の書状を渡してくれ。その男と交換だ」

「そうですね……」

クロードはブリーフケースを見つめ、しばし黙り込む。

「今更もったいぶるな。アルマンの事故の直後、お前が病院にも向かわずスイスに向かった理由など、とっくに調べがついている」

「……まあ、それについては否定はしませんが」

「それなら、早く出せ。そうすればその男は連れ帰っていい」

「ですがこれは、彰信のためのものです。それを彼と交換するというのは……ちょっと理屈が合わないなと」

芝居がかった口調でそう言って、クロードはおもむろに彰信の縄を解き始めた。

「クロード、何を勝手に……話が違うだろう！」

「話も何も、俺はここにアキがいると言うから、引き取りに来ただけです。あなたにはいろいろと訊かれたから、ただ返事をしたまでで」

あからさまな詭弁を口にしながら、クロードは彰信を縛り付けていた縄をすべて取り去り、最後、唇のテープも剥ぎ取った。

「……っ、は」

ようやく解放され、彰信は大きく息をつく。

「さあ、行こうか」

微笑むクロードに、彰信は咄嗟にセルジュを振り返る。

その表情は、怒りに満ちていた。

「お前がその気なら、仕方がない」

ぼそりと呟き、セルジュは片手を大きく上げた。瞬間、パン、という乾いた音が響いた。

天井のランプが弾け、視界が一気に暗くなる。

「アキ！」

クロードは彰信の体を抱き込むと、床に転がった。

「まさか、あの人がこんな手荒いことをするとはな……」

小さくごちて、クロードは持っていたブリーフケースごと彰信の体を下敷きにし腹ばいになった。

「クロード、あの人多分、ひとりじゃない。俺、サングラスの奴にここに連れて来られたんだ」

「そうみたいだな」

クロードはわずかに体を起こすと、ごそごそと胸元から何かを取り出した。

明かりの消えた部屋はとにかく暗い。だがクロードが取り出したそれが、銃であること

TOP SECRET

ははっきりとわかった。

「だ……大丈夫？」

日本でのほほんと暮らしている自分にとっては、あまりに非日常の代物だ。今も、一体全体何がどうなっているのかよくわかっていない。ただ自分を押さえ込んでいるクロードから、ピリピリとした緊張感が伝わってきて、それが恐怖感を煽っていた。

「安心しろ。一応、これが本職だ」

言うなり、クロードはある方向に向け銃を放った。

――キン！

嫌な金属音がして、ガタガタとシェルフから何かが落ちる音がした。

こんな暗がりで、よく相手の居場所を把握できるものだ。

クロードは体を屈めた状態のまま、目だけをしきりに動かしている。彰信はクロードの邪魔にならないようにと腹ばいのまま動きを止め、息を殺した。

しばらくして、また銃声が響き渡る。

クロードが彰信を引きずるようにして壁際に移動する。奇しくもそこは、ぐったりとしたサミュエルが寄りかかっている場所だった。

「アキ、これを持っていろ」

クロードは彰信から離れ、手にしていたブリーフケースを押しつけてきた。

「え……」

「おい。そこのでくのぼう。アキを連れて逃げろ。起きてるんだろう」

「えっ——」

叫びそうになって、彰信は自らの手で口を押さえた。壁に寄りかかる男に視線を向けると、サミュエルはわずかに目を開いていた。

「サム!」

驚いて、彰信は思わず体を起こす。

パン——!

瞬間、頬をかすめるようにして弾が走り抜けた。

「——っ」

クロードが再び彰信を床に押しつけ、覆い被さる。そのまま応酬して立て続けに二発銃を撃った。撃った方向から、今度は足音が聞こえてきた。

「馬鹿が。死ぬ気か」

「ご、ごめん……」

あまりのことに、腰が抜けた。力が入らず、彰信は伏せたままクロードを見た。

「いいか、俺が走り出したら、お前は出口に向かって走れ」

「クロードは?」

「あんな奴、どうってことはない」

フン、と鼻で笑うと、クロードは中腰の状態からいきなり走り出した。そして、また銃声が響く。彰信にはそれがどちらが撃ったものなのかがわからない。

不意に首根っこを掴まれ、ぐいと体を抱え上げられた。

「えっ」

サミュエルだ。クロードに言われたように、彰信を連れてここから逃げようとしている。

サミュエルは装甲車のようにドスドスとすごいスピードで扉を目指した。さすがに気づかれ、クロードが引きつけてくれているのにも拘わらず、銃弾がこちらにも飛んできた。

だが狭い倉庫のおかげで、彰信とサミュエルは被弾することなくすぐに外に出ることができた。

外に出て初めて、そこが二階建ての小さな事務所のような建物であるとわかった。建物を振り仰いでいると、ほどなくしてクロードが飛び出してくる。

「クロード！」

彰信はクロードに駆け寄る。クロードは余裕ぶっていたけれど、彰信はひどく不安だった。実際、肩口や太股のあたりは弾がかすったのか、スーツはところどころ破れ、血が滲んでいた。

「もうじきジャンが来る。それまで――」

瞬間、何か弾けるような音がして、隣に立っていたサミュエルの体が大きく跳ねた。

「え……」

何が起こったのかわからなかった。クロードはすぐさま彰信の体を引き寄せ、その場に伏せる。

「な、何……」

「もうひとり、外で待機させていたようだな」

「そんな……でも……」

追いかけてきた男はひとりだけだった。——だが、あの時追ってきた車の中に、もうひとり、別の人間がいたのかもしれない。彰信は気を失っていて、把握できていなかった。

「サムは」

隙間から、手足を投げ出すようにして倒れているサムの姿が見えた。何か黒い染みみたいなものが、じわじわと地面を汚している。

「そんな……」

彰信の呟きに重なるかのように、また銃声が響いた。

「う……っ」

くぐもったうめき声が聞こえ、覆い被さっていたクロードの体が一瞬、ずしりと重くなる。銃声は立て続けで、その度、クロードの体が跳ねるのがわかった。

「……嘘……、クロード?」

体の下から這い出そうとすると、強い力で押さえ込まれる。どうしようもなくて、背中にしがみつくと、生暖かくぬるりとしたものが手に触れた。強い血の匂いが鼻を突く。

「ワンブロック先は人通りが多い。そこまで……逃げろ」

「え……」

頬を両手で掴み、クロードはひとしき彰信の目を見つめた。やがてそろりと体を起こし、ひゅう、と息を吐いた。

その直後だ。思い切り彰信を突き飛ばし、銃を撃ちながら走り出した。

「……っ」

そうだ、泣いている場合じゃない。

彰信はキッと歯を食いしばる。そして袖口で涙をぐっと拭うと、通りに向かって一気に走り出した。誰でも良い——とにかく助けを求めなければならない。足がもつれそうになりながら、彰信は必死に駆けた。

キキキキ——ッ。

途中、すれ違った車が急ブレーキをかけた。

「アキ!」

聞き覚えのある声——車から顔を覗かせたのは、ジャンだ。

「ジャン！」

彰信は駆け寄り，窓から顔を出したジャンにしがみつく。会えて良かった。来てくれて良かった。

「クロードが、クロードが……っ……早く助けて」

「アキ、わかった。わかったから、すぐに車に乗って」

言われるまま車に乗り込むと、ジャンがどこかに電話をかけていた。短い通信を終えると、すぐに車を発進させる。

倉庫のあるビルまではあっという間だった。

「アキは絶対に車から降りてこないでね。これ一応、防弾ガラスだから、鍵さえ開けなきゃ大丈夫」

外に出たジャンは、銃を構え、周囲の様子を窺いながら慎重に歩いている。手前に倒れているサミュエルを確認した彼は、彰信を振り返り、指でＯＫと知らせてくれた。――良かった、まだ息はあるようだ。

だが、クロードの姿はまだ見当たらない。視線の先、ジャンが建物の中に入っていく。

しかし、すぐにまた外に出てきた。

「え……」

両手を挙げ、後ろ向きで歩いている。親指に自身の銃を引っかけ、降参のポーズだ。

ややあって、サングラスの男が顔を覗かせる。その腕に引きずられるようにして、クロードが現れた。

「クロード！」

彰信はガラス窓に張り付いた。

クロードは力なく項垂れ、されるがままだ。その頭には拳銃を押しつけられている。あまりのことに、彰信は凍りついたようになった。

しばらくして、セルジュも姿を現した。当然と言うべきか、こちらは傷ひとつない。セルジュはジャンの乗ってきた車に気づいて、彰信のほうに近づいてきた。

「デュフォア候、おやめ下さい！」

ジャンが声を荒げる。

窓ガラス越し、セルジュは彰信を見下ろした。形勢逆転で愉悦に満ちた表情をしているものと思ったのに、最初に見た時と変わらず、静かで厳めしい顔つきのままだ。

「書類を渡せ」

セルジュの視線は車の中の彰信に向けられていた。正確には、彰信の腕の中にあるブリーフケースに。

彰信はケースを抱きしめたまま、嫌だと首を振る。これはクロードが命がけで守ろうとしたものだ。手放すことなどできない。

「……クロードがどうなってもいいのか」

しかし、そう言われて愕然となった。彰信は震える手でガチャガチャと窓の開閉ボタンを押して、車の窓を下げる。

「これなら渡すよ！　……渡すから、こんなことやめてくれよ。日本に帰るし、もう二度とここには来ないから！」

「当然だ」

セルジュは吐き捨て、開いた窓の隙間からブリーフケースを強引にもぎ取った。そうして背後を振り返ると、「やれ」と短く命じた。

「──なんでっ」

彰信はセルジュに向かって叫ぶ。扉を開いて、車から飛び出しセルジュに飛びつく。

「貴様、何をする」

「渡しただろ！　もういいじゃん。約束守れよ」

「最初に約束を破ったのは、クロードのほうだ」

「ふざけんな！」

セルジュはその小柄な体のどこにと思うほど、力が強い。それでも彰信は必死でセルジュにしがみついた。

「約束守らないなら返せ。俺のだ！」

こんなものがあるから諍いが起こるし、心底どうでも良いと思っていた。

だけどこのケースには、一度も会ったことも話したこともない父親が、唯一自分のために書き記した書類が収められている。クロードの部屋でこっそり盗み見した時は、ただの紙切れとしか思わなかったものだ。だけどその紙切れには確かに、母と自分の名が肉筆で書き込まれていて——それはまさに父が遺し、クロードが守ってきたものだった。彰信は今この瞬間、初めてその重さを実感した。

もしもこの書状が奪われてしまうなら、今ここで、自分で破り捨ててしまおう。そのほうがよほどマシだと思った。

その時、派手な発砲音と共に、たくさんの足音が聞こえてきた。

「——動くな！」

彰信は制服に身を包んだ大勢の男たちに囲まれ、銃を突きつけられる。驚いて動きを止めると、すぐさまその場に押さえつけられ、セルジュから引き離された。

「ちがーう！　違うから！　その子は巻き込まれただけ！　離してやって」

数メートル先で、ジャンが飛び跳ねながら大声を上げている。隣では、クロードに銃を突きつけていた男が、同じように制服の男たちに囲まれ石畳の上に引き倒されていた。

「え……？」

ジャンの言葉に従ってか、男たちは彰信の体を解放する。逆に手を差し伸べられ、彰信はゆっくりと立ち上がった。

――クロード……！

男が取り押さえられている横で、クロードが倒れている。彰信は一目散に駆け出し、容態を確認している男たちに割り込んで、クロードに取りすがった。

「クロード……クロード、目開けて」

青白い顔だ。血にまみれて、まったく生気がない。声をかけても揺さぶっても、まったく反応が返らなかった。

「いやだ。クロード……っ」

怖かった。どうしていいのかもわからず、ただ涙を溢れさせる。こんなことになるなら、軽率に城を抜け出したりしなければ良かった。どれだけ後悔してももう遅い――。

「……っ、嫌だ……いやだよぅ……」

クロードに取りすがってボロボロ泣いていると、ジャンがそっと肩を撫でた。

「向かいのビルに、救急のヘリが来た。俺たちは乗れないから、一緒に車で向かおうか」

気づけば、頭上でバリバリとすごい音がしている。

「ぜ……全然気づかなかった」

涙と鼻水でぐちゃぐちゃの彰信に、ジャンがそっとタオルを差し出してきた。

「クロード、大丈夫なのかな……？」

クロードから引き離されながら、彰信はジャンに尋ねた。

「うーん……」

ジャンは口ごもった。今回ばかりは、気軽な嘘もつけないのだろう。

かろうじて脈はあった。だけどあんなにあちこちから出血していては、もう駄目かも知れない。

また涙が溢れて、彰信はタオルで両目を覆った。

担架に乗せられたクロード、そしてサミュエルがビル内に運ばれていく。

ヘリが飛び立つのを見送った彰信は、ジャンと共に車で病院へと向かった。

「アキ！」

連絡を受け、病院にはすでにマリアが駆けつけていた。

「無事で良かった……」

マリアは黙って彰信の体を抱き寄せた。滅多に感情を見せない彼女が、ぎゅっと体を抱きしめてくる。

「ごめん……。俺のせいで……本当にごめんなさい」

ジャンも、それに応えるようにガシガシ頭を撫でてきた。彰信にとって、テリオラという国でもっとも近しい人たち——胸がぎゅっと痛んだ。この場にクロードがいないことが、本当に辛い。

自分は本当に馬鹿だ。知らない、どうでも良いとはねつけてきたものすべて、失いそうになって初めて、何ひとつどうでも良いものはなかったと気づかされるのだ。

彰信はまた少し涙をこぼした。

念のため、彰信も検診と治療を受けることになり、丸一日、入院を余儀なくされた。必要なものをマリアが用意してくれて、病室にはジャンが付き添ってくれた。

クロードとサミュエルはそれぞれ緊急手術中だ。容態についての情報はまったく入って来なかった。いてもたってもいられない気持ちだ。不安で仕方がない。

当日、クロードはセルジュからの電話を受けた直後、ジャンに場所を伝え、追いかけて来るよう連絡していたらしい。

「多分、あんな撃ち合いになるなんて思ってなかったんじゃないかな。デュフォア候は本来、冷静な方だし……」

確かに、セルジュには人種的偏見があり、排他的なところがある。だが、性格的に破綻しているわけでもなく、むしろ冷静で落ち着いた印象だ。

「ただ、ボディアーマーを着てたってのは、不幸中の幸いだったよ。万が一の可能性を考えてたのかな」

「でも、あんなに血が出て……」

「万全じゃないからね。腕や足や……首より上をやられると、どうしても」

ジャンの声が小さくなる。容態がわからないのは、ジャンも同じだ。

なぜだろう。クロードが護衛の任務に就いていることは知っていたはずなのに、あんな状況、ただの一度も想像したこともなかった。テリオラは政情不安を抱えている国ではないから、護衛と言っても儀礼的な部分が大きいと考えていたのだ。

だけどアルマンは不運にも事故で亡くなり、彰信が、そしてクロードが命を狙われた。

「テリオラもそれなりに平和だけど、銃社会だし、そこまで安全じゃないよ。そりゃクーデターみたいなことはなかなかないけど、兵役があって、公室警護隊なんて言いながら、隊員が銃撃や戦闘に慣れてるような状況、日本じゃ考えられないだろう。クロードがアキを閉じ込めていたことにも、ちゃんと意味があるんだ」

ジャンの諭すような言葉に、彰信は何も言えなかった。

「……ごめんなさい」

「それは、クロードが目を覚ましたら直接言ってやって」

「うん……そうしたいけど……」

呟き、それきり黙り込んだ彰信の頭を、ジャンはただ優しく撫でた。

今も、クロードのことが心配で仕方がない。だけど、長時間不安と緊張に晒された体は疲弊しきっていた。彰信は意識をはっきりさせようと何度も瞬きを繰り返していたが、徐々に瞼は落ち、そのうち深い眠りに落ちていった。

三日後、集中治療室から移動となったクロードは個室に入った。でもまだ目覚めない。眠り続けるクロードの側で、彰信は朝から晩まで過ごすようになった。彰信がそうしていても、アルマンの時と同様、ＶＩＰルームのひとつなので、外部の人間の目に触れるようなことはない。

クロードは全部で十発もの銃弾を食らっていた。そのうち六発はボディアーマーの着用のおかげで致命傷にならずに済み、さらに二発は動脈のない部分を貫通しており重傷にならずに済んだ。だが残りの二発は、脇腹と太股を抉って大量の出血をもたらした。

顔を見ることができてホッとしたのもつかの間、一日、また一日と日が過ぎても目を覚まさないクロードに、彰信はひたすら精神をすり減らした。

一緒に運ばれたサミュエルは、クロードに比べ撃たれた数は二発と少ないが、もともと事故で受けた外傷がひどく内臓を損傷していたようだ。それでもサミュエルはつい先日、目を覚ました。ジャンにそれを知らされたときは、少し気持ちが軽くなった。あれほどの怪我でも、目覚めてくれるのだ。サミュエルにはそのうち、巻き込んでしまったことを、きちんと謝りに行きたいと思った。

枕元に顔を伏せ、彰信は見るともなしに眠るクロードの顔を眺めていた。目の下を濃い隈が覆っている。顔色は蒼白で、まったく精気が感じられなかった。こんな状態のクロードを見るのは初めてだ。

ぐず……と、鼻水をすすって、彰信はシーツに顔を伏せる。

クロードが何を考えているのか、彰信にはよくわからない。七年前、いきなり捨てられたことも、それがなぜだったのかは知らされないままで、もうずっと本心がわからずにいる。それでも――良きにしろ悪しきにしろ、この男ほど彰信のことを考えてくれた者はいなかった。

――目を覚ましてくれよ。

枕元に顔を伏せ、ぎゅっと目を閉じる。彰信はそのまま少し眠ってしまった。

「――アキ！　どこだ」

眼下で少年の呼ぶ声がする。腰壁にしがみついたまま身動きが取れなくなって、彰信はただふるえながら泣いていた。

真四角の穴を抜け屋上に辿り着いた彰信は、嬉しくてひとり屋上を駆け回った。ビュウ、と吹き付ける風も気持ち良い。背後には二つの塔が立ち並んでいる。重厚な石造りの壁、先の尖った褐色の屋根にはフラッグがはためいている。塔と塔の間は十メートルぐらい離れていたが、空中で連絡通路が渡っており、彰信は目を輝かせて双子の塔を見上げた。

もう窓から見えていたタラップのことなどすっかり忘れて、彰信は連絡通路のことで頭がいっぱいになった。塔には扉があったが、残念ながら鍵が掛かっていて中に入ることは叶わない。しかしこの塔の壁面にもタラップが取り付けられており、塔の眺望台となっている部分まで伸びていた。先ほどと違って、かなり長い距離だ。それでも彰信は、好奇心を抑えられずに、眺望台に向かってタラップを登り始めた。

風がかなり強い。しっかり支柱を掴んでいないと体を持って行かれそうだった。そうして五メートルほどの距離をがむしゃらに登り続け、塔をぐるりと囲んだ眺望台の部分まで辿り着いた。彰信はすぐさま連絡通路に向かう。だが、肝心の通路へのアクセスは門扉で閉じられていた。

通路は両サイドに一メートルほどの腰壁が立ち上がっており、鋼鉄製の片開き門扉も同じ高さで、よじ登ろうと思えば可能だ。ただ、眺望台や連絡通路の幅はとても狭く、バランスを崩すとそのまま外側に落下してしまいそうな恐ろしさがあった。連絡通路の真下は、片側は居館に繋がる中庭となっているが、その反対側は崖だ。

「……」

諦められずに、彰信は鉄製の門扉をよじ登る。一気に登れば怖くない――そう思って勢いよく乗り上がった瞬間、突然強い風に煽られた。

「わあっ」

ずるりと体が滑って、彰信は連絡通路の外側に落ちた。幸いというべきか、連絡通路の足下は外側に三十センチほど足場が張り出していたし、落ちたのは中庭側だ。彰信は必死に腰壁の天端にしがみつくがあまりの恐怖にそれきり動けなくなってしまう。

「ふぇ……」

パニックに陥った彰信は、そのままわんわん泣き出した。

「こわいよぉ、たすけて」

「――アキ！　どこだ」

泣きながら叫んでいると、どこからかクロードの声が聞こえてきた。ハッとして声がした方を見下ろせば、中庭にクロードの姿があった。こちらを見上げている。

「クロード！　こわいよぉ……たすけてぇ」

「アキ、落ち着いて。大丈夫だ、そんなに高くないよ。こっちに飛んでおいで」

　大きく手を掲げ、クロードはまっすぐこちらを見ている。

　確かに、連絡通路と中庭の距離はまだマシで、三メートルほどだ。クロードならきっと、絶対に受け止めてくれるだろう――頭ではそう理解できているのに、彰信の体は恐怖でガチガチになっていた。

「むり……むりだよ……こわいぃ」

「アキ、そうだ。目を瞑ろうか」

「うぅ……」

　怖かったけれど、目を閉じるぐらいならできる。下でクロードが手を打つ音が響いた。

「こっちだよ。さあ、飛んで」

　軽快な口調に、彰信はその一瞬、すごく勇気づけられた。目を閉じたまま、思い切って声のほうに向かって飛び降りる。

　ドサッ――。

　クロードは確かに小さな彰信の体を受け止めてくれた。だが、落ちた瞬間くぐもった鈍い音が響いて、クロードが顔を歪め呻いていた。

「クロード……っ、わあっ……」

　体を起こした彰信は、クロードの頭の下が真っ赤に染まっているのを見て、悲鳴を上げた。クロードは呻いたきり、なかなか起き上がれないでいる。額にはびっしりと汗が浮かんでいた。

「あ……ああ……、どうしよ……。いたい？　だいじょうぶ？」

どうしたらいいのかわからない。苦しげなクロードの様子に、彰信はただ、ぼろぼろと涙をこぼした。

「アキ……よかった、無事で」

しがみついて泣きじゃくっていると、そっと後ろ頭を撫でられた。手はちゃんと動くようだ。だがクロードの話し方や声の調子がいつもとあまりにも違うので、彰信はひどく不安になった。

「クロード、いたい？　ねえ、どうしたらいいの」

話しかけることしかできずに、彰信は何度も同じような言葉を繰り返した。ややあって、クロードが「あっち……」と居館の方向を指さした。

「誰か……呼んできて。あっち……扉は、開いてるから……」

「ま……まってて」

彰信は目に涙をためたまま何度も頷いて、くるりと扉の方を向いて、つんのめって転びそうになりながらも必死で走った。誰か、大人の助けを呼ぶために。

『アキ……よかった、無事で』

もう一度、その声が頭の中で響く。優しく髪を撫でられ、彰信はハッと目を開く。

宥め甘やかすような、その手つき。それは彰信がよく知るもので――。

「クロード！」

彰信は飛び起きて、枕元の男をまじまじと見つめる。クロードが、目を開いてこちらを見ていた。

「――クロード……」

それきり、言葉が出てこない。クロードを見つめたまま、彰信は瞳にじわりと涙を浮かべた。一瞬で溢れ、彰信は声もなくぼろぼろと涙をこぼした。

「アキ、どうした」

クロードが狼狽えたような声を出す。自分がもう何日も眠りっぱなしだったなんて、一時期は生死の境を彷徨っていただなんて、気づいてもいないのだろう。

「うう……っ」

彰信はクロードの首筋にしがみつく。

――良かった。

涙が止まらず、彰信の顔はぐちゃぐちゃだ。そんな彰信の頬を、クロードの手のひらが拭う。

「ごめん……っ、クロード」

事件のこと、そしてたった今思い出した大昔の事故のことを重ね合わせ、彰信は泣きじゃくりながらクロードに何度もごめんと言って謝った。

どうして忘れていたのだろう。いや、扉に向かって走って行ってからの記憶は、今もろくに思い出せず消え失せたままだ。

体を起こした彰信は、ふと気になってクロードの後頭部を覗き込んだ。髪をかき分けると、かすかに引き攣れたような部分がある。

「ここの傷って……」

「昔の古傷だ。これがどうした？」

クロードは怪訝そうな表情を浮かべた。

「これ、俺のせいで怪我したんじゃないか。……なんでだろ……その時のこと、俺ほとんど覚えてなくて」

「ああ、そういうことか。多分、お前は血だらけの俺を見て、びっくりしたんだよ。確か俺が病院に運ばれて治療を受けている間に、お前は高熱を出したんだ。俺は怪我のせいでしばらく会いには行けなくて……久しぶりに顔を出した時には、何も覚えていなかった」

「そんなことって……」

彰信は唖然となった。

「幼い頃の記憶なんて、そんなものだろう。お前の言葉で、今なんとなくおぼろげに思い出したけれど、あの時のことははっきりとは憶えてないんだ。だからか、城に抜け道があ

ったかもしれないということも、まったく頭になかった」

「こんな大怪我させたのに、忘れちゃっててごめんな。……俺、昔からいっつもクロードに迷惑かけてる。この時のことも、今回のことも……ほんと、最悪だ」

枕元に深いため息を落とすと、クロードはくすりと笑った。

「何」

「それこそ今更だ。でも俺は……お前の世話を焼くのは、そんなに嫌じゃなかったな。多分……」

「多分、何」

いきなり、クロードの口調は間延びした。何度も瞬きをしているから、このままた眠りにつくのかもしれない。

「……お前が、俺を大好きで……それが」

嬉しかった――囁くような声が漏れ、クロードは目を閉じた。口元は笑みの形を作ったまま、穏やかな寝息を立てている。

「……ふふ」

本当にその通りだ。彰信は静かに微笑むと、クロードの額にキスをする。それでも離れがたくて、頬に手をかけ、ゆっくりと何度も前髪を梳いた。

クロードが目覚めたことはすぐに伝わり、翌日から入れ替わり立ち替わり、多くの人が訪ねてきた。両親のデイビッドにソフィー、兄のピエールは、これまでもちょくちょく見舞いに訪れてはいたが、警護隊の面々であったり、アルマンの護衛仲間であったりといった、仕事に関係する人々が多い。女性の見舞い客もやたらと多く、彰信は早々に屋上の庭園に退散した。

自分の立場はいまだ微妙で、バルティエ家の人々以外となると会話することもなかなか難しい。生憎、己の素性を明かさずに会話を続けられるような上等なテクニックは持ち合わせていなかった。

屋上でありながら、庭園は色とりどりの花や緑豊かな木々が植えられていた。中央部分には噴水まであって、優しい水音を響かせている。また、一部にはリハビリ患者用の訓練器具が設置されていて、数人の利用者がいた。

彰信は目深にキャップを被り、庭園の一番端のベンチに腰掛けた。アジア人の血を引く自分の容姿は、この国ではやはり、どうしても目立ってしまうからだ。

視界に、歩行訓練を繰り返す患者の姿が映る。クロードが回復したら、ああしたリハビリが必要となるのだろう。足を撃たれたわけだから、後遺症がないとも限らないし、場合によっては、護衛の仕事から身を引くこともあるかもしれない。

そのことを考えると、気分が塞ぐ。何かできることがあればいいのだが、凡庸な自分には、身の回りの世話をするくらいが精一杯だ。それだって今はもう難しいし、マリアに任せっきりになっている。

「やあ」

不意に、ぽんと肩を叩かれる。驚いて振り返ると、エミル・デュフォアの姿があった。

「クロードの部下が、君はここだと教えてくれたから」

「あ……はい」

多分、ジャンのことだろう。今は庭園の入り口に立って、ひそかに彰信を見守っているはずだ。

彰信は立ち上がり、ぺこりと頭を下げた。

エミルから少し離れた植え込みの前に、スーツ姿の厳めしいふたり組が立っていて、こちらを窺っている。エミルの護衛たちのようだ。

「サムはどうですか」

「大分、話せるようになってきたよ。早くリハビリしないと、なんて言ってる」

当分無理なんだけどね、と続けて、エミルは肩をすくめた。まったくその通りだ。

「あの。サムのこと……本当にすみませんでした」

本来ならサミュエルも、ここでエミルの護衛に就いているはずだった。それを思うと本当に申し訳ない気持ちにさせられる。

「サム、君のことを気に入ってるみたいだよ。自分の意思で動くことの少ない男だから、嘘じゃないと思う。それと……今回のことは、最初から父がサムになすりつけようとして動いていたはずだから、避けようがなかったと思う。サムは、僕や父に対してはとにかく従順だから。……だから今回は命が助かって、本当に良かったよ」

「でも、俺が巻き込まなければ――」

エミルがすっと指を立て、彰信はそれ以上話すことができなくなった。

「父が君たちにやったことを思えば、僕に何か言えることはない。……だけど、父があんなにもテリオラ公の座に固執していたとは思いもしなかったんだ」

「どう……でしょう。固執していたわけじゃなくて、ただ、公室に別の国の人間の血が入ることが嫌だっただけって気もして……」

少し迷って、彰信は自分の考えを口にした。

「それか、守ろうとしていたのかな……。だから、どうにかして俺を排除しようとしたんじゃないかなって」

もしも本当に自分が跡を継ぎたいと思っていたのなら、むしろあんな無謀なやり方はしなかったのではないだろうか。思わせぶりな言動をして火をつけ歩くクロードに、彰信が本当に跡を継ぐのだと思い込まされてしまった。

「それはそうかもしれない。君という存在を消して、ずっとなかったもののようにしてきたから……怖いんだよ、みんな。それにクロードは行動力の塊のような男だから、もしかしたら、って思わされてしまう」

「はは、俺も同じように感じて、腹を立ててました。そんな気もないのに勝手にあれこれ決められて。くそ、もう逃げるしかないぞってなっちゃって」

それがまた、間違いだった。本当は、どんなに時間がかかってもいいからクロードと向き合って話をして、嫌なことは嫌だときちんと説得すべきだったのだ。

「……悪かったね。君を傷つけただろう。僕も、父も」

目を伏せ、エミルは静かな口調でそう言った。

いいえ、と彰信は首を振る。

「結局、俺が中途半端だったのが悪かったんです。みんなを誤解させちゃって」

それもこれも、彰信がこの国のことを知ろうとしなかったからだ。自分を捨てた国だとひねくれずっと向き合わずにいたから、クロードを暴走させることになって、デュフォア候がそれに焚きつけられてしまった。

今回の件のすべてが公室内だけのこととして片がついたら良かったのだろうが、屋外での発砲、警護隊の出動と、騒ぎが大きくなり過ぎた。

報道では、アルマンの死をめぐりセルジュとクロードが対立した末の騒動と伝えられているのみで、情報は曖昧にされている。根幹に彰信の存在があるため、この先も明かされることはないと聞かされていた。

はっきりとしない報道を前に、それでもセルジュの凶行はアルマンの死を冒涜（ぼうとく）したとして、国中から激しく非難された。

「あの……デュフォア候はどうなりますか」

エミルにとっては、まがりなりにも父親だ。気に病まないわけがない。

「何であれ、人を殺そうとしたわけだからね。おそらく、父の公位継承権は剥奪される。財産も没収かな……というか、僕がそれを進言することになると思う。……そうしなければ、国民も納得しないだろうから」

火消しは、息子の役目ということか。

「基本的には議会の決断によるよ。僕はただ、決定に従うだけだ」

内心、いろいろと複雑な感情を抱えているだろうに、エミルは淡々としていた。そうしなければ、余計に辛いのかもしれない。

「それで、君はどうするんだ。今後のことはともかく、クロードが退院するまではリウムフェルトに滞在するつもりなんだろう」

「はい、まあ……」

今のところは、デイビッドが用意してくれたホテルから病院に通っている。クロードが退院するまでは、しばらくそうした生活が続く予定だった。

「もしも君さえ良ければだけど。この国についてなら、僕にも少しは教えられることがあるよ。というかね、君に何かを教えるのがクロードだけでは、相当知識に偏りが出そうだから、ちょっと心配だ」

その言葉に、彰信は思わず吹き出してしまう。エミルのクロードに対する信用の薄さには、なんとも言えない気持ちにさせられた。

「あ……いいのかな。俺、本当にこの国のこと全然知らなくて。助かります」

そう言うと、エミルがすっと手を差し出してきた。彰信はおずおずとその手を取る。

「すみません。……ありがとうございます」

頭を下げ、掴んでいた手をぎゅっと握りしめる。

ちょっと前までの自分なら、こんなことに意味はないと思っただろう。ありがた迷惑だとも。だけど今回のことで、知らないことも罪になるのだと思い知った。これから自分は、もっとたくさんのことを学ばなければならない。

「まあ、今後のことはクロードと話し合うことだね。僕も……頃合いを見て、また彼に謝罪しに行くよ」

そう言って、エミルは遠く空の下に広がるテリオラの町並みを眺めた。

その横顔には遺憾の念、そして幾ばくかのわだかまりが混ざり合っているように見えた。クロードに対する感情か、はたまたセルジュに対する感情か——。

それでも、初めて見た時のやたら神経質そうな印象はすっかり薄れ、今は聡明さと落ち着きを兼ね備えた、冷静な人物だと感じた。

別れ際、チラと見せた笑みがまた優しく穏やかで、おそらくそれこそがエミルという男の本質なのだろう。

クロードはリハビリ期間を含め、退院までにひと月を要した。

その間、彰信は週に二、三回の頻度で、エミルから国史や政治経済に関する知識を学んだ。エミルの居城を訪れるのは目立ち過ぎるので、お忍びで彰信の宿泊するホテルまで来てもらっていた。その間、エミルのボディガード二人とジャンとマリアが同席するため、室内は大所帯だった。

エミルの言葉はまるで大学教授の講義のようにわかりやすく、まったく退屈しない。

実際、エミルは教員をしていた時期があるらしい。三十才になる前に公務を優先するためにやむなく辞めたとのことだった。素直に、勿体ないなと思う。

この国の公族はみんな、何かと不自由だ。いずれ就く職や役割が最初から決められていて、好きなことをできる時間はほんのひとときだけ。以前クロードに言われた「お前は自由だった」という言葉の意味も、今ならば理解することができる。

「——本当に、お前はそういうところがいかにも日本人だな。モラトリアムをいつまでも引きずって、無意味なことだ」

そう言って、クロードは呆れたように首を振った。

退院したその足で、クロードはローグベルグ城に戻って来ていた。大事を取ってまだほとんど寝室での生活で、今もパジャマ姿の状態だ。

「マンションのほうで暮らせばいいのに。通院のこともあるし、あっちのほうがいろいろ便利だろ」

リウムフェルトに立派なマンションを所有していることは知っている。病院からも近いし、わざわざこんな辺境の城に戻って来ることはないと思ったのだが、クロードは頑として譲らなかった。

「……そうかもしれないが、そうするとお前に会えなくなる」

「なんで。こっちから会いに行くよ」

クロードが目を眇め、こちらを見る。

「何……」

「そう言って、お前は病室にもほとんど顔を出さなかった」

拗ねたような口ぶりに、彰信はおや、と眼を瞬かせる。

それは仕方のないことだった。クロードが目覚める前はずっと入り浸っていたけれど、目覚めた後はなかなか、そうもいかなかったのだ。大勢の人がいる場所に入りづらかったということもあるが、やはり自分の扱いがどうなるかわからない状態で、べったりクロードの側に張り付いていることはできなかった。

「クロード、思ってたより人気者だったからさ……」

「夜もか？　ずっと近くのホテルに泊まっていたと聞いたぞ」

「夜は出入り禁止になるだろ。俺も、エミルから勉強を教わったりしてたんだよ」

「……」

クロードがむすりと口を引き結ぶ。

「俺よりエミルか。まったく、泣けてくるな」

「もー、そんなことで拗ねるなよ。単純に、俺がうろちょろするのはまずいって思ったんだって。夜もそう。ずっとカメラ持った奴らが居座ってたし、万が一、騒がれるようなことになっても困るだろう」

ふうん、と呟き、クロードはベッドにごろりと横になった。

明らかに拗ねた態度を見せる男に、彰信は肩をすくめた。

「……クロード、怒んないでよ」

伸び上がり、壁の方向を向いたクロードの顔を覗き込む。

「久しぶりにふたりきりになれたんだから、もっとちゃんと俺のほうを見てよ」

肩先を指でつつくと、クロードがため息と共に、こちらを振り仰いだ。

「何か、俺に言うことはないのか？」

相変わらずの拗ねた口ぶりで、クロードがじっとこちらを見つめてくる。

本当はまだ無理をして欲しくなかったし、だからこそマンションのほうで暮らしてもらいたかった。だけどこんな顔を見せられては、何もかも受け入れるしかないと思ってしまう。

彰信はぎゅっとクロードの首筋にしがみついた。

「退院おめでとう。無事で良かった。……おかえり、クロード」

「……俺もだ、アキ。お前が無事で本当に良かった」

そろりと伸びた手が、彰信の後ろ頭を撫でる。

――あ、やばい。

もう散々泣いて、今更涙なんか出ないと思っていたのに、胸が引き攣れたみたいにぎゅっとなった。涙を堪え、しがみついたままでいると、髪を撫でていた手が肩口をすべり、今度は優しく背中を撫でた。

「……っ」

彰信は我慢できずに、少しだけ泣いた。声を殺したけれど、気づかれないわけがない。クロードは何か言うでもなく、しばらくの間、ただ優しく彰信の背中を撫で続けていた。

「はー……」

どのくらいそうしていたのか——うとうとしかけた彰信は、ハッと顔を起こした。

クロードがぐいと指先で彰信の目元の涙を拭う。そうして最後に、ぎゅっと鼻先をつまんで、ふが、と変な声を上げた彰信に、ははははと笑い出した。

「もー……」

腕で涙や鼻水を拭いながら、彰信はクロードを軽く睨む。

首の後ろを引き寄せられ、顔が間近に迫る。そうしてどちらともなく、唇を寄せ合いキスをした。

啄むような口づけを緩やかに繰り返しながら、それは徐々に深くなっていく。

「ん……っ」

舌先を絡め合わせ、口づけは激しさを増した。気づけば、彰信はクロードの体の上に乗り上げるような格好になっていた。

「ん、あ……、ごめ……」

慌てて体を離そうとした彰信の体を、クロードにぐいと引き戻される。顎先を捕らえられ、そのまま深いキスを続けられた。肉厚の舌先は口内を這い回り、彰信の体がびくりと震えると、そこばかり丹念につつき舐め回してくる。

「……っ、はっ……」

キスしながら、クロードはシャツの裾に手を忍ばせてきた。腹や脇腹をさすり、彰信の乳首をつまみ上げる。指先でこねるように揉まれ、彰信はひくりと体を跳ねさせた。

「駄目……だって、これ以上……」

ようやく唇が解放され、彰信は息も切れ切れに訴える。

「なぜだ？　せっかくふたりきりになれたのに。さっき、お前もそう言っていただろう」

「そうだけど、傷が……」

彰信はパジャマごし、傷を負った太股の辺りに手を触れさせる。

傷はすでに塞がっていると聞かされていたが、だからといってすっかり本調子というわけではない。まだ無理はさせたくなかった。

「それほどたいした傷じゃない」

やれやれと首を振り、クロードが苦笑を浮かべる。だけど彰信には、それが本当なのかどうかがわからない。

「そんなことより、お前に触れられないことのほうが辛い」

言って、クロードは体を起こし彰信の体をベッドに押し倒した。ぐるりと視界が反転し、彰信は唖然としてクロードを見つめる。

「駄目か？」

真上から見据えられる。悲しそうに寄せられた眉とは裏腹に、その瞳は潤み、欲に濡れていた。

アキ、と切なげに請われ、もう無理だと観念する。本当に、この男はずるい。そんな目で見つめられ、囁かれては、とてもはねつけることなどできなかった。

「頼むから……俺のために無理はしないで」

クロードの首に腕を回しながら、彰信は小さく訴える。クロードはフッと笑った。

「お前のことで、無理だと思うことはひとつもない」

自信たっぷりに言い切るクロードに、内心ホッとしている自分がいた。苦笑を返すと、再びゆっくりと口づけられた。

甘く緩慢な口づけを繰り返しながら、クロードは彰信の着ていたシャツのボタンを外し始める。途中でインナーシャツごとたくし上げ、一気に脱がされた。暖房が効き過ぎなくらいで、ほとんど寒さを感じない。それでも体が震えるのは、きっとこの男の手つきのせいだ。

体を下方に移動させたクロードが、彰信の胸のあたりを舐め回す。乳首を唇に含み、舌先で転がされ、彰信は我慢できずに短い声を上げた。そこを嬲られるだけで、下半身が熱く昂ぶった。

クロードの手がジーンズのホックを開いて下着をずらす。ぐいと強引に引き下ろされ膝下まで落ちたそれを、最後、彰信は自分の足を使って脱ぎ落とした。

自由になった両足を抱え上げたクロードは、彰信を見つめながらゆっくりと膝や股の裏側に舌先を這わせていく。時折、軽く噛みつかれて、そのたび彰信はぶるっと体を震わせた。

まだ触れられてもいないのに彰信のものは半勃ち状態で、密をこぼしはじめている。無意識に己のものに手を伸ばした彰信の手を、クロードが掴んだ。

「んっ……っ」

クロードは彰信の手ごとそこを軽く扱くと、体を屈め彰信のものを唇に含んだ。

「ああっ――」

熱くぬめる感触に、彰信はがくんと仰け反った。舌先は張り出した部分を丹念に舐め回し、擦り立てる。水音がピチャピチャと響き、彰信は羞恥に頬を染める。

「ん、ぅぅ……」

咄嗟にクロードの肩先を掴み、必死に体を突っ張らせた。散々舐め回した後、クロードは彰信のそれを喉奥深くまで飲み込み、唇を使って激しく上下させる。それと同時に、指先は湿った叢をかき分け、たっぷりとした膨らみを柔らかに撫でさすった。

「あ、あっ、ああ、んっ」

彰信は体を丸め、シーツにしがみつく。初めてでもあるまいに、いつもクロードにそうされていると思うだけで、頭がおかしくなりそうだった。

久しぶりということもあるのだろう。彰信のものは今にも弾けそうに硬く反り返っている。溢れる先走りを舌先で舐め取られ、鈴口をつつくようにいじり回されて、彰信はびくびくと腰を揺らす。

「も、無理……だめ、離して」

彰信は肩先に爪を立て、懇願した。目を開け下側に視線を向けると、こちらを見つめるクロードの瞳に気がついた。

眦を緩め、鮮やかな笑みを浮かべた後、クロードはさらに激しく彰信のものを責め立て始めた。

「ちょ、あっ、あっ、ああっ、あ、は、――んぅ……」

どくりと心臓が跳ね、彰信は我慢できずに果てた。じゅる、と派手な音を立て、クロードがそれを飲み下した。

「……っ、どうして……」

いたたまれない気持ちになって、彰信はクロードを睨み付ける。だけどそうしたところで、クロードはまったく気にも留めていない。

「嫌がらなくてもいいだろう。ふふ、随分と濃かった」

そう言って、笑いながら手の甲で唇を拭う仕草に、彰信は声もなくただ顔を赤くするしかなかった。

「そんな顔をするな」

クロードは再び彰信と同じ目線まで体を移動させてくる。頬に指先が触れ、引き寄せられキスされた。思わず眉を寄せたのは、さっきまで彰信のものを咥えていたからだったが、口内に舌先が入り込み、舌先であちこちつつかれ舐め回されるうちに、あっという間に何もかもどうでも良くなってしまった。

やがてクロードは来ていたパジャマを上下とも脱ぎ去ると、彰信の体を横に倒して、背後からぴたりと体を寄せてきた。

内股に硬く反り返ったクロードのものが触れている。知らず、彰信はごくりと唾を呑み込んだ。

クロードは彰信の肩口に鼻先を埋め、たくさんのキスを落とした。吸い上げ、舐めて白い肌に花を散らしていく。そうしながら、膝で彰信の股を割り膝裏を抱え上げるようにして足を開かせた。

おもむろにジェルを後孔に垂らされ、彰信は思わず体をすくませる。

クロードの指先はぬめりをすくい取ると、内側に塗り込めるようにしながら窄まりを擦り立てた。

「……っ」

内側をじわじわ押し広げられていく感触に、彰信はひくりと喉を鳴らした。

むず痒さともどかしさがない交ぜになって、彰信は咄嗟にクロードの方に体を捻ると、その体にしがみついた。

「……っ、あ」

反動で指先が中でぐるりと動いて、勝手に声が漏れてしまう。

クロードはひっそり笑って、彰信の額に口づけを落とした。愛おしげな仕草に、彰信はほっと息をついてクロードを見上げた。見つめていると、再び唇を塞がれた。

噛みつくように口づけられ、舌先は荒々しく口内を蹂躙する。それに呼応するかのように、後ろの指の動きも激しさを増した。一本、また一本と指を増やされ、かき回されて、彰信は苦しげに胸を喘がせた。

「——ああ……っ」

不意に痺れたような感覚が走り抜け、高い声がこぼれる。背を仰け反らせた彰信に、クロードは同じ責めを繰り返した。

「あっ、あ、っ……それ、無理……っ」

彰信のものは再びむくりと力を持ち始めている。

吐く息が荒い。クロードの肩口に額を押しつけ、彰信は必死に迫り来る感覚をやり過ごそうとした。このまま指で弄られ続けていたら、また自分だけ先に達してしまいそうで、それが嫌だった。

気持ちが伝わったのか、クロードは指を引き抜くと、ナイトテーブルの棚に手を伸ばし、ゴムを取り出そうとした。

「クロード……いいから、そのままして」

「けど、アキ……」

「ちゃんとクロードを感じたい……お願い」

切なげに訴える彰信に、クロードは困ったように眦を下げる。しかし次の瞬間、彰信のそこに己のものを押し当てた。

「あ……、っ」

めり、と窄まりを押し広げるようにして、クロードのものが体の中に入って来る。体を開かれる感触──直に感じるクロード自身の熱に、目もくらむほどの欲情を覚えた。目尻には、じわりと生理的な涙が浮かんだ。

──好きだ……。

クロードと繋がっていることが、嬉しくて仕方がない。今更ながら、彰信の体は喜びに打ち震えていた。

「アキ、平気か」

額の汗を拭われ、彰信はうっすら目を開く。普段よりも余裕のない表情を浮かべたクロードが、こちらの顔を覗き込んでいた。

「平気……。なんか……なんか、すごい。クロードが、中に入ってるっ……て感じがする。はは……初めての、時みたい」

目尻に溜まった涙が、ぽろっとこぼれ落ちた。

「アキ」

クロードは少し焦ったように、指先で頬を拭った。

「……好きだよ、クロード。大好きだ」

彰信はクロードの体をぎゅっと抱きしめる。

「……っ」

低く呻くと、クロードは何かを堪えるようにグッと唇を噛みしめた。直後、膝裏を抱え上げられ、一気に奥深くまで突き入れられる。

「ア、ああ……っ」

そのままクロードは激しく腰を動かし始めた。

角度を変え、荒々しく何度も奥を突かれ揺さぶられた。かと思えば、ギリギリまで引き抜かれ浅いところをかき回されるようにされる。ぐちゅぐちゅと泡だった音が寝室中に響き渡り、ひどくいたたまれない気持ちになった。

「あ、っ……あ、あっ、ああっ」

彰信は小刻みな喘ぎを漏らし続け、開きっぱなしになった唇からはだらりと唾液がこぼれ落ちた。

「アキ、アキ……」

何度も切なげに名前を呼ばれ、彰信はクロードに向かって手を伸ばす。それに気づいたクロードが、彰信の体をぐいと抱え起こした。

「ひ、っ――」

瞬間、さらに奥深くを穿たれて、彰信は短い悲鳴を上げた。体を丸めしがみついていると、動きを止めたクロードが、彰信の背中をゆっくりと撫でた。

「アキ、愛している……俺のアキ……」

耳元に囁かれ、彰信は震える手をクロードの頬に触れさせた。

「うん。……うん」

頷いて、彰信は自分からクロードにキスをした。もう想いを飲み込んだりしない。何もかもさらけ出して、すべてを受け止める――。

ピチャピチャと舐め合うようなキスをしながら、彰信は再びベッドに押し倒された。クロードはそっと彰信の腰を抱え上げ、ゆるゆると腰を動かし始める。

「別に、激しくしてもいいのに」

そうこぼすと、クロードは首を振り、小さく微笑んだ。その眼差しも、額に浮かぶ汗や余裕のない息づかいも、彰信の目には何もかもが扇情的に映る。

「……今は、お前をもっと味わいたい」

言葉通り、クロードはそれからじっくり時間をかけ、丹念に彰信の体を愛撫した。

「……っ、うぅ……」

乳首を唇に含み、手で彰信のものを責めたてながら、時折グンと腰を突き入れる。一度に前も後ろも、何もかも執拗なほどに愛撫され、彰信はだんだんわけがわからなくなってきた。

「あ、ん……っ」

ひっきりなしに声をこぼし、クロードの動きに焦れて、知らず腰を揺らし始めていた。

「も、だめ、早く……」

このままでは、かえって辛い。彰信が小さく訴えると、クロードは満足そうに目を細め、彰信に口づけた。間を置かず、クロードは彰信の腰骨を掴むと、少しずつ打ち付ける腰の動きを早めた。熱く硬い肉棒が、内側を激しく擦り立てていく。

「ん、ん、っ……あ、あつ、あ、あ……ああっ」

揺さぶられるうち、彰信はビクビクと体を震わせながら達した。瞬間、彰信の後孔がひくひくと収縮し、意志とは関係なくクロードのものを締め付ける。

「……っ、く……」

かすかな呻き声をこぼし、直後、クロードが彰信の中で果てた。

「……あ……っ」

生暖かい感触が腹の奥に広がる——。

喜びを感じて、彰信はぎゅっと目を閉じる。嬉しくてたまらなかった。

俺のアキ——最中、クロードがこぼした言葉の通り、本当にクロードのものになったかのような錯覚に陥る。充足感に満たされ、彰信はそのまま意識を手放した。


目覚めると、寝室の明かりは落ち、ベッドサイドの読書灯だけが灯っていた。

クロードが、何か読み物をしている。

「……何読んでんの」

声をかけると、クロードがハッとしたようにこちらを見た。

「起きたのか」

「うん」

彰信は洗い立てのパジャマを着せられていた。体もさっぱりとしていたし、どうやらクロードが綺麗に体を拭ってくれたようだ。

「ごめん、寝ちゃってて……。結局、体に負担にかけちゃったな」

「気にするな。むしろ少しは体を動かさないとな」

彰信は体を起こし、クロードの手元を覗き込んだ。

「あ。これって――」

「なんでもない」

言葉を遮り、クロードは素早く本を閉じて、脇に放り出した。

「なんでもないことないじゃん……それ、俺にくれた本だろ」

放り出された本の装丁を眺めながら、彰信はぼそりと呟く。

「まあ……うん。これはお前に渡したものとは別のものだ」

「だろうね。装丁もちょっと違うし、俺、あの本、部屋の引き出しに入れっぱなしだもん」

そう言うと、クロードは少し驚いたように目を瞬かせた。

「……何」

「いや。とっくに捨てたんだろうと思っていた」

「何度もそうしようと思ったけどね。でも、もらった時にいろいろ調べてたから、もしかしたらって思うこともあって……なんか、ずっと捨てられなかった」

彰信は腕を伸ばし、シェイクスピアの詩集、『The Sonnets』を手に取った。

「――もしかしたら？」

「……俺の手紙は、クロードの下に届かなかったんだな」

聞き返してきたクロードに、そう気づかされた。

「悪かった。あの頃、俺は父に目をつけられていたから、お前とは連絡も取り合えないような状況だった。そうしなければお前の監視の件も、俺の知らないところで行われるかもしれなくて……それで、もう何も」

「そっか……」

なぜ急に連絡が途絶えてしまったのか。どうして捨てられてしまったのか――その理由がずっと知りたかった。

「お前に原因はない。ただ、あの頃の俺にはそれ以外の道は選べなかった。そのうちにお前の監視を任されるようになって……すまなかった。半分以上は、俺のお前に対する執着を満たすための行為だったと思っている。お前に犯罪だと言われても、本当は言い訳のしようもない」

「――執着って……ええと、それってつまり、その……俺のことをすごく好きだったたってこと……？」

茶化すつもりはなく、クロードが一体どのぐらいの想いを抱えて、自分を監視していたのか、単純にそれが知りたかった。

クロードは「まあ、そうだ」と苦く笑う。

「最初の二、三年は特に、お前のことを何もかも知っておかないと気が済まなかった。それでもアルマンの側近になって、アルマンとふたり、お前に対する目的が見つかって、それからはもう少しビジネスライクに捌けるようになったんだ」

七年ぶりに知るクロードの真実は、想像していた以上に重い。最初は執着なんて、大げさな言い方をすると思ったけれど、それ以外は当てはまらない気がした。

だけど、それがクロードの過ごした七年とすれば、本人が言うように、本当にずっと彰信のことだけを考えて過ごしてきたのではないだろうか。

――順番が逆なんだよ……。

内心、ちょっと呆れてしまった。

好きだから一緒にいて欲しいと、ただひと言そう言ってくれたら良かったのだ。それなのに、国だとか後継者だとか、そんな大義名分ばかりを先に持ち出すから、クロードの本心が掴めなくなった。自分を好きだという気持ちに嘘はなかったのかもしれないけれど、彰信の前ではいつも、アルマンやテリオラのため、といった顔をして、クロードにとっての優先度が本気でわからなかった。

「あ。でもクロードがこの本送ってきた意味がわからなくてさ。この詩集のこと調べたよ。そしたら、ああ……なんか、そういうことなのかなって思えて、それで手紙を書いたんだけど……届かなかったんだな。まったく、デイビッドも、とんだ狸親父だな」

デイビッドは自分たちの関係を何もかも把握していたはずなのに、まったくそんな気配を感じさせなかった。そういえば、サミュエルも「バルティエ家の人間は特に信用ならない」と言っていたなと思う。

「悪かった。どのみちこの本のことは、単なる俺の自己満足だった」

気恥ずかしいのか、クロードは彰信の手から詩集を奪う。

「ちょっと」

彰信は手を伸ばし、さらにそれを取り返した。

「そうやって、なんでもかんでも自分で完結させないでくれよ。届かなかったみたいだけど、俺、手紙を書いたって言っただろ」

彰信は詩集を開き、あるページを探す。そうして『Shall I compare thee to a summer's day?』の詩篇を見つけた。

「これ……この詩が、クロードの気持ちってことなのかなって。違う？　手紙で、それを確認してたんだ」

「……」

返事はなかった。

クロードは、今まで見たこともないような顔をしている。不安そうな、それでいてホッとしたような——強いて言うなら、うれし泣き一歩前というような。

「クロード……？　あの、違うなら、違うって言って欲しいんだけど……」

クロードは黙ったまま、突然彰信を抱きしめてきた。

「え……っ」

「俺の気持ちは……届いていたんだな」

驚いたことに、クロードの声は涙混じりだった。狼狽えた彰信は、何も言えなくなる。

「俺の気持ちを、お前にだけ伝わるようにできればいいと思ったのは本当だ。そんなことは何もかも全部自己満足に過ぎなかったけれど……お前を取り戻せたのは……この詩集のおかげなのかもしれない」

それはちょっと、都合の良い解釈という気がして、彰信はつい苦笑する。何しろ、デイビッドの妨害によって、本当のことは今の今までお互いわからないままだったのだから。

だけど、今一緒にいられることが、この詩集のおかげとだと言うクロードには、共感を覚える。捨てようと思って捨てられなかった——それはまさに、彰信のクロードに対する気持ちそのものだったからだ。

彰信はそっとクロードの背中に腕をまわす。クロードの体はまだかすかに震えていて、

Shall I compare thee to a summer's day? (Sonnet 18)

彰信はその腕に、ぐっと力を込めた。

翌朝、デイビッドからクロードの下に一報が入った。

一週間後、臨時議会が開催することとなり、彰信は審議を受けるため、出席を求められた。審議の内容はもちろん、彰信の出自の件についてだ。

もともと、エミルからは審議が決定した場合、議会に出席してもらうことになるかもしれないとは聞かされていたため、特に驚きはしなかった。今のところ、審議は非公開で行われる予定で、彰信が晒し者になるようなことはないらしい。

「まったく……何もかも全部、俺の手を離れて行って散々だ」

クロードはむすりとして、どうにも納得できずにいるようだ。

今回の騒動で、クロードは所持していたアルマンの証文や鑑定書など、何もかもデイビッドに取り上げられてしまっていた。

彰信についての審議も、デイビッドやエミルが主導していて、クロードは話し合いの場からも弾かれている。数年がかりでしたためてきたものを根こそぎ奪われ、審議も人任せになってしまって、相当無念さを感じているのだろう。

「せめて、審議の場にはついて行ってやりたいが――」

「エミルやデイビッドがフォローしてくれると思うし、大丈夫だって」

「……お前はまた、そうやって」

紛れもない本心を口にしただけなのだが、クロードはますます不機嫌になった。ベッドの上で体を起こしていたのに、ふて腐れたように仰向けに寝転がる。

「もしかしたら、証文も鑑定書も手を加えられ偽造されているかもしれないんだぞ。そうしたら、お前の出自が正しく認められないかもしれない」

「そんな馬鹿な。だったら、審議そのものを行わなければいいだけだ」

「どうだかな。政治家も一部の公族も、前時代的で頭が固い奴らばっかりだから、お前の存在をごまかして排除することだってあり得る」

だとしても、セルジュが行ったような危険な妨害は、もうあり得ないだろう。それに何かあったとしても、自分たちにはどうしようもない。それが歯がゆいのかもしれないが、すべてデイビッドに取り上げられた時点で、諦めるしかなかった。

「まあ……鑑定書は再発行が可能だから、そっちはなんとかなるか」

「えっ。まだ諦めてないのか」

さすが、たったひとりで彰信の出生を世に知らしめようと動き回っただけのことはある。

「別にそんな悪い方向にばっかり考えなくていいんじゃないの。すんなり、全部認められるかもしれないし」

「お前は本当にのんきだ」

ハア、とこれ見よがしのため息に、彰信はムッとした。

「……じゃあ、クロードは一体どうなれば満足なんだよ。たとえば俺に公位継承権を与えて、それでエミルと跡目争いを引き起こしたいわけ？」

「まさか。そんなことは望んじゃいない。だが、お前をこの国の人間と認めさせるためにその方法しかないというなら、仕方がないと思うだけだ」

「またそれ。順番がおかしいって言ってるだろ」

まったく、こればかりは筋金入りだ。それがセルジュを煽りまくって、挙げ句殺されかけたというのに、本当に懲りていない。

でも、それだけ本気ということだ。だから、セルジュは危機感を覚えたし、彰信も逃げようとした。

難儀なのは、彰信に公位を継がせることが目的ではなく、単なる手段としか思っていないところだ。だから、様々な人間の間で思い違いが起こる。

「気持ちはわかるけど……そんな超個人的な理由で、争いを引き起こさないでくれよ。俺がアルマンの息子と認められなくたって、死ぬわけじゃない」

「そんなことがあれば、俺は死にたくなるほど後悔するだろうな」

ハア、とため息をこぼし、彰信はベッドサイドに顔を伏せた。

頭の良い男のはずなのに、彰信のこととなるとすっかり馬鹿になる。彰信のことを思うあまりとわかるだけに、本当に難儀だった。

す、と手が伸びて、クロードの手のひらが後頭部に触れてくる。優しく撫でられ、彰信は顔を伏せたままの状態で、そっと目を閉じた。

「あのさ。……俺は俺なんだよ、クロード。それはクロードが俺に言ってくれた言葉でもある」

「……」

「俺は自分がどこの誰でもクロードのことが好きだし、一緒にいたいって思うよ。クロードもそう思ってくれてるんだろ」

髪を撫でる手が、動きを止める。

「もちろん、気持ちの上ではな。だけど一緒にいるためには、やはりお前をこの国に戻す必要がある」

「……国とか、立場とか、さあ」

彰信はガバッと顔を起こすと、まっすぐクロードを見た。

「そういうのはどうでも良くて、俺はその気持ちだけで充分なんだってば」

過去の行き違いは、話し合いで解決した。

だけどこの彰信の血筋論争だけは、クロードの心の中で半永久的に延々とくり広げられ続けている。彰信がどれほど「どうでも良い」と言っても、なかなかわかってもらえない。

「クロードはこの七年の間に、デイビッドにも口出させないぐらいのポジションまで上り詰めたんだろ。もし俺の立場が悪くなったとしたら、クロードの権限で俺を自由にしてくれよ」

「自由にか……」

「……やっぱり、難しい？」

複雑そうな顔を見せたのでついそう聞き返すと、クロードはムッとしたような顔を見せた。

「何を言う。そうなれば、俺が絶対になんとかする」

「良かった。だったら、もう何も心配しなくていいじゃん」

「ああ。だけど……アルマンとふたりで用意した証文と鑑定書が無駄になるようなことだけはな……」

まだ、しつこくそんなことを言っている。クロードはよっぽど、あの証文と鑑定書を有益に使いたかったようだ。

「——無駄じゃない」

彰信は、おもむろにクロードの頬に手を触れさせた。

「無駄じゃなかったよ、クロード。あれがあったから、俺はこの国でクロードとまた会うことができた。それで、父親の姿を見ることができて、最期、送り出すこともできた。何より、クロードとの関係が七年ぶりに元に戻った。……いろいろあったけど、今、俺の心は充分に救われてるよ。それじゃ駄目かな」

「アキ……」

クロードは目を伏せ、しばらくの間黙っていた。そして、彰信の体をぐっと抱き寄せる。

「そうだな。そういうことなのかもしれない。俺は俺なりのやり方で、自由にさせてもらおうか……」

クロードとたくさん話をするようになって、彰信はクロードが想像以上に不自由だということに気が付いた。単に融通が利かないというだけのことではなく、職務上であったり立場であったりが、その行動に極端な制限をかけている。だから七年もの間、彰信に連絡ひとつ入れて来られなかった。

ずっと自分勝手で強引な性格の男だと思っていたから、意外にも繊細な部分が見えて、彰信は内心、驚きを隠せなかった。

この先――こんな自分でも、支えとなれることがあるのかも知れない。

「クロード。俺、日本でいろいろ整理つけたら、こっちに戻って来るよ。その時、移住のこととか、相談に乗ってくれる?」

抱きしめられたままの状態で、彰信は言葉を綴った。

「ああ、わかった」

「……迷惑じゃない？」

ほんの少し、不安になってしまった。

「何を言う。俺がお前のことで、迷惑に思うことなどひとつもない。……移住のこと、考えてくれて嬉しい。一緒にいてくれ。……俺をずっと、お前の側にいさせてくれ」

背中を抱く腕に、ぐっと力がこもった。

「……うん」

やっと、収まるところに収まれたような感覚があった。

これからだって、ぶつかることやうまくいかないことがあるのかもしれない。だけど、それでも一緒にいたいと思えるならば、必ず乗り越えることができる。今、こうして向かい合えていることが、何よりの答えだった。


「よし、っと」

彰信は用意してもらった小型のスーツケースを閉じ、勢い良く立ち上がった。何でもない平日の朝、空港は静かでスーツ姿の会社員とちらほらすれ違うぐらいだ。

「アキ。ついて行ってやりたいが、難しい」

クロードが、今まで見たことのないような情けない顔でこちらを見下ろしていた。

彰信が日本に帰ることに決めたのは、つい二週間前のことだ。

連れ去られるようにしてテリオラに入国してから、もう三カ月も経っている。季節も寒さの残る初春から、爽やかな風の吹く初夏へと移ろった。

この間、本当にいろいろなことがあった。逆に、たった三カ月でこれだけのことが起こったということが信じられないほどだ。

二週間前、テリオラで議会が開催され、彰信の出自に関する審議が行われた。

クロードが危ぶんでいたような内容にはならず、審議の中、正しく彰信とアルマンの親子関係が認められた。

これには、セルジュの暴動の一件が大きく絡んでいる。隠して押さえ込んで来た結果、身内が不祥事を起こし、こんな大騒動を引き起こしたからだ。そんなことなら、いっそのことすべて明るみに晒して正当な立場を与えておいたほうが、逆に火種になりにくいと結論づけられたのだった。

そこでまず、彰信がアルマン・ボーフォールの正当な息子であることが証明され、テリオラ国民であることが認められた。また現行法では男系であれば母親の血筋を問わず公位継承権が授けられることになるため、その時点で彰信が第一位となった。しかし彰信は、その場で速やかに公位継承権を返上し、それも正当に認められた。

セルジュはすでに公位継承権を剥奪されていたため、繰り上がりでエミルが第一位となった。審議の中、エミルが公位を継ぐことに決まり、議会は閉幕したのだった。

一連の議決内容は広く国民に流布されたが、彰信が公位継承権を返上し、一般人となったことで、血筋を含め素性については報道規制が敷かれることとなった。これは、デイビッドの尽力が大きい。さすがの狸親父ぶりだった。

これでようやく、彰信を苦しめてきた問題が解決に至った。それも、一番望む形でだ。

しかし、クロードはそれでも納得がいかないらしい。

「継承権の返上は良いさ。報道規制も必要だ。だが、どうしてお前が一般人の扱いなんだ」

「しょうがないだろ。俺がボーフォールの姓を名乗るわけにもいかないしさ。ただの鈴木彰信でいいよ」

アルマンの代で、ボーフォール家は終わる。これも審議で話し合われた結果だ。

「でも、お前にはアキ・彰信・ボーフォールという正しい名前が――」

「それなあ……ずっと変だと思ってたんだよ。母さんがどうしてここまで日本っぽい名前にしたのかって。ミドルネームだったとは思わなかった」

そしてどうやら、これは亡き祖父がつけた名前であったらしい。先日、電話で祖母にこちらでの経緯を話していて知った、新しい発見だった。

「アキ、俺はそういうことを言っているんじゃなくて」

「いいじゃゃん、もう。テリオラ公って、いくつかの家系を行ったり来たりしてるんだろ？他にもいくつか消滅した家系もあるって話だし、必ずしもボーフォールの名前を残す必要はないんじゃないかなぁ」

「……誰もいないわけじゃない。お前がいる」

肩を落とすクロードに、彰信はそれ以上言葉をかけずにおいた。

自分の知らない、アルマンと過ごした数年がクロードの心の中にある。公位を継ぐ必要はないと思っていたとしても、ボーフォール家の人間として生きて欲しかったというそんな堅苦しいまでの想いがあるのかもしれない。

だがそれもまた、後々の火種となり得る事柄であったから、今回の議会の決定は正しいと言わざるを得なかった。

そもそも、認知もされていなかった自分が、アルマンの子と認められ、テリオラの人間としての国籍を与えられただけでも充分な処遇だろう。それを口にすれば、またクロードが不機嫌になるのだろうが、彰信にとっては本当に、充分過ぎる決議だった。

万事解決となり、彰信はいったん日本に帰国することを決めたのだった。

祖母や勤め先への連絡に関しては、ジャンが手を回して連絡を入れてくれてはいたが、やはりそれぞれけじめをつけなければならないと思っている。祖母には一応、電話で一通りの事情を伝えてはいたが、移住のこと、どちらの国籍を選ぶのかなど、きちんと話し合いたい。必要があれば、一度テリオラに来てもらってもいいと思っていた。また、すでに退職扱いになっているらしい勤め先も、訪問してきちんと謝罪がしたかった。

「やっぱり日本のほうが水が合って、このまま戻って来なくなることはないか」

この期に及んで、クロードはまたそんな馬鹿みたいなことを訊いてくる。

「ありがたいことにテリオラ国民って認めてもらえたから、俺も兵役義務があるみたいだしね。その義務を果たしに、また戻ってくるよ」

「……そういうことを言ってるんじゃない」

彰信の言葉に、クロードは憮然とした顔つきになる。

「それに、お前は兵役に向いていないと思う」

「え。兵役って、向く向かないでやめられるもんなの？」

埒があかないので、隣に控えているジャンに視線を向けた。ジャンはこのまま彰信と共に日本だ。もちろん、護衛も兼ねていた。テリオラでも日本でも、ただの一般人である自分に護衛が必要とは思えなかったが、これぱかりはクロードが頑として譲らなかったのだ。

「いやあ、どうかなあ。警護隊はバルティエ家の指揮下にあるけど、法規は全国民に対して平等だからねえ」

関わり合いになるのが面倒臭いとでも思っているのだろう、ジャンは顎先を指でぽりぽり掻いて、あさっての方向を見ている。

「おい、適当なことを言うな」

ジャンを睨み付け、クロードは彰信に視線を戻すと、再びハア、と額を押さえた。

「……お前は昔から、離れるとなったらあっさりしている」

「クロードは、結構……いや、かなり粘着質だったね。知らなかったよ」

本当は、そうやって気持ちを切り替えなければ、忘れることができなかっただけだ。そして、クロードがそうやって自分をしつこく想い続けていてくれたから、この離ればなれの期間を超えて、再び一緒になることができたのだ。

だけどもう、それを伝える必要はないだろう。過ぎ去った日々のことはいい。全部終わったのだから、前だけを向いて生きていく。

彰信はクロードの首に腕をまわして引き寄せる。

「すぐ帰ってくるから」

囁き、頬にキスをした。クロードが一瞬、泣き笑いのようななんとも言えない顔つきになって、しかしすぐに顔を引き締めた。

「気をつけて」

肩を抱いて、そっとハグしてくる。

「またな」

「うん、また」

彰信は手を振り、背を向けた。まっすぐ歩き続け、ふと背後を振り返ると、いつまでもそこに立ってこちらを見ているクロードの姿が目に入った。

「……もう」

苦笑して、彰信は飛び跳ねながら大きく手を振った。

明るい夕暮れ

テリオラから日本に戻った鈴木彰信は、まず最初に勤めていた会社に出向いた。三カ月の長きに渡り、欠勤となったことを謝罪するためだ。

退職になっているものと思っていたのだが、なんと彰信は休職扱いの状態だった。会社の就業規則上、彰信から退職の意思が伝えられない以上は、半年間の保留期間があってクビにもできないということらしい。もともと、クロードの部下であるジャン・デュラックが「事故に遭いしばらく会社に出られない」などという適当な連絡を入れていたため、彰信の退職意思が確認できないと判断されたようだ。

会社に顔を出して謝罪して終えるつもりがその場で退職願を出す形となり、退職時期は会社が指定した二十日と決まった。結果、半月ほどの出社期間を言い渡されたが、これまでかけた迷惑を考えると、会社の指示に従うことには何ひとつ異論はない。それどころか、会社の福利厚生の手厚さに驚くばかりだった。

今日のところは挨拶だけで済ませ、彰信は会社を出てジャンの待つ向かいのカフェに足を向けた。

「揉めなかった？」

今し方会社から受けた説明をそのまま話すと、ジャンは「グレイト！」と破顔し、ピュウ、と口笛を鳴らした。

「で、元彼には挨拶して来たの？」

「え……。いや、今日のところは……」

彰信は咄嗟に、視線を泳がせた。今日は上役と会っただけで、部署には顔を出していない。とはいえ、週明けから半月ほどの間復帰することになるので、どうしたって部署に出向くことになる。せめて有給が残っていれば顔を出さずに退職できたものの、三カ月も休めば、そんなものはただの一日も残っていなかった。こうなれば、後は誰の邪魔にもならないよう粛々(しゅくしゅく)と目の前の仕事をこなし、退職の日を待つしかない。

ケンとは絶対に顔を合わせることになるし、今後のことも一度きちんと話し合わなければならなかった。

部屋に置き去りにされたまま、電池切れの状態で見つかった携帯は、充電して着信を確認すると、最初の履歴は、ケンからのものばかりだった。

テリオラでのゴタゴタが片付いた直後、祖母の和奈恵(かなえ)、そして会社には早々に連絡を入れさせてもらっていたが、ケンには一切連絡していなかったため、さすがに心が痛んだ。

クロードがあまりいい顔をしなかったし、ケンの性格を考えると、特に連絡を入れなくても大丈夫という気がしたからだ。

妻帯者でありながら自分に手を出したケンは充分問題のある男だが、彰信もまたケンをクロードの代わりにしようとしていたのだから、お互い様だ。だからこうなった今、彰信には彼との関係をきちんと清算する義務と責任があった。

「んー、アキ。それ、あんまり深刻に考えなくても良いかもよ」

「え……」

向かいに座るジャンが、ちょいちょいと窓の外を指さす。

ちょうど昼食時間にさしかかったところで、社屋からはぞろぞろと会社員が出てきている。ジャンの指さす方向に、見覚えのある男が立っていた。

「あ……ケンだ」

ケンは、遅れて出てきた小柄な女性の肩を引き寄せ、笑顔で何か耳元に囁いていた。女性はそんなケンをぐいと押し返して距離を取っていたが、すぐに並んで歩き始める。ただの同僚同士というには、なんだかやけに親密な雰囲気が漂っていた。

「まがりなりにも奥さんがいる立場なんだから、もうちょっと人目を憚るべきだよねえ」

ジャンは肩をすくめ、困ったように笑う。

まったくその通りだ。彰信は呆れて何も言えなかった。携帯の着信履歴の件を深刻に受け止めていた自分が、ちょっと馬鹿みたいだ。

思えばあの男は、やたらと連絡がマメなのだ。急に入院した——という体裁の——彰信に、なんとしても連絡をつけようと思うことは不思議ではない。心配する気持ちにも嘘はなかっただろう。だが、その気持ちは随分と軽くふわふわとしたものなのだろう。最初のひと月は本当に心配していたかもしれない。だがふた月目には別の相手に目が行って、み月目にはもう彰信のことは頭から追い出してしまった――そんな感じだ。

「出社したら……俺は、あんまり話しかけない方がいいかな」

「そうだねえ。それが一番、お互い気楽かもね。なんだったら、先手を打って、話を通しておいてあげようか」

ジャンはくつくつ笑って、歩き去る二人の姿を目で追いかけた。

「いい、いい。それだけはやめてくれ」

彰信は慌てて手を振って、店内に視線を戻した。この男が言うと、洒落にならない。

本音を言えば、ケンの様子に心からホッとしている自分がいた。己のずるくて情けない性質を思い知らされ、なんともほろ苦い気分にさせられる。

その晩、彰信はクロードに状況の報告を兼ね、電話を入れた。

『わからないな。どうせ辞めるのに、なぜ半月も拘束されないといけないんだ』

半月の勤務延長は、クロードにとってはまったく想定外のものだったらしく、電話口からは非常に不機嫌そうな声が聞こえてきた。

「拘束って……会社の恩情だよ。仇で返すようなことはしたくないから、ちゃんと全うしないと」

『では、いつこちらに戻る』

「うーん……。それに合わせてマンションの契約を解除して、それからいったんばあちゃん家に引っ越すから……もろもろ、二カ月ぐらいかかるんじゃないかな」

耳元に、ハア、と重苦しいため息が届く。

「……しょうがないじゃん。東京からばあちゃん家に引っ越すぐらいなら簡単だけど、日本からテリオラに移住ってなると、ばあちゃんへの説明もあるし、いろいろ準備が必要だよ。手続きや申請もあるだろうしさ」

『早めにジャンに動いてもらっておく』

警護や諜報活動以外にそんなことまで仕事の範疇(はんちゅう)とは、ジャンも大変だなと思いつつ「わかった」と返事をした。

そうして週明けから仕事が再開となった。たった半月の短期間とはいえ、久しぶりの勤務は、なかなかに楽しく、充実していた。ケンは気まずそうにしていたが、彰信からはあまり話しかけないようにしていると、なんとなくほどほどの距離感ができ上がった。やはり、お互いにとって、これが一番のようだ。

クロードは「半月も」という言い方をしたが、週休二日制のうちの半月とは、つまり二週間程度のことで、いざ出社するようになってみたらあっという間のことだった。締め日に合わせ退職となった彰信は、今度こそ部署の面々にきちんと挨拶をして、正式に会社を去った。

その後、彰信は借りているマンションの解約手続きに取りかかった。荷物のほとんどを処分したこともあり、引っ越しの準備はすぐに整う。思いのほか荷物も少なかったので、結局引っ越し業者などは使わず、ジャンの所持しているワゴン車でそのまま祖母の暮らす仙台の実家へと向かった。

祖母の和奈恵に会うのは、昨年末の帰省時以来だ。その間に実父であるアルマンが亡くなり、彰信はテリオラに拉致監禁された後、命を狙われるほどの騒動の末、正式にアルマンの子であること、テリオラ国民であることが認められた。

一連の知らせに、和奈恵はあまり動じることはなかった。おっとりした性格で、昔からあまり物事を大げさにしない。

母が外国で勝手に彰信を生んだことも、国を追い出されていきなり日本に戻ってきたことも、周囲の皆が気にするほどには、重く受け止めていなかったらしい。母が亡くなった時、初めてそんな話を聞かされ、彰信は和奈恵のそうしたおおらかさに随分と気持ちが救われたものだ。

だから、母の死後も東京の大学に通い続け、そのままあちらで就職することに決めたのだ。

——でも、今度ばかりは……どうかなあ。

電話でこれまでの経緯や事情はもちろん、テリオラに移住したいという気持ちがあることも伝えていた。その際、和奈恵も一緒に来てくれたら安心だと思っていたが、さすがにそれは言えないままだった。

和奈恵はこれまで大きな怪我や病気をしたこともなかったから、あまり気にせず離れて暮らしていられたが、今年で七十八才だ。今までのように離れて暮らすことに、今更ながら不安を感じ始めていた。

できれば一緒にテリオラに来てもらいたいが、今まで旅行でさえ海外に行ったことのない和奈恵に、こちらの都合を押しつけついて来て欲しいというのは、あまりに酷な話だ。

「あきちゃんが元気そうで良かったわ」

久しぶりに顔を合わせた和奈恵は、いつも通り元気そうだった。

初めて顔を合わせたジャンとは、すぐに打ち解けた。ジャンは日本語が堪能だし、明るくおしゃべりだ。何より、和奈恵がテリオラで唯一信頼を寄せているクロードの部下であること、またこれまでちょくちょく電話連絡をもらっていた相手ということで、初めて会ったという気がしないらしい。

実際には、彰信とクロードとの間には長い没交渉の期間があったわけだが、そんなことは和奈恵の知るところではない。クロードに対しては、かつてこの家に遊びに来たことのある愛想の良い青年そのままの印象を抱いているのだ。

　ジャンは市内のホテルに滞在予定であったが、和奈恵が是非にと押しとどめ、実家で一緒に寝泊まりすることとなった。さして大きな家でもないが、今は和奈恵ひとりきりなので、彰信の部屋以外にもいくつかの空き部屋がある。

　その晩、ジャンが与えられた部屋に入ったのを見計らって、彰信は和奈恵の部屋を訪れた。

　まだ電気がついていたので、襖をトントンと叩いて様子を窺う。

「どうしたの」

「話があって」

　和奈恵は布団に入ろうとしていたところのようだったが、どうぞ、と彰信を文机の前に座るよう促した。

「あのさ、ばあちゃん。前に電話でも話したけど……俺、日本を出てテリオラで暮らしてみようと思ってるんだ」

「ええ。向こうが受け入れてくれたんだから、もう安心よね。いいと思うわ」

　和奈恵は嬉しそうに目を細めている。アルマンがずっと彰信を息子として迎え入れようとしてくれていたことを知り、このことは素直に嬉しかったようだ。

「でも……そうなると、ばあちゃんになんかあった時、俺、すぐに戻って来られないかもしれない」

おそるおそる告げると、和奈恵はフフ、と笑った。

「恵理(えり)の時も……あなたのお父さんの時も、すぐには戻れなかったでしょう。皆、そんなものだと思うけれど」

「でも、一緒に暮らしてたらもっとさ……。ばあちゃん、俺と一緒にテリオラに行かない？」

「あらあら」

なんとか勢いに乗せ、一番言いたかったことを伝えられたものの、和奈恵は目を丸くしただけで、まったく本気にしようとしない。

「良い国だよ。そりゃ、ばあちゃんは言葉がちょっと心配かもしれないけど——」

「あきちゃん」

ふと、和奈恵が彰信の手を握りしめてきた。

「誘ってくれるあきちゃんの気持ちは嬉しいのだけど……あなたも知っての通り、私は日本から一歩も出たことがないの。この年になって、知り合いもいない、言葉も通じないような場所に行くのは、ちょっとしんどいわね」

「ばあちゃん……」

彰信は目を伏せた。和奈恵の言う通りだ。自分の都合だけで祖母を従わせようとして、で、自分は随分と調子に乗ってしまっていたようだ。

　冷静に考えてみれば、こうなることは充分想像できた。今までトントン拍子に事が運んで、自分は随分と調子に乗ってしまっていたようだ。


あまりにも自分勝手だった。

「せっかくのあきちゃんの門出（かどで）なのに、ごめんねぇ」

「いいんだ、ばあちゃん。俺のほうこそ、自分のことばっかでごめん」

　冷静に考えてみれば、こうなることは充分想像できた。今までトントン拍子に事が運んで、自分は随分と調子に乗ってしまっていたようだ。

　この時、彰信の心の中に、反省と共に強い不安が生まれた。

　今まで自分は、あまりにも和奈恵のことを考えなさすぎだったのではないか。本当に、和奈恵をひとりここに置いて行っていいものだろうか。どうしてこんな大事なことを、今の今まで考えずに来たのか、それを思うとひどく苦い気分になった。

　――そんな気持ちを抱えたまま、翌日、彰信は鈴木家の墓のある霊園へと向かった。これまでの経緯を、母の墓前に報告するためだ。

　霊園は車で十五分ほど離れたところにあり、ジャンが車を出してくれた。梅雨（つゆ）時期の晴れ間のタイミングで、雨が降らなかったことは幸いだったが、その分ひどく蒸し暑い。

　時期を外した墓参りのためか、霊園内に人気（ひとけ）はまったくなかった。

　墓前に手を合わせ、彰信は母にこの三カ月の出来事を伝える。あれこれ思い出しながらだったからか随分と長居してしまったようで、霊園を出る頃には三十分以上経ってしまっていた。車で待っていたジャンに謝り、彰信は車に乗り込んだ。

家に戻るとちょうど昼時だった。台所からは、美味しそうな味噌汁の匂いが漂ってきている。

「ただいまー」

そう言って玄関から家の中に上がり込んだが、返事がない。おや、と思って台所を覗くと、床に倒れている和奈恵が目に入る。

「!」

彰信は和奈恵に駆け寄り、体を抱き起こした。

「ばあちゃん！　どうした」

「……胸が、苦し……て」

胸を押さえて、ひどく苦しげにしている。彰信はジャンと共に、すぐに和奈恵を病院まで運んだ。

検査を受けたところ、狭心症との診断だった。

梅雨に入り蒸し暑い日が続いていたこと、彰信を迎え入れるために家中をくまなく掃除したり、ものを片付けたりしたことが、体に急激な負担をかけたようだった。このまま治療に入ることになり、和奈恵は一週間ほどの入院となった。

「アキ、大丈夫か」

昼からずっと、祖母に付き添っていた彰信は、ジャンにそっと肩を叩かれた。

「そろそろ面会時間が終わるから、今日のところは帰ろう」

「……うん」

　不安に押しつぶされそうになりながらも、彰信はたったひとつ、ホッとしていることがあった。今回、ギリギリのところで間に合ったからだ。

　母の時は、間に合わなかった。父——アルマンの時も。和奈恵は、倒れる時はそんなものだから気にしなくて良いと言ってくれたけれど、間に合うなら絶対にそのほうがいい。

　——でも……どうしよう。

　退職の時期が半月延びるというアクシデント以外は、順調だった。だけど今、こんな状態の祖母を前にして、何事もなかったかのように出国の手続きなど進められない。

　散々迷って、彰信はクロードに電話を入れた。

『……わかった』

　電話の向こうのクロードは、この前とは打って変わって、穏やかだった。和奈恵の病状、そして彰信の心労を慮(おもんぱか)ってくれているのかもしれない。

「ごめん、クロード。本当なら、明日には手続きに行こうと思っていて……」

『気にするな。今はカナエのことだけ考えろ。必要なものはジャンに言え。こちらもできる限りのことはしよう』

　クロードらしい、力強い言葉だった。特別、テリオラからの助けが必要なほどのことは何もなかったが、その言葉が彰信の不安を幾分、軽くしてくれる。そのせいか、その晩彰信はあまりいろいろなことは考えずに済んで、なんとか眠りに就くことができた。

どのみち、明日のことは明日考えるしかない。


翌日、病室を訪ねると和奈恵は目を覚ましていた。急な入院となったため、部屋は個室だ。

「ごめんねえ、あきちゃん」

こんな時だというのに、和奈恵は今回のことで、彰信のテリオラ行きがうまくいかなくなるのではないかと心配していた。

「大丈夫だよ。クロードにはもう連絡入れたし」

クロードの名前に安心したのか、和奈恵はしばらくしてまた眠りについた。

食事などはジャンがコンビニで仕入れて来てくれるため、彰信はほとんどの時間、和奈恵の側で過ごしている。

三日間そんな状態が続き、和奈恵の症状は少しずつ落ち着いてきている。それでも、数日前までの元気な祖母の姿にはほど遠く、不安がつきまとった。

思えば二カ月程前にも、こんなやきもきとした気分で病室に籠もっていたなと思う。あの時瀕死の状態だったクロードは、今はもう後遺症を感じさせないほど元気になったけれど、あんな思いはもう二度とご免だ。――そう思っていたのに、ままならないものだ。

それに、和奈恵の年齢を思えば、クロードのように全快ということはあり得ない気がした。今後また、こういう状況になる可能性は高いだろう。

「……」

その時、誰もそばにいなかったら、和奈恵はどうなってしまうのだろうか――。

彰信は無言のまま、ベッドのシーツを握りしめる。今にも、不安に押しつぶされそうだった。先のことは考えないようにしようと思っていたが、こればかりは、考えなければ答えは出ない。

ぼんやりと窓の外を眺めていると、徐々に空色がオレンジ色を帯びてきて、日が暮れ始めていることに気づいた。ブラインドを下げようと思いながらも、気が塞いでいるからか、なかなか立ち上がれない。

その時、背後ですうっと扉が開く気配があった。

そろそろ夕食の時間帯だから、ジャンがやって来たのだろう――そう思って、振り返る。

「！」

瞬間、彰信は驚きのあまり悲鳴を上げそうになった。

そこに立っていたのが、クロードだったからだ。

「な、なんで……？」

「アキ」

クロードはこちらに近づいてきて、その腕でおもむろに彰信の体をすくい上げるようにした。そのまま、ぎゅっと体を抱きしめられる。

「……っ」

抑え込んでいた気持ちが、一気にぶわっと溢れ出した。こみ上げてくるものがあって、必死に堪えようとしたけれど、うまくいかない。

「クロード……」

どうしようもなくなって、彰信はただぎゅっとクロードにしがみついた。苦しい。怖い。不安で不安で仕方がなかった。

もちろん、ジャンが側にいてくれたことも充分心のよりどころとなってくれていたけれど、それでも不安は消せなかった。

「遅くなって悪かったな」

クロードの手が、優しく彰信の背中を撫でる。

「……っ……、どうして？」

「こんな時に、お前をひとりにしておきたくなかった」

いいのに――そう思って、彰信は何度も首を振る。だけどクロードから離れることができずに、しがみついたまま必死で涙を堪え続けた。

そんな彰信の体を抱え上げ、クロードは静かに病室の外に歩み出た。入れ替わりに、ジャンが病室に入って行くのがわかった。

クロードは廊下のつき当たりまで歩き、非常階段の扉を開いて中に入ると、彰信を抱いたまま、ゆっくりと階段上に腰を下ろした。

薄暗く静かな空間に、クロードとふたりきりになって、一気に気が緩んだ。

「う、ううっ……」

我慢できずに、彰信は声を上げて泣き出した。クロードの首筋にしがみついて、泣きじゃくる。まるで子供だったけれど、どうにも我慢できなかった。

その間、クロードはずっと彰信を抱えたまま背中を撫で続けてくれていた。やがて、少しずつ気持ちが落ち着いてくる。

「……っ、ごめん……」

やっとそう言えたけれど、それでまた涙が溢れた。

「気にするな」

「でも……こんな、日本まで」

「遅いぐらいだ。……すぐにでも動きたかったが、なかなかそうもいかなくてな」

「し……仕事は」

彰信がテリオラを出国する際、クロードはちょうど復職が決まっていた。といっても、当分の間警護職からは距離を置くという話だったから、具体的に何の仕事をしているのかはわからない。もしも無理矢理休暇を取ってここに駆けつけたというなら、あまりに申し訳なかった。

「なんだ、俺が心配か？」

「当たり前だろ……」

彰信はぐい、と目尻の涙を拭う。いつもいつも、特に彰信のことでは本当に無茶ばかりする男だけに、心配せずにはいられない。

そんな彰信に、クロードは、ふ、と笑う。

「気にしすぎだ。こう見えて、俺は世渡りがうまいほうだぞ。家柄も立場もフルに利用する。だからアルマンの補佐にもなったし、今もお前の目の前にいられる」

「……」

自信たっぷりに言うクロードに、彰信はつい笑ってしまった。クロードはそんな彰信の鼻の頭を軽くつまんできて、ますます可笑しくなった。

「……それで、カナエはどうだ」

「今は落ち着いてる。多分、週末には退院できると思う。でも……先のことを考えると、やっぱ放っておけないかなって」

クロードは彰信を胸元に抱き込んだまま、ああ、と頷いた。

「だから……もしかしたら、しばらくそっちに行けないかもしれない」

「そうだな」

クロードの手が、彰信の後ろ頭を優しく撫でる。

「ごめん。せっかく来てもらったのに……こんなことしか言えなくて。ばあちゃんの年考えたら、こうなる可能性はあったのに、俺、全然考えてなくって」

不甲斐なかった。もっと和奈恵のことを気にかけていたら、最初からテリオラに行くなんて約束もしなかった。本当に浅はかだった。

「ずっと一緒に住んでいたわけじゃないから、しょうがないさ。カナエだって、そんなことでお前を責めたりしない」

「余計に不甲斐ないや……」

「それなんだが……お前はこのまま、カナエの側にいろ。俺のことは、もう気にしなくていい」

「え……」

それはそれで、もういいと言われたみたいな気がする。

「……クロード、呆れてる？」

おそるおそる尋ねると、「そうじゃない」と苦笑された。

「あまり時間がなかったから、話は全然まとまっていないんだが……。今後のことで、ひとつ、お前に話しておきたいことがある」

「……何?」

不安げに見つめていると、クロードが眦を下げ、顔を覗き込んできた。

「お前も知っての通り、バルティエ家は公室警護隊を預かる家柄だ。だが、それ以外にも不動産や資産運用で利益を得ている。まあそれはうちに限らず、どこの国の公室も似たり寄ったりだがな」

意外に思って、彰信は眼を瞬かせる。公室の資産運用の多くが不動産投資であることは有名な話だが、警護隊を率いるようなバルティエ家であっても、同じような方法をとっているとは思わなかった。

「それでうちは、小規模だがホテルチェーンも営んでいて、国内に三カ所、それとヨーロッパ諸国にもいくつか展開している。これまでアジア圏には手を伸ばしていなかったが……前々からこちらのホテルチェーンとの資本提携の話が持ち上がってはいたんだ。それで今回、父に相談して、前倒しでアッパーミドルクラスのホテルをひとつ、日本に進出させることを決めさせた」

彰信はポカンとしていた。話が飛びすぎて、うまく飲み込めない。

「決めさせた……って?」

「俺がアジア圏の運営に携わるからと言って、納得……はしていないが、まあ了承を得ては来た」

「え……でも、それって」

そんなことをしたら、クロードは今の仕事から完全に離れることにならないだろうか。

「ああ。テリオラ公の代替わりで区切りも良いし、俺は警護職を離れ、今後はそのホテルチェーンの経営でやっていく。……エミルはそのまま俺を護衛にと望んでくれたようだが、それも多分、俺には窮屈だろうからな」

「……クロードは、それでいいのか」

違和感があった。彰信の知る限り、クロードはずっと警護職に携わってきたはずで、今更経営者などできるのだろうか。

「それがやりたかった仕事なら全然構わないけど……もしそうじゃなくて、俺のためとか言うなら、そんな無茶なことは……」

「無茶だと思うか？」

クロードはすぐさま聞き返してきた。自信に満ち溢れた、まっすぐな眼差し――あまりまぶしくて、思わず目を逸らす。

「……だってさ、そんな仕事の決め方、不安になる。俺だって、就職する時はもうちょっと慎重に考えたよ。……俺は、クロードにはもっと自由にしてて欲しいよ」

「――それを言うなら、今までのほうがよっぽど不自由だった。お前を盾にされて、俺は結局、ずっと父の言いなりだった」

嫌な記憶を呼び起こされでもしたのか、ふ、とクロードは昏い笑みを浮かべる。

「だけど今はもう違う。もちろん家業からは逃れることはできないが……それでも昔より選択肢は増えた。お前のおかげだ。だから、今後成果を上げて父を認めさせられたら、それが第一歩だ。最初はそれをテリオラ国内でやるつもりでいたけれど……お前からの電話で閃いたんだ」

「俺……？」

「ああ。お前に何かあった時に、すぐに駆けつけられなくて、何の意味があるのかと思った。テリオラで一緒に暮らせるなら、それでも良かったが……カナエのことを思うと、今のお前に無理は言えない。だからお前が日本を離れられないなら、俺が動けばいいんだと気がついた。それでいろいろやり方を考えて……不本意ながら、父に相談した」

つらつらと語られる言葉に、彰信は唖然となった。

思わず、感嘆の言葉がこぼれ出た。

「このたった三日の間に……すごいよ、クロードは」

自分も同じように悩んだ。だけどクロードのように何か方策を考えることもせず、どうしようとただ焦るばかりで、何ひとつ思いつきもしなかった。

「俺の問題なのにさ」

ハア、とため息をついて、彰信はくるりと前に向き直る。ひどく情けない気持ちだ。

「そう。お前の問題だからだ」

背後で、クロードがぽつりと呟いた。

「俺は昔も今も、自分のこと以外では、お前のためにしか動かない。……お前が望まなくても」

クロードは彰信の体に腕を回し、ぐっと体を抱きしめてくる。

「だから気にするな。俺は俺の好きにやる」

クロードは背後から唇を寄せ、彰信の頬に口づけてきた。何も言えず、彰信はただ自分の前に回る力強い腕に手を這わせた。

——ああ……。

彰信は眼を閉じた。その言葉から、口づけから、自分を抱く腕の力強さから、クロードの強固な意志を感じる。好きにやると言うのならきっとその通りで、もう彰信が何か気にする必要はないのだろう。

——と、クロードが耳元で小さく「ああ、くそ……」と呟いた。

「このままお前の側にいたいのに、そうもいかない。今回の来日は、提携相手の面談と視察も込みなんだ。……しばらくは東京だ」

この世の終わりのような声を上げ、クロードはがくりと項垂(うなだ)れた。

たった三日で、自分が日本に来ることを考えデイビッドを説き伏せ、提携相手とのアポイントを取ったというわけだ。

その上、彰信が最も心細くなっているこのタイミングに現れるだなんて、あまりに完璧過ぎるだろう。

「クロード」

彰信は振り返り、体を捩るようにしてクロードを抱きしめる。

「来てくれて嬉しかった。……ありがとう」

首筋にぎゅっと抱きつくと、耳元になんだか困ったような笑いが落ちる。もしかしたら、照れているのかもしれない。彰信はますます強く、抱きしめる腕に力を込めた。

クロードは本当に無理矢理時間を作って病院に顔を出した状況だったようで、和奈恵が再び目を覚ますまでは待っていられずに、慌ただしく去って行った。

「あれ、アキ。クロードは?」

病室に戻ると、彰信がひとりきりだと気づいて、ジャンが首を傾げた。

「行っちゃったよ。ごめん、引き留めた方が良かった?」

「いやー、まあいいや。しばらくこっちにいるみたいだし。……まったく、嵐みたいな男だよね」

ぼやくジャンに、彰信はくすりと笑う。

ついさっきまで不安に押しつぶされそうになっていたのに、大泣きしたからか、もう気分はすっかり落ち着いていた。

ジャンの言う通りだ。

彰信の不安をなぎ払い、吹き飛ばして――クロードはまさに、嵐みたいだった。

和奈恵が目覚めたら、クロードが来てくれたこと、そして今後のことを話そうと思う。

すっかり暗くなった窓辺に近づくと、彰信はようやくブラインドを下ろした。

■あとがき■

はじめまして。またはこんにちは。ひのもとうみです。

このたびは拙作をお手にとって下さり、どうもありがとうございました。

前回の本が二〇一八年の十二月発行だったので、二年以上経ちますね。我ながら、本当に筆が遅いです……。なのでまあ、できるだけ心残りのないように、書きたいものや書いておきたいものを書かせてもらおうという気持ちがありまして、そうしたらさらに時間がかかってしまったという。それもあって、途中で担当してくださる編集さんが変わってしまいました。編集様たちには、それぞれ本当にお世話になりました。

このお話、もともとは同人誌で書いていたのですが、案の定、プロローグだけのふんわり小説で終わっていたので、なんとかして形にしたいと思い、当初は大企業ものとして書いていたものを架空の国に変更してプロットを練り直しました。

その中で絶対入れたかったのが「意志や立場とは無関係に、ただその血を引いているというだけで抗えない」という部分です。まあ、あんまりうまく表現できていないかもなんですが……非常にツボなんですよね。現実的なお話からファンタジー要素のある吸血鬼ものなんかまで、そうした描写があるとすごく萌えてしまいます。

そんなこんなで時間はかかってしまったのですが、今回も好きなものを好きなように書かせていただけで、本当に楽しかったです。

イラストのCiel先生、美麗なイラストをありがとうございました。う、美しい……。少し影のある端整な顔立ちの彰信、クールで格好良く、堂々とした雰囲気のあるクロード、ラフイラストを目にした瞬間、ふたりとも「こうだったらいいな」が形になって現れた感じがしました。表紙についても、銃や花びらなど、ストーリー性を加味してくださって、とても嬉しかったです。わたしのなんちゃって王国話をぐっと底上げしていただけて、本当に感謝しております。お忙しい中、どうもありがとうございました。

編集様にも感謝を。毎回ですが、初稿、改稿段階は迷いが出たり不安が大きくなったりするので、的確なご指示と判断、対応にはいろいろと助けられました。どうもありがとうございます。今後もどうぞよろしくお願いいたします。

最後となりますが、この本の制作に携わってくださった皆様、そしてここまで読んでくださった読者様に、感謝申し上げます。読者様には、ほんのわずかでも気に入っていただける部分、楽しんでいただける部分があればいいなと思っております。

この度はどうもありがとうございました。それではそれでは。

ひのもとうみ

初出
「エターナル・サマーレイン」
「明るい夕暮れ」
書き下ろし

この本を読んでのご意見、ご感想をお寄せ下さい。
作者への手紙もお待ちしております。

あて先
〒171-0014東京都豊島区池袋2-41-6
第一シャンボールビル7階
(株)心交社　ショコラ編集部

エターナル・サマーレイン

2021年1月20日　第1刷

著　者:ひのもとうみ
発行者:林 高弘
発行所:株式会社　心交社
〒171-0014　東京都豊島区池袋2-41-6
第一シャンボールビル7階
(編集)03-3980-6337 (営業)03-3959-6169
http://www.chocolat_novels.com/
印刷所:図書印刷 株式会社

目次

前回までのあらすじ

信州佐和島藩・桐山家は、霧隠才蔵を祖とする大名である。

その桐山家の若殿、源之丞は、そのとぼけた言動からか、何度見合いをしても話がまとまらない。

あげくの果てには、業を煮やした父の桐島出羽守重久によって、町中の娘でもかまわぬから相手を探してまいれ、と命じられてしまった。

だがこの源之丞、そもそも窮屈な武家暮らしに飽き飽きしていた。

これ幸いとばかりに、江戸の町に繰りだし、連雀町にある梅富士という置屋の用心棒として暮らすことになった。

ふらふらと自由気ままな暮らしを謳歌しようとする源之丞であったが、持ち前の正義心ゆえか、いつしか黒装束を身にまとい、夜な夜な、江戸の平穏を守る霧隠才蔵として活躍するようになる。

いっぽう、梅富士には、お比美という闊達な娘がいた。

これがなんと、母親のお静が下野古川藩の屋敷に奉公をしたときに、当主からお手がついたときの娘……つまりは本物の姫であった。大名家の後継ぎである若さまと姫さま――。

お互いに本当の身分を知らぬまま、はぐれ柳生との死闘や、さまざまな事件の謎解きを通じて、どんどんと恋心がつのっていく源之丞とお比美。

やがて梅富士には、独特な雰囲気を放つ源之丞に惹かれるかのように、変わり者の定町廻り同心、家永藤二郎や、乱暴者ながらも実直な岡っ引の晋助など、個性的な仲間が集まってくるようになる。

そんなある日、藤原純友を名乗る凶賊の事件が解決し、ひと安心とばかり喜びの声あふれる梅富士に、羽州桜田藩の姫、お奈津が、血だらけになって飛びこんできたのだが……。

第一話　ふくべ侍参上

一

秋も深まる十月中旬。

千住の宿場は、旅人や旅籠の呼びこみなどでごった返している。千住大橋のたもとには、ずらずらと髪結の女たちが場所取りをしながら、旅人を待っている。日光街道や奥州街道を歩いてきた旅人が、江戸に入る寸前で、男は月代を整え、女は埃に汚れた髪を直すからだ。

呼びこみ女たちの声を聴きながら、お奈津は付き人の田助を連れて、千住大橋を渡った。

埃よけの頬っ被りに、手甲脚絆姿。杖をついている。

このお奈津という娘、年齢はまだ二十歳前の娘盛りであり、幼き面相はしているが、どことなく気品が見える。

「姫さま……そんな早く歩かなくても」

声をかけたのは、付き人の田助である。

尻端折りに振り分け荷物姿は、あたかも商家の下男に見える。それでも、お奈津の耳元からは、きらりと簪が光り、それなりの家格ある主従にも見えていた。

「馬鹿者、こんなところでそんな呼び方はするでない」

「は……これは失言いたしました」

このお奈津、じつは羽州出羽桜田家の姫さまで、家を飛び出た姉のお栄を追い、江戸の町場を歩くようになった。肝心のお栄と再会は果たせたものの、お栄には家を捨ててでも成し遂げたい夢があるようで、しばしの別れとなった。

このお奈津、大名の姫には違いないが、小藩のためか、かなりわがままがきく。以前、お栄の許嫁とされた源之丞を頼って、江戸に出たことがある。そのとき、ある事件に巻きこまれたのをきっかけに、須田町の親分こと晋助やその仲間たちと知りあった。

お奈津は江戸の町もそこに住む市井の人々も、おおいに気に入り、もっと楽しみたかったが、御家の事情で江戸から姿を消していたのである。

「田助、父上の病もそれほど重くはなく助かったぞ。いきなり呼びつけられて、一時はどうなるかと思うたがなぁ」

「はい、でも姫さま……いえ、お奈津さまは、殿のご病気が治りかけた途端、江戸のほうばかり見ておりました」

「ふふふ、ある男の人をね、思いだしていたんですよ」

「これはしたり、そんな人がいたのですか」

「いたのですよ」

ふふふ、と含み笑いを見せながら、お奈津は晋助の小生意気そうな顔を思い浮かべた。

実家は蕎麦屋だが、北町定町廻り同心、家永藤二郎から御用聞きのお札をあずけられている。いっぱしの目明かしなのだった。

その晋助が怪我をしたとき、付き添っていたお奈津だったが、御家から呼ばれて、挨拶する間もなく、屋敷へと戻った。

「晋助さんは、さぞ怒っているでしょうねぇ」

「ははぁ、そのかたは晋助さんというんですね。たしかに、ひとこともなく姿を消したら、普通なら怒り狂います」

「おまえも同じように怒るのか」

「もちろんです。恨みまで抱えてしまうでしょうねぇ」

「ほう……おまえにそんな面があったとはなぁ」

「男とはそういうものです」

「おまえだけではないのか」

「違います」

「では、再会したときに確かめてみよう」

そんな会話を交わしながら、ふたりは千住大橋を渡りきり、街道筋を江戸に向かって歩いた。すぐに、蟻が餌にありつくように、旅籠の呼びこみ女たちが寄ってくる。

土地のごろつきらしき輩が、ある者は団子を頬張り、ある者は煙管(きせる)から煙を吹きかけて、女連れの旅人たちをからかっている。

田助が、呼びこみ女たちをあしらっている間に、お奈津はすたすたと街道から外れていった。

あわてて追いかけた田助が、後ろから声をかける。

「お奈津さま、どちらへ」

「街道はうるさくてたまらない」

「そうですが……今日は一泊しますか」

「しない」

「そうですか」

いますぐにでも晋助に逢いたいのだろうとは思うが、田助としては、ひとまず休息したいと考えていた。

「晋助さんは逃げませんよ」

「おや、さきほどは、怒り狂っているといううたではないか」

「ですが、いなくなったとはいってません。もともと、江戸は神田の生まれの人でしょう。そんな人が江戸から消えるわけがありません」

「そんなことはわかっておる」

江戸からは消えないだろうが、お奈津の前から消えてしまっているのではないか……つまりは、お奈津の存在を忘れてしまったのではないか、と気に病んでいるのである。

だからこそ、いっときも早く晋助に逢いたいのであった。

街道から外れると、田畑が広がっている。

青空を見あげながら、お奈津は、あぁ、江戸の町場に入ったのだなぁ、と感じる。

故郷では、遠くに枯山水を描いたような山並みが見えた。江戸の空には、霞んだ富士山の山頂が見えている。

「田助、あの富士のてっぺんに立つほどの人になりたいぞ」

「ははぁ……富士に立つ姫ですか」

「おかしいか」

「いえ。べつにおかしくはありませんが、無理でしょうねぇ」

「なにゆえ、無理なのだ」

「富士は遠い、高い、歩きますぞ。駕籠では行けませんから」

「おまえには先の夢などはないのか」

「もちろんあります、姫が見目麗しくおしとやかで、日の本一の姫さまとして、みなみなから敬愛される日が来ることを願っております」

「もうよい」

田助に手を向けて、お奈津は言葉を遮った。

お奈津の顔つきが激変していた。田助は、目を細める。

「何事……」

「振り返るな。後ろから街道にいたごろつきたちが、こっちに向かってくる」

「…………」

田助は、一度しゃがんで視線を後ろにまわした。

「……さっき、団子を食っていたやつですね」

「そうらしい」

芸妓がお座敷で着るのではないかと思えるほど色あざやかで、楓をあしらった小袖を着て、その上に印のついた半纏を羽織っているようであった。

「千住あたりの地まわりですかね」

「わからぬが、いずれにしても用心を」

はい、と静かに立ちあがると、田助は懐に手をはさみこみ、短刀の柄を握る。

田助は、短刀の遣い手なのである。先祖が戦国時代から使っていたという、身幅の広い八寸五分の鎧通しだ。

先祖の伝右衛門という男が、合戦のときに敵の侍大将首を討ち取った武器として、大事に持ち歩いているのだった。

一見、ぼんやりに見えるが、短刀を構えたその姿は隙がない。その姿を見たお奈津は満足そうに目を細め、おのれも懐剣を手にして身構えた。

派手なごろつきは、連れてきた輩たちになにやら指示を出し、腰をかがめると小走りになった。来るか、と思ったが、なんと横を素通りしていく。

襲ってくると思ったのは考えすぎか、と思ったが、そうではなかった。男は数間先で身体を翻し、こちらに向けた。先まわりをして、逃げ場を押さえるつもりだったらしい。

下卑た笑いを見せながら、男は両手を広げて、

「ここは地獄の一丁目、二丁目も三丁目もねぇぜ」

ごろつきがいいそうな台詞で、お奈津を見て舌舐めずりをする。

「馬鹿な下郎め」

「おう、馬鹿は馬鹿でも、筋金いりだぜ」

自分でそこまでいうとは、かなりの自信家であろう。

「ふん、人は自信を持ちすぎると、真実を見誤るぞ」

「……難しい話はいらねぇ」

「なにが望みだ」

「決まってるじゃねぇか。あんたの身体よ」

「私の身体は、ただではない」

「ふん、そうかい。じゃぁ、これでどうだい」

男は、巾着に手を突っこんで、じゃらじゃらと小判を鳴らす。

「おやぁ、こいつらは一枚も外に出たくねぇっていってるぜ」

「小判が言葉をしゃべるのか」

「知らねぇのかい、小判はあれも欲しい、これも欲しいってしゃべるんだぜ」

「おまえの名を聞いておこうか」

お奈津は、鼻先で笑いながら問う。

「教えてやろう、聞いて驚くな。俺の名は、この街道筋じゃぁ、ちっとは売れてるんだ。といっても、田舎者のおまえは知らねぇだろうがなぁ」

「知らんな」

「まだ教えてねぇ。おれは婆娑羅の留助だ。人呼んで、ばさ留だ。覚えておけ」

「ばさ留か。それでそんな派手な格好しているのか」

「……偉そうなあまだぜ」

ばさ留は、ぺっとつばを吐き飛ばすと、後ろでにやにやしている手下たちに向けて、叫んだ。

「さぁ、野郎ども、くじで順番決めておけ。といっても一番は俺だがな」

ぐふぐふと笑い声をあげてから、捕まえろ、と怒声を飛ばした。

お奈津は懐剣を胸前で構えながら、田助の位置を確認する。

遅れてやってきた手下を入れて、敵は五人になった。

——これは少々まずいかもしれぬ。

お奈津は唇を噛んだ。

二

いくら田助が短刀術の遣い手だとしても、五人では分が悪い。お奈津もそれなりに腕はあるが、数人に飛びかかられては、勝ち目はない。

「お奈津さま、逃げましょう」

「それがよさそうだ」

そんな会話を交わすふたりを見て、ばさ留は唇から泡を吹きながら笑い続ける。

「いったろう、ここは地獄の一丁目でなぁ、二丁目も三丁目もねぇんだよ」

「地獄に堕ちるのは、おまえたちのほうだ」

お奈津の強がりにも、ばさ留は、痛くも痒くもねぇ、と笑うだけである。

そのとき、田助が敵のひとりに飛びこんだ。

敵の囲みが崩れると睨んだ行動だった。

しかし、敵もその仕掛けには引っかからない。

ひとりが引っこむと、ほかの者がそこを埋める。その動きからして、人を襲い慣れているのだろう。

ばさ留は、田助の動きを見定めながら、じりじりと詰め寄ってくる。

「そろそろ諦めたほうがいいぜ」

「やかましい」

「こんなときでも、威厳を保とうとしているなんざぁ、そこいらの娘っ子とはちょっと違うらしい。気に入ったぜ」

お奈津は、懐剣を構えながら、ばさ留の動きを予測する。しかし、その体さばきは、剣術の心得でもあるかのように隙がない。まるで、獲物を狙う獣のように巧妙な動きだった。

そろそろいいかな、そんなことをいいながら、ばさ留は長ドスを無造作にさげて、さらに近づく。

蛇に睨まれた蛙はこんな気持ちかと思えるほど、不安に陥ったお奈津は、田助に目を向けた。

視線が絡みあい、逃げ場を探しあった。

そこに一瞬の隙が生まれた。

ばさ留は、そこを逃さず飛びこんできた。

長ドスの切っ先がお奈津を斬ると見せて、横に薙ぎ払われた。

お奈津をかばおうと飛びこんだ田助の脾腹を、長ドスが突いた。とっさに身体を折り曲げようとしたが、一瞬の差であった。

それでも、田助は鎧通しを飛ばして、ばさ留の頬を傷つける。

「くそ……痛ぇじゃねぇか。死ねぇ」

その場にしゃがみこんでいる田助に向かって、ばさ留が脳天から叩き切ろうとしたそのとき、

「くっ、くそ、誰だ、石礫なんざ投げやがったのは」

お奈津に目を向けたが、懐剣を構えているだけで、石を投げた様子はない。

「出てきやがれ」

血が流れだした頬を押さえながら、ばさ留は叫んだ。

と、数間離れた草むらから、男がのっそりと立ちあがり、

「うるせえなぁ。人がいい気持ちで寝ているところを起こすんじゃねぇよ」

女ものの帯を浪人結びにして、大小のふくべが紐でぶらさがっている。なかには、酒でも入ってるのだろうか。

日に焼けた顔に、高い鼻。きりっとしまった唇は、言葉のぞんざいさとは異なり、威風を放っている。

「なんだ、てめえは」

「そういうおまえはなんだ。胡麻の蠅か」

「ふざけるな、おれはばさ留といってなぁ……」

「あぁ、あぁ、か弱き女を手籠めにしようとする不届き者の、頭の悪い男だな」

「なんだと」

ふくべをさげた男は、ふとお奈津を見て、

「いや、かよわき女はやめておこう。まぁ、大勢で襲おうと考えるところからして、頭が悪いとしかいいようがねぇがなぁ」

侍なのか、それとも町民なのか、判断ができずにお奈津はきょとんと男を見つ

め返す。

怒りの目をぶつけるばさ留は、

「頭が悪いだと」

「そうだろうよ。女を襲うのであれば、大勢で襲うより、木陰からいきなり抱きつき倒してしまったほうが楽ではないか」

答えられずにいるばさ留に、男は、がははは、と笑いながら、

「だから、頭が悪いといわれるのだ。どうだい、そこの娘、そう思わぬか」

「は……い」

「ほらほら、女が認めたぞ。やはりおまえは頭が悪いと決まったな」

やかましい、と叫んでばさ留は、長ドスを腰に添えて、男に向かって突っこんだ。

「おっと」

ふくべ男は体をかわすと、草むらのなかで一間ほど横に移動し、

「危ねぇってんだよ」

町人には見えない。といって、その伝法な言葉遣いはどこぞの武家とも思えない。ばさ留の前まで、すすっと進むと、

「死ね」

刀を抜いた。確実に剣先は、胸の急所を突こうとしていた。

「殺してはいけません」

お奈津の叫びに、切っ先がずれて腹部を突いた。

「ち、よけいなことをいうから、外してしまったではないか」

「殺してはいけません」

同じ言葉を続けたお奈津に、ふくべ男は、ふんと鼻先で笑い、

「では、しかたがない。こうだ」

刀が振りおろされると、ばさ留の片腕が落ちていた。

「い、いてぇ、いてぇ、なにしやがるんでぇ」

片腕が、草むらの上でのたうちまわって見えた。ばさ留は切り落とされた腕を拾おうとしたが、痛みに耐えられなかったのかその場にしゃがみこんだ。

腕から、大量の血が流れ落ちている。

「早く血を止めねば、ここで死ぬぞ」

手下たちに冷たく言い放ったふくべ男は、すたすたと田助の前に進み、

「こっちも、このままでは危険だ」

お奈津は、田助が血だらけになっている姿に驚き、あわてて担ぎあげようと抱きついたが、微動だにしない。

「田助、死んではならぬ」

すぐ男がそばに近づき、ひょいと肩に担ぎあげた。

「こうなった男の身体は重い。懇意にしている医者がいるから、そこまで連れていこう」

「お願いします」

ていねいにお辞儀をするお奈津に、男はかすかに目を細めて、

「ううむ、その物腰は武家の出か」

「あ、いいえ、以前、お武家さまのところへご奉公いたしたことがあります」

その返答にうなずきながら、

「とにかく話はあとだ。怪我人を運ぶぞ」

はい、と返事をしたお奈津は、田助に声をかけながら、男に伝えた。

「知りあいに連絡を取りたいのですが……」

「わかった、怪我人はまかせておけ」

それでも、お奈津は立ち止まっている。大怪我をした田助を他人にあずけてし

まっていいものか、と悩んでいるのだ。

「心配無用。火事場泥棒などせぬ。向かう先は、鏡ヶ池の慈海という医師だ。浅茅が原に向かって行けば、すぐ見つかるから心配はいらねぇ」

はい、と走り去ろうとするお奈津を、男は呼び止めた。

「おっと、その血だらけの姿じゃ、街道を走るのはいけねぇなぁ」

しょうがねぇ、とつぶやいた名も知らぬ男は、ちょっと待ってろ、と怪我人を横たえると、街道筋に向かって走っていってすぐさま駕籠を連れて戻ってきた。

しかも、漕ぎ手が四人の早駕籠である。

「これで行くんだ。場所はどこだい」

「連雀町です」

「近くはねぇな」

駕籠かきたちに目をやると、巾着を鳴らして、四枚の小判を取りだし、これで普段の三倍の速さで走れ、と告げたが、

「おっと、帰りにもう一度この娘を乗せれば、同じだけ払うぜ」

駕籠かきたちは、ひとり二両になるのか、と計算を働かせると、

「がってん承知」

さぁ、乗っておくんなさい、と垂れを跳ねあげる。

お奈津が乗りこむと、一目散に神田目指して飛びだした。

駕籠のなかで、お奈津はうめいている。

「田助の怪我が心配で、名前を聞き忘れてしまった……」

不覚、とつぶやきながら、

「それにしても、あれだけの金子を持ち歩き、しかも気前よく他人に使うなど、どんな素性の人なのか……」

手を合わせたい気持ちもありつつ、不審な気持ちも抱えながらの駕籠道中であった。

三

連雀町の梅富士の前で駕籠をおりたお奈津は、すぐ晋助たちを見つける。

そばには、梅富士の娘、お比美と源之丞もいた。

おそらく、なにかの事件が解決したところなのだろう。

楽しそうにしているところに血だらけのお奈津が飛びこんだものだから、みなは驚愕（きょうがく）する。

「あ……お奈津、ちゃんじゃねぇかい」

「晋助さん……」

晋助は、喜びと困惑をないまぜにしながら近づいた。

「どうしたんだい、その格好は」

「助けて……」

早駕籠は、思いのほか疲労が溜まる。半刻も揺られてきたのだ。疲れと気持ち悪さで、晋助の胸に抱きついたまま倒れこんだ。

「その血は……」

源之丞がすぐそばに寄り、お奈津を抱きかかえた。

お比美が続いて、聞いた。

「どうしたんですか」

息も絶え絶えにお奈津は、供の田助の命が危ない、と告げる。

「くわしい話は……鏡ヶ池の慈海という医師のところで……」

そこまでいうと、お奈津は気を失ってしまった。お比美はあわてて、女中のお恒（つね）を呼んで、お奈津を頼むと伝える。

「鏡ヶ池といえば、浅茅が原のそばだな」

源之丞がつぶやいた。

お比美は、すぐ行きましょう、と成り行きを見守っている駕籠屋を呼んだ。

「今度は私をそこへ」

「がってん承知。お代はいただいていますから」

お比美が乗りこむと、源之丞と晋助は駕籠に沿って走りだそうとする。

「親分は来なくてもよい。それより……」

源之丞から告げられ、晋助はすぐに察した。お奈津についていろ、ということなのだろう。

普通ならば晋助も御用聞きとしてついていくに違いないが、たしかに本音をいえば、倒れたお奈津のことがいちばんの気がかりだった。

晋助は目で源之丞に礼をいい、梅富士の前で、去っていく源之丞の後ろ姿を見つめた。

あっという間に、源之丞は見えなくなっていく。なんと源之丞は、駕籠よりも先を突っ走っていくではないか。

その姿を見て、晋助は首を傾げる。

「あの走りはただ者じゃねぇ……いや、もともとただ者とは思っていなかったけど、あの駆けこみ術は……」

忍び……という言葉を飲み、まさか、とつぶやく。

「霧隠才蔵か……」

晋助は、源之丞が梅富士にやってきた当初から、かすかな疑いを持っていたのである。

物腰はやわらかいが、ときとして目に威厳や、才知ある光を感じた。だが、その光は悪の兆しと読むこともできる。御用聞き特有の第六感といってもいい。

「やつは、大泥棒かもしれねぇ」

やがて、そんな疑いをさらに深める出来事が起きはじめる。源之丞の姿が町中に消えていくのを、目撃したことがあったからだ。

やはり、盗人かと目を見開いて見たのだが、その翌日には、悪党が日本橋に縛りつけられていたり、風魔小太郎と名乗って悪さを働いていた坊主を生け捕りにしたり、とさまざまな厄介事が解決していた。

しかもそばには、霧隠才蔵見参、などという、ふざけた書き置きがあったのである。

「……ふざけた物言いしやがって。盗人の仲間割れだろう」

それでも晋助は気をゆるめず、疑惑の目を持ち続けていたのだが、それが間違いと気づかされる事件が起きた。源之丞と一緒に偽風魔小太郎と戦ったときに、才蔵が現れたからだった。

源之丞はとなりにいた。

現れた才蔵は、橋から橋へと飛び渡るような離れ技を見せた。

「才蔵の正体は源之丞さんではなかった。では誰なんだ……」

それがきっかけで、源之丞への疑惑は消えたのだが、いま目の前で駆けこみ術を見せられては、またぞろ疑念が湧きだすしかなかったのである。

――いまは、その件は脇に置いておこう。

それより、お奈津のことが心配だった。

梅富士に戻ろうとする晋助を、呼び止める声が聞こえた。

不審げに振り返った晋助の前に現れたのは、北町奉行所定町廻り同心の家永藤二郎であった。

駕籠屋より先に鏡ヶ池に着いた源之丞は、さっそく慈海という医師の家を探しけて、すぐに、池の畔で草に囲まれた茅葺屋根が目に入った。

あそこだな、と見当をつけた源之丞は、草囲みの一角にあった枝折り戸を見つける。

ばたんと大きな音を立てて、なかに入っていった。

枝折り戸が開けられた音を聞きつけたのだろう、なかから坊主頭が出てきた。白衣を来ているところからして、医師の慈海だろう。

「こちらに」

源之丞が、慈海さんか、と問うとうなずき、なかに案内された。

お栄やお奈津の家来である田助には、一度、会ったことがある。

いまの田助はすっかりと青ざめ、さらに虫の息である。そのとなりに、若い男が座っている。男の顔には覚えがなかった。

ふくべを畳に落としたまま座っている姿から浪人かと思ったが、それにしては眉目秀麗である。

「平九郎という……」

名を聞く前に、男が薄ら笑いながら口を開いた。

「あんたは……」

「お奈津ちゃんの親類のものだ。源之丞という」

「ほほう……姓は」

「源、名が之丞」

「なるほど、私は、姓は平、名は九郎だ。だからみな平九郎と呼ぶ」

「そうでしたか」

お互いの目が交差する。

鍔迫りあいでもはじまりそうな雰囲気に、慈海は気後れしながらも、気がついたようです、と田助の額に冷たい布をあてた。

「おう、田助」

「あ……源之丞、さま」

「慈海さん、すまぬが席を外してくれぬか」

「はい。でもあまり長く話さないでください」

慈海が部屋を出ると、源之丞は田助ににじり寄る。

「どうしたのだ、なにがあった」

田助は、目を平九郎に向けた。

「こちらのかたに助けていただきました。命の恩人です」

「そうであったか」

くわしい話はあとで聞こう、と答えたところで駕籠がついた。お比美が着いたのだ。

平九郎は目を見開く。

「おやぁ、さきほどの娘ではないな」

お比美が、源之丞のとなりに座った姿を見ると、

「ふうむ、この男はかなり大物らしい。それに、ふたりとも由緒ある武家の出であろう。あのお奈津とかいう娘も怪しいものだったがな。それにしても、兵六玉のような顔をしているくせに、おぬしは物腰からしてただ者ではない」

「……そういうあなたも」

源之丞が応じると、平九郎はにやりとして、お比美の前に顔をつきだし、

「なに、私はただの気まぐれ、はぐれ風だよ」

お比美は思わず眉をひそめる。

「奴風なら聞いたことがあるが、平九郎風とは目新しい」

源之丞が笑った。

平九郎も口を開いて、かかか、と笑った。

「おぬし、おもしろいな」

「いつもいわれます」

平九郎は、さらに大きく笑い声をあげた。

「おっと、病人の前でうるさいな。ちと外に出ていよう」

仲間たちで話をしたいだろう、という気遣いらしい。

源之丞とお比美は、平九郎に小さく頭をさげてから田助に目を移す。

「無理はするな。語れるところまででよい」

源之丞の言葉にうなずいた田助は、千住宿（せんじゅしゅく）から大橋を渡り、小塚原（こつかっぱら）の通りを歩いているところを、土地の暴漢に襲われたと語った。

相手が五人いたため不覚をとってしまいました、と田助は涙を流す。

「お奈津は大丈夫だ。いまは連雀町の梅富士で休んでおるから心配はいらぬぞ」

「はい。ところで、あの平九郎というおかたは何者でしょう」

「さぁなぁ。一風変わった御仁だが」

「腕もかなりのものと見ました。おそらく、あれは陰流（かげりゅう）かと。一度、書物で見たことがあります」

「陰流を使うとは珍しい。私も実際には見たことがないぞ。しかも浪人とはな」

「ただの浪人ではないでしょうが……ごほ、ごほごほ」

咳きこんだ姿を見て、お比美は、もうここでやめましょう、といった。

「まだわからぬことがあるのだが、お奈津から聞きだすことにするか」

うなずいたお比美であったが、その晴れない表情を見て、源之丞は尋ねた。

「おや、その顔はどうしたんです。浮かぬ顔ですねぇ」

「わかるか」

「田助の怪我とは、また異なる話のようですが」

「もう少しはっきりしたら教える。いまはなにも聞くな」

「では、そうしましょう」

源之丞は懐から小さな袋を取りだし、なかから丸薬をつまむと、田助の口に含ませた。すぐ、お比美が水差しを差しだす。

「秘伝の救命薬だ」

田助が、ごくりと飲みこんだ。それを見て、源之丞は立ちあがる。

お比美は田助の額にあてていた布を水で冷やし、乗せ直してから、源之丞に続いた。

外に出ると、平九郎が若い女と話をしている。

源之丞たちを認めると、女は背中を見せたまま、こちらに挨拶もせずにその場から立ち去っていく。

「あの女も、これまた胡散くさいぞ」

にやけながら、源之丞がいう。

「どう、胡散くさいのだ」

「あの足運びは忍び……」

驚くお比美に源之丞は、いまの話は内緒だ、と告げる。

「わかった。だけど、あの奇抜な格好といい、忍びのお付きの存在といい、平九郎の正体が気になる」

「へぇ、そんなに気になるのなら、探りを入れてみたらどうです」

「いいのか」

「もちろん、私も知りたいですからねぇ」

にんまりとする源之丞に、お比美は、わかった、と応え、平九郎に向かった。

やぁやぁ、と嬉しそうに平九郎は、みずからもお比美のそばに寄ってきた。

「なるほど、なるほど」

「なにが、なるほどなのだ」

「いやいや、その物言いからして、やはりただの町娘ではないですなぁ。素性は、どこぞの武家の出なのかな」

「いいえ、以前、とある武家屋敷で奉公していたことはありますが、私自身はれきとした町娘です」

「本当かなぁ。とても信じられぬが」

「私のことより、あなたのほうが変ではないですか」

「ほう、変ですかねぇ……まぁ、変かな。そういうことにしておきましょう」

「平の九郎などという名前は、嘘でしょう」

「どうして、そう考えましたか」

「嘘だと、額に書いてあります」

「なるほどなるほど。それは珍しい額を持っていたものだ。自分のことながら、いままで知らなかった」

「ふざけたお人」

源之丞とはまた異なったすっとぼけかたに、思わずお比美は笑みをこぼした。

「おう、いい笑顔です。あなたの笑顔は、千万両だ。百万石だ。日の本一だ」

歯の浮くような言葉だが、そこまでいわれるとお比美もいやな気分にはなれな

い。しかし、ここで喜んでは女がすたるとばかりに、

「ふざけるな」

踵(きびす)を返して、源之丞のところに戻ってしまった。

「おや、褒められて嬉しそうでしたねぇ」

源之丞のほうも、戻ってきたお比美の顔を見てにやにやしている。

「あたりまえだ。褒められて怒る者などおらぬ。おまえたちは私をおだてても、せいぜい神田一とか、東海一とかまでではないか」

「やれやれ」

「あの平九郎という者は、なかなかの人物だな」

「……やれやれ」

一見すると、お比美をからかっているような源之丞であったが、その言動とは裏腹に、鋭い目線は平九郎をじっと見据えていた。

四

「誰がこんなことしやがったんだ」

叫んだのは、ばさ留の兄貴である。

片腕を落とされたばさ留は、手下の手を借りて、ようやく根城まで戻ってきたのだった。

目の前には、千住の街道が見えている。

一丁ほど先には、問屋場があった。ばさ留の兄貴は、赤城の伝次といい、通称あかでん。千住だけではなく、江戸五街道の問屋場やらあちこちの米問屋などに、荷駄を運ぶ人足を斡旋していた。

この男、すごぶる身体が大きい。

背の丈六尺二分。百貫はあるのではないかと思えるほどの巨漢であった。その体格を活かして、伝次は子どものころから、近所の神社で開かれる相撲大会で花形だったのである。

その強さを聞きつけ、どこぞの藩からお抱えの話さえあったという。だが、お抱えなどになると、面倒が多くていけねぇ、と伝次はあっさりと話を断わった。

そしてその噂を使って、助郷の助けをする仕事をはじめたのである。

助郷とは、参勤交代などのときに、荷駄の運搬役として近隣の村々が人馬を提供する制度である。

報酬が出るわけでもなく、ただ働きであった。そのため、村人たちには重荷となっていた。

ところがこの伝次は、それらの代行をして、人が足りなくなったときには援助までしたのである。

それも、報酬は蕎麦いっぱい分程度と、微々たる銭しか受け取らなかった。農繁期を抱えて助郷のために人馬を出すよりは、二八蕎麦代だけで済むなら、そのほうがありがたい。

助郷の範囲は、隣り村や一里、いやそれ以上も離れた場所などにも範囲が広がっていたため、伝次の勢力はあっという間に拡大したのである。

そうなると、人が必要だ。なかには入れ墨者やお尋ね者などまでが、逃げ場として集まってくる。

したがって、素行の悪い連中も多くなり、いまでは、ごろつき集団と成りさがっていたのである。

それでも助郷から抜けることができるとなれば、村民たちは伝次の力を借りたほうが助かる。したがって、旅人たちに向けて悪行三昧を働いていても、土地の十手持ちや村民たちは、見て見ぬふりをしているのであった。

「てめぇをやったのは、どこのどいつなんだ」

伝次は、何度もばさ留に聞いたが、わからねぇ、という答えしか戻ってこない。

街道筋でも宿場町内でも、一度も見た覚えのねぇ顔だった、と手下たちも答えるだけである。しかもその格好が、なんとも珍妙なものであった。

「大小二個のふくべをぶらさげていただと。なにが入っているんだい」

「さぁ、それはわからねぇ」

痛みをこらえながら、ばさ留は吐き捨てた。

その面相は土色に変化していて、虫の息である。

「おれの弟をこんな目に遭わせやがって。生かしちゃおけねぇ」

「あぁ、切り刻んで品川沖で鮫の餌にしてくれ」

「あぁ、そうしよう」

口では強がっているが、ばさ留の命は風前の灯火である。いつ息を引き取ってもおかしくはない。落とされた片腕のところから血が流れすぎたのだ。

伝次はその大きな身体を揺すりながら、

「野郎ども、そのふざけた男を見つけてこい。できなかったときには、てめぇたちの耳と鼻を削ぎとってやるからな」

伝次なら本気でやりそうだった。

手下たちは、すぐに固まって話しあう。

「まずは、鏡ヶ池のあたりを探してみます」

いちばん年長らしい手下がいった。

「加吉(かきち)、そこになにかあるのか」

加吉と呼ばれた男はうなずき、

「鏡ヶ池のあたりに、医師の慈海ってぇ野郎がいます。相手のひとりが手傷を負っている。連れていくとしたら、そこがいちばん近い」

「よし、行ってこい。野郎を引きずってでも連れてくるんだ」

承知しやした、と四人の手下はすぐ駆けだした。

鏡ヶ池につき、さっそく加吉たちは慈海の家を訪ねた。

戸口から出てきた慈海に、怪我人が運ばれてきていないかを聞いてみる。

果たして、探しあてることはできたものの、

「……もういねぇだと」

「怪我人も連れていきましたな」

「くそ……江戸のどこに行ったか知らねぇかい」

慈海は、あぁ、とうなずきながら、

「たしか連雀町とかいってたような……でも、はっきりとは知りません」

「ふくべをぶらさげた変な侍がいただろう。野郎も一緒か」

「怪我人とは違うお仲間のようでしたが、さぁ、どんな関係なのか、私は知りませんよ。私がやることは、怪我人を治すことだけです。あんたたち、あかでんの子分だね」

「それがどうしたい」

「親分にいうんですねぇ。いま以上太ると、身体が悲鳴をあげてしまうってね」

わははは、と笑いながら慈海はなかに戻っていった。

「くそ、連雀町に行くぞ。だが、あまりおおっぴらに探しまわると警戒されちまうかもしれねぇ」

加吉は、その場にいる四人をふた手に分けた。

「それぞれ、ふくべ野郎と連雀町の周辺を探るんだ。ドジ踏んだら、耳も鼻も落とされてしまうからな」

あかでんの脅しを、加吉は繰り返した。

梅富士の前で呼び止められた晋助は、北町定町廻り同心の家永藤二郎から、千住で起きている揉め事のことを聞かされていた。

「それにでも……どうして千住の話なんざするんです」

「それはな……」

耳を貸せ、と家永は声を落とした。

なんでも、伝次という男が、助郷という制度を逆手に取り、なにやらおかしな商売をはじめて、着々とその勢力を広げているらしい。もはや、町奉行所も無視できないほどの力をつけつつあるという。

「へぇ、そんな裏話があったんですかい。ですが、助郷は村人にとっては大きな痛手です。それを助けてくれるなら、ありがてぇと考える百姓たちもいると思いますが」

「問題は、そこだ。百姓たちからまともな金を取っていねぇんだぞ。それで、どうやって人足たちの給金などを払っていると思う」

「それは……」

助郷であれば、人馬を提供したとしても、参勤交代側からは一銭の支払いもないのだ。

「たしかに変です」

「だろうよ。だからな、奉行所はひそかに裏を探っていた。そしたらな……」

さらに家永は声をひそめて、

「やつらは危ねぇ薬を売りさばいているらしい」

「危ねぇ薬とはなんです」

「あ、のつく薬よ」

「あ、のつく……ってぇと……あ、へ」

「おっとそこまでだ」

「それはご禁制ですぜ。でも、どこから仕入れて、どこに売りさばいているんです」

だからな、と家永はにやりとする。

「それを探るために、またもや……」

家永は言葉を濁した。その表情を見た晋助は訳知り顔になり、

「ははぁ……またですかい」

「あぁ、まただ」

「では、当分あっしは、ひとりで見まわりをすることになりますね」

「いまのおまえなら、ひとりで見まわりしても、誰も不服はいわねぇよ。なにしろ須田町の親分といえば、いまや……」

「おっと、旦那、そこでやめてくだせぇ。図に乗ってしまいます」

晋助は照れ笑いを見せる。

家永がほのめかしたように、いまや晋助は須田町の親分さんとして、江戸でもたいそうな評判となっていた。

須田町の晋助親分は、摩訶不思議な出来事の探索をやらせたら江戸一番、と名が通りはじめている。

それもこれも、じつは源之丞の手助けがあるからなのだが、そんな裏を江戸庶民は知らない。近頃では、夜中に猫が化けて出てきたとか、浅草寺(せんそうじ)の雷門に、大入道がいたので怖いからなんとかしてくれ、などという相談まで持ちこまれるようになっているのだった。

ときどきそんな愚痴をこぼすと、

――それは親分が、化け物よりおっかないと思われているのだぞ。喜べ。

お比美は、そういって大笑いをするし、源之丞は、

——親分、そのうち江戸一から東海一……いや、天竺でも名が知られるようになるかもしれぬなぁ。

などと、親身にはなってくれない。

「名が通るのはいいが、おかしな輩まで寄ってくるのは、勘弁してほしいってぇもんですぜ」

ふたりの言葉を聞くと、さらに愚痴が出てしまう。

そんな晋助の思いにも、家永は、楽しめばいいだろう、と笑い飛ばすだけである。

「いずれにしてもな」

笑い顔から真剣な目に変えた家永は、晋助を見つめる。

「おまぇがしっかりしてねぇと、江戸の平穏はたもてねぇ。頼むぜ」

肩をぽんと叩いて、

「じゃぁな。今後はどこで会っても、どんな格好をしていても、知らねぇふりをするんだ」

「がってん承知」

家永の姿が見えなくなるときは、姿形を変えて、敵の懐に飛びこむ算段をしているときなのである。

ようするに、敵に潜入するのだ。危険ととなりあわせであり、正体がばれてしまったら、命も危ない。

「留守はしっかりあずかりやす……」

頼むぜ、と家永はもう一度、晋助の肩を叩いた。

「ところで、いまの話は……」

「あぁ、梅富士のふたりには伝えておいてもいいぜ」

「へぇ……」

「どうした。その馬糞でも踏んだような顔つきは」

「へぇ……」

晋助は、源之丞が霧隠才蔵なのではないか、との疑いを強めている。その話をしていいものかどうか、思案しているのである。

「いや、なんでもねぇです」

結局、晋助は源之丞に対する疑惑を、家永には伝えなかった。

危険な潜入仕事の前に、よけいな心配事を増やすのは、家永のためにはならねぇ、と判断したからだった。

「いろいろはっきりしたら、相談に乗ってもらいてぇ」

「お奈津ちゃんとの仲なら、おめぇの思うようにやっていいぜ。それで十手を取りあげようなどと、せめぇ了見を持ちだしはしねぇよ」

「そんな話なら、嬉しいんですけどねぇ」

苦笑しながら、実が熟したときはお願ぇします、と晋助は頭をさげた。

五

とりあえず梅富士に戻ろうと、源之丞はお比美と一緒に連雀町まで連れだって歩いた。もう一度、駕籠に乗りますか、と源之丞は聞いたのだが、お比美は歩いて戻るといってきかない。

そうして、ふたりは並んで帰路についていたのだった。

「なにか楽しい話はないのか」

ふと、お比美が不満そうにつぶやいた。

「おや、楽しい話とはなんです」

「それは、おまえが想像しろ」

「……ははぁ、平九郎とかいうおかしな侍の話でもしますか」

「おまえは、本当に頭が悪い」

「そうでしょうかねぇ。あの平九郎とかいう侍は、どう見ても普通ではないでしょう」

「それのどこが楽しい話なのだ。あいかわらず、なにがいいたいのかわからぬ」

「そうですかねぇ。簡単な話だと思いますが。どこぞの姫さまが、どこぞのおかしな侍に気持ちを動かされている……まぁ、そんな話ですから」

「おかしな侍とは、誰のことだ。平九郎のことか」

「さぁ、私でもあり、別人でもあり」

「本当に頭が悪いな」

ひひひ、と源之丞はわざと下卑た笑みを浮かべながら、

「それはそうと、平九郎なる男がぶらさげていたふくべには、なにが入っていると思いましたか」

「酒ではないのか」

「大きなほうは、そうでしょう」

「小さいほうは違うというのか」

「平九郎のまわりにはいい匂いが漂っていましたが、酒だけではなかった。あれは、蜂蜜の匂いです」

「蜂蜜……そんなものが入ってると」

「間違いありません」

「しかし……」

「はい、蜂蜜はそこいらで取れるような代物ではありません」

「それを、あの平九郎が持ち運んでいるというのか」

「どうです、おかしな話でしょう」

蜂蜜は貴重品である。そのため、収穫される土地も、尾州（びしゅう）、土佐（とさ）など一部に限られている。将軍にも献上されるほどで、普通の侍が持ち運べるような代物ではない。

「平九郎の実家が蜂を集めているとしても不思議ではあるまい」

源之丞は、お比美をちらりと見やる。

「……本当にそんなふうに考えますか」

「いってみただけだ」

お比美は苦笑しながらも、蜂蜜とは、と何度も口に出して不思議がる。

「私ですら、食したことはそう多くない。それを常に持って歩けるとは」

「それなりの身分でなければできませんね」

ふたりは、平九郎の不思議なたたずまいを思いだした。

「少なくともあの者は、傘張り浪人ではないということであるな」

「そうですね。田助がいうには、陰流の遣い手らしい。陰流といえば、発祥は紀州です。そして蜂蜜が多く収穫されると知られているのは……」

「尾州……か」

「おだやかな話ではなくなってきましたねぇ」

紀州にしても、尾州にしても、徳川御三家の国である。

「しかし、あのおかしな格好をした平九郎が、御三家とつながりがあるとはとうてい思えぬ」

「人を見かけで判断してはいけません」

「源之丞……おまえも、最初はただのぼんくらだと思っていたからな」

にやりとするお比美に、源之丞は、それはこちらも同じです、と答える。

「同じとはなんだ」

「最初は、ただのはねっかえりでじゃじゃ馬で、世間知らずの馬鹿娘と思っていましたからねぇ」

「……ずいぶんと並べてくれたではないか」

「それだけでは足りませんか。では、もうひとつ付け加えましょう」

「もうよい」

お比美は、小走りになって柳橋（やなぎばし）の欄干（らんかん）に身体をあずける。

心地よい秋の匂いを箱ぶ川風が、お比美のたもとを揺らした。

源之丞もとなりに身体を進めて、川をのぞきこむ。

「どうです。あの流れに漂う枯れ葉を見て、なにか感じませんか」

「……感じぬ」

「少しは想像を働かせましょう」

「なんの想像か」

「あの枯れ葉の流れ着く先はどこか。川に流されて海に出て、ひらひらと一枚きりで波間に漂うとしたら、なんとも寂しいものだ、とか」

「思わぬ。枯れ葉は枯れ葉だ。流れた先は百本杭（ひゃっぽんぐい）にでも引っかかって、そこでぐるぐるまわり続けるに違いない」

「あぁ、もっと、なんといいますか……こうねぇ」

「なんだ、なにがいいたい」

「……いえ。なんでもありません」

といいながら、源之丞はお比美の顔を見つめる。

お比美の目は笑っていた。どうやら、お比美はわざと情緒がない返答をして、源之丞をからかったらしい。

それに気がついた源之丞は、むっとする。

「そのしたり顔はやめていただきたい」

「おまえも、少しは想像力を働かせたらどうかな」

含み笑いを見せると、お比美はそっと源之丞の手に自分の手のひらを乗せた。

「ところで」

お比美が、源之丞の手の甲を押さえながら聞いた。

「なんです」

「私たちの行く末も、少しは考えてもよい頃合いでは」

「……そうですなぁ。そろそろ海に流されぬよう、きれいな岸にたどり着かねばなりませんな」

「……そう、であるか」

「たいして嬉しそうではありませんね」

「じつは……」

「お見合いでもするのでしょう」

「なぜわかった」

「その顔に描いてあります。私は千里眼ですから」

「それなら聞こう。私がもし本当に父から、見合いをしろ、佐和島家の若さまから離れろ、といわれていたとしたらどうする」

「ははぁ。まだ越後守さまはそのような……」

お比美の父、下野古川藩三万石・古川越後守高俊は、源之丞の正体が佐和島家の若さまだと知り、お比美に離れるように命じていたのである。

その背景には、はぐれ柳生との戦いにおける確執がかかわっていたのだが、いまや、その懸念はすべて取りのぞかれている。

したがって、古川家と佐和島家の間に漂っていた渡れぬ川は、埋めたてられたと思われていた。

それなのに、一度消えた川がまたもや姿を現したのは、おそらく、お比美に他家との見合いの話がもちあがったからではないか。

不審げな表情をする源之丞に向けて、お比美はつぶやいた。

「いや、父より家臣たちがうろたえているらしい。どうも見合いの相手が、身分高き若さまのようなのだ」

「ほう、それは重畳」

「……反対せぬのか」

「反対する理由がありません。見合い程度なら、してみてもいいのでありませんか。身分高き若殿が相手なら、人を見る目を養えるかもしれません」

「おまえは、私がどこぞの若さまと見合いをしても、なんとも思わぬのか」

「まったくとはいいませんが。それほどもやもやはいたしません」

「本当におまえは頭が悪い。もうよい」

お比美は源之丞から手を外すと、欄干をぱちんと叩いて、その場から離れていってしまったのである。

「おや、ちと強がりすぎたかな」

苦笑を見せてから、源之丞も欄干をぽんと叩いて、柳橋から土手に向かおうとしたとき、大きな旗指を掲げた女占い師とすれ違った。

「おや、旦那……」

すれ違いざま、女占い師は源之丞を呼び止める。

「旦那、旦那……」

「なんだ、おまえは」

女は旗を広げて、読めるように差しだした。

「なになに、栗よりうまい十三里すずめ堂、とはこれいかに」

「お代が十三文だからですよ。ところで旦那、どうにも顔相に陰りがありますねえ」

「それは困った」

「剣難女難（けんなんじょなん）の相が出ていますから、お大事に。はい、十三文いただきます」

「なんだって。頼みもせぬのに、代金を取るのか……ううむ、なんとせちがらい世の中なのだ」

源之丞が小銭を渡すと、おありがとうございました、とすずめ堂は離れていった。

「それにしても、剣難女難とは、これまたいかに」

ふたたび苦笑する源之丞を尻目に、すずめ堂の女は旗指を巻きながら、笑みを浮かべて離れていく。

六

それから数日が経ち、加吉はやや焦りながら、連雀町に向かっていた。

連雀町のまわりでは、すでに仲間が探りを入れている。

おかしな侍探しは苦戦していた。それはそうだろう、どこの誰なのか、まるではっきりしていない。

もう一度、慈海に尋ねてみたが、初めて見る顔だった、という答えしか得られず、見つけだす材料がまったくないのである。

思案を続けた加吉は、

「それなら、まずわかっているほうから探ろう。そこに、ひょうたん野郎が顔を出すかもしれねぇからな」

というわけで、加吉は侍探しよりも、連雀町に重きを置こうと決めたのである。

おかしな侍がそこに顔を出せば、儲けものである。

「あの野郎は、女に目をつけていたようだからな」

慈海のところに連雀町の住人たちが来た際、そのなかにいた女を、ひょうたん侍はいたく気に入っていたという。

　その女は、怪我をした供を連れていた女とは、違う人物らしい。

源之丞やお比美、お奈津が聞いたら、慈海もよけいなことを伝えたものだ、と憤慨するだろうが、加吉にとっては、いい手がかりであった。

　連雀町は、目の前が八辻ヶ原と神田川で、須田町と多町にはさまれたせまい町である。調べも難しくはないだろう、と踏んでいた。

　案の定、加吉が連雀町に着いたときには、すぐ仲間の甚助が寄ってきて、

「わかりやしたぜ。ひょうたん野郎は、梅富士ってぇ置屋に出入りしているようで」

「置屋だと」

「へぇ、そこに、例の女と怪我をした野郎がいるようです。慈海を訪ねたのは、おそらくその梅富士の娘です」

　名をお比美といい、評判の美人らしい。

「そうか……」

　加吉は深くうなってから、

「もし、ひょうたん野郎が梅富士とつながっていて、見つけたとしても、やつは

恐ろしく強ぇ。いきなり襲いかかったとて、勝ち目はねぇだろう」

「ですね」

「だが、野郎の弱みを握ったらどうだ」

「弱みとは、なんです」

「その梅富士の娘だ。野郎は、その娘に懸想(けそう)しているかもしれねぇぞ」

「なるほど。ですが、その女はその女で、ひょうたん侍とは別の、のっぺり顔の用心棒がついてますぜ」

「いくら用心棒がいたところで、ずっと見張ってるわけでもあるめぇ。お比美って女が、ひとりで出かけたところを狙って……」

「かどわかすんですね」

「そうだ。野郎があわてて助けにくるに違ぇねぇ」

「なるほど、女を餌にしてやっつけると」

甚助は、満足顔を見せた。

「まぁ、そんなところだ」

加吉は薄ら笑いを見せる。

だが、ひとり首を傾げる仲間がいた。

「弥六(やろく)、なにか不服でもあるのかい」

甚助が問いつめる。

「いや、不服はねぇ……しかしなぁ、伝次の兄貴は、あのおかしな侍を連れてこいっていっていたんだ」

「だから、そいつを誘きだす算段をしているんじゃねぇかい」

「女をかどわかし、それを助けにきた野郎をひっつかまえるってんだろう。だが少し、話が面倒じゃねぇか」

すぐ侍を見つけなければいけないのではないか、といいたいらしい。

「たしかに伝次さんは、すぐ連れてこいといっていたが、そもそも、どこの誰なのかもわからねぇ。こんな策でも練らねぇと、うまくいかねぇだろうよ」

弥六の言い分にうなずきながらも、加吉は答えた。

「まぁ、そうかもしれねぇが、だったら、早く女をかどわかしたほうがいいんじゃありませんかい」

いますぐにでも襲ってしまおう、と弥六はいきりたつ。だが、加吉が答える前に、甚助が手を振った。

「それは危ねぇぜ。さっきもいったが、あの梅富士にも用心棒はいる」

「のっぺり顔のやつだろう。それほど腕が立つとは思えねぇがな」

「いや、そんな輩のほうが、かえって危ねぇかもしれねぇぞ」

ふたりの言いあいを聞いていた加吉だったが、甚助の意見に傾いたらしい。

ここは慎重にしなければいけねぇ、と加吉は弥六をとどめた。

「やはり念には念を入れ、お比美がひとりになったところを狙おう」

きっぱりといった加吉に、弥六も甚助もうなずく。

伝次の脅しも怖かったが、いきなり腕を斬られたばさ留のことを思うと、そうそう迂闊に動く気にはなれなかった。


「怪しいやつがうろついているんですよ」

お恒が珍しく源之丞の離れにやってきて、不安そうな顔を見せた。

梅富士の女中頭として手腕を振るっているお恒だが、近頃は不安な顔を見せることが増えた。どうやらそれを、源之丞に原因があると考えているらしい。

いまも、その不服を訴えにきているのだった。

「あんたは本来、用心棒でしょう。それなのにあんたが梅富士に来てから、お静さんも、娘のお比美さんも、危険な目に遭ってます」

「ははぁ……」

「そろそろ、あんたには辞めてもらいたいんですけどねぇ」

「ははぁ」

「そのとぼけた態度が、そもそも私は気に入らないんですよ」

「そういわれましてもねぇ」

生まれつきだ、といおうとして、源之丞は口をつぐんだ。そんな言葉は、お恒の気持ちを逆撫でするだけだろう。

「お恒さん、いろいろ申しわけないとは思いますが、いま気になる言葉をいいましたね」

「おや、どんな言葉です」

「怪しいやつがうろついている、といいました」

それそれ、その話だった、とお恒は思いだしたらしい。

「見かけない顔が、まわりをうろついているんですよ。行商人にも見えないし、あきらかにごろつきっぽい連中ですからねぇ」

「連中ということは、ひとりではないと」

何人か見た、とお恒は答える。

それは困った、と源之丞はつぶやいた。

お恒はなおも問うてくるが、源之丞は思案するふうで、それ以上は答えない。

源之丞の頭のなかには、千住の出来事が浮かんでいるのだった。

ごろつき連中が、果たしてお奈津を襲ったやつらなのかどうかは、わからない。

それでも、と源之丞は考える。

無関係とは思えず、狙いはおそらくお奈津だろう。

しかし、そこまで執拗に狙う裏には、なにか理由があるはずだ。

ふと、連中の狙いは平九郎なのではないか、と気がついた。平九郎は敵の片腕を斬り落としたという。本人やその仲間が恨みを晴らそうとしても、不思議ではない。

「わかりました。では、少し探ってみましょう」

「ということは、なにか覚えがあるんですね。でなければ気にしなくてもいい、というでしょう」

さすが、女中頭である。勘が鋭い、と源之丞は舌を巻いている。

お奈津の身体はすぐ回復したが、田助の傷はまだ全快とはいえない。それでもなんとか身体を動かせるまでには回復し、慈海のところを出て梅富士で療養につとめていた。

源之丞は、ふたたびお奈津から話を聞きだそうと、田助が横になっている部屋を訪ねた。

そばには、お奈津と晋助がいた。

源之丞を見ると、晋助がなにやら話がありそうな目つきをする。最近、なにか源之丞に対して不信感を抱いているようだが、果たしてその話だろうか。

「親分、その目はなにかありそうだな」

腹を探りあってもしかたがないので、源之丞はあえて直接尋ねてみた。

晋助が目で、外に出ませんか、と問いかける。

源之丞は、わかった、とうなずき、お奈津には、親分と話があるから、と晋助と一緒に梅富士から外に出た。

「それで親分、なんだろう」

「へぇ、じつは家永の旦那から聞いた話がありまして」

「ほう、また身を隠して、なにか調べる事案でもできたのかな」

「そうなんで……それが、どうもお奈津ちゃんたちともかかわりがありそうなんで、それを伝えておこうかと思いやしてね」

源之丞はうなずき返してから、その前に、と前置きして、梅富士のまわりをうろつく怪しげな連中の話をする。

晋助は、やはりという顔をして、

「お奈津ちゃんを襲ったやつらは、千住で悪さをする伝次という野郎の手下たちのようです」

伝次は、助郷の手助けを隠れ蓑にして、阿片を扱っているらしい。

少なくとも、家永やその上役たちは、そう推測しているという。

ひととおり話を聞き終えた源之丞は、おかしなところから、とんでもない鼠が出てきたものだ、とつぶやいた。

「平九郎という侍に片腕を落とされた野郎は、伝次の弟らしいんです」

晋助が付け加えた。

「となると、弟の仇、ということだろうな。腕を斬り落とされるほどの深手であれば、もしやするとすでに命を失っているやもしれぬ」

「お恒さんが見たという怪しい連中は、伝次の手下たちでしょうね」

「そう考えたほうがしっくりするのぉ」

源之丞はうなずき、

「そうなると、やはり狙いはお奈津ちゃんではなく、平九郎のほうであろうな」

「お奈津ちゃんの危険がまったく消えたわけではないでしょうがねぇ。その怪しい連中とやらを、片っ端からしょっぴきますか」

「いや、それはまだいい。そいつらを泳がせて、なにが目的なのか、はっきりさせよう」

晋助は、そうですね、と応じてから、

「平九郎というのは、いったい何者なんですかねぇ」

お奈津を助けてくれたのだから、感謝すべき相手なのだろうが、その素性はあきらかではない。天からおりてきたか、はたまた地から湧き出てきたのか……晋助はしきりに首を傾げた。

「それにしても、源之丞の旦那のまわりには、おかしな侍やら娘やらが集まってくるもんです」

「私も同じ思いだ」

苦笑しながら、源之丞は答えた。

「つまりは、旦那は普通でねぇ、なにかを抱えているてぇことですかね」

「おや、親分、なにやら含みのある言葉であるなぁ」

「いえ、ただの感想ですけどね」

七

平九郎は、お比美の顔を思い浮かべている。

どこぞで武家奉公をしていたというだけあって、あの物腰は優雅であり、やわらかでもあり、人を惹きつける力がある、と感じた。

「あのような娘が見合い相手ならいいのだがなぁ」

にやけながら、そんな言葉を吐いた。

いま、平九郎は、今戸橋(いまどばし)近くの真福寺(しんぷくじ)の庫裡(くり)で横になっている。

周囲をときどき小坊主たちが通りすぎていくが、誰も平九郎の存在を気にしていないのか、もしくは気づいてさえいないのか……。

腕枕をしながら、にやにやしているところに、女が近づいてきた。

その女は、旗指を掲げていた。見るからに辻占い師に見える。源之丞から占い代金をせしめた女であった。

「平九郎さま、梅富士を探ってきました。怪しい輩があたりをうろついていますが、ひとまず平穏のようです」

　占い師の女が笑いながら伝えると、平九郎は身体を起こして、

「おう、あのお比美という娘と源之丞が、どんな仲なのかはわかったのか」

「聞きこみをしたわけではありませんが……まぁ、なかなかにいい仲のようですねぇ」

「そうか……だからといって引くつもりはねぇよ」

「あの源之丞という男、ちょっと食わせ者ですよ」

「つぐみが感じたなら、そうなんだろうぜ」

　つぐみは、平九郎が密偵として使っている女忍びであった。もともとは甲賀の出らしいのだが、平九郎もその正体は知らない。忍びは、自分の出自を隠すものなのだ。

　平九郎が生まれ育ったのは、越前松平家である。

　もちろん、徳川将軍につらなる高貴な家柄だが、そのなかで平九郎は、幼いころから暴れ者、変わり者として有名だった。

　親や親族からなかば厄介者扱いされた平九郎は、その気性がおさまることを期待され、見合いの話が急がれた。

贅沢はいってられぬ、たとえ格の低い家の姫でもよい、といった事情で、真っ先に目をつけられたのが、なにを隠そう下野古川藩の姫……つまりはお比美だったのである。

だが、見合い話自体を嫌った平九郎は、たびたび屋敷を抜けだし、自由気ままに町場を歩きまわった。万が一のことがあっては困るといって、平九郎の警護につけられたのが、女忍びのつぐみなのであった。

「つぐみ……その源之丞とは何者だ」

「それがよくわかりません」

「わからぬとは、どういうことだ」

つぐみは、梅富士を探ると同時に、それとなく御用聞きの晋助も調べてみた。一緒にいる仲間のことを探れば、なにかわかるかもしれない、と考えたのだが、晋助自身も、どうやら源之丞の正体についてはつかめずにいるらしい。

「数日つけていたところ、あの御用聞きは源之丞に対して、なにやら疑いを抱いているように見えました」

目と態度でわかる、とつぐみは答えた。

どんな疑いだ、と平九郎は興味を持つ。

じつは、平九郎にも他人にはいえぬ秘密がある。もし源之丞にも他言できぬ秘密があるとしたら、境遇は己と似ているのかもしれん。

「もう少し調べてみないと、はっきりとはいえませんが」

そこまでつぐみはいうと、少し間を開けた。

「平九郎さまほどの身分とは異なりますが、おそらく、どこぞの大名若さまではないかと」

「本当か……その疑いはどこから来ているのだ。証はあるのか」

「いまのところ、証は見つけていません。ですが、私の目はたしかです」

「では、そのたしかな目で、お比美という娘の正体も探ってほしい」

「じつは、すでに調べております」

「やることが早いな」

「母親のほうから目星をつけました」

お比美は、武家奉公をしていた、と平九郎に語ったが、真実は違っているとつぐみは答える。

「武家奉公をしていたのは、母親のお静さんのほうです」

奉公先は、下野古川藩三万石　古川越後守高俊の下屋敷だったらしい。

「下野古川家……ほう、それはまた楽しい話になってきたではないか」

「はい、平九郎さまがお見合いをする相手……」

「……江戸では、おかしな出来事が起こるものだな」

平九郎は、ふふふ、と含み笑いを見せる。

「……これは楽しい、楽しいぞ、つぐみ」

にやにや笑いを見せる平九郎を、つぐみはじっと見つめている。

第二話　赤城の伝次

一

父の古川越後守を前にして、お比美は頬を膨らませている。

「そんな話は聞きたくありません。前にも聞かされましたが、断ったはずです」

「それが、なかなか……」

「なんです、なかなかとは」

それについては私からお話を、とにじり寄ってきた老侍がいた。

「爺……この縁談話は、おまえが先頭に立っているのか」

「姫さま。私がかかわりはじめたからには、否やは申されませんぞ」

この老侍は、名を栗原助左衛門（くりはらすけざえもん）という。そろそろ五十の声を聞こうというのに、いまだに家老として睨みをきかせているのだ。

三十近い息子がいるのに、いまだに家督も譲らずにいる。そんな助左衛門を見て、越後守は早く引退して息子に家督を譲れ、と勧めているのだが、

「あやつめはまだ若い」

と息子を認めようとしない。

頑固一徹で、一度いいだしたら引こうとはしない。つまり、この助左衛門がお比美の縁談を取り仕切っているのなら、簡単にはひっくり返せない、という意味になる。

お比美は天井を仰ぎながら、

「助左衛門。どうしていまさら、新しい縁談などを持ちこんだのだ」

「姫さまは、誤解なさっているやもしれぬませぬな。この縁談、私が持ちこんだものではありませんぞ。先方から打診された話ですから」

「その先方とは誰なのじゃ」

「姫さまは、越前松平家をご存じですかな」

「松平じゃと」

助左衛門は、さよう、と重々しくうなずいて、

「お見合い相手のおかたは、松平家……つまり徳川家とは近しい家の若さま。当

然、葵の御紋を許されている名門でいらっしゃいます」

鼻をひくひくさせながら、助左衛門は、自分が持ちこんだ話ではない、といいつつ、まるで己の手柄のように語る。

その姿を見ると、お比美は絶望に駆られる。

逆らおうとしても、助左衛門の気持ちを翻すには、天地をもひっくり返さねばなるまい。おそらく、それでも話は変わらないだろう。

「そのかたのお名前を申せ」

越後守は、お比美の顔色をうかがいながら、老家臣に話をうながす。

それだけの身分を持つ人物が古川家に入ってくるのであれば、当然、古川家の家格もあがるということになる。

「松平九郎忠明さまとおっしゃいます」

助左衛門がことさら厳かに答えた。その名を聞いたお比美は、どこかで聞いたような名だ、と首を傾げる。

「御年十九歳の、これからが楽しみな若さまだと思いませんか」

「まだ会ったこともないのに、わかるわけがなかろう」

機嫌の悪い声音で、お比美は答えた。

しかし、助左衛門はまったく忖度なしである。

「それに、私よりも年下ではないか」

「しもじもでは、姉さん女房は……」

「そんな話は関係ない。私がいやなのだ」

「おや、照れるとはお珍しい」

「誰が照れておるか。いやがっておるのではないか」

「はて、私にはそうは見えませんがなぁ」

なにをいってもしれっとした助左衛門の顔を見ていると、お比美は殴り倒したい気持ちに襲われる。

「とにかく、一度、お会いしてもらわねばなりません」

「逃げたらどうなる」

「そのときは、腹かっさばいて……」

「そんな老腹、かっさばいたところで、どうなるものか」

「誰が私の腹をかっさばくと申しましたか」

「なんだと」

問いかけたのは、越後守である。その顔は驚愕に震えている。

「まさか、私に腹を切れとはいわぬであろうな」

「そのまさかでございますぞ。なにしろお相手は、松平家の若さま。葵の御紋を許されたおかたですからなぁ。そのようなかたを蹴飛ばしたとしたら、どうなるか、殿がいちばんご存じかと推察いたしますが、いかが」

「ううむ」

返答ができずに、古川越後守はうなり続けていたが、

「姫……どうじゃ、一度だけでよいからお会いしてみてはどうだ」

「いやです。一度でも二度でも、半分でも見合いなどしたくありません」

「そんなに、佐和島の若がよいのか。それともすでに、わりない仲にまで進んでいるというのか」

「父上、なにをおっしゃるんです。おふざけもいいかげんにしてください」

お比美の顔が真っ赤になった。

「あいや、それはすまぬ。つい口が滑ってしもうたわ。これも、助左衛門、おまえのせいだぞ」

「私は、なにもいうておりません。姫さまの素行を疑ったのは、殿のほうです」

これまたしれっとした顔で、助左衛門はいい放ち、

「いずれにしても、日取りを決めねばなりません。そのときはまたご相談にうかがいますゆえ、ゆめゆめ反故になどいたしませぬようにお願いしますぞ。でなければ、腹かっさばいていただきます」

最後は、にやりとしたまま立ちあがった。

助左衛門がその場から離れたのを確認して、越後守はお比美を見つめる。

「どうだ、一度だけでも……」

「いやです。断るつもりでお屋敷に戻ってきたのですが、無意味でした」

深いため息をつく越後守を睨みながら、お比美は、梅富士に帰ります、と畳を蹴るほどに勢いをつけて立ちあがった。


梅富士に戻ったお比美は、すぐ源之丞に会おうとするが、いったん冷静になろうとその気持ちを押し止める。

一度見合いの話をした際、源之丞は、たいして気にしていなかった。そんな態度に対する不満もあるが、じつは別の話もしたかったのだ。

助左衛門から聞かされた見合い相手の名前が、どうにも引っかかっていた。

源之丞に話をする前に、違和感を確かめてみることにした。

「松平九郎忠明さま……」

名前をつぶやき、次に、紙にその名を書いてみると、

「これは……」

まさに、平九郎の名が浮かんできたではないか。

「あのふくべ侍が、松平九郎忠明さま……あのおかしな男が、私の見合い相手なのか」

にわかには信じられる話ではなかった。

「しかし……」

お比美は思いだす。小さなふくべには蜂蜜が入っている、と源之丞は看破した。蜂蜜は、将軍家に献上されるほど貴重な品だ。それをあの平九郎は持ち運んでいる。普通なら、考えられない行為である。

そして、松平九郎忠明という名に隠された秘密。

一見、乱暴者のように見えるが、そこはかとない気品も感じられるたたずまいは、なるほど、たしかにただの浪人ではないと、お比美や源之丞に感じさせるだけの力があった。

それらの断片を合わせると、

「しかし、待てよ。これはひょっとしたら楽しいことになるやもしれんぞ」

平九郎がお比美を、古川家の姫と気がついているとは思えない。夢にも考えてはおらぬであろう。

「そこを見越して楽しんでみるか……」

身分を隠して見合いをして、驚かせてみようかと思案するが、

「いや、それより、もっと楽しめる方策がある……」

思いついた策に、お比美は手を叩きたい気分となった。


平九郎は、ときどき梅富士を訪ねてきているらしい。お奈津や田助のその後を気にしているのだろうと考えていたのだが、お奈津にいわせると、それは表向きだ、という。

「どういうことか」

「お比美さんは気がついていませんか」

「なにをだ」

「平九郎さんは、お比美さんに会いたくて梅富士を訪ねているんですよ」

「そんな馬鹿なことはあるまい」

「お比美さんには、源之丞さんという人がいますからね。平九郎さんがどんなに逆立ちしようが、かんかんのうを踊ろうが、無駄ですよ、と伝えておきました」

「かんかんのう、とは……」

笑うところなのか、とお比美が顔をほころばせると、お奈津は声をひそめて、

「なんとなく聞かされたのですが、平九郎さんは近頃、見合いをせねばならぬのだ、と愚痴っておりました」

「ほほう。で、どんな気持ちだというておったのだ」

「はい。いまは見合いなどする気はない、と申されまして、まわりがうるさくてかなわぬ、ともおっしゃっていました」

「ほほう……そうか、そうであったか」

嬉しそうにするお比美を見つめて、お奈津は不審な表情を浮かべた。

「お比美さん、平九郎さんの話を楽しそうに聞きますねぇ」

「そうであろうか」

はい、とお奈津は答えた。

お比美にしてみれば、自分の推測が当たっているという確信がますます強くなり、それで喜んだのだが、お奈津にくわしく説明するわけにもいかない。

「そんなことより、お奈津さんの身体はどうなのです」

「私は、怪我をしたわけではありませんからね。もう大丈夫です」

「それなら晋助親分も安心しておるであろうなぁ」

お奈津は、はい、と嬉しそうに笑みを浮かべる。

「近頃、私もひとりで暮らしを立ててみたいと思ってたんです。なにげなく晋助親分に相談してみたら、佐久間町(さくまちょう)にいい空き家があると教えていただきました。親分に、一緒に住みませんか、と誘っているところです」

最後は、けたけたと笑う。

その屈託のなさに、お比美は羨ましさを感じている。以前は、源之丞とも他愛のない会話を交わしながら、晴れやかな気持ちになっていたものだ。

ところが近頃、お比美は源之丞の気持ちがつかめずにいる。

「それもこれも、見合いを反対しなかったからに違いない」

そのように、決定づけていたのだった。

しかし……。

本当にそれだけが原因なのだろうか。ほかになにか、きっかけがあったのではないか。

お比美は、自分で自分の気持ちをもてあましていた。

「少し無茶でもしてみたら、このもやもやから脱皮できるかもしれんな」

平九郎に近づき、それを確かめようと、お比美は心に決めていたのである。

つまり、自分の身分を明かさずに、見合いもせずに、近づくことはできぬだろうか、と策をめぐらしたのだった。

二

伝次は、加吉を呼びつけていた。弟のばさ留はかろうじて生きているものの、ますます顔色は悪くなり、もはや風前の灯のように見えた。

「やい、加吉、てめぇがいながら、なにやってるんだい」

加吉は、あの侍についてはまったく手がかりがなく、探索も行き詰まっている、と答えた。

「なんだと。手がかりなんざなくても、探しようはあるだろう」

「そこで、少し策を練りました」

「策だと。悠長なことをやってたら、てめぇの耳と鼻は削ぎ落とされるぜ」

「まぁ、待ってください」

あの侍が懸想している女がいるから、そこを足がかりにして野郎を誘きだす作戦だ、と伝えた。

伝次は黙って話を聞いていたが、途中から身を乗りだしはじめる。

「おう、なかなか、おもしれぇ話じゃねぇかい。で、そのお比美とかいう女が、ひとりになるときはあるのかい」

「こうしているいまも、甚助と弥六が見張ってますから、うまい機会が見つかれば連絡が来ます」

「よし、おれも一緒に行こう」

「待ってください。親分が町中を歩きまわったら、目立ってしかたがねぇ」

「ちっ、そういわれちゃ、しょうがねぇなぁ」

残念がる伝次の前に、若い男が近づいてきた。

「なんだ、権八(ごんぱち)。こんなところに来たらいけねぇと、いつもいっているだろう。おめぇはちゃんと部屋で、問題が起きねぇように見張ってろ」

「留の兄貴がどうなったか、気になったんだ」

まだ幼さが残る顔つきで、権八は聞いた。権八は、伝次、留助のいちばん下で、腹違いの弟である。

「あぁ、まだ死んじゃぁいねぇよ」

「兄貴の敵討ちに、おれも加えてくれ」

「おめぇは、そんなことは心配するな。とにかくあの部屋が奉行所にばれねぇようにするんだ。客のなかには、口の軽いやつがいるからな」

「そんなやつには、命はねぇものと思えって、いつも脅してあるから心配はいらねぇよ」

「中毒になった連中のいうことなんざ、信用するんじゃねぇ。あいつらは、人のくずだからな」

「わかっていらぁ。あんな格好を見ていると、間違っても阿片なんかに手は出したくねぇと思うぜ」

「馬鹿野郎、口に出すんじゃねぇよ」

伝次の鉄拳が、権八の顎にぶち当たった。のけぞった権八は、その場で昏倒する。用心深い伝次は、いついかなるときでも、手下が「阿片」と口にすることを禁じていた。

加吉がすぐ権八の身体を受け止めて、その場に寝かせた。実の弟だろうがなんだろうが、気に入らねぇ相手に容赦はしない。加吉たちがどじを踏んだら、もっとひでぇ目に遭わされるのは、目に見えている。

「甘やかされて育ったから、こんな馬鹿になったんだ」

どう返事をしていいのかわからず、加吉は口をつぐんでいる。

「よし、加吉。その女を首尾よくかどわかすことができたら、褒美をやるぜ」

「それはありがてぇ」

一応、頭はさげたが、いままで似たような科白を何度聞かされたことか。一度として、その言葉を実践してくれたことはない。

とにかく女を見張ります、といって、加吉は伝次と別れていった。

伝次は、昏倒中の権八の腹を蹴飛ばす。

「やい、起きろ、馬鹿。起きるんだよ」

うめき声があがって、権八はふらふらしながら起きあがった。

「なんでぇ、ここまでやることはねぇだろう」

「やかましい。ちょっと部屋を見にいくぞ」

「来てくれるんかい。それはありがてぇ。近頃、人のくずが増えて、おれのいうことを聞かねぇやつらが増えたんだ。だからこのあたりで一度、締めておいたほうがいいと思っていたんだ」

「おめぇにあの部屋をまかせるようになって、もう一年は経つんだ。早く一本立ちしねぇとなぁ」

「わかっているぜ。だけどなぁ、いままでは、兄貴のその腕力と迫力がものをいってきたんだ。おれの力が届くようになるまでには、けっこう年月がかかりそうだぜ」

「馬鹿野郎、また鉄拳喰らいてぇのか。もっと性根を据えて仕事するんだよ」

わかった、と権八はわずかに腰を引く。

「逃げるんじゃねぇ。いまから、あそこに行くぞ」

「不安でもあるのかい」

あぁ、不安だらけだ、と伝次は顔を歪ませる。

「おまえが弟でなかったら、とっくにその首をへし折っているぜ」

「ち……そらぁ、兄貴にくらべたらおれは馬鹿だけど」

不服そうにしながらも、権八は伝次の露払いでもする気になっているようであった。

「駕籠を呼べ」

伝次の指示に、若い連中がすぐ外に飛びだした。

駕籠に乗った伝次を、権八は走って追いかける。案外と健脚で、駕籠屋の足にも負けず、日光街道を通りすぎ、浅茅が原に着く。

駕籠は、そのまま大川をくだり、途中、都鳥(みやこどり)の鳴き声を聴きながら、今戸橋を渡って、花川戸(はなかわど)の通りに入った。

駕籠が止まった。

すぐそばには、こんもりとした待乳山聖天(まっちやましょうてん)様の本殿へとあがる階段が見えている。

伝次と権八は、聖天様の裏側に歩いていった。

このあたりは、のちに猿若町(さるわかちょう)と名も変わり、森田座、中村座、市村座と大芝居を開く江戸三座が控えて、人通りも多くなるのだが、いまは文政(ぶんせい)年間。まだ、人があふれるような町筋ではない。

ふたりは、山谷堀(さんやぼり)から続く掘割(ほりわり)を東に向かい、小さな稲荷神社の手前で足を止めた。

「兄貴、どうしたんだい」

「まわりをよく見てからにするんだ」

「なるほど」

「おめぇは、そうやって注意がねぇから、問題を起こすんだ」

伝次は周囲を見まわしてから、稲荷神社の鳥居をくぐった。そのあたりは草がぼうぼうに生えいていて、境内にもほとんど参拝客は来ない。

鳥居から数間進むと、小さな小屋があった。外から見れば、なんの変哲もない道具小屋のようにしか思えない。

伝次と権八は、小屋のなかに足を踏み入れる。

戸を締めると、床に目を向けた。

権八は、手慣れた調子で床の一部に手を伸ばした。そこには、茣蓙が敷かれてあった。それを取りのぞくと、床に指二本ほど引っかける穴が空いていた。

それを持ちあげると、下に伸びた階段が現れる。

権八が先におり、伝次が続く。

おりきると、上から見ただけでは思いも寄らないような広さがあった。二十畳はあるだろう。壁際には布団が敷かれていて、大勢が寝転がるという異様な光景が広がっていたのである。

壁際の布団に寝転がっている者たちは、一様に煙管から煙を吐きだしている。

「くせぇな」

伝次が鼻をつまんでから、部屋の中心に向かった。

寝転がっている者たちが、いっせいに伝次に目を飛ばしたが、その目はどろんとしていて、どこを見ているのかわからない。

「権八、見ろ、このくずどもの目つきを」

「だけど、そうさせているのは兄貴だぜ」

「あぁ、くずどもをねたにして、稼いでいるんだからな。この世は馬鹿とくずを利用すると、大儲けできるってぇわけよ」

「兄貴は頭がいいからな」

「あぁ、そうだ。おれは頭がいいんだ」

ふたりは、馬鹿笑いを見せる。それでも、寝転がった者たちは、どんよりとした目を、ちらりと向けるだけである。

「それにしても、本当に阿片中毒は怖ぇぜ」

権八が、心底恐ろしそうに声を震わせた。

「いいか。ここでは阿片の名を出してもいいが、一歩外に出たら、絶対に口にするんじゃねぇぞ」

「わかった。外では口に出さねぇ。わかったぜ、兄貴」

「あぁ、おめぇは馬鹿だから、すぐ調子に乗る。気をつけるんだ」

「本当におれは馬鹿だからなぁ。兄貴みてぇに頭がよくねぇんだ。どうして兄弟で、こんなにできが違うんだろうなぁ」

「それはおめぇの母親が……まぁ、そんなことはいい」

言葉を切った伝次は、客たちの顔を見まわした。

「今日はまだ来ていねぇのかい」

「三本木(さんぼんぎ)さんなら、まだだぜ。いつも来るのは、酉の下刻を過ぎてからだ」

「ひさびさに顔を見にきたんだ、待っていよう」

伝次はつぶやいた。

三本木というのは、ここに阿片を運んでくる男である。阿片で金を儲けようと考えたのは、三本木との出会いがきっかけだった。

「伝次さんよ、つがるに行ったことはあるかい」

今戸の賭場で、そう声をかけられたのは、いまから三年前の話である。

まだ、助郷の助けなどをはじめる前、上州から千住の宿場まで流れてきたばかりのころである。

右も左もわからずに、持ち前の力と身体の大きさだけで、伝次は界隈で暴れまわっていた。

だが、金に不自由しない権力者などではなく、盛り場にいる大勢の乱暴者のなかのひとりであった。

賭場でさんざんに負けがこみ、不機嫌になっていた伝次は、津軽なんざ行ったことはねぇ、とぞんざいに答えた。

「ふっ……おめぇさん、つがるってのは、別の意味もあるって知らねぇのかい」

「なんだと……」

問われて思いだした。つがるとは、阿片の別称である。なぜそんな呼ばれ方をしているのか、伝次は知る由もないが、

「おめえ、そんな危ねぇ話を、どうしてしてくるんだい」

「あぁ、なにかでけぇことをやりそうな人相だと見たからだ」

「人相だと……そんなもの、あてにできるか。うさんくせぇ。そんなことより、だいたいあんたはどこの誰なんだ」

男は三本木と名乗り、以前は長崎奉行所で使用人として働いていた、と鼻を鳴らしたのであった。

三

三本木は、前歯が数本ない。笑うと、ぬひぬひとおかしな音が漏れてくる。気持ちが悪くなって聞いてみると、

「これは、阿片のせいで抜けてしまったんだ」

と笑った。その話が本当なのかどうか、伝次には判断する術はない。あたりまえだが、阿片を吸ったことなどない。

「どうだい、一回やってみるか」

「阿片なんざ、かかわりたくはねぇ。あっちに行ってくれ。ツキが逃げる」

「いま、あんたに賭場のツキはねぇよ。さっきから、丁半が逆さまになっているじゃねぇかい」

たしかに運からは見放されていると感じていた。

こんなときは、少し間を置いたほうがいい。だからといって、阿片の話なんぞ聞いてもしかたがねぇ、と思っているが、少なくともひまつぶしにはなる。

「だがなぁ、どうしてあんたが、ご禁制の阿片を持っているんだい」

「ふ、それはな」

三本木は、よく聞いてくれた、とでもいいたそうに鼻を鳴らして、

「おれは以前、長崎奉行所で働いていたといったな」

「あぁ、そういった。それがどうしたんだい」

「長崎には、出島がある。そこには、外の国からいろんなご禁制が持ちこまれるんだ」

「あぁ、そうだろうよ」

「そのなかには、もちろん阿片もある。清国やら、もっと海の向こうから、いろんな薬が入ってくるんだ」

「それが、薬種問屋(やくしゅどんや)で売られているんだろう」

「役に立つ薬ならな。ところが、阿片のようなやつはどうなると思う」

「そらぁ、取りあげられてしまうんだろうよ」

「取りあげられた阿片は、どうなると思う」

「そんなことは知らねぇ」

「ふ……おれが、それを集めてな……」

「なんだって。おめぇさんが集めていたってぇのかい」

「奉行所のお偉方には気がつかれねぇようにな、押収した阿片を少しずつ手に入れて、いまじゃ、三本の樽にあふれかえっているんだぜ」

「だから、三本木という名前なのかい」

「馬鹿いえ、それは本当の名前だ」

不愉快そうに、三本木は鼻を鳴らした。先祖は侍だったが、なにか不都合を起こして所払いを食ったらしい。

「それも、藩が使っている金蔵から、ときどきちょろまかしていたらしい。その先祖の血が濃くなって、おれに出てきたのかもしれねぇ」

嬉しそうに三本木は笑った。

「だからといって、阿片を扱いたくはねぇなぁ。ばれたら首が地面から離れてしまうぜ」

「そうならねぇように、頭を使うのよ」

「そらぁ、頭は使うためにあるってぇからな。だけど、あんたにはその算段ができるのかい」

「あぁ、いいことを考えているんだ。もしあんたが付き合ってくれるなら、ばらしてもいいんだがな。だけどな、一度聞いたら後戻りはできねぇぜ。断ったら、それこそあんたの首は地面から離れていると思いねぇよ」

最後は、どすのきいた声音だった。

おそらくこの三本木という野郎は、以前に人を殺したことがあるのだろう。冷めた目で、伝次は三本木の顔を見つめた。

たしかに、平気で人を殺せる目つきだった。

「どうだい、その気になってきたかい」

三本木が催促をする。

「まだだ。だが、気持ちは動いている」

「へへへ、そうこなくちゃなぁ。どうだい、近づきの印にそのへんで、ちょいと一杯」

「酒は飲まねぇ」

「なんだって、おめぇ、下戸かい。そうかい。その身体でなぁ」

「酒は、頭を悪くするし、身体も悪くする。だから飲まねぇ」

「へぇ、じゃぁ酒なしでもいいから、ちと楽しい場所に連れていってやるぜ。どうせ、ツキから見放されているんだしな」

三本木は、歯のない口を震わせて笑った。

伝次は、少し考える。

こんなおかしな野郎についていって、いいものかどうか。上州から日光街道をのぼってきたばかりだ。まわりに頼りになる知りあいもいない。

生まれ故郷では、体格のおかげでまわりから一目置かれていたが、この千住宿では、たいした効果はないだろう。図体がでかいだけの男なら、いくらでもいるからだ。

阿片という言葉は気に入らねぇが……平気で人を殺せるようなやつとなら、親しくなっても損はねぇだろう。

伝次はそう結論づけた。

「わかった。おれはまだこの界隈には明るくねぇから、連れていってくれ」

「そうこなくっちゃな」

ひひひ、と三本木は歯抜けの笑いを見せた。

そして……。

そのとき連れてこられた場所が、この地下室だったのである。

最初、この部屋でなにが起きているのか、伝次の頭は混乱した。地下室に入ったとたんに、淫靡で猥雑な臭気に気持ちが悪くなった。

「そんな顔するない。ここはおれが抱えている阿片窟だ」

「阿片窟……」

「あぁ、みんな寝転がりながら。阿片を吸っているんだ。見てみろ、みんな陶酔した目つきだろう。あぁやってな、みんな天竺にあるっていう極楽で遊んでいるんだぜ」

答えられずにいる伝次に、三本木はなおも付け加えた。

「あぁやって阿片を吸いながら女と楽しむってぇのが、ここに来ている連中の目的のひとつよ。なかには、阿片だけでいいって男もいるがな」

よく見ると、部屋の角々に一枚の襖が設えてあった。その奥に隠し部屋があるのだろう。阿片で頭がおかしくなった男と女が向かう場所らしい。

なおも三本木がしゃべり続けていると、そばに女が寄ってきた。

「おう、お洋さん。今日は誰を連れてきてくれたんだい」

「三本木の旦那。いいお得意になりそうな人を連れてきましたよ」

お洋と呼ばれた女を、伝次は見つめた。

黒羽織を着ているところを見ると、辰巳芸者らしい。

きりっと結いあげた髷に、銀の簪が揺れている。手のひらを舞うように動かしながら、三本木の胸に手をあてておお愛想を謳っている。

――いい女だ……。

つい視線が固まってしまった。

伝次の目に、お洋も気がついたのか、笑みを返してきた。

「三本木の旦那、こちらさまは」

お洋の問いに、三本木は答えた。

「あぁ、これから一緒に、ここを大きくしてくれる伝次さんてぇ人だ。赤城のほうでは鳴らしていたらしいからな。これから部屋もここだけではなく、よそにも作りてぇ。それを手伝ってくれるんだ」

そんな話は、はじめて聞いた。だが、伝次は否定をする言葉を失っていた。

「それは、心強いお味方ができましたねぇ。お洋といいます、お見知りおきを」

ちろりと舌を見せながら、お洋は伝次を見つめた。

あきらかに誘惑の目つきだった。

四

梅富士の庭では、お比美が箒を使っている。

その姿を見ると、いつものお比美であり、いつもの中庭である。しかし、普段と異なるところがある。

梅富士に変わりがなければそこには源之丞がいるはずだが、今日はお比美ひとりである。

近頃、源之丞とお比美の間がなにやら不穏な空気に包まれていると、お静とお恒は感じていた。

お静は心配しているのだが、お恒はふたりは一緒にいないほうがいい、という。

源之丞は用心棒の役目を果たしていない。それどころか、源之丞が梅富士に入りこんできてから、おかしな事件に巻きこまれる回数が増えた。

お恒はそういって怒り狂っているのである。

しかし、その裏には、大名家の姫と若さまだという秘密が隠れているため、公にできない事情があるのだが、もちろんのことお恒に話すわけにはいかず、お静には忸怩たるものがあった。

「そういえば、あの病人たちはどうしたんです」

お恒が聞いた。ふたりを連れてきたのは、源之丞だろうと不満を抱えていたらしい。

「お奈津ちゃんと田助さんなら、晋助親分の口利きで、佐久間町のしもた屋に移りましたよ」

「それはよかった。あのふたりも源之丞と同じく、貧乏神の匂いがぷんぷんしてましたからねぇ」

お奈津は以前にも、梅富士に来たことがある。

周囲の者は知らないが、羽州出羽桜田藩の姫、お栄の妹だと、お静は聞いていた。ゆえにお奈津も大名家の姫であり、田助はその供なのだろう。

千住の宿で暴漢に襲われたという説明は受けたが、お静もくわしいことは知らない。

当然、お恒はもっとわかってないだろう。自分なりに梅富士を守ろうとしているのだろうが、ときとして見当違いがはじまる。

「まぁまぁ、お恒さん、そこまで源之丞さんたちを疑っては可哀相ですよ」

「お静さんがそんな甘い顔を見せるからいけないいんです。ここはびしっと、けじめをつけなければいけません」

「けじめとは、なんです」

「源之丞さんには、用心棒を辞めていただきます」

「まぁ」

「だって、ほとんど役に立っていないじゃないですか。そんな人に用心棒面をされていたのでは、世間の笑いものになってしまいます」

「そこまでいわなくても」

「はっきりさせなければいけないときは、はっきりさせましょう」

「そういえば、源之丞さんは、どこにいるんでしょう。姿が見えませんねぇ」

お静が首を傾げる。

「なに、どうせまた、どこぞの矢場あたりで遊んでいるんでしょうよ」

「おや、馴染みの矢場があるんですか」

「……推量したまでですから、わかりません」

呆れ顔で、お静はお恒にいった。

「お恒さん、あまり思いつきで人をけなしてはいけませんよ」

「……すみません、つい、口が滑りました」

本人も、言いすぎたと感じたのであろう、お恒はばつの悪そうな顔つきで、お静に頭をさげた。

お比美は、こんなふたりの会話を立ち聞きしていた。

機嫌の悪いときのお恒には、どんな言葉をかけても、嫌味や皮肉が返ってくるだけである。ましてや、源之丞に関する内容には、触れないほうがいい。

そう思って、お比美は会話には参加せずにいたのである。

たしかに、源之丞はどこにいるのか。

才蔵に変身して夜まわりに出ているのかもしれないが、昼は梅富士にいるはずだ。どこかに出かけるときは、いままでならお比美に声をかけていく。

「本当に矢場にでも行っているのだろうか」

まさかとは思うが、そういえば晋助も以前のように顔を見せなくなっている。

「ふたりで、なにか企んでいるのか……」

つい、そんな疑いを持ってしまう。

もし、そうだとしたら、またお比美だけが蚊帳の外に置かれてしまう。いい気分ではない。

源之丞は以前、お比美の安全のため、危険な話には引きこみたくないのだ、と説明していた。

――その特別扱いが気に入らぬ。なぜ、それに気がつかぬのか。

梅富士にいる間は、古川家の姫ではない。ただの置屋の娘で、まわりにいる町娘と同じだと思っているのだが、源之丞はそうは考えていないらしい。

「ひとりの女としては見られてはおらぬ……」

近頃、源之丞に対する不満がどこにあるのか、判明したような気がする。

「私は、籠の鳥にはなりたくないのだ」

そのために、古川家の屋敷から抜けだして、連雀町で暮らしているのではないか。真綿で包まれた赤子のような扱いをされたのでは、不満が溜まっていくだけである。

「お比美さん、どうしたんだい」

「え……」

声の主は、源之丞ではなかった。そこに立っていたのは、大小二個のふくべをぶらさげた平九郎だった。目だけではなく、全身で微笑んでいるように見えるのは、なぜなのだろう。

「平九郎さん……お奈津ちゃんや田助は、佐久間町にいますよ」

松平の御曹司を前にしては、お比美も居丈高な態度は取れない。思わず、ていねいな言葉で応対をする。

「おやぁ、あの生意気そうな町方や用心棒の前とは、また違った言葉遣いとはおもしろいものだ」

「いつでも偉そうにしているわけではありません。親分たちが、勝手に私を姫さまと呼んでいるだけですから」

「そうなのか」

「そうです。お奈津ちゃんも元気になりましたから、ご安心を」

「その話は聞いてるよ。まぁ、元気になってよかったのだが、私が会いたいのは、お奈津ちゃんでも田助でもねぇからなぁ」

声音の涼やかさは、伝法な言葉をやわらげる力を持っている、
少しの間、源之丞から離れて、この平九郎さんと付き合ってみても楽しいかもしれない。

お比美は、ふっと笑みを浮かべて、

「平九郎さん、お見合いをするそうですねぇ」

「おや、ついお奈津ちゃんに愚痴った話が、筒抜けていましたか」

「相手のお嬢さんは、どんなおかたなのです」

「まぁ、どこぞのおたふく女でしょうよ。そんな女とお見合いなどする気持ちはねぇんだ。だけど、まわりがうるせぇ。だから困ってるところよ」

「相手の娘さんは、おたふくなんですか」

「見たことも会ったこともねぇよ。だけど、そうに違ぇねぇ」

「どうしてそう思うんです」

「わかるんだ。千里眼じゃねぇが、お見合いなんぞに出てくるような娘の相場は、おたふくと決まっている」

――私はおたふくか……。

お比美は、思わず笑みを浮かべた。

おう、と平九郎は嬉しそうに、お比美の微笑みを見つめる。

「その笑顔、その美しさ。やはり、お比美さんの笑顔は日の本一だぜ」

「まぁ、おだてってはいけません」

そう答えはしたが、もちろん悪い気はしない。むしろ、嬉しさで心はいっぱいになる。源之丞がいたらつい比較して、嫌味のひとつでもいってしまうところだろう。

「じつは」

お比美は微笑みを見せながら、平九郎に語りかけた。

「なんです。困っていることがあるなら、なんでも相談してくれ。このおれが、あっという間に解決してあげよう」

「できますか」

「この私に刃が立たぬ物事はいっさいないのだ」

「まぁ、それは頼もしいことで」

「そうであろう。そうなのだ。だから、お比美さんが抱えている問題など、おちゃのこさいさいなんだよ」

「おちゃのこさいさい、ですかねぇ」

「話してみたらわかるだろうよ」

では、とお比美は決心する。

「じつは……私もお見合いを押しつけられているのです」

「おやおや」

「平九郎さんと同じで、私もお見合いなどいっさいしたくありません。それに、お見合いなどにのこのこと出てくるような輩は、ひょっとこに違いありませんからねぇ」

「おう、ひょっとこ男とは、これはまた手厳しい」

「もちろん会ったこともなければ、顔を見たこともありません。だけど、私にはわかります、ひょっとこ男に違いありません」

「ははぁ……」

平九郎は、なぜか複雑な顔つきになる。

その目には、おかしな話になってきたぞ、とでもいいたそうな雰囲気があふれていた。その目を見て、お比美は確信する。

――やはり私のお見合い相手、松平九郎忠明さまは、目の前にいるこの平九郎さんに違いない。

その推測に、揺るぎはなかった。

しかし……。

平九郎の目つきは、さらに摩訶不思議な光を放ちだした。

なぜ、そんな視線を私に向けるのだ。

——あっ……このおかたは、私の正体に気がついている……。

まさか、とは思うが、お比美自身が平九郎の素性を推量したと同じように、お比美こと梅富士の娘が古川家の比美子姫だとばれていても不思議ではない。

松平家なら、探りだす力は持っているだろう。お見合いを計画するとなれば、対する藩の内実や背景を探るために、御庭番（おにわばん）たちが暗躍（あんやく）するのは当然の話なのである。

この際、お比美は問いつめてみようかとも考えたが、口に出た言葉はまったく異なっていた。

「平九郎さん、どうです。ふたりでお見合いを、吹っ飛ばしてしまいませんか」

「吹っ飛ばすとは……お見合い会場に火でもつけてしまおうってのかい」

「まさか、そんなことをしたら、お縄になってしまいますよ」

「それは困るな。小伝馬町（こでんまちょう）などには縁がないほうがいい」

「お見合いの日を、しらばっくれてしまうのです」

「しらばっくれるとは、行かねぇってことかい」

お比美は、そうです、と笑いながら答えた。

「それはいいが……同じお見合い会場というわけではあるまい……」

「どうでもいいのです、そんなことは」

もし本当に平九郎が越後松平の御曹司なら、ふたりともお見合い会場には姿を見せぬことになる。おそらく、前代未聞の出来事になることだろう。

平九郎もお比美もお見合い場に姿を見せないとわかったときの助左衛門の焦りと怒りを想像して、笑いが止まらなくなってしまった。

「なにやら楽しそうだが」

「はい、したくもないお見合いを吹っ飛ばすことができると考えたら、こんな楽しい話はない、と思いました」

「なるほど、ならばふたりで、お見合いを足蹴にしよう。私はおたふくから逃げて、お比美さんは、ひょっとこ野郎から逃げられるってぇ寸法だ」

「はい。なにやら楽しくなってきました」

ひさびさに心から笑えそうだ、とお比美はしばらくぶりの興奮を楽しむ。

しかしそのとき……。

生け垣の外から、梅富士の中庭を探っているふたりの男がいた。お比美も、平九郎も会話に気持ちが奪われ、その事実に気がついていなかったのである。

五

そのころ、源之丞は梅富士どころか、江戸府内にもいなかった。

千住宿に来ていたのである。

どうしてそんな話になったのか……。

それは、二日前にさかのぼる。

その日、源之丞は晋助に、千住でなにやら不穏な動きがある、という最新の報告を聞いた。いよいよ、伝次一家がなりふりかまわず蠢きだしたらしい。

晋助と別れた源之丞が、柳原土手を歩いていたときである。

「旦那、旦那……」

土手下から声が聞こえた。

神田川の河原で、こもかぶりをした物乞いが、源之丞に声をかけているようであった。

辻占から声をかけられ、代金を騙し取られた源之丞としては、苦笑しながら土手の下に目を向ける。

物乞いは、おいでおいでと手招きをしている。

「なんだ……」

源之丞はすぐに、その物乞いが家永の変装だと気がついた。薄ら笑いながら土手をおり、こもかぶりの格好をした家永の前に立った。

「今度は、誰のところに潜入するんです」

周囲に聞き耳を立てるような輩がいないと確認してから、源之丞は問うた。

「じつは、千住に行きてぇ」

家永は、いかにも物乞いがするように手を出しながら答えた。土手上から見ている者がいても、怪しまれはしないだろう。

「ここは千住とは思えぬが」

「これから行くんですよ。その前に、ちとお願いがありましてね」

一瞬、同心の厳しい目つきになると、家永はいった。

「源之丞さんにも手伝ってもらいてぇんだが」

「私も物乞いに化けて、誰かに近づくというのかな」

「そんなことは頼めねぇ。危険すぎるからなぁ」

「では、私になにをしてほしいというのです」

家永は声をひそめながら、喧嘩相手になってもらいてぇ、と答えた。

「喧嘩相手とはまた珍しい」

「誰と喧嘩をしてもいいんだが、どうせなら気の合った人と喧嘩をしてぇ。といっても、あまりに下手に演じられると、ばれちまう」

「見せ物小屋で裸の女たちが、偽の取っ組みあいをするようなものか」

女同士が喧嘩をしていると見せて、じつは裸の女が転がったり、半裸になったりする卑猥な演物がある。

そんなもんだ、と家永は苦笑いを浮かべながら、喧嘩の理由を説明した。それを聞いた源之丞は、うなずきながら、

「ははぁ、つまりは赤城の伝次に取り入りたい、というわけであるな」

「赤城の伝次は、助郷という職業柄、近在の百姓たちには評判がいい。だが、裏にまわったら、阿片を使って大儲けをしている。ここらへんは晋助から聞いてますよね」

「おおまかなところは。それにしても阿片とは、そうそう簡単に手に入るような代物ではあるまいに」

「さぁ、そこがわからねぇ。大店の主人や参勤交代で江戸にやってくる侍、なか

には、旗本、御大身とけっこうな身分ある連中まで客になっているという噂があるのだが、尻尾をなかなか出さねぇ。どこから仕入れているのか、その出処はいまだわからねぇのよ」

「なるほど、それを探ろうと……」

「どうやら、今戸の賭場に出入りしている女が、かかわっているらしい。そこまでは小者たちの調べで判明したんだが、肝心な阿片まわりのことがさっぱりだ」

「阿片を流しているとしたら、阿片窟ではないのか」

「でしょうな。その場所を探りだすのが、今度の仕事ってわけです」

阿片がかかわると、自分まで阿片中毒に陥ってしまう危険もはらんでいる。

「そこは気をつけてぇ、と思っているんだが……」

「もし正体がばれたら、おそらく強制的に中毒にさせられてしまうぞ」

「覚悟のうえ、といいてぇが……できれば、そんなどじは踏みたくねぇ」

「なるほど、今度の仕事には、阿片中毒という危険がひそんでいる。そこで、普段から中毒にかかっているような、いかれた私を仲間にしようというわけか」

家永は否定せずに、ふふふ、と笑った。

「おいおい、冗談だ。否定してくれぬと、みじめになってしまう」

「それこそ冗談でしょう。源之丞さんは、みじめとは縁遠いはずですぜ」

そうかなぁ、ととぼける源之丞に、家永はかぶっていたこもを整えながら、

「おねげぇできますかい」

「もちろんである」

源之丞は、力強くうなずいたのである。


そんな背景のもと、源之丞は、流しの博打うちに変装した家永藤二郎と一緒に、千住宿を歩いていた。といっても、ふたりの間は離れており、道行く人々はふたりが知りあい同士だとは気づかないだろう。

宿場町は、いってみれば、盗人、こそ泥を筆頭とした小悪党たちが嬉々として歩けるような場所だ。

田舎から出てきた者たちは、江戸の入り口である賑やかな雰囲気に飲まれてしまう。

したがって、そばに寄ってきた若い女が美人局とは気がつかず、どこぞに連れていかれ、路銀の残りや江戸で暮らす資金まで巻きあげられてしまう。

掏摸たちは数人で旅人を囲み、隙を見て巾着などをすりとってしまう。土地に

も御用聞きはいるが、そんな連中と似たりよったりの場合も多い。

こんな場所だからこそ、伝次の悪行を糺そうとする者などいない。加担しないにしても、見て見ぬふりをする。

おかげで、伝次たちはどんどん悪行を拡大させることができるわけだ。

源之丞は、いつもと変わりなく着流し姿である。

宿場で着流しは土地者が多いのだが、源之丞は見慣れぬ顔のためか、近所に住んでいる浪人たちからも不思議な目で見られていた。

一方の家永は、尻端折り姿で、腰には長ドスを落としている。月代も手をつけなかったのか、ぼうぼうである。みるからに乱暴者のごろつき、といった風情だった。

千住大橋の手前に進んでいく。

このあたりは、朝は川魚の市が開かれ、人が賑わう場所である。また、周辺には米問屋も建っている。大橋には船着き場があり、高瀬船や平田船も係留されている。

そんな街道筋を、ふたりは見知らぬ者同士として歩いている。

辰巳の刻あたりになると、朝市で買い物をする庶民に加えて、遅い出立をする旅人の姿も増えてくる。

そんな人混みのなか、突然、怒号が響き渡った。

「てめぇ、足を踏みやがったな」

「私が歩く道に、足を出すほうが悪い」

家永と源之丞が口喧嘩をはじめたのである。

周辺には青物市場もあり、気の荒い連中も闊歩していた。青物市場で働く者たちには、気の荒い連中が多い。喧嘩となると、己にかかわりがなくても、一緒になって手を出すような輩だ。

そんな連中が数人、喧嘩を見ようと集まってきた。

旅人たちも、物見遊山のつもりで見守りだした。

火事と喧嘩は江戸の華、とばかりに楽しもうとしているのだ。

まわりの目を意識しながら、尻端折り姿の家永は、源之丞に毒づきはじめる。

「やいやい、そこのさんぴん、なんて言い草するんでぇ」

「そういわれてもなぁ」

「人の足を踏んづけておいて、知らんふりしていたら、お天道さんも怒って隠れちまうんだぜ」

「ほう、それは珍しい」

「やかましい。謝れ。それがいやなら……そうだな、三両で許してやる」

「これは無体な」

「無体はなんでぇ、おめぇが悪いんだ」

野次馬が、やっちまえ、という一団と、そんな無茶はねぇぞ、と源之丞をかばう一団とに分かれた。

源之丞は野次を飛ばされるたびに、ありがとう、ととぼけた返答を続ける。

「てめぇ、人を馬鹿にしやがって」

「馬鹿になどしておらぬぞ。私はしごくまっとうな人間であるからなぁ」

「まっとうな野郎は、街道で他人の足を踏んだら、きちんと謝るんだ」

「私は誰の足も踏んではおらぬ。だから謝ることはできぬ。どうだ、普通の道理ではないか」

「その面が気にいらねぇんだよ」

「それは困ったなぁ」

いいあいをしているだけで、いっこうに取っ組みあいにならない様子に、野次馬たちは焦れてきたらしい。

「早くやれ」

「おい、そっちの野郎、なにをぐずぐずしているんだい」

勝手な掛け声をかけながら、殴りあいを待っている。

そこに、土地の十手持ちが近づいてきた。

「おいおい、なにをしているんだ」

家永が腰を低くして、御用聞きに取り入った。

「旦那、足を踏まれたせいで、こんなになってしまったんですぜ」

それなのに、謝りもしねぇ、と訴える。

おそらく自分で踏みつけたのだろう、草鞋からはみだした足が赤くなっている。

「ちっ、そんなことで喧嘩するんじゃねぇよ」

「それはねぇなぁ。人に踏みつけられたら謝らせろってぇのは、六十五で亡くなった爺さんの遺言だ」

「くだらねぇことをいってねぇで、とっとと行きやがれ」

御用聞きはそれだけいうと、離れていってしまった。

仲裁する気はないらしい。成り行きを見守っていた野次馬たちは一度、解散しかけたが、また戻ってきた。

「そうだ、そうだ。そこのさんぴん侍なんかに負けるなよ」

野次馬は、じつに勝手である。

「続きをやれ」

六

家永は、ときどき野次馬たちに目を向けた。伝次たちの仲間が姿を見せていないかどうか、探すためだった。

そいつらが顔を見せたら、難癖をつけてやろう、と考えているのである。

しかし、それらしき男たちは目に入らない。

失敗だったか、と考えはじめたときに、

「そこの威勢のいい兄さん、この喧嘩は私にあずけてくれませんかい」

女がしゃしゃり出てきたのである。

鬢の香りを漂わせながら、ぎんぎらと光る簪が揺れている。

「お、お洋さんだぜ」

「ははぁ、伝次さんの……」

野次馬の言葉で、どうやら伝次の女だと気がついた。これは願ってもねぇ状況になりそうだ、と家永はほくそ笑む。

「威勢のいい兄さんとは、おれのことかい」

「そうですよ。こんなところで足を踏まれたくらいで粋がっていたんじゃ、男がすたります」

「そうかなぁ」

「どうです、おふたりさん。くだらない喧嘩などしていないで、仲裁に入った私の顔を立ててくれませんか」

「どこの誰かもわからねぇ女の言葉なんざ聞けねぇよ」

「あら、これは失礼いたしました。問屋場のすぐそば、人足を斡旋する伝次一家のお洋といいます」

「伝次なんざ知らねぇ」

わざと邪険に応対してみた。手下たちがいたら、そいつらが絡んでくるかもしれない。

「おや、兄さんはこの界隈はもぐりですね」

「さっき、奥州から着いたところだからな」

「へぇ、それにしては荷物が少ないように見えますが」

しまった、と家永は冷や汗を垂らす。だが、とっさにまた対応した。

「あぁ、情けねぇんだが、途中、草加で胡麻の蠅に騙されて、みな持っていかれたんだ」

草加宿（そうかのしゅく）は、千住宿と腰越宿（こしごえしゅく）の中間にある宿場だ。ちなみに、草加煎餅で知られるが、家永はそこまでは語らない。

「……そうでしたか。ははぁ、それで金子もなくなり、こんなところで喧嘩をふっかけて、あわよくば、と考えたんですね」

「お……それは……」

「でも、喧嘩をふっかけるなら、相手を見たほうがいいですねぇ」

お洋は源之丞へと目を向けた。

「お侍さま、どうでしょう、私のこの顔に免じて、おさめていただけませんか」

「おさめるもなにも、私は喧嘩などしておらぬぞ」

「へぇ……とぼけてるのは、お顔だけではなさそうです」

「ふむ。よくいわれる」

その応対がおかしかったのか、お洋は、ほほほ、と笑って、

「では、こちらへどうぞ」

腰をかがめて誘いの様子を見せた。

「はて、いかがするか……」

家永と視線を交差させる。家永は、断りましょう、と訴えている。

「いいおなごと酒でも飲めるのなら、それはそれで楽しいとは思うがな。あちらさんは、いやがっておるようだぞ」

おやまぁ、とお洋は家永に視線を飛ばし、

「どうしていやなんです」

「喧嘩はまだ終わっていねぇ」

源之丞は、家永の目的に気がついた。伝次の女らしいお洋の申し出を断ることで、伝次、あるいは手下たちが出てくるかもしれない。それを狙っているのであろう。

「お洋さんとやら、申しわけないが、ここまでにしましょう」

家永の目的を果たすためには、ここは自分も断ったほうがいいだろう。

「おやおや、私の顔は丸潰れですねぇ」

「この顔に免じて許してもらいたい」

そのとき、そうはいかねぇぞ、と野次馬のなかから声がかかった。人混みから出てきたのは、大男だった。

「伝次……」

お洋が笑みを浮かべながら、男のほうに身を寄せていく。

野次馬たちから、ざわめきが湧きあがる。

「伝次だ、赤城の伝次が出てきた」

「これは大変なことになるぞ」

「ふたりの命はねぇな……」

そんなささやき声が流れるなか、伝次は源之丞の前に立ちふさがった。

「お侍さん、このお洋は、あっしの色女なんですがねぇ」

「ほい、それは羨ましい」

「なんだって」

「そうではないか、このようないい女を、自分のそばに置いておけるとは、あんたは日の本一の幸せ者であるなぁ」

「………」

「鯛の尾頭付きを、毎日食べているような気分ではないか」

「……なにをいってるのかさっぱりわからねぇが、まぁ、褒めてくれているんだろうとはわかった」

「それは重畳」

だがな、といって伝次は振り返り、家永を見つめる。

「やい、そこのくそ野郎」

「なんだい」

くそ野郎と呼ばれた家永は、顔を怒らせて、

「そんな言い草はねぇだろう」

「おれのお洋の仲裁を断るなんざ、くそ野郎だ」

すると、お洋が伝次のたもとを引っ張って叫んだ。

「そうだよ、こんなくそ野郎なんざ、大事な玉を潰してやっておくれよ」

「ふふ、それはいいな」

いままでとは打って変わったお洋の言動に、源之丞は唖然とする。だが、野次馬たちには、それほど驚きはないらしい。なかには、きたぞ、きたぞ、これがお洋の本性だ、と喜んでいる輩もいるのだった。

「お洋さん、いい女がそんな汚い物言いをしてはいけませんなぁ」

たしなめられたと思ったのか、お洋は源之丞に眼を飛ばして、

「ふん、どこのさんぴんか知らないけどねぇ。あんただって、似たようなくそ野郎だよ」

「おや、これは手厳しい。なぜ私がくそ野郎なのであろうか」

「そのすっとぼけ顔が嫌いなんだよ。さっきはいいところを見せたくて、辛抱していたんだ。いかれ侍め」

「いやいや、それだけきれいな顔をしての啖呵は、なんとも小気味いい」

お洋の顔が、さらに怒りに染まった。

「伝次、あのいかれ侍も嬲り殺しておくれよ」

「あぁ、そうしよう。あっちは玉を潰してやるが、こっちはどうする」

「そうだねぇ、二頭の馬で股裂きにでもしておくれ」

「それもよさそうだな」

伝次は大きな身体を揺すりながら、まずは家永に近づいた。

「てめぇが先だ」

伝次が、ひょいと手をあげた。すると、野次馬のなかからふたり、男が前に出てきた。どうやら手下らしい。伝次の合図があるまで、野次馬のなかに隠れてい

たようである。

伝次一家は、思いのほか統制がとれているようであった。

なおもお洋は、伝次をけしかける。

「黙って見てないで、早く玉を潰しておくれよ」

「まぁ、待て。あの野郎、思った以上に喧嘩慣れしてるようだからな」

本来は、北町定町廻り同心の家永藤二郎である。捕縄術(ほじょうじゅつ)には長けているのだ。

しかし、ここで捕縄術を見せるわけにはいかない。

そこで、長ドスの柄に手を添えて、伝次を待っていたのである。

「おめぇ、どこのどいつだい。そうとう喧嘩してきたようだな。ひょっとしたら、人も殺したことがありそうだぜ」

「御託(ごたく)はいらねぇよ。はやくきねぇ」

「ふん、てめぇ、おれの強さを知らねぇようだが、まぁいい」

伝次は、後ろに控えていた手下に目を向けた。

「まずは、おめぇたちがやれ。そうしたら、どれだけ喧嘩慣れしているかわかるからな」

手下ふたりはうなずいた。

こちらも、喧嘩には自信があるのだろう。顔色ひとつ変えていない。

お洋は不服そうにしているが、逆らわずにいる。

しかし、そこでおかしなことが起きた。

「おいおい、街道筋でなにをやってるんだい」

「誰だ、てめぇ」

源之丞は聞いたことがありそうな声だと思って、声の主を探した。

「てめぇ、なんだ」

伝次は苛々しながら問う。

「私か……私は、この江戸のゴミを掃除する男だ」

「なんだと……」

なんと、そこにいたのは、大小二個のふくべを腰からぶらさげた平九郎だったのである。さらに源之丞が目を見張ったのは、となりにお比美がくっついていたことであった。

「なんだ、なんだ、どうしてこんなところへ」

思わず声が大きくなってしまった。

家永は、ドスの柄から手を離して成り行きを見守る。

平九郎にしても お比美にしても、源之丞には目もくれずに、

「伝次とかいうらしいな」

「赤城の伝次とは、おれのことだ。どこの誰か知らねぇが、文句があってもなくても、すっこんでろ。おめぇの出番じゃねぇ」

「そうはいかねぇなぁ」

侍なのだろうが、平九郎の伝法な物言いに、伝次は怪訝な表情をする。

「おかしな野郎がまた増えたぜ」

「この喧嘩、私に売らぬか。これでどうだ」

平九郎は巾着を取りだして、数枚の小判を手にした。三枚ほどが手のひらに乗っている。

「これではまだ足らぬかな」

「金で売れるような話じゃねぇんだよ」

啖呵を切った伝次に、横からお洋がささやいた。

「もっとふっかけなよ」

その言葉を聞いて、伝次は、あぁそうか、という顔をする。

「こいつはなぁ、お洋ってんだぜ。いい女だろう。そのいい女がなぁ、小判三枚じゃまだ足りねぇといってるぜ」

「ほう、三両では足りぬか。では買うのはやめた」

「なにぃ……てめぇ、馬鹿にしてるのか」

「そうだ。馬鹿にしたのだ」

「ふざけやがって。野郎ども、相手はこのふざけた侍だ」

となりにいるお比美は、源之丞の顔を見ようともせずに、

「平九郎さん、こんなゴミはさっさと掃除してください」

いつもとは異なる言葉遣いを聞いて、源之丞は目を丸くする。いままでのお比美は、どこにいってしまったのか。

当のお比美は、しれっとしたまま突っ立っている。

源之丞から見ると、なにを考えているのだ、といいたくなるような、とぼけた顔つきだった。

お比美を梅富士に置いたまま千住に来たのは、家永から頼まれたからでもあるが、お比美を危険にさらしたくなかったからである。

平九郎がどうして千住宿まで出張ってきたのかは知らぬが、お比美には、伝次

などとのかかわりを持ってもらいたくなかった。なにしろ、この事件には阿片が関係しているらしいのだ。

そんな危険なところに、お比美を連れだしたくはない。

それにしても、と源之丞は思案する。平九郎は、なにをしに千住宿に姿を現したのか。

お奈津を助けた場所とはいえ、戻る理由はない。

それとも、秘密の策でも抱えて戻ってきたのか。だとしたら、平九郎は阿片の存在を知っているに違いない。

平九郎は、おそらくただの浪人者ではない。あの目は、危険をはらんでいる。なにか大きな秘密を持っている。

源之丞自身が才蔵という隠れた姿を持っているためか、似た者同士の匂いを感じるのだった。

伝次は手下をけしかけて、平九郎をやっつけろと指示している。

お洋も、目を三角にして息巻いている。

千住の街道で、これからなにがはじまるのかと、野次馬や旅人たちが目を見開いている。

そんな緊張した街道に、のんびりした声が響いた。

「さぁて。お立ちあい……これから目の前でなにが起きるのか、鬼が出るか、蛇が出るか。誰か、私の占いを聞いてみませんか」

「なんだと」

伝次が振り向いた先には、女占い師が旗指を立てている。

旗指には、栗よりうまい十三里すずめ堂、と書かれていた。

第三話　謎の地図

一

「おかしな女まで出てきやがって、どうなっているんだ」

伝次は呆れている。

となりでお洋は、呆然とすずめ堂の旗指を見あげていた。

「やい、てめぇ、なんだい」

「私は見たとおりの占い師ですよ。どうです、観てあげましょうか」

「やかましい。邪魔だ、あっちに行け」

「はい、すみません。お邪魔しました」

くそ女め、と罵倒した伝次は、目を戻して驚いた。

「や、野郎たちはどこに消えた」

なんと、家永も源之丞も平九郎もお比美も、みなの姿が街道から消えていたのである。

「ちきしょう、てめぇが占いなどとよけいな……なにぃ」

翻る旗指を残して、今度はすずめ堂まで消えていたのである。

「な、なんだあいつらは……鬼神か天狗たちか」

「まさか。あんたが女占い師と話している間に、みな逃げてしまったんだよ。まったく馬鹿なんだから」

「くそ……どうなっているんでぇ」

大きな身体を揺すっているところに、手下のひとりが寄ってきた。その顔は、真っ青である。なにか起きたな、と伝次が拳に力を入れていると、

「権八さんの姿が消えてしまいました」

思わぬ言葉が出てきた。

「なんだと、どういうことだい」

「さっき、阿片窟に行ってみたら、三本木さんが倒れていまして」

「倒れていた……だと」

「襲われたみたいです」

「誰がそんなことを」

「さぁ、まだなにもわかりませんが、とにかく権八さんの姿がどこにもないんです」

「あの馬鹿……さては逃げやがったな。やつのことは放っておけ。どうせ邪魔にしかならねぇ野郎だ。それより、客たちはどうしたい」

「へぇ、客はみなとろんとしているだけですから、いつものままです」

「三本木さんが倒れていたのは、どこだい」

「地下におりる階段のすぐそばで」

すぐ行くぞ、と伝次はお洋を見た。

「おめぇも一緒に来い」

「もちろんだよ」

阿片窟は一家の宝だ。そこが襲われたとは信じられない、とお洋はつぶやいた。

「だいたい、あの場所を知っている者はいませんよ」

「前の客かもしれねぇ。なかには、おれたちを恨んでいる野郎もいるからな。金がなければ阿片は出さねぇ。中毒野郎は、なにをしでかすかわからねぇ」

「そんな連中の仕業だっていうのかい」

「とにかく、現場を見ねぇとわからねぇ」

伝次が手下に、行くぞ、と声をかけたときには、大きな身体は動いていた。その俊敏さは、むしろ異様に見えるほどである。

阿片窟に着くと、伝次はすぐに寝転がっている客たちの様子を確認した。

手下たちに聞くと、三本木は一枚襖の部屋で横になっているという。

客に異変がないのを確認して、伝次は三本木を見舞う。

「なにがあったんです」

三本木は、頭から血を流していた。その血が額まで流れて、悲惨な状態になっている。

「よくわからねぇ。誰かが入ってきたのはわかっているんだがな」

「敵は何人でした」

「ひとり、いや、ふたりだったか」

よく見えていなかった、と三本木は答える。

「顔も見ていませんかい」

「とにかく、いきなり後ろから叩かれたんだ」

おりてくる足音も、ほとんど聞こえなかったという。たとえ聞こえていても、まさか襲いかかってくるとは予測していないのだから、顔を見ることはできなかっただろう。

「しかし、ここを知っているとしたら……」

三本木は、誰か恨みを持っている野郎の仕業だろう、と断言する。

伝次も、考えは同じだった。

「そいつがわかったら殺してくれ」

三本木は額をこすりながら、わめき散らす。

「そのつもりです。放っておいたら、今後もなにをしでかすかわからねぇ。ここの秘密をしゃべられたら、おれたちは獄門だ……」

「あぁ、もしばれたら、ここにかかわった者は全員捕まるからな。お洋さんも同じ目に遭ってしまうぜ」

「それは絶対に避けてぇからなぁ」

「恨みで、こんなことをやりそうな野郎はいるかい」

「まぁ、何人かいますねぇ」

伝次は、そいつらを探ってみる、といって、手下のひとりを呼びつける。

「加吉はどうしている」

「さっき千住で顔を見ました。加吉の兄貴は、おかしな侍を探していましたからね」

「となると……ちょっと待てよ」

首を傾げながら伝次は、はっとする。

「あの野郎……あいつが、ひょうたん侍なのかもしれねぇぞ。くそ、あのときは頭に血がのぼっていて、気がつかなかったぜ。くそ。いまいましい」

よく考えてみると、手下たちから聞きだした特徴と一致している。しかも、あいつはふくべをさげていた。

手下が階段に半分足をかけて、叫んだ。

「加吉の兄貴が帰ってきやした」

「おう、加吉。野郎はどこに行きやがった」

「へぇ、ようやく野郎の居場所を突き止めましたぜ」

息を弾ませながら、加吉は伝次の顔を見つめて答える。手ぬぐいで額の汗を拭っているのは、よほど急いだのだろう。

加吉は、伝次が平九郎という名の侍といいあっている場面にいたのだ、と答えた。

「どうしてあの野郎が、留の片腕を落とした野郎だとすぐ教えなかったんだ」

「あの場は黙って見ていたほうがいいと考えました」

あそこで襲いかかったとしても勝ち目はない、と判断したのだという。

「それより、野郎のねぐらを見つけたほうがいいと思いましてね」

「おう、なるほどな。寝込みを襲えば、うまくいくかもしれねぇ。なにしろ、弟の片腕を落とした憎い野郎だ。で、野郎たちはどこに行った」

「それが不思議な話でしてね。ほかにいたやつらもみな一緒に、同じ方向に駆けだしたんでさぁ」

「……どういうことだい」

「おそらく、みな顔見知りだったんじゃねぇかと。すずめ堂だけは、別の方向に駆けだしてましたがね」

「野郎たちは仲間なのか。みなでおれをだしにして、笑っていやがったのかい」

そばで聞いていたお洋が、馬鹿にしやがって、とつばでも吐きだしそうな顔をする。

「あんた、このまま引きさがっているわけにはいかないよ」

「あぁ、それはまちげぇねぇが、それより、まずはこの始末をつけねぇとな」

血だらけの三本木が横になっている部屋に、目を向けた。

「それに、権八も消えやがったしなぁ」

「……権八さんがやったんじゃないでしょうねぇ」

お洋の言葉に、伝次は目を見張る。まさか、という目つきだ。

「おめぇ……なんてことをいうんだい」

「だって、あんたは常日頃、権八は使いようがねぇといっていたじゃないか。本人が逆恨みで、こんな乱暴を働いたんじゃないのかい」

「くそ、権八め。勘弁ならねぇ」

あっさりとお洋の推測を信じた伝次を、加吉がなだめる。

「まさか、いくらなんでも、それはねぇでしょう。権八さんは連れていかれたに違ぇねぇ。そのうち、なにかいってくるかもしれませんぜ」

「身代金でも要求してくるってのかい」

「なにか動きがあったほうが、探しやすいですからね。連絡があるほうが、敵の正体もはっきりするでしょう」

そうか、おめぇは権八と違って頭がいいな、と伝次は満足顔をする。

「いずれにしても、まずは恨みを持つ野郎を探してみましょう」

「よし、加吉。この件はおめぇにまかせたぜ。おっと、そういえば、あの侍の居場所はどこなんだ。そっちは、おれが仕切ろう」

「最初は小塚原のほうに逃げていきましたが、最終的には、鳥越神社のそばにある旅籠に入っていきやした」

「その旅籠の名は」

「小鳥遊（たかなし）という旅籠です」

「け、鳥越だから小鳥遊かい。ふざけやがって」

いまの伝次にしてみると、旅籠の屋号まで気に障るのであった。

そこに、甚助が紙切れを持ってきた。

「親分……こんなものが、小屋の入り口に落ちていました」

なんだそれは、と紙切れを手にした伝次は、中身を読み終わると、

「見てみろ。胸糞が悪くなった」

手渡された加吉が読み終わると、顔をあげてつぶやいた。

「これは……身代金の要求ですね」

「あぁ、権八を助けたければ、百両持ってこいと書いてある」

甚助がのぞきこむ。

と……かすかに首を傾げながら、この字には見覚えがあります、と目を開く。

「本当か」

甚助はうなずいて、

「へぇ、この右あがりの書き癖は」

「誰だ、誰なんだ」

勢いこんで、伝次は甚助の首を絞める。

「く、苦しい……それは、南割下水(みなみわりげすい)に住んでいる御家人の、伊那小八郎(いなこはちろう)さんです。まちげぇありません」

「おめぇ、なんでそいつの字を知っているんだい」

伝次は甚助の首を引きまわす。苦しい苦しい、といいながら甚助は答えた。

「小八郎さんは、恋文の代筆をやっているんです」

「さては、てめぇも世話になったんだな」

「へぇ、じつは……へへへ」

「馬鹿野郎。その小八郎とやらを、急いで引っつかまえるぞ」

二

晋助は、奉行所から小者が来ているといわれて、須田町の住まいから外に出た。

待っていたのは、ときどき家永が使っている小者だった。

「親分……事件です」

「ふん、もっとまともな話し方をしろい」

どこでなにが起きたのか、と晋助は問いただす。

「場所は、本所（ほんじょ）南割下水の水辺なんですがね」

「本所だと。それは縄張りちげぇだ」

関係ねぇと、戻ろうとする。

「親分じゃなければ解決できねぇ、と頼まれたんですよ」

「誰にだい」

「北町の筆頭与力（ひっとうよりき）、新井場（にいば）さまです」

「新井場さまだと……」

新井場光達（こうたつ）の名は、家永から聞いて知っていた。どうして、そんなお偉い与力

が晋助に話を持っていけないなどといったのか。不審な顔をすると、

「私もよくはわかりませんが……『あ』のつく事件にかかわりがあるかもしれぬ。そう伝えろといわれました」

「あのつく事件だと……」

それは、阿片を表しているのか、と晋助は身を固くする。千住の伝次は阿片を使って悪さをしていると、家永から聞かされていた。家永はその事実を探索するために、潜入しているはずだった。

「事件とは、どんな話なんだい」

もし、阿片絡みだとしたら、家永の助けになるだろう。晋助は、俄然やる気が湧いてきた。

「南割下水に住む、伊那小八郎という御家人です」

「殺しなのか」

「河岸に、首が折れ曲がって倒れていました」

それだけでは、阿片とどんなかかわりがあるのか、見当はつかない。

「ほかに、新井場さんから聞かされたネタはねぇのかい」

「いえ、あの字にかかわる事件だとしか聞かされていません」

「わかった……で、どなたが担当するんだ」

「新井場さまは、親分が好きに探索していいとおっしゃりましたが」

つまりは、担当の同心はいない、ということになる。

その意味は、探索が失敗しても、誰の責任にもならない。ついでにいえば、晋助が探索中に殺されても、あずかり知らぬ、という意味である。

——これは少し厄介な事件になりそうだぜ。

思わず心で叫んでいた。

小者が帰っていくと入れ違いに、お奈津が顔を見せた。お奈津は、そこでいい野菜を売っていたから買ってきた、と笑みを浮かべている。

しかし、いつにない晋助の真面目な目つきに、

「晋助さん、どうしたんです。いま奉行所のかたが帰っていったようだけど、なにかあったんですね」

田助には姫として応対するが、晋助には町娘言葉である。

「えぇ……まぁ、そんなところなんですが」

「千住にかかわりはないんですか」

お奈津は、なんとか怪我をした田助の敵討ちをしたいと願っているのだ。晋助

は、危険だからそんなことはやめるように、と、とどめているのである。

「千住か……」

とっさに否定することができなかった。たしかに、阿片と伝次は千住でつながっている。

まずいと思ったが、すでにお奈津は気がついている。

「晋助さん、私も連れていって」

「それはできねぇ」

「やはり、千住にかかわっているんですね」

どうやらかまをかけられたらしい。晋助は、家永や源之丞が聞いたらどやされると思いながら、

「お奈津ちゃん、田助さんの無念はきっと晴らす。だからいまは、敵討ちは我慢してくれねぇか」

「それは無理です。田助は大事な付き人です。そんな大事な人が怪我を負わされたのに、目をつぶっているわけにはいきません」

「それはそうだろうがなぁ」

「親分には、迷惑はかけませんよ。こう見えて私は喧嘩も強いんだから」

腕まくりをするお奈津を見て、晋助は思案する。

ひとりで千住に行くよりは、十手を隠して旅人として出向くほうが、正体を隠せるぶん、千住の探索は楽になるかもしれない。

とはいえ、死体があった場所は、本所南割下水だ。千住宿ではない。

「お奈津ちゃん、まずは目の前の殺しの探索が先なんだ」

だから千住には行かない、と告げる。

「それでもかまいません。晋助さんと一緒にいたいから」

にこりとするお奈津の姿に、晋助は思わず嬉しくなって、答えてしまった。

「しょうがねぇ。南割下水まで、一緒に行ってみますか」

「はい、そうこなくっちゃ」

「でも、そうなると、田助さんがひとりになってしまう」

「それはもう大丈夫でしょう。怪我はだいぶ回復してますからね。それに、医者のお安(やす)さんもよく診てくれています。どうもお安さんは、田助に気がありそうですからね」

お安は佐久間町に住む、女医師である。

「それならいいかな」

「大丈夫ですよ。南割下水だろうが、内藤新宿だろうが、千住だろうが。私は晋助さんとなら。どこまでも行きますよ」

へへへ、と晋助は照れるしかなかった。

晋助とお奈津は、柳原土手を両国に向かい、九十八間の両国橋を渡る。そこから回向院を右に迂回して進むと、南割下水に出る。

周辺は武家屋敷が並び、町家はほとんどない。

したがって、庶民が歩くような場所ではなく、人通りも少なかった。

南割下水の掘割沿いに歩いていくと、六尺棒を抱えた小者たちが数人、手持ち無沙汰に立っている。

これが町家なら、野次馬でごった返していることだろう。

「親分、こちらです」

声をかけられて進むと、こもがかけられた死体があった。

「あの……」

そこで小者のひとりが、声をかけてきた。晋助の後ろに控えているお奈津を見ているようだった。

いかにも、女を連れてくるような場所ではない、といいたげな目つきだった。

「あぁ、これは……弟子だ」

「え……お弟子さんですか……」

「あぁ、外見は女に見えるがな、喧嘩はおれより強ぇよ」

「へぇ、そうですかい」

納得したのかどうかわからぬが、いまや晋助は江戸一の親分と知られた存在である。文句をいう気もないのだろう。

「ざっと近所を調べてみたんですがね。殺された伊那小八郎という御家人は、恋文の代筆などをしていたようです」

「へぇ、恋文の代筆ねぇ。おかしな手紙を書いて、恨まれたかな」

「まぁ、そんなところでしょう。恋がうまく成就したときはいいですけどね。失敗したら恨みを買うようなこともあったみたいですから」

「へぇ、じゃぁ、その恨みを抱える野郎をあたれば、すぐに下手人は見つかるかもしれねぇな」

「そうですね。須田町の親分さんが出張るほどの殺しではねぇような気がしますよ」

晋助は、ふんと鼻を鳴らして、

「それはこれから調べてみるさ」

と、答えた。

お奈津は、なにかいいたそうにしているが、よけいな口出しはせずに、控えていた。しかし、小者が消えたとたん、晋助の袖を引っ張った。

「本当にただの恨みによる殺しなんですか」

「さぁなぁ。それが簡単にわかったら、十手持ちはいらねぇ」

「ちょっと気になることがあります」

「なんです」

「この死骸からは、おかしな匂いがしていませんか」

「おかしな匂い……」

思わず晋助は鼻をくんくんさせた。

「これは匂い袋ですよ。どうして御家人が、こんなに強い匂い袋を持っているんでしょう」

近頃は男でも匂い袋を使うかもしれねぇ、と晋助は答えたが、鼻を近づけてみると、なんとも強烈であった。

「なるほど、これはただの匂い袋にしては強すぎる」

死骸の懐に手を突っこんでみると、紫色の匂い袋が出てきた。それが匂いの出どころらしい。

「これは、売られている匂い袋じゃありませんね」

お奈津が袋を開けてみると、香料のほかに、油紙に包まれた粉が出てきたのである。

「晋助さん、こんなものがありましたよ」

「これは……」

阿片ではないか、という言葉を、晋助は飲みこんだ。慎重に粉に顔を近づけ、匂いを嗅いでみる。さらに、指先につけて舐めてみた。

――まちげぇねぇ。

これは阿片である。

この阿片の存在をごまかすために、強い匂いが出る匂い袋を持っていたのかもしれない。

もしかすると、この男を殺した下手人も強い匂いに騙されて、懐に阿片があることを見逃した可能性もある。

晋助は、油紙を包み直すと、

「お奈津ちゃん、この話は誰にもしねぇでください」

「……どうしたんです」

じつは、と晋助は、阿片について話しはじめたのである。

家永藤二郎が、阿片探索のために潜伏探索をしているという話から、探索相手は、千住の伝次だという事実。つまりは、田助に怪我を負わせ、お奈津を襲った男の兄貴だという内容まで告げたのである。

「まぁ、そんな大変な事件に、私は巻きこまれていたんですね」

「だから、お奈津ちゃんは、ここでおりてもらいてぇ」

「どうしてです」

「阿片にかかわりなんざもったら、どんな先があるかわからねぇ。へたをして伝次一派に捕まり、中毒にさせられてしまったら、一生、普通の生活はできなくなってしまうんだ」

それほど阿片中毒は恐ろしい、と強調した。

しかし、お奈津は怖がりもしない。むしろ、目が爛々と輝きはじめ、

「田助の仇討ちと、江戸の平安を守るんですね。勇気百倍になりました」

晋助は、いけねぇ、いけねぇ、といい続け、お奈津は、ここまできたら一緒に捕まえよう、捕まえよう、といい続けていた。

三

源之丞は、どこかに阿片窟があるはずだ、と考えていた。

その場所を見つければ、伝次の阿片を使った悪事をあぶりだすことができる。

しかし、糸口は見つからない。

伝次たちからいっせいに逃げた源之丞、平九郎、お比美の三人は、鳥越まで走り、小鳥遊という旅籠に飛びこんでいたのだが、部屋は満杯で、相席ならいいといわれたのだった。

平九郎は、相席などとんでもないと、お比美を連れて源之丞と別れたのである。

家永の姿もなく、どこに隠れたのかはっきりしない。

しかし、源之丞はこのほうが楽だと考えていたのである。

なぜなら、霧隠才蔵となって、伝次のまわりを調べることができるからだ。平九郎たちがそばにいたのでは、変身して探ることはできない。

源之丞は、相席でもかまわぬと、小鳥遊に投宿することにしていたのである。

そして……。

夜が来た。

源之丞は、相席で寝ている旅人のいびきを聞きながら、静かに身体を起こした。

投宿している旅人は、みな疲れて寝入っている。

部屋は二階にあった。変身のための頭巾と忍び道具を持って、階段をおりる。

心張り棒を外して引き戸を開き、音もなく外に滑り出た。

外は暗い。

鳥越神社の鳥居が、闇のなかに浮かんで見える。

その前の通りを、千住に向かって駆けだした。

晋助が驚いた、忍び走りの術である。

思わず忍びの術を使ってしまったのは、不覚だったかもしれない。だが、いつかは源之丞の正体も、ばれる日が来るだろう。

晋助にならば、見破られたとしても後悔はない。

しばらく、矢のように駆けめぐると、千住大橋に着いた。川の流れが肌に感じるほど大きな橋だ。

伝次一家の住まいは、千住宿、問屋場のそばだと聞いている。

源之丞は、闇でも目が利く。

本陣から脇本陣、そして問屋場を通り抜けると、ひときわ大きな建物が目に入る。

懐中龕灯を取りだし、外に掲げられている看板を映した。

そこには、伝留一家と書かれていた。

伝次とばさ留兄弟の名前を使っているのだろう。

なるほど、この看板からも、兄弟愛の強さが感じられた。

平九郎に対する恨みは強烈だろう。もっとも平九郎にしてみれば、ばさ留がどんな境遇だろうが、関係ない。

街道から外れたところで、女を襲おうとした不届き者を懲らしめただけである。

それにしても、平九郎とお比美が一緒に旅をしてるとは。

まったく考えもつかぬ出来事であった。

なにを考えているのか、と問いつめたいが、

「まぁ、よいか。なるようにしかならぬ」

考えても理解できぬ話は、考えぬたちだ。

伝留の看板から龕灯を移動させて、今度は大戸を映しだした。すぐそばに常夜灯が光っているから、源之丞の姿が見られてしまう可能性もある。

だが、幸いにもいまは犬一匹、鼠一匹すら姿はなかった。

源之丞は龕灯を移動させながら、潜戸を見つける。見張りでもいるかと予測していたが、そのような者はひとりとしていなかった。

「不用心ではないか……」

ひとりごちながら、くないで潜戸を音もなく開けると、すばやく身をもぐりこませる。

土間は冷たく、真っ暗である。

土間の端に、大きな瓶が転がっている。戻ってきた手下たちが飲む水でも入っているのだろうか。

土足で、土間から板の間にあがりこんだ。

頭巾を出して、顔を包む。

厠にでも起きた手下に、顔を見られたら面倒だ。

目だけ光らせながら、源之丞は廊下を進む。

よく磨きこまれた廊下だった。柱には、燭台が設えてあり、まるで武家屋敷のようにも思える。それだけ、裕福だという意味であろう。

阿片窟で大儲けをしているのは、間違いない。

と……。

足音が聞こえた。

身をひそめて、足音がどこから響いてきたのか、耳を澄ませてみた。

どうやら、廊下の先のようである。手下が起きたのだろうか、としばらく音が消えるまで待つことにした。

しかし、その足音は消えない。

源之丞は、腹ばいになって廊下に耳をあてた。

そうすることで、足音の響きを直接聞くことができる。これも忍び術のひとつだった。

やがて、相手の足音が止まった。

「これは、一家の者ではないな……」

源之丞以外の誰かがいるらしい。盗人のたぐいか、と源之丞はしばらく気配を消していると、

「誰かいるのか」

廊下の先から、ささやき声が聞こえた。

その声は、普通の呼びかけではなかった。なんらかの技術を持つ者の仕掛け声のように聞こえた。

しばらく考えていた源之丞だったが、ふとひらめいたことがあった。

「なんと、女か……」

それまで男と思っていたのだが、源之丞は女の気配を感じて驚く。

「……あなたは誰……」

女か、とのつぶやきが相手に聞こえたらしい。

「忍びか……甲賀だな」

源之丞が術で返した。

「あなたも……忍び、霧隠流」

「何者……」

闇のなかでの会話である。他人がいても、ただの風の音か、それとも犬の遠吠え程度にしか感じぬはずである。

「おや……その匂い、私の前に出てきたことがあるな」

「……あなたは何者……」

「それはこちらが聴きたい……おまえは……すずめ堂ではないのか」

「あ……」

相手の女も、源之丞だと気がついたらしい。

「そうか、やはりすずめ堂か」

源之丞は気配を戻して、立ちあがった。その音に反応したのだろう、すずめ堂も立ちあがる気配が廊下を伝わってきた。

「以前、霧隠才蔵というおかしな賊がいると聞いていましたが、まさか、あなたさまの別の顔だとは」

「……いつの間にか、賊になっていたのか」

苦笑する源之丞に、すずめ堂も笑みを浮かべる。

「そうか、おまえは平九郎さんの……だから、あのとき現れたんだな」

「たしかに普段は平九郎さんのために働いていますが、ここに忍びこんだのは、私が勝手にしたことです」

「なにゆえ、こんなところに忍びこんだのだ」

「伝次には、おかしな噂が多いと聞きました。それを確かめたくて……」

「そんなことをしても、おまえたちの得にはならぬであろう」

「私の一存です。じつは、阿片で父は死んだのです」

そこまで忍び声を使っていたが、

「昼はすずめ堂ですが、つぐみといいます」

「覚えておこう。では、平九郎とは何者」

源之丞が問いかけた途端であった。

「なにをする」

つぐみは、廊下の端に仕掛けられていた鳴子に手を伸ばし、引っ張ったのである。

けたたましく鳴子の音が響き渡った。しんとした闇のなか、音は普段よりも大きく流れる。

「どうしたんだ」

「お逃げください。私は捕まるために、ここに忍びこんだのです」

「捕まって、探るつもりか」

そんなに簡単ではない、と源之丞は諭したが、

「虎穴に入らずんば、です。早くお逃げください。手下たちがやってきます」

つぐみの顔は真剣であった。

「無理をするな。危険なときには、逃げるんだぞ」

「ありがとうございます」

つぐみは頭をさげると、源之丞の前から姿を消した。手下たちの足音のほうへと向かっていったのである。

屋敷から抜けだした源之丞は、外で耳を澄ました。

庭先から、高張提灯の明かりが漏れてきた。

なかでは、つぐみがあえて捕まりやすく逃げまわっているに違いない。高張提灯は、つぐみの姿を照らす役目を果たしているのだろう。

つぐみは囚われの身となって、伝次の悪事を公にする証拠を探すつもりらしいが、源之丞はそれは無謀だと感じている。

「あの大男、身体のわりに知恵がまわりそうだ」

阿片に関するものは、阿片窟にまとめているに違いない。

源之丞にしても、最初から阿片の証拠が見つかるという期待はしていなかった。

忍びこむと、住人の癖や、思考が見えてくる。伝次とはどんな考えをめぐらす男なのか、それを知ることができれば、阿片窟の糸口が見えてくると踏んだからであった。

案の定、武家屋敷と変わらぬほどの警戒が敷かれていた。

普通の家では、鳴子の仕掛けなどあるわけがない。

ただのやくざ一家とは一線を画している。

だからこそ、内部から探ろうとするつぐみの行動は危うい、と感じるのであった。

浅草寺、五重塔が月夜に浮かんでいる。

その黒々とした先端を見ながら、

「平九郎に、つぐみが伝次に捕まったと教えたほうがよいものか」

平九郎が考えた策なら放っておいてもいいのだろうが、つぐみは自分の一存だと答えていた。

かといって、平九郎をかばっていたわけでもなさそうである。

源之丞は思案を続けながら、鳥越町に戻っていった。

四

旅籠、小鳥遊に戻った源之丞は、平九郎とお比美がどこに隠れているのか、思案する。

千住宿からは離れていることだろう。伝次のそばに残る愚はおかさぬはずである。

あれこれ思案をめぐらせて、宿のひさしに手ぬぐいをぶらさげた。その手ぬぐいには、源の文字を書いておいたのである。そうしていれば、合図だと気がつくはずだ。

もっとも、鳥越町周辺に来なければ見つけることはできない。そのときは、お比美とはそれまでの間柄でしかなかったということになる。

しかし、と源之丞はつぶやく。

ただ、お比美に逢いたいだけではない。

阿片窟があるとしたら、そのままにはできぬ。霧隠才蔵となり、江戸の平安を守ってきた自分としては、出まわる阿片をそのままにはしておけない。そんな気持ちは、平九郎もお比美も同じはずだ。

同じ気持ちがあるからこそ、わざわざ千住にまで足を運んできたに違いない。

源之丞を追いかけてきたのか、どうか……。

お比美がなにを考えて、平九郎と行動をともにしているのか。そこを考えると胸が痛くなるが、いまはその気持ちを封じこめよう。

考えすぎると、頭がまわらなくなる……。

源之丞はそう自分にいいきかせながら、鳥越神社に足を運んでみた。お参りをしたかったわけではないが、こんなときは神頼みでもしたくなる。

鳥居をくぐって、境内の玉砂利を踏んだときだった。

けたけた、という笑い声が聞こえてきた。

聞き覚えのある声だ。

足を止めて通りに目をやると、源之丞の目が見張られた。

「あれは晋助親分……お奈津ちゃんまで」

姿を見せていいものかどうか、源之丞は迷ったが、

「親分、どうしたんだ」

結局、すたすたと晋助の前まで進み出た。

「あ……どうして、こんなところにいるんです。梅富士では、用心棒はどうした、とお恒さんが怒り心頭ですよ」

「ははぁ……まぁ、いつものことだから気にはせぬ」

「それに、お姫さんまで消えてしまいましたからねぇ。お静さんが血相を変えて、

どこぞに飛んでいきましたよ」

「はて。それはどういう謎掛けであるのか」

「あっしには、わかりませんがねぇ」

おそらくは、お見合いについてではないか。当人が消えてしまったのでは、お見合いどころではない。

お静さんは越後守に呼ばれたのではないか、と推量する。

お奈津は、源之丞やお比美の正体を知っているが、晋助はお奈津の身分さえ知らぬゆえ、その推理を伝えるわけにはいかない。

そこで、源之丞は話を変えた。

「お奈津ちゃん。田助はもう治ったのか」

「えぇ、だいぶよくなりました」

お安という女の医師が献身的に看病をしてくれているから、心配はいらない、と答えた。

「ほほう……晋助も看病をされてから、ある人と仲良くなれたからな。病人は得のようだ。私も倒れてみるか」

「なにをいってるんですよ」

馬鹿なことをいうな、と晋助が呆れる。

「そんなことより、親分たちこそ、どうしてこんなところに来たのだ。探索の用事でもあるのかと思うが……その格好は普段の親分ではないしなぁ」

今日の晋助は、着流し姿にどういうわけか、風呂敷を抱えている。どこから見ても、お店者に思える姿だった。

「さしずめ、お奈津ちゃんがお店のお嬢さんで、親分は、そのお供という風情に見えるのだが」

「そう見えますかい」

「見えるな」

「それはよかった。こんな格好をするのは、生まれてはじめてですからね。ちぐはぐだったら困るなぁ、と思っていたんでさぁ」

「親分、お店者がそんな言葉遣いでは困るぞ」

「おっと、これはいけねぇ、いえ、失敗いたしました」

無理に作るお店者という風体に、源之丞は笑い転げる。

「どうやら、密偵の真似事をしているらしい」

「まぁ、そんなところなんですけどね」

じつは、と晋助は、本所南割下水で見つかった死体の話をする。そして、お奈津が匂い袋のなかから阿片を見つけた話をすると、源之丞の顔色が変化した。

「それは……本当に阿片だったのか」

「以前、例繰方の詰め所で見たことがあります。そこで匂いやら味やらを試しましたから、まぁ、間違いはねぇでしょう」

「そうか……南割下水は武家屋敷が多いところではないか」

「殺されたのは、伊那小八郎という貧乏御家人です。恋文などの代筆で小遣いを稼いでいたらしいですがねぇ」

「そんな御家人が、どうして阿片を持っていたのだ」

「それがわかれば、こんなところまで出張ってきていませんや」

「なるほど。阿片と聞いて、伝次が浮かんできたわけか……これから千住に行くつもりなのだな」

晋助は、そうだ、とうなずく。

なおも源之丞が、お奈津を気にしながらしゃべっていると、

「私は、すべてを親分さんから聞いています。家永さんについても……」

「そうであるか。しかし、お奈津ちゃん、あんたまで阿片の毒牙にかかったら困

るぞ」

なにしろ、出羽桜田家の姫さまである。そんな大名姫が阿片で頭がおかしくなったとあっては、お家が取り潰しになるかもしれない。

「ご心配なく、私には晋助さんがついていますから」

通りの向こうから聞こえたほどの、けたけたという笑いに、思わず源之丞は笑うしかなかった。

「ところで、親分。その恋文書きの素性は調べたのかな」

「それが、御家人だということはわかりましたが……」

源之丞にいわれて、晋助は、そういえばくわしく調べずにここまで来てしまった、と顔を伏せる。

「まぁ、それならそれでもいいのだが……」

思案する源之丞に、晋助は答える。

「やはり、一度戻って、小八郎の周辺を調べ直したほうがいいかもしれねぇ」

そばでお奈津が、しまった、という顔をする。

「すみません、私が急がせてしまいました」

「いや、お奈津ちゃんはなにも悪くねぇ。探査のいろはを忘れてしまったのは、おれだ」

私が悪い、俺が悪い、といいあうふたりに、源之丞は苦笑する。

「まぁまぁ、ふたりとも悪いということにして」

「すみません」

「申しわけねぇ」

頭をさげる晋助とお奈津のふたりに、源之丞は手を振りながら、

「そこまで親分が悔やんでいるのであれば、南割下水に戻って調べ直すのもよい手であろうなぁ。けっして無駄にはなるまい」

「へぇ、でなにを調べましょう」

「まずは、小八郎がどんな生活をしていたか、そこからだ。阿片とのかかわりがあるとしたら、かならず伝次との接点が見つかる。恋文の代筆をしているなら、日誌などを記しているかもしれんからな」

「絶対に見つけてみせますぜ」

やる気が戻った晋助が、駆けだそうとする。

「待て、待て。まだある」

足を止めた晋助は、源之丞の言葉を待った。お奈津の身体も傾き、すぐ走りだ

せるような姿勢を保っている。

「もし、部屋にべつの阿片が残っていても、そのままにしておくんだ」

「どうしてです」

「伝次の仲間が取りにくるかもしれんからな」

「なるほど。そこを捕まえようって寸法ですね」

「そううまく運ぶがどうかはわからぬが、数日は、小八郎の家を見張っていたほうがいいかもしれん」

でも、とお奈津は疑問を呈する。

「小八郎という御家人を殺したのが、伝次の仲間とは決まっていませんね」

「それならそれで、下手人捕縛の足がかりができる」

どちらにしても、さらなる家探しは必要だろう、と源之丞はいった。

その言葉に晋助はうなずき、

「もし、殺しが阿片絡みだとしても、小八郎の家に忍びこむような危険をおかすでしょうか」

「わからぬ。無駄足になる場合も見越しておかねばならん」

「まぁ、探索のほとんどは無駄足ですから」

　晋助が、訳知り顔をしてから、

「その無駄のなかから、お宝を見つけられるかどうかが腕ってもんでしてねぇ」

「まぁ、さすが晋助さん」

　おだてるお奈津に、晋助は、へへへ、と喜んでいる。

「おいおい、こんなところでおのろけはやめてもらいたいぞ」

　つい、自分とお比美が笑いあっていたころを思い浮かべてしまった。

　そんな源之丞の気持ちには気づかず、お奈津も晋助のように、へへへ、と笑みを浮かべて、

「じゃ、いい報告を待っていてください、ところで、源之丞さんはどうするんですか」

　お奈津の問いに、源之丞は、そうだなぁ、と眉をひそめる。平九郎とお比美がどこにいるのか気になっているのだが、ふたりの行き先より、まずは阿片窟を探りだすほうが先だ。

「なんとか、阿片窟に関する手がかりを見つけたいのだがなぁ」

　それなら、と晋助は真剣な目つきをして、

「一緒に南割下水に行きますか。用心深い伝次のことだ。現場近くよりも、むし

ろ江戸のほうが、思わぬ手がかりを残しているんじゃねぇですかね」

そういってから、晋助はお奈津の様子をうかがう。

「あ、それがいいかもしれません。晋助さんだけでは、まだ不安がありますからねぇ」

「な、なんだって」

けたけたと笑うお奈津を見て、晋助は不満そうな顔をする。

「あら、本気でいってるわけではありませんよ。そのくらいわかってるではありませんか」

「う、うん、そうだ、そうだった」

そんな晋助の態度を見て、お奈津はまたもや笑う。

晋助も最後は、へへへ、とにやけながら、

「すんません、こんなわけで南割下水へ行きましょう」

「ここに私がいることを、忘れられたと思ったぞ」

「へへ、すんません」

しばしの間、源之丞は思案をめぐらす。たしかに、晋助の言葉にも一理あるように思えた。

「お奈津ちゃんが許してくれるなら、一緒に行こう」

「もちろんです。探索のいろはを学びたいと思っていましたからね」

悪戯っぽい顔で、晋助に目線を送った。

なにかいい返すかと思われたが、今度は晋助も知らんふりをして、

「これで百人力だぜ」

そうですね、とお奈津は晋助の腕にぶらさがり、

「どんどんいい腕になりますように」

「まかせとけ」

晋助は力強く答えた。お奈津は嬉しそうに源之丞へと目を送り、よろしくお願いします、と頭をさげた。

「まかせとけ」

同じ台詞を、源之丞は笑いながら答えた。

いつかこんなふうに、お比美とも笑えあえれば……。

おっと、いつまで不甲斐ない気持ちでいるのだ、と己を叱咤しながら、

「さぁ、行こう。南割下水へ」

晋助は、へぇ、と力強く答え、お奈津からは、はい、と張りのある声が返って

くる。

若いふたりに負けておれぬぞ、と源之丞も気合を入れ、一歩を踏みだした。

五

家永は千住の街道で、源之丞の協力のもと、なんとか伝次に取り入る隙を狙ったのだが、おかしな邪魔が入って失敗してしまった。

その後は、千住宿界隈をうろつきながら、ふたたび一家にもぐりこむ隙を狙っていたのだが、すんなりとはいかず、焦っているところである。

こうなったら、無理やりにでも、もぐりこむしかないだろう。

伝次一家の住まいのそばを探っていると、ふと、若い女占い師が、同じようにうろついていることに気がついた。

――街道でいきなり出てきた占い師ではないか。

よく見ると、その足さばきは普通ではない。占い師がするような歩きかたではなかった。

どうみても、密偵に見えた。

伝次一家は阿片を扱っていると、奉行所では疑いを持っている。だとしたら、家永以外にも密偵を放っている可能性はあるかもしれない。

しかし、そんな話は聞いたことがなかった。

仲間がいるのなら、鉢合わせをしたときに困らぬよう、ある程度は情報を流してくれるはずだ。

となると、あの占い師は敵かもしれない。

あるいは、阿片でひと儲けしようとしている、新たなる賊の一派か。

黄昏時に歩く女占い師の姿は、亡霊のようにすら見えていた。

どこに行くのか尾行しようかと思ったが、いまは肝心の伝次一家のほうに動きがあったら困る。

結局、家永は女をやりすごして、夜を待った。

そして、子の刻を過ぎたあたり……。

家永がまたもや伝次の根城周辺を探っていると、怪しい影が街道を駆け抜けていくのが見えた。昼の女占い師か、と目を凝らしたが、どうやら違う。

すばやい忍び走りである。

その姿から、源之丞だと気がついた。

才蔵に変身した源之丞であろう。

気配を消して見守っていると、源之丞は伝留一家の屋敷にもぐりこんだ。相変わらずあざやかな動きである。

あとを追いかけて侵入しようかと考えたが、思いとどまる。源之丞はなにか目的を持っているはずだ。それを邪魔するわけにはいかない。

家永は、しばらく待つことにした。

収穫があれば、源之丞から教えてもらったらいい。

常夜灯の陰に隠れていると、屋敷のなかから、かすかな騒ぎの音が聞こえた。

さては源之丞が見つかったのか、と立ちあがったが、

――待てよ。

と足を止める

そんな簡単に見つかるような男ではない。

だとしたら……。

計画的に見つかった、と考えたほうがしっくりくる。

しばらくは様子を見ようと、また常夜灯の陰に身をひそめた。

半刻を過ぎたころ、なかの音が静まった。

見えぬからどうなっているのか、気になっていると、誰かが捕まったような叫び声が響いてきた。

まさか、と思うが念のため、板塀のそばまで行ってみることにした。

そのとき、屋根裏から人影が出てた。月夜の屋根は、思いのほかはっきりと影が見える。

目を凝らすと、その姿形は源之丞である。

逃げおおせたのか、と安堵するが、その動きはどこかぎくしゃくしている。危険から逃れたという雰囲気ではない。

見ていると、一度、下を気にするような仕草が見えた。

――誰か一緒にいたのか……。

でなければ、誰かと鉢合わせをしたか、いずれかだろう。

仲間か知りあいが先にいて、鉢合わせをした。そいつは捕まって、源之丞だけが逃げることができたのだろうか。

才蔵に仲間がいるとは考えられないから、知りあいがもぐりこんでいたのではないか。

家永が思案をめぐらせている間に、月夜の屋根から、源之丞の影は煙のように消えていた。

すでに、あとを追う術はない。追いかけたところで、見つかるはずもないだろう。

源之丞のすばやさに追いつけるとは思えぬ。

家永はしばらくその場に立ち続けていたが、おや、と首をひねる。

館のなかから、不思議な声が聞こえてきたからだ。

あきらかに、忍びが発するような音である。声とも風とも雑音とも異なる、不思議な響きである。

なかで捕まった者からの、外への連絡ではないか。

だとしたら、源之丞がどこかで聞いているはずだ。そう推量したが、源之丞はすでにその場から立ち去ったあとである。

よし、確かめよう、と腹を決めた家永は、周囲をまわってみることにした。潜戸でもあれば、なかに侵入すればいい。

家永に忍びの術は使えない。

しかし、長年培った潜入捜査の術は心得ている。

捕まったのは誰なのか、敵か味方か。

源之丞がそのまま離れていったところから思案すると、味方ではないのかもしれない。

敵だとしても、家永から見たら役に立つ人物かもしれない。どっちにしても接触しなければ、答えは出ないのだ。

しばらく周囲を探ってみても、潜戸の類は見つからない。

敵の侵入を妨げようとしているのだろうか。だとしたら、かなりの警護である。

それだけ伝次は、なにかを恐れていると見ていい。

またなかから、不思議な音が響いてきた。

さきほどとは異なり、切迫した雰囲気は消えていた。

と、もう一度、ひゅう、と音が響いた。

あたかも、来るな、と叫んでいるように聞こえた。

源之丞に対する連絡だとしたら、危険があると伝えているのだろう。こんなときの侵入は、火に入る夏の虫になりかねない。

——今日のところは退散するか……。

つぶやいた家永は、一度、月夜の屋根を見て、誰もいないことを確かめてから、その場を離れていった。

南割下水に戻った源之丞、晋助、そしてお奈津の三人は、小八郎の家のなかを探っていた。

午の刻を過ぎたあたりの本所は、人通りが少ない。

周辺に武家屋敷が集まっているからだ。ときどき、棒手振(ぼてふり)の声が聞こえる程度である。人が少ないと、そんな声も遠く長く響く。

源之丞は、伝次屋敷のなかに残してきたつぐみが気になっていた。

——占い師に化けて、私から見料をせしめるほどの腕を持っているなら、なにも心配はいらぬか。

と苦笑する。

小八郎は、几帳面な男だったらしい。そんな男が阿片などに手を出すだろうか、という疑念も湧く。

だが、その疑いは、晋助が見つけた日誌で解明することができたのである。

押入れの奥に押しこまれていた小さな柳行李(やなぎごうり)を晋助が見つけ、蓋を外すと、そこに文箱が隠されていた。

「こんなものがありました」

さっそく、晋助は文箱を取りあげる。螺鈿で作られた高級な文箱である。一介の御家人が螺鈿作りの文箱を持っているとは、普通ではない。

「やはり、小八郎には秘密がありそうですぜ」

晋助が文箱を開くと、なかから小さな日誌が出てきた。

「これは、自分で綴じたものらしい」

黒の木綿糸で綴じられていたのである。

「器用なもんですねぇ」

感心しながら、晋助は一枚一枚めくっていくと、途中で手が止まった。

「ここを見てください」

源之丞がのぞきこむと、

「これは、阿片の文字ではないか」

「どこで手に入れたのか、書かれてはいませんねぇ」

阿片という文字は、はみだし欄に書かれていたのである。端書きとして記したのは、気になっていたからに違いないだろう。なんの気無しに、つい書いてしまったという雰囲気であった。

晋助が先までめくってみたが、それ以上、目ぼしい記述はなかった。

「阿片という言葉が出てきたのは、この端書きだけですねぇ」

がっかりした声で、お奈津が晋助から日誌を渡してもらった。

そのときだった。

「お奈津ちゃん、待ってくれ」

あわてた声で、晋助がお奈津に渡った日誌を取り返す。

「この裏表紙、なんかおかしくはねぇですかい」

どれどれ、と源之丞が検めると、

「二重の作りになっているようだ」

源之丞は、裏表紙をふたつに割いてしまった。

ぽろり、と小さな紙が落ちる。

蝶のように舞いながら落ちる一枚紙を、お奈津が手を伸ばしてつかみ取った。

「これは、絵図のようです」

手のひらに広げて、源之丞と晋助が見えるように差しだした。

「ほほう……なるほど、これは地図ではないかな」

源之丞が畳の上に置いて、三人で眺められるようにする。

「あぁ、これはたしかに江戸の地図でしょうねぇ」

「どこでしょう」

晋助の言葉に、お奈津は首を傾げる。

地図といっても、数本の線と印で描かれているだけである。切絵図のように、くわしく建物や通り、店などは描かれていない。

「これだけでは、どこなのかわかりませんねぇ」

「親分、江戸の町には明るいであろう、思いあたる場所は浮かばぬかな」

どうだろう、といいながら、晋助は地図をじっくり眺める。

十字路のような線が交差しているすぐそばに、どうやら鳥居のように思える印と、天と読める線の重なり。その横には、棒のようなものが描かれている。

周囲には、薄い黒の線が何本か引かれていた。

「これはなんでしょうねぇ」

お奈津が不思議そうに指差した。

「お奈津ちゃん、これは大根ではねぇかなぁ」

「……大根ですか、あぁ、そういわれたら……」

何本かの棒のようにしか見えないが、たしかに大根といわれれば、そんな感じもする。

「天のそばに大根ですか……」

なんのことでしょう、とお奈津は頭をあげる。

「親分、こうではないかな」

源之丞が、推理を語りだした。

「ここに交差した通りがあり、そこには鳥居が立っている。さらに、薄黒の太い線は、河川……あるいは掘割。ただ、これだけ太いものとなると……」

「大川でしょうねぇ」

「大川から西に細い掘割が伸びて、途中で交差している。そこに天があり、そばには大根の絵」

「あ……ひょっとしたら」

「気がついたかな」

「へえ、天は聖天様。そして、大根ときたらねぇ」

そこで、お奈津も気がついたのだろう、

「聖天様へのお供物は大根ですよ」

「よし、聖天様まで行ってみるか」

そこまでいって源之丞は、ふとなにかに気づいた顔をした。

もしこれが、阿片窟の場所だったとすれば……。

この家の持ち主、殺された小八郎は、なにかの拍子に伝次の真の商売と、阿片窟の場所を知った。そのせいで殺されたのかはまだわからぬが、いずれにしろ、小八郎は己が知り得た情報を、こうして隠していたのだ。

しかも、亡骸の懐には、強烈な匂い袋を隠れ蓑にして、阿片の現物までひそませていたという。

阿片窟の場所が知れたとあれば、もはや女忍びのつぐみも、危険な潜入捜査をおこなわずに済むだろう。

おそらく、すでに囚われの身となっているはずで、伝次の用心深さを思えば、いまだ脱出の目星すらついていないことも十分にありえる。

——ここはすぐにでも助けるべきではないか。

そう思いいたると、途端に源之丞の胸に不安がこみあげてきた。

「親分、すまぬ。ひとまず聖天様の探索を先にしておいてくれぬか。私は急ぎの仕事を片付けねばならん」

「へえ、それはかまわねぇですが……」

きょとんとした表情で、晋助はお奈津と顔を見あわせる。

「だがな、親分。お奈津ちゃんの前だからといって、くれぐれもいいところを見せようとして、探査の深入りをするなよ。お奈津ちゃんを危険にさらすことにもなるのだぞ」

源之丞の言葉に、晋助は一度、お奈津のほうを向き、

「もちろんでさぁ」

あらためて源之丞を見て、強く答えるのであった。

六

「権八……」

自室で物思いにふけっていた伝次は、思わずつぶやいていた。

結局、権八の誘拐騒ぎは、金欲しさに権八と貧乏御家人の伊那小八郎が仕組んだ狂言であった。

しかも、権八は阿片をひそかにくすね続け、すっかりと中毒になっていた。

あの日、伊那小八郎の住まいに踏みこんだ伝次たちは、驚愕の表情を浮かべた

小八郎と、奥の部屋でぐたっと横になっている権八を見つけた。

小八郎を問いつめてみると、どうやらすべては権八の描いた図だったらしいことがわかった。

そのあと怒りにまかせて、伝次は小八郎の首をへし折って殺し、手下たちを使って近くの川岸に捨てさせた。

だが、馬鹿な男ではあるものの、実の弟である。とてものこと、権八を見捨てるわけにはいかなかった。だいいち、阿片中毒の状態で町方にでも見つかってしまえば、探索の手が伝次まで伸びかねないのだ。

苦労してここまで連れ帰り、人目につかぬよう寝かせておいたものの、すでに手遅れだったようで、ほどなくして死んでしまった。

とりあえずそのままにはしてあるが、権八の亡骸の始末も考えねばならない。どこから足がつくかわからず、始末は慎重にならなくてはいけなかった。

伝次がなおも思案に暮れていると、

「親分、野郎の居場所がわかりました」

息を弾ませて戻ってきたのは、弥六である。汗を拭きふき勢いこんでいる弥六に、伝次は、ようやった、と声をかける。

千住で会った男が、ばさ留の仇だとは気がつかなった。そんな自分のどじを、弥六が救ってくれたのだ。

「で、どこだ」

「へぇ、最初、鳥越に着いたようでしたが、すぐその旅籠から出てきました。女連れです」

「どんな女だい」

「へへ、それがうまい具合に、梅富士の女ですよ」

「ほう、それはまた都合がいいぜ」

声をあげたのは、加吉である。

最初の計画では、梅富士の娘をかどわかし、それを餌にしようというものだった。ふたり一緒だというのだから、面倒が減ったといっていい。

弥六は続けた。

「野郎の名前は、平九郎というようです」

「そういえば、梅富士には変な用心棒がいただろう」

「へぇ、その野郎も鳥越の旅籠にいましたが、さっき確かめてきたら、引き払ったようです」

「まぁ、用心棒なんざには用はねぇからな。で、平九郎ってのは、いまどこにいるんだい」

「今戸です。今戸橋のそばに、真福寺ってぇ寺があります」

「そこにいるのか」

「へぇ、そのとおりで」

「寺とは面倒だな」

「なに、あっしたちにはどうでもいい話ですぜ。町方は手を出せねぇし、かえって都合のいい話かもしれませんや」

加吉が冷静に答えた。町方は、寺では勝手な真似はできない。寺社奉行の管轄だからだ。

「ところで、数日前に飛びこんできた雌鳥はどうしました」

「ふん、あの生意気な女か」

伝次は鼻を鳴らして、さらにぐびりと喉を鳴らした。

「裸にして、地下に押しこんでおいたぜ」

「いったい、何者なんです。どうしてうちに忍びこんできたんですかねぇ」

「さぁなぁ。聞いても、なにも答えやがらねぇ」

「やべぇ相手だったら困りますぜ」

甚助は、早く始末したほうがいい、といいたいらしい。

「そう簡単に殺してしまうには、惜しいけどなぁ」

下卑た笑いをする伝次を見て、甚助と弥六もにやけるが、加吉だけは違った。

「町方の手先ということはありませんかねぇ」

「奉行所の間者（かんじゃ）だってぇのかい」

「そうでなければいいんですが」

間者を殺したら面倒な話になってしまう。といって、このままにしておくわけにもいかない。

「じゃあ、まずは正体を聞きだすとするか」

三人は、つぐみが捕らえられている地下室に向かった。

地下室は表向き、なにかの倉庫のようになっているが、その実は、阿片中毒になった連中を押しこめておく場所だった。金を払えなくなった中毒者が、ときどきわめき散らしたり、暴れることがあるのだ。

そんなとき、ここに押しこめ、あとは放っておくのである。

もちろん、弱って死ぬまで待つだけで、その間、中毒者たちは大声をあげたり、暴れたりする。そんな表には出せないやつらを始末するには、こんな地下室が必要なのだった。

つぐみは、襦袢ひとつの半裸姿であった。

その格好に、加吉は目を逸らすが、甚助と弥六はにやにやしながら、

「へへへ、たしかに殺すには惜しい女だぜ」

甚助がつぶやいた。

「そうかもしれねぇが、間者だったら生かしてはおけねぇ」

加吉が、甚助や弥六の欲望に水を差す。

「そんな堅いことといっていたら、世の中、楽しくねぇや」

「お縄になったら、もっと楽しくねぇことになるんだ」

吐き捨てるように加吉は叫んだ。

「まぁまぁ、こんなところで、いいあいはやめろ」

伝次の言葉で、つかみあいになりそうなふたりが落ち着く。

「おい、女。てめぇは何者だい、なにをしに忍びこんできた」

「ふん、あんたらには答える義務はありません」

「おう、義務ときたぜ。おめぇ、さしずめ、自分で才人だとでも思っているんだ

な」

「そんなことはありませんけどね」

「ふん。その、いかにもできる女だ、みてぇな台詞が気に入らねぇ」

「だったら、とっとと殺しな。阿片でも飲ませてみればいいじゃないか」

「てめぇ、やはり奉行所の患者か」

「違いますよ。本当のことをいいましょうか」

つぐみは、ことさら胸を前に突きだした。男たちの目を意識しての行動である。

「本当のことだと……なんだ、それは」

「あんたがさばいている阿片を、いただきたいと思って入りこんだんですよ」

「おめぇ、才人に見えて馬鹿だな」

伝次は鼻を鳴らす。

「馬鹿ですかねぇ」

「あぁ、馬鹿だな。もし、本当に阿片を扱っているとしても、ここは人足斡旋をするところだ。そんな場所に、ご禁制の阿片を置いておくわけがねぇだろう」

「へぇ、じゃあどこに隠してあるんだい」

「……そうか、それを知りたくて、胸を見せたんだな」

そうはいかねぇ、と伝次は大口を開いて笑う。

「そんな色気騙しに乗るほど、馬鹿じゃねぇよ」

すると、加吉がつぐみのそばまで出て、

「仲間はいるのか」

「さぁねぇ。どうですかねぇ。それこそひとりで、こんなところにもぐりこむ馬鹿はいないんじゃないんですか」

つぐみは、わざと伝次たちを苛々させるような物言いを続けていた。

「誰だ」

地下におりてくる足音が聞こえて、伝次は身構える。

「私ですよ」

おりてきたのは、お洋だった。どこか不機嫌な面持ちである。

「ここに来ちゃだめだっていってるだろ」

「わかってますよ。だけどねぇ、女が捕まったと聞いては、黙って見逃すわけにはいきませんよ」

「なにがいいてぇ」

「べつに……まさか、あんたが女を手籠めにして殺すとは思っていませんよ」

その目は、逆の気持ちを語っている。

ちっ、と舌打ちをした伝次は、つぐみから身体を離す。その仕草を皮肉な目で見ていたお洋は、つぐみの前に進み出て、顎をつかんだ。

「ふん、ちょっと可愛い顔をしていると思って、男たちをたぶらかせると思ったら、大間違いだ」

「そんなことは思っていませんよ」

「おや、そうかい。だったら、これはなんだね」

お洋は、むきだしの乳をぐいとつかんだ。

痛みをこらえているつぐみを見て、さらに目一杯、握りつぶす。

「ふん、いい顔だ」

悦に入るお洋を、伝次は止めた。

「そのくらいでやめておけ。みんなが見ているんだ」

「おや、この女をかばうのかい」

「そうじゃねぇ。みっともねぇっていってるんだ」

「あんたがこの女になにをしようとしているか、わかっているんだからね。変なことをしたら、私だって黙ってはいないよ」

「馬鹿なことは考えるな」

伝次は、ただこの女の正体を探っているだけだ、と諭す。

「そんなら、もっと簡単に白状させる手段があるじゃないか」

お洋は加吉に目を向けると、阿片を溶いた水を持ってくるように指示を出した。

へぇ、と答えた加吉は、しばらくそこから姿を消していたが、すぐに戻ってきて、

「ここに……」

おおきなどんぶりを差しだした。

受け取ったどんぶりを、お洋は満足そうに見つめる。

「さぁ、女。これを飲むんだ。これから毎日飲んでもらうから、覚悟するんだね。そうするとどんな身体になるか、おまえだってわかるだろう」

お洋はつぐみを、阿片中毒にする魂胆なのだった。

つぐみは地下牢のなかで、数歩さがる。

そんなものを毎日飲まされたのでは、身体が蝕まれてしまう。最後は中毒になって、頭も破壊されてしまう。

「逃げようったって、だめだよ。加吉、女を引きずりだすんだ」

冷たい声で、お洋が命じた。

加吉は甚助に手伝えといって、牢屋のなかに入っていく。

つぐみは、部屋の隅に小さくなっているが、隠れる場所はない。半裸の女が部屋の隅に縮こまっている姿は、どこか凌辱（りょうじょく）の匂いがする。

そんな雰囲気を感じたからだろう。甚助は舌舐めずりをしながら、つぐみの手を取った。

「おい、女。名前を聞いていなかったなぁ」

「…………」

つぐみは答えない。唇を噛みしめて、甚助の下卑た目つきに耐えている。

「ふふふ、これでおまえも天竺に行けるなぁ」

甚助が、つぐみの肩を抱きしめる。

それを振り払って、つぐみは甚助を睨みつけ叫んだ。

「殺しなさい」

「黙っていても死ぬから心配はいらねぇ」

甚助は手にしていた縄で、半裸にしたつぐみをぐるぐる巻きにした。

牢屋の外では、伝次と弥六がにやけながら見つめている。

「間者なら死んでもらうしかねぇな」

加吉もつぶやいた。

甚助は舌舐めずりをしつつ、汗をぬぐう。

だが、つぐみはなかなか怯まない。またもや胸を突きだして、

「ほら、見なさいよ。みんな馬鹿な目つきをして。そんなんじゃそのうち、すべてがばれて獄門首（ごくもんくび）だ」

「やかましい。飢えた男たちの凶暴さを知らねぇな」

「知りませんよ、馬鹿の集まりが、どんなことをするかなんて」

「へ、たいそうな勢いだが、それもすぐ終わるぜ」

さぁ、味わわせてやるぜ、とどんぶりを突きだした。

つぐみは手を縛られているため、逃げることができない。

「へへ。天竺に行けるほどの悦楽の限りを感じるだろうよ」

「待って、あたしが流しこんでやるよ」

申し出てきたのは、お洋だった。つぐみの仕草に色気を感じている男たちに、嫌気がさしているらしい。

「馬鹿な男たちを、その顔で騙そうったってそうはいかない」

お洋は甚助に、女を動かすな、といって顎をつかむ。

「さぁ、飲むんだ。もったいないからねぇ、こぼすんじゃないよ。一滴こぼしたら、丸裸にするからね」

その言葉に甚助は、にやりとして、

「それもおもしれぇ」

「馬鹿め。いいから黙ってな。女に馬鹿な真似させたら、あんたの大事なところを蹴飛ばしてやるからね」

「わかったぜ」

甚助が、いままで以上につぐみの動きを封じる。

「さぁ、いくよ」

顎をきっちりつかんで、お洋はどんぶりを唇に押しあてた。

と、そのとき階段を、バタバタおりてくる音がした。

思わず振り向くと、手下があわてている。

「なんだい、邪魔すると殺すよ」

「変な野郎が、家のなかに飛びこんできやした。まだ暴れています」

「なんだと」

伝次が階段をあがろうとすると、黒覆面がおりてきた。手には刀をだらりとさげて、階段の途中で踏みとどまると叫んだ。

「その女を放してもらおうか」

全身真っ黒の男が、地下室を見まわしている。

第四話　聖天社の秘密

一

「誰でぇ、いきなり現れやがって」

「誰と聞かれても、誰でもない。ただの女の味方よ」

「馬鹿野郎」

伝次は加吉を見て、やっちまえ、と叫んだ。

階段の途中で見得を切っている黒覆面は、さげていた刀を上段に振りかぶり、

「この刃が、おめぇたちの首をはねるんだ」

「やかましい。芝居がかった台詞はそこまでだ」

そのとき、黒覆面の顔めがけて、なにかが飛んだ。

「くらえ」

叫んだのは、お洋だった。持っていたどんぶりの中身を、黒覆面めがけて投げつけたのである。

突然、水気が飛んできて、黒覆面は階段の上でよろめいた。

「ふん、口ほどにもねぇ野郎だ」

伝次がよろめいている覆面に抱きついた。だが、そんなことで捕まるほど、覆面男は弱くなかった。

「おっと、あっちにいけ」

抱きつこうとした伝次を蹴飛ばして、

「女、逃げろ」

懐からなにかを取りだし、つぐみに向けて投げつけた。瞬間、つぐみは後ろを向いた。と思ったら、なんとそれまで縛られていた縄が突然、解けたのである。

「さすが……」

黒覆面が叫ぶと、縄から抜けだしたつぐみは、渡されたくないを構える。

階段から飛びおりた黒覆面は、伝次の顔に拳をあてた。

いてぇ、と叫んで、伝次は鼻を押さえた。そこから、血が流れ落ちる。

牢屋から抜けだしたつぐみと黒覆面は、背中をあわせた。

「そうか、それはすまなかったなぁ。阿片の場所がわかったから、助けにきたのだ」

「私ひとりで、なんとかしたのに」

「ですから、私ひとりでも大丈夫でした」

「まぁ、そういうな。ところで、私も男だ。その裸姿はなんとかならぬか」

「こんなときに、なにをいっているんです。目の保養にでもしてください」

「それも一興」

逃げるぞ、といって黒覆面の才蔵は、階段をすばやく駆けあがった。つぐみもあとに続く。ふたりのすばやさに、伝次をはじめ、加吉も甚助も弥六も、口を開いて唖然としているだけである。

だが、お洋だけは違った。

「なにやってるんだい。早く追うんだよ」

その叫びに、男たちは我に返り、

「てめぇたち、ふたりを逃したら玉を切り取るから、そう思え」

加吉が最初に階段に飛びだし、すぐに甚助、弥六が駆けあがっていく。

「ほら見なよ。あんたがよだれ顔で女にいかれているから、こんなことになってしまったんだ」

「いかれているだとぉ、そんなことはねぇ」

「じゃぁ、早く捕まえないと、本当に獄門になっちまうよ」

「くそ……」

いまや伝次の顔は、怒りで真っ赤に染まっていた。

伝次屋敷から抜けだした才蔵とつぐみは、すでに大川沿いを走り抜けている。

「才蔵さん。どこに行くんですか」

才蔵の横を駆け抜けながら、つぐみが聞いた。

「まずは、古着屋だ」

「……たしかに、そうでした。裸でもあまり気にしていませんでした」

「十分、目の保養はしたからな」

いつの間にか、黒装束は普通の着流しに戻っている。

小さな古着屋を両国橋のそばに見つけた源之丞は、つぐみに、行ってこい、と声をかけた。

「すぐ戻ってきます」

店に駆けこんだつぐみは、あっという間に帰ってきた。これまたどうやって着替えたのか、すでに町娘に変化していた。

「見事なものだな」

「ありがとうございます。でも、まさか才蔵さんが助けにきてくれるとは思っていませんでした」

「平九郎がやるべきことなのだろうが、いま、どこにいるのかわからず、声をかけずに来てしまった」

「ですから、私ひとりで問題はなかったんですけどねぇ。どうして助けにきたんです」

声に不服そうな色が含まれている。

「阿片窟がどのあたりにあるか、本当に見当がついたからだ」

えっ、とつぐみは目を見開き、

「どこです。そもそも、どうしてわかったのです」

「騙し取られた見料を返してくれたら教えてあげよう」

「まぁ……あれは、ぼんやりしている才蔵さん……いえ、源之丞さまがいけないのです」

「ふむ。そうであったか」

「それで、どうして阿片窟の場所に気がついたのです」

源之丞は、小八郎殺しと日誌にはさまれていた地図の話をする。

「へぇ、殺しから足がついたとは、皮肉な話ですね」

「あぁ、あのように首をへし折って殺すなど、相当な力持ちだ」

「では、下手人は伝次でしょうか」

「そう思えるのだが……そのあたりは、晋助親分が探っているところだ」

晋助の名を聞いたつぐみは、あぁ、とうなずいた。

「そんなことより、聞きたいのだが」

「なんです」

「つぐみ、というたな。なにゆえ阿片にこだわるのだ」

「それは……」

つぐみは、いいしぶった。

以前、父親が阿片に殺されたといっていたが、くわしいことはわからない。

源之丞は、そのへんで休もう、と誘う。こみいった話になりそうだ、と感じたからだった。

つぐみの顔は厳しく変化している。よほど阿片では苦しんだらしい。

源之丞は、河原をおりていく。

つぐみは数歩遅れているが、離れはせずに、ついてきていた。

河原の途中に、小さな赤鳥居があった。神社があるのかと思ったが、祠がある だけである。

その前が草むらになっていて、座ると通りからは姿が隠れそうな場所だった。伝次の手下たちが追いかけてくるに違いない。やつらから身を隠す意味でも、最適な場所だった。

「ここでどうかな。座り心地はわからぬが」

「はい、気にしません」

「あまりいたくなければ、無理にとはいわぬ」

「いいえ、誰かに聞いていただいたほうが……」

そうか、と源之丞はうなずき、つぐみの言葉を待った。

「これは平九郎さんも知りません」

「ほう、よほどつらかったのだろう。以前、父上のことを申しておったが……」

「はい……」

つぐみは、ため息をついてから語りはじめた。

つぐみの父親は甲賀生まれの忍びで、決まった主人は持たずに仕事を請け負っていたという。忍びとしての腕がたしかだと、その筋ではたいそうな評判であった。

「名前はご勘弁を。というより、そのつど変えていましたから、私も本当の呼び名は知りません」

「忍びとは、そんなものかもしれんな」

父親は、戦いの腕に優れているというよりは、変装の名人で、いろんな人間になりきり情報を手に入れる術に長けていた。

あるとき、長崎奉行から依頼があった。

長崎から、ときどき御禁制品が江戸に流れていて、それを内密に調べてほしい、という内容であった。

そこでつぐみの父親は、お店者に化けて、抜け荷の疑いがある商人に近づいていった。

「そのなかに阿片があったのか」

「はい、それは、あとから知ったことでした」

さすが腕利きと知られるだけあり、父親の調査は順調に進められた。

「調べていくと、店の主人は、抜け荷とはかかわりがありませんでした。しかし、流出のもとは、間違いなくその店だったのです」

「ほう、ならば使用人かな」

「そのとおりです。名を三本木といいました」

「ふ……三本木というのか」

「はい、その三本木は以前、長崎奉行で下働きをしていたらしいのですが、陰で悪さをしていたようなのです。役人の誰もが気にもとめないような男で、その存在感のなさを隠れ蓑にしていたのでしょう」

「なるほど……影には誰も気がつかぬ、か」

「三本木は、奉行所が押収した唐国（からくに）や南蛮、その他から入りこんできた阿片を、少しずつ盗んでいたようなのです」

不幸なことに、父親は抜け荷のことに気を取られていて、阿片は目の外にあったらしい。父親が間者だといち早く気づいた三本木は、なんと阿片を使って、父親を中毒にしてしまったのである。

「どうやって飲ませたのだ」

「おそらくは、三本木が勤めていた店の主人との宴席で、料理か酒に混ぜこませたのでしょう」

「ふむ、阿片の存在に早く気づいておれば、警戒もしたかもしれぬなぁ」

「そうかもしれません……」

ある日、突然に父親の様子がおかしくなった。だが、まさか阿片中毒とは誰も思わず、潜入している事情から、父親もくわしいことを周囲に話せず、結局、ひとりで苦しみ抜いて亡くなったというのである。

「それで阿片が憎いと……」

「父の仇でもあるのです」

「その三本木という輩は、どこにいるのだ」

「父親の死にざまに疑惑を感じた当時の奉行が、三本木に目をつけました。でも、そのときはすでに、逃げたあとだったのです」

「ふうむ……すばやいやつよ」

「ですから、伝次に阿片を流しているのは、三本木ではないか、と疑っていたのです」

話を聞いた源之丞はうなずきながら、

「それゆえの、仇討ちであったか」

はい、とつぐみは顔を伏せる。

「だが、平九郎に話をせぬのは、なぜだ。いつから仕えているのか知らぬが、平九郎ならその力で、簡単に捕縛できるのではないか」

「……そのいいかたは」

つぐみは、源之丞に視線を貼りつけた。

「そんな目で見るな。平九郎とは世を忍ぶ仮の姿。本当は……」

「そこでおやめください。たぶん、間違ってはいません」

「そうか、やはりな……では、平九郎が、いや平九郎さんが見合いをする相手は誰か、知っておるな」

「はい、源之丞さまのいい人……」

「ううむ、そこまでばれておるのか」

「わたしは、忍び……そして、平九郎さまは……」

「わかった、わかった。たいていの隠し事は、すべてばれておるというわけであろう」

「はい。そのとおりでございます」

「しかし……」

源之丞は、つぐみの横顔を見つめた。

整ったその横顔は、なにやら憂いをもっているようにも感じる。その憂いは、仇持ちというだけではないと思えた。

――これは、恋をしているおなごの横顔だ……。

そう感じたのは、ときどき、お比美が見せる横顔に似ていたからだった。

「つぐみ……おまえは平九郎に……」

「そこまででございます」

「見合いなどさせてよいのか」

「そこまで……そこまで……」

つぐみはなにを考えているのか、どこを見ているのか、今後どうするつもりなのか、さすがの源之丞にも、予測することはできなかった。

二

今戸橋から少し入ったところにある真福寺という寺に、平九郎とお比美は身を隠していた。

いや、平九郎は別に身を隠しているとは思っていないだろう。

お比美は、父の越後守から、母のお静から、源之丞から、そして女中頭のお恒からも、身を隠したいと思って梅富士を抜けだしたのだ。

平九郎とお比美は、お互い相手の正体に気がつきながら、まったく知らぬふりをしていた。

お互い真実を隠した、とぼけ道中である。

そんな冗談のようなふたりだが、平九郎はつぐみの姿が見えぬと、気に病んでいる。

「つぐみさんとは長い付き合いなのですか」

「そうだな、二年ほどかなぁ」

「警護の者がいないと心配ですか」

「そんなことはねぇよ。おれは強いんだ」

「あら、私もじつは強いんですよ」

「ほう、なら一度、手合わせをしてみるかい」

いいですねぇ、とお比美は笑みを浮かべる。

「おうおう、その笑顔だ。笑顔は、すべての悩みを洗い流してくれるんだ」

「そうなのですか」

「とくにお比美さんの笑顔は、千両、万両の値打ちがあるぞ」

「いつもそうやって、女を騙くらかすんですね」

「だから、そんなことはねぇんだって。お比美ちゃんだけだ、こんなに歯が浮くような台詞をいうのは」

「そうですかねぇ」

にやにやしながら、お比美は平九郎を見つめる。

本来の姓名は、松平九郎忠明。葵の御紋を許された人だ。そんな身分ある平九郎が、わずか三万石しかない古川の姫と祝言をあげようとしているとは。

裏になにか理由があるのではないかと、つい勘ぐってしまうが、目の前でひょうたんをぶらさげている平九郎を見ていると、気持ちもなごんでしまう。

「ところで、平九郎さん。そのふくべには、なにが入っているんです。ずっと気になっているんですが」

お比美は、わざと聞いてみた。源之丞によれば、酒と蜂蜜だという。真実を教えてくれるかもしれないと、試したのである。

「あぁ、酒と蜂蜜だ」

平九郎はあっさりと事実を告げた。

「酒と蜂蜜とは、妙な取りあわせですね」

「酒は自分のため。蜂蜜は、怪我をした者を励ますためだ」

「へぇ、使い分けているんですね」

「どうだ、蜂蜜を舐めてみるか。甘くてうまいぞ」

いいんですか、とお比美は興味を示す。

「あぁ、いい。だけどひとつ条件がある」

「あら、なんでしょう」

「そのあたりの広い場所で、手合わせをしたい」

「まぁ、おたわむれを……」

すると平九郎は、むっとした顔になって、

「たわむれではねぇよ。本気だよ。お比美さんはさきほど、自分は強いといったじゃねぇかい。その強さを知りたいんだよ」

「……なぜです」

「いや、なんとなくかな。戦うと、その人となりがわかるのだ」

「まぁ、そうなんですか」

「殺しあいは嫌いか」

その言葉で、お比美は源之丞と出会ったころを思いだした。お比美は剣術遣い……というか、剣に頼る乱暴な侍が嫌いであった。だから源之丞にも、敵は絶対に斬るな、殺してはいかぬ、と命じていた。

だが、平九郎はお比美との手合わせを心待ちにしている。

どう答えたらいいのか、迷っていると、

「あの用心棒とは、戦ったことがあるんじゃねぇのかい」

「それはありませんよ。あの者の腕は見てますが」

「なるほど、なるほど。それであの用心棒とは、どんな仲なんだい」

「仲とはなんです。ただの使用人です、あれは」

いいきってから、お比美は、そうなのか、と自問する。

――あんな人の気持ちが読めぬような男、お比美を子ども扱いするような男は、ただの使用人でよい。

そう自分にいいきかせた。

顔を平九郎に向けると、きりりと答える。

「わかりました、手合わせいたしましょう」

「それは嬉しい。ところで、強いとはいうが、どうせそのへんの道場で習ったお嬢さん芸だろうからなぁ。まぁ、お遊びだから負けても気にしねぇでくれよ」

「お嬢さん芸とは無礼な……」

「ん……無礼とは、よういうたな」

しまった、とお比美は背中を向けて、焦り顔を隠す。つい、姫としての態度が出てしまったからである。

平九郎を見ると、たいして気にしてないらしい。そのような言葉は聞き慣れているのであろう。

——しかし、剣術の腕を見たい理由はどこにある……。

やはり正体はばれているのだろう、とお比美は平九郎を見た。

ぼんやりとした源之丞とは異なった、きりっとした顔つきである。いかにも身分高く、他人に指示を与える術を備えている風情だ。

どちらがいいとはいえないが、のほほんとして鵺（ぬえ）のような源之丞の態度より、はっきりとものをいう平九郎に興味が湧いてきている。

「平九郎さん、手合わせをするといっても、ここではできませんよ」

小さな寺とはいえ、ときどき小坊主が庭を掃き清めている。そんななかで、腕試しとはいえ、刀や木剣を振るったら、大騒ぎになるだろう。

「剣術の稽古とでも説明しますか」

お比美の提案に平九郎は、いや、もっと鬼気迫るような場所がいい、と笑う。

「鬼気迫るとは、どこです」

「どうだ、浅茅が原あたりでは」

「浅茅が原ですか。鬼婆がびっくりして腰を抜かしますよ」

「その姿を見たいのだ」

浅茅が原には鬼婆が住んでいて、人を喰うというような噂が、まことしやかに流れている。

「わざわざ、そんな寂しい場所でやらなくても」

「本気でやるためには、風景も大事であるからなぁ」

わはは、と笑う平九郎は本気らしい。

このあたりは、都鳥の名所だ。

さきほどから、鳥の声や羽音が響いている。

今戸焼きの窯からは、煙がたなびき、ときどき棒手振の声が流れていく。

いかにものんびりした雰囲気だが、お比美は千住の出来事が気になっている。

田助は怪我も癒えているが、まだ本調子とはいえず、お安の看病を受け続けている。お奈津は元気になり、どうやら晋助と行動をともにしているようだ。

気になるのは、家永藤二郎と源之丞の姿を見ていないことであった。

北町定町廻り同心の家永が、見まわりの姿を見せなくなるということは、いつものように密偵としてどこかに潜入しているのかもしれない。

いままでの経験からすると、間違いないだろう。

家永がいなくなったと同時に、源之丞の姿も見なくなった。そこから導きだせるのは、

——ふたりは、なにかを調べている……。

お比美は、そう察したのである。

おそらく、千住の事件にかかわりがあるのではないか。お奈津と田助を襲った連中に、千住の街道筋で出会った。

そこで見た家永の格好は、たしかにお比美の推量どおりであった。

まさか、女占い師まで現れるとは、とんでもない光景であったのだが、平九郎

から、あれはつぐみといって平九郎の密偵で警護の者だ、と聞かされ、さらに驚いた。

　かかわりのある者たちが、同じ場に集まった。

　お比美は、そのような偶然はないと考えている。つまりは、みな千住に集まる必然があったにちがいない。

　その必然とはなんだ……。

　当て推量でしかないが、伝次にかかわりがあるのではないか。

　お比美は平九郎を見つめて、この人は、その理由を知っているのではないか、と想像する。

「平九郎さん、浅茅が原で手合わせをするのはかまいませんが、ひとつお願いがあります」

「いいだろう、お比美さんの願いなら、どんなことでも叶えるぞ。たとえ、そこの川に飛びこんで、龍の頸(くび)の珠を持ってこいといわれても、あるいは、火鼠(ひねずみ)の裘(かわごろも)を探してこいといわれても、はたまた、蓬萊の玉の枝を運んでこいといわれても、どこにでもすっ飛んでいこう」

「……私はかぐや姫ではありません」

「では、月に帰ってはいかぬな」

「もちろんです。願いとは、なぜ千住に行ったのか、また、千住でなにが起きているのか、教えていただきたいのです」

なんだそんなことか、と平九郎は、お安いご用だ、と答える。

「ならば、私からも願いをいおう」

お比美は、どうぞと微笑む。

「私が勝ったら、嫁になってもらおう」

「え……えぇ、えぇ」

「そんなに驚くことはことはねぇだろうよ」

ふふふ、と含み笑いをする平九郎の顔は、心から楽しそうである。

「しかし、それは……私はまだ……」

「おや、いやなら千住に隠された秘密も教えねぇよ」

源之丞と出会ったときに、剣術遣いは大嫌いだといった自分が、果たして剣術で祝言相手を決めてしまっていいものか。

勝てばいいのだ、と自分を叱咤するが、田助から聞いた話では、平九郎は幻ともいえる剣術、陰流の遣い手だという。

そんな相手に勝てるだろうか。

お比美が悩んでいると、平九郎は、すたすたと近くまで歩んできたと思ったら。

両手でお比美の肩をつかみ、道の端まで押しこんだ。

お比美の背中に、板壁があたる。

肩をつかんでいた手を外すと、壁を、どん、と叩いた。

平九郎の顔が、すぐ目の前に浮かびあがった。

「お比美、覚悟を決めよ」

きりりとした声が耳に響いた。

「あ、はい……わかりました」

その威厳ある態度につられて、うなずいてしまったのである。

三

源之丞とつぐみは、今戸橋を渡ったところであった。

平九郎がどうしているか気になると、つぐみが不安な顔を見せたため、源之丞が、ふたりと合流しようと勧めたのである。

源之丞としては、お比美に会いたいような会いたくないような、だが、会ってきちんと話をしたいような、自分でも思うほど間抜けな気持ちである。

自分が、まったく情けない男に成りさがったような気がして、

「馬鹿者め」

つい、自分を叱りつけてしまう。

そんなにお比美に惚れていたのか、と自分でも驚いていたのだが、

「考えても、しかたがない。なるようになるしかない」

いまは、つぐみの仇討ちに集中しろ、と己に命じた。

「今戸の真福寺というところにいるはずです」

真福寺は、今戸橋を渡ったすぐ先、都鳥の名所あたりだという。そのあたりには、寺が多く並んでいる。

「平九郎は、寺住まいが好きらしいな」

「町方が勝手に入ることができませんからね」

「なるほど、武家も同じだからな」

寺社内では、さすがの武士とて勝手な振る舞いはできぬのだ。したがって、不審な者が入りこんだとしても、思いどおりに調べることはできない。平九郎は、

そこを狙っているのではないか。

家来が入ってきても、坊主に頼めば、平九郎などという者は来ていない、とつっぱねることができる。

平九郎があんなおかしな格好をして、江戸の町に出ているその裏には、なにか人にはいえぬ確執でもあったのだろう、と源之丞は推量する。

――身分などは、邪魔なだけかもしれん……。

感慨深げな源之丞を見て、つぐみは不審な目をするが、

「源之丞さまは、どうしてお比美さまと祝言をあげていないのですか」

「その話は、またにしよう」

「おやおや、よくいらっしゃいますよね、そんな人が」

「はて、どういうことかな」

「まわりの揉め事の真実は、人一倍見えるのに、自分の話になると、まったく景色が見えなくなる人です」

「私がその類であるというのか」

「違いますか」

ううむ、と源之丞はうなりながら、

「女はわからぬ」

「そんな言葉で終わらせたらいけませんよ。心の底にある気持ちを、はっきり伝えないからいけないのです」

「おや、それはつぐみ自身の話でもあるぞ」

「私はいいのです」

「ならば、私もいいのだ」

同じような台詞を重ねて、源之丞とつぐみは笑いあった。

「つぐみと語っていると楽しいのぉ」

「あら、私も源之丞さまとの会話は楽しいですよ」

「それは重畳」

「そんなことより……」

つぐみは、今戸橋の先を指差した。示した先で進んでいくのは、あきらかに平九郎とお比美であった。

「はて、あのふたりは、どこに行こうとしてるのであろう」

「なにやら、雰囲気がいつもと異なります」

「たしかに、剣呑な殺気が流れている」

ふたりは斬りあいをするのか、と源之丞はあわてるが、

「違います。おそらく、平九郎さんがお比美さんの剣術の腕を試そうとしているんだと思います」

「どうしてそんなことを」

「平九郎さんは、強いおなごが好きなのです」

「ははぁ……」

お比美は小太刀を使う。免許皆伝ではあるが、平九郎に太刀打ちできるほどの腕を持ってはいない。それは平九郎にしても、気がついているはずである。

それなのに手合わせをするとは……。

「どうやら。平九郎はお比美ちゃんに惚れておるな」

「ただの興味だけではないでしょうね」

悪戯っぽい目つきで、つぐみは源之丞に視線を向けた。放っておいたら、ふたりはどんどん近づいていきますよ、と脅しているようにも見える。

「源之丞さんは、思った以上に焦れったい人ですね」

「ううむ、そうかもしれぬ」

いわれてみたらそうなのだろう。

そんなことは、自分自身で考えたこともなかった。

「まぁ、男と女は、最後はなるようにしかならぬのだ。すべては天が見ておる。天の恩寵があればこそだ」

「……ちょっと、なにをいっているのかわかりません」

「そうか、興奮はせぬか」

呆れ顔をしたまま、つぐみは平九郎とお比美が進むほうへと、歩く速度をあげた。

浅茅が原に着くと、ちょうど空が曇ってきた。ただの手合わせではなく、あたかも決闘がはじまりそうな雰囲気である。

「これは、まさに戦いの場になってきたぞ」

平九郎は楽しそうだ。お比美は、こんな空でもやるのか、と聞きたいくらいだが、楽しそうな顔をしている平九郎を見ていると、不服はいえそうにない。

「まるで、戦国の世みたいではありませんか」

「なかなか楽しい試合になりそうだ」

「私はべつに楽しくはありません」

「おや、おれから、いろいろ聞きだしたいんだろう」

「それとこれとは、べつです。だからって、剣の手合わせなんて好きにはなれないですもの」

「そうかそうか。ではやめておこうか。そうしたら、お比美さんが負けを認めることもないからなぁ」

「……私は負けません」

「おや、ずいぶん自信満々じゃねぇかい」

「当然です」

　いつも小太刀を持つときは男装なのだが、さきほど、戦うのなら町娘の格好では不利だ、とお比美がいうと、

「たしかにそうか。それなら、袴を買ってやろう」

　そういって、平九郎は目に入った呉服屋に向かい、袴を買ってきたのである。その俊敏な動きを見て、お比美はまたもや源之丞と比較する。

　こんなとき、源之丞ならどうするだろう。

　裸にでもなればいい、とでもいいそうだ。

「おやおや、ようやく楽しそうな顔になってきたな」

「……違いますが、まぁ、いいです」

では、と平九郎は浅茅が原のなかに、ぐんぐんと入っていく。

通りから入った瞬間、お比美の背丈より高そうな草に囲まれた。これでは、戦うことなどできはしない。

「あっちに広場があるぞ」

平九郎は、無頓着に前進する。お比美もあとを追いかけた。

すると、広場というより、誰かが足で踏みしめたような場に出た。

「以前に、誰かが、ここで暴れたらしい」

地面を見ると、草が千切れてばらばらになっている。取っ組みあいでもしたのだろうか。

「先客がいたとはなぁ」

笑いながら、平九郎はさらに平らになるよう、周囲の草を踏み潰す。

「さて、準備はどうかな」

「いつでもかまいませんよ」

「では……」

平九郎の腰に差されているのは、長ドスにしか見えない刀である。普通より少し短いのだ。二尺あるかないかだろう。

鞘もところどころ、はげていて、とても名のある業物には見えない。しかし、刃紋といい、反りの美しさといい、切っ先の丸みと鋭利さの兼ねあいといい、目を見張る業物だった。

お比美の小太刀は一尺六寸、父の越後守から賜った大和守安定である。反りは浅く、それも先反りの形を見せ、互の目乱の波紋は豪快に、黒ずんだ地肌は良業物。どこに出しても恥ずかしくない小太刀だ。

平九郎は、お比美が抜いた小太刀を見て、にやりとする。ただの町娘が持ち運ぶような代物ではない。

——これを確かめたかった……。

平九郎は、心でつぶやいた。

つぐみの報告では、お比美は古川家の比美子姫らしいと聞かされている。つまりは、見合いをする姫だ。

お比美も平九郎の素性について、気がついている節がある。でなければ、あのようなていねいな態度はとるまい。

だからこそ、こうやって闘うことで、比美子姫であると確信を持ちたかったのである。真の姫ならば、たとえ武芸のたしなみがなかったとしても、安物の武具を持つはずがない。

と……。

そのとき、不審な音が聞こえた。

「何者かが、つけてきている」

そのささやきに、お比美も耳を澄ます。

「たしかに……こんなところに誰が……」

「さぁ、わからぬ。数人いる……」

尾行してきたのか、たまたまこの草むらのなかに入ってきただけなのか。はっきりしないだけに、不気味である。

「試合はやめますか」

「いや、続けよう。尾行されたのか、それとも、たまたま鉢合わせをしただけなのか、それを確かめてみよう」

「わかりました」

つけられたのなら、どこからだろうか。

平九郎との会話が楽しかったために、気配に気がつかなかったのであれば、なんとも不覚をとったものである。

しかし、気配を消すだけの実力者たちだともいえよう。だとしたら、さらに不気味に感じてしまう。

知らぬふりをしろ、と平九郎が目で合図を送ってきた。

「さぁ、やりましょうか」

お比美は、ことさら楽しそうな声をあげた。

「おう、手は抜かぬからな」

「もちろん私も。怪我をしても知りませんよ」

「それは私の台詞だ。いざ」

「いざ……」

平九郎は、お比美の視線を遮るような青眼（せいがん）に構えた。ふくべをぶらさげながらの構えは、一見、隙だらけのように見えるが、腰の決まりかたや、微動だにしない切っ先など、まことに見事である。

――これは勝てるわけがない……。

ひと目見ただけで、つい気後れしそうになったが、気合で負けるわけにはいかない。

「えい」

半身に構えて、小太刀の切っ先を平九郎の額にぴたりと向けた。

四

平九郎の身体はお比美に向けられているが、耳は周辺に向いていた。

お比美も同じように、周囲の気配を探っている。

しかし、さきほど聞こえてきた不審な物音は、気配とともにすでに消えていた。

意識的な行動だとしたら、かなりの遣い手ということになる。

平九郎は、葵の御紋を許されているほど身分ある侍だ。いついかなるときにも、警戒を解くことはできないだろう。

ふくべをぶらさげるように、のんびりとした風体だが、そのじつ、いつもぴりぴりとした生活を送っているのかもしれない。

そう考えると、お比美は平九郎のことが可哀相になってきた。

私がそばにいたら、さきほどのように、楽しい会話を続けることができるかもしれぬ……。

そんなことまで考えてしまった。

ざわ……。

草の揺れる音が聞こえた。

誰か来た……。

お比美が平九郎を見ると、青眼の構えを解いている。

どうしたのか、と目で問うと、

「わははは、騙されるところであったぞ」

「……なにがです」

「気がつかぬか」

平九郎の言葉は、物音を立てたのが知りあいだと告げているようであった。

そして……。

「あ……」

草むらの向こうから現れた影は、

「源之丞……どうして、こんなところに」

つい、大きな声が出てしまった。

草むらから姿を現したのは、とぼけ顔の源之丞である。いつものように、へらへらした顔つきで、やぁ、などと手をあげている。

後ろから、女が顔を見せた。

「おまえは……」

つぐみがどうして、源之丞と一緒にいるのだ。

お比美の頭は混乱する。おかしな取りあわせだ、と平九郎も笑っている。

どうやら平九郎も、源之丞とつぐみが一緒にいるとは、まったく考えていなかったらしい。

「ふむふむ、たしかに浅茅が原には、魔物が住んでいるみてぇだな」

そんなことまでいって、ひとり平九郎は笑っている。

だが、お比美としては、我慢がならない。

「おい、源之丞。あんなふうに気を飛ばしてきたら、敵と間違ってしまうではないか」

お比美が、源之丞に不満の声をかける。

「私がなにを飛ばしたというんです」

源之丞は、覚えがないなぁ、と首を傾げる。つぐみを見ると、やはり同じように、話がわからない、という怪訝な目つきだった。

　こちらをからかっているのかとも思ったが、ふたりの応対を見て、平九郎とお比美は目を合わせた。

「これは……おかしなことになってきたぜ」

　伝法な言葉遣いをする平九郎だが、その物腰は警戒を解いていない。お比美は、もう一度、周囲の気配を探る。

「まだいる……」

　緊張した声で、お比美がささやいた。

　その声は風に乗って、平九郎たちに届いている。

　つぐみは、平九郎のそばに寄って、なにやら話をはじめた。内容は聞こえてこないが、ふたりの眉間に皺が寄っているさまから、面倒な話をしているのだろうと感じられた。

　途中から、平九郎が源之丞に視線を飛ばしていることに、お比美は気づいた。その目には、感謝の色合いが含まれているようだった。

　源之丞がなにをしたのだ……。

　またもや、お比美だけが、蚊帳の外に追いだされているような気がしてくる。

考えすぎだろうとは思うのだが、あまり気持ちのいいものではなかった。

「しかし、私たちもそのような不穏な気配には、気がつきませんでしたね」

平九郎との内緒話が終わると、つぐみがつぶやいた。

源之丞もうなずいた。

そうなると、かなりの手練れということになる。源之丞もつぐみも、忍びの術を会得しているのだ。

加えて、平九郎とお比美だ。この四人を不安に陥らせるとしたら、かなりの敵である。

「しばらく待ってみるか」

平九郎は、姿の見えぬ敵が現れるのを待とうとしているらしい。

「平九郎さんは、襲われる心あたりがあるのですか」

お比美が問うと、平九郎はふむと目を細めて、

「まぁ、おれは敵だらけかもしれんからなぁ」

意味深な目つきを、お比美と源之丞に向けている。

「まぁ、この世はすべて敵と思えば敵になるし、仲間と思えば仲間に見えてくるものですよ」

またしても、源之丞はへらへらと笑っている。

「なるほど、今後はそのような目で、まわりを見ることにしようか」

そういって平九郎が笑ったとき、がさりと草むらが揺れた。

そこに現れた姿を見て、四人は、いっせいにわっと声をあげる。

「出たな鬼婆め、死ね」

草むらから出てきたのは、ぼろぼろの衣服を着て、肩まで伸びた髪の毛をばさばさにしている老婆である。

平九郎は、浅茅が原に住む人食い婆と思ったらしい。

「ちょっと待って、平九郎さん、違います」

お比美が声を荒らげたが、無視して、平九郎は老婆めがけてすっ飛んでいく。

老婆は目をむいたと思ったら、見た目からは予想できぬすばしっこさで、ごろごろと転がり、平九郎の刃から逃げだした。

「待ってください」

もう一度、お比美は平九郎の前に飛びだし、抱きついた。

「平九郎さん、違います。あれは、私たちの仲間です」

「……仲間……いや、温かい。じつにいい気持ちだぜ」

急いで飛びのいたお比美は、なにをいうんです、と苦笑してから、転がって地面に伏せている老婆に向かって叫んだ。

「家永さん、さっきのおかしな気配は、あなたですね」

おもむろに立ちあがった老婆は、かぶっていたかつらを脱いだ。そこから出てきた顔は、間違いなく家永藤二郎である。

「なんです、そんな格好をして。どこぞに潜入しているのですか」

「へへへ、まぁ、そんなところだぜ」

平九郎とつぐみは、ふたりのやりとりに啞然としている。

かたや源之丞は、なぜか家永が転がったあとを確かめるような仕草をしている。落としものでも調べているようであった。

「それにしても家永さん、どうしてこんなところへ」

あぁ、それはなぁ、と家永は、またかつらをかぶった。

「伝次の弟に、権八という野郎がいるんだが。そいつが死んでしまったんだ」

物乞いになりながら、屋敷のまわりをうろついていると、出てきた手下たちの声が聞こえたという。

それによると、伝次のいちばん下の弟、権八が死んだというのであった。死体はどうするのか聞き耳を立てていると、葬式はやらずに、どこぞに投げ捨てるというのである。

店の前で、長台に座りながら話すふたりによると、権八はすっかりと阿片中毒になっていたという。

売りものを横領していると、以前、伝次に怒鳴りつけられていたのに、結局のところ、権八は阿片をやめることができなかったらしい。

「葬式をあげるとなれば、よそ者にも死体を見られることになる、それを伝次は恐れたんだな」

「中毒患者の臭気でもしたんだろう」

源之丞の言葉に、家永は答えた。

権八の死体は。浅茅が原に捨てられたという。家永はその死体を見つけて、阿片中毒だった証拠をつかみたいと考えた。

伝次の弟が阿片中毒だと判明すれば、当然、伝次やその周辺に探索の手をまわすことができる。

「で、見つかったのか」

平九郎の居丈高な問いに、一瞬むっとした家永だったが、

「それがなかなか見つからねぇ。なにしろ、あちこち草むらだらけだ」

「さっき、人が踏みつけたような場所があったが、そのあたりを探してみたらどうか」

「あぁ、おれもそう思ったから、まわりを調べてみたんだがなぁ」

死体とかかわりがありそうな跡は見つからなかった、と家永は落胆する。

「そういえば……」

お比美が家永を見つめた。

「晋助親分とは会っておらぬのか」

つい姫さまの言葉遣いになったお比美であったが、いまさら誰も気にする者はいない。

「あぁ、晋助とは、そろそろ連絡を取るつもりだった。一度、近づいたことがあったんだが……」

「どうしたんです」

「お奈津という娘が一緒だったから、やめた」

「女が一緒だと困るのか」

「いや、困るというより、女を危険な目に遭わせるわけにはいかねぇよ」

「大事な話をするのなら、男も女も関係あるまい」

「そうはいかねぇ。それに、こっちはお上の御用なんだ」

素人に探索の話をするわけにはいかねぇんだ、と家永はいう。

「それは変です」

「な、なんだい、いきなり」

叫んだのは、つぐみであった。

「家永さんといいましたね」

「あぁ、北町定町廻り同心、家永藤二郎だ。ときにはこうやって変装して、潜入捜査もやってるんだ」

「だからなんです。女が潜入したらいけないのですか」

「いや、そんな話はしていねぇ」

「女忍びだって、町中に溶けこんで、いろんな仕事をする人がいます。私もそのひとりですからね。女を馬鹿にする人は許せません」

つぐみの剣幕に、家永はじりじりさがっていく。

ははは、と平九郎は大笑いを見せて、まぁまぁ、とつぐみをなだめた。

「つぐみ、おまえは忍びだからそういえるが、世の中には、ただのはねっかえりの女もいるからなぁ。そんな人を、危険な場所に送りこむわけにはいかねぇ、と家永さんは優しくいっているんだぜ」

「私だって、いつも危険とはとなりあわせです」

「む……おまえには卓越した腕があるから、おれは心配はしてねぇよ」

「よく、わかりません」

不服そうにつぐみは、ぶつぶついい続け、お比美も、はねっかえりとは私のことか、と頬を膨らませている。

五

源之丞は家永に、晋助親分は聖天様近辺を調査しているはずだ、と教える。

「そんなところで、なにを……」

そこで、伊那小八郎の家を調べ、怪しげな地図を発見した件を伝える。

「まさか、そこが本当に阿片窟なのか……」

腕を組んだ家永に、

「晋助親分には、くれぐれも無理をしないよう、釘を刺しておいた。なにせ、お奈津ちゃんも一緒だからな」

「うむ、いまの晋助ならば、そう軽率な振る舞いはしないだろう。最近やつにも、腕利きの目明かしとしての風格が出てきたからな」

源之丞と家永が会話を続けていると、

「であれば、すぐにでも阿片窟に乗りこみましょう」

いかにも気を急いていったのは、つぐみである。いまにもその地図の場所に走りだしそうであった。

おそらく、父の仇である三本木がいると踏んでいるのだろう。

いつもとは違うつぐみの必死な様子に、平九郎が怪訝そうな表情を浮かべる。つぐみは瞬時、迷ったあと、みずからの過去と父の無念の最期を、平九郎に伝えた。そして、その原因となった三本木が、伝次とつながりを持っているのではないかという疑念も付け加えた。

黙って聞いていた平九郎は、優しげな目を向けて、

「つぐみの敵討ちなら、一緒に行かねぇとなぁ」

いい終えると、お比美の顔も見て、

「もちろん、お比美さんも一緒に行くんだ」

声をかけられたお比美は、にこりとする。

「もちろんです。どんな危険があろうと、私は行きますよ」

あてつけのように、源之丞を睨みつけようとして、わざとだろう、途中で目を外した。

その姿を見た源之丞は、そこまで嫌われてしまったのか、と力が抜けてしまう思いである。

どこで、こんなに食い違いが生まれてしまったのか。

そんなお比美の態度を見て、家永は訝しげな目をするが、それ以上、追及する気はなかった。

うまくいってはほしいが、しょせんこれは、ふたりの問題でしかない。

いつも源之丞がいうように、これでふたりが別れることになったら、そこまでの付き合いでしかなかったのだろう。

ふたりの間を遠ざけているのは。平九郎の存在があるのではないか、となんとなく感じて、家永は平九郎に目を向けた。

腰から大小のふくべをさげていたり、伝法な言葉を使ってみたりと、いかにも、まともではない雰囲気を醸しだしているが、それはおそらく世間へのめくらましだろう。

普通にじっとしていると、どことなく風雅な雰囲気を感じさせる。

――このふたりは、どこか似ている……。

浅茅が原という荒れ地に立っていても、源之丞と平九郎から流れてくるさわやかな空気が似ていた。

あたかも、そこだけ暴風が避けていくような高貴なたたずまいだ。

「そういえば、そろそろ雨が降ってくるやもしれんぞ」

雨粒が落ちてきた、と源之丞が額を叩いた。

「ううむ、せっかくの戦いは続けられなくなってしまったか」

残念そうな平九郎の言葉に、お比美は応えた。

「私はいつでも待っていますからね」

「おう、それは私も同じだぞ。そのときは正々堂々とな」

目に力をこめたのは、お比美が負けたら、妻になるという約束を忘れるな、といいたいからだろう。

「もちろんです、忘れはしません。でも、さきほどの条件は変わりましたね」

「はて。なにが変わったんだい」

「私が勝ったら、なにをお聞きするか覚えていますか」

「あぁ、そうであったなぁ」

「すでにこの場で、聞きたいことは知ってしまいました」

「ううむ、そうか、そうであるな……ならば、ほかの条件を出してくれてもよいぞ。どうだ、私が負けたら、お比美さんの夫になるという条件は」

「それでは同じではありませんか。男と女が反転しただけです」

わははは、と平九郎は、荒れ地の草がなびくほどの大笑いを見せる。

――夫になるだって……妻になるとは、どういう話なのだ。

心穏やかではない源之丞である。

「さて、晋助と合流して、その後の話を聞くとするか。もしかすると、阿片についてなにか新しい収穫があったかもしれねぇ」

不機嫌そうな顔をしている源之丞を気遣ったのか、家永が仕切りなおすように手を叩いた。

「おれはひとまず先に行って、周囲をあたってみる。もしかすると晋助も、聖天様だけじゃなく、周辺の聞きこみをおこなっているかもしれねぇからな。晋助とお奈津のふたりを見つけた場合、みんなと合流するには、どこがいい」

家永は、老婆のかつらの位置を直しながら尋ねた。

だが、ふとその手を止めて、

「いや、もうこれは必要じゃねぇなぁ」

「いやいや、まだまだ伝次屋敷のまわりを調べ歩いてもらうかもしれぬ。よい変装なのだから、なにとぞ、そのまま、そのまま」

源之丞が笑いながら勧めると、

「それがいい。おい、鬼婆、今度は手加減しねぇからな」

平九郎が追い打ちをかける。

「ちっ。あれで手加減じゃ、本気でやられたら、間違いなく胴体がばらばらになっちまうぜ」

家永の冗談と同時に、大粒の雨が降りだした。

「今戸に、真福寺という寺がある、私たちはそこにいるぞ」

平九郎の提案に、わかった、と叫んで、家永はかつらの前後をまわしながら、浅茅が原を去っていった。

「家永さん、かつらの前と後ろを間違ったようですね」

お比美の言葉に、みなが一瞬、しんとなったが、やがて荒れ地にそれぞれの大笑いが響き渡り、やがて、それは雷へと伝播していった。

家永は、老婆の格好から普段の奉行所同心の姿に戻っていた。なにか成果があったならばともかく、いつまでも天神さまあたりを調べてはいないかもしれない。南割下水近くの武家屋敷町を見てまわってみる。お奈津という女連れであれば、目立つはずだ。

そう思っていたのだが、なかなか見つからない。

しかたなく一度、連雀町に戻り、梅富士に行ってみた。

「おや、家永さん、どうしました」

当然、お比美も源之丞も留守である。庭の枯れ葉を掃きだしていたのは、女中頭のお恒だった。ぶつぶついいながら、箒を乱暴に扱っている。

どうも機嫌が悪そうだ、と家永は腰が引けたが、

「お恒さん、今日もお元気で」

「……なんだい、町方に捕まるようなことはしてませんよ」

「機嫌が悪いなぁ」

「あたりまえですよ。用心棒もお嬢さんもいなくなったと思ったら、お静さんま

で消えてしまったんだから」

「おや、お静さんはどこに行ったんです」

「知りませんよ。どこぞから呼びだしをくらったみたいで、あわてて出ていったきり、数日戻ってきていないんですよ」

「誰に呼びだされたのか、お恒さんは見当つかないのかい」

「知りませんよ。まったくあの用心棒が来てから、この梅富士はどうなってしまったのか。それより、なんの用です」

「あぁ、晋助が来ていねぇかと思って」

「晋助親分……知らないねぇ。どうせ、どこぞの女といちゃついているんでしょうよ」

　これは、長居しないほうがいいかもしれねぇ、と家永は逃げ腰になる。

となると、晋助たちはどこに行ったのだろうか。

もしかすると、聖天様の近く、謎の地図に示されたあたりでなにかを発見して、その調べでいまだ現地にとどまっているのだろうか。

　聖天様に祀られているのは、歓喜天(かんぎてん)だ。歓喜天は、夫婦和合をつかさどる神さまである。供物に選ばれる大根は、健康と良縁成就、夫婦和合を表していた。

したがって、本殿前には、無数の大根が供えられているのだった。

「やはり、聖天様か」

家永はすぐさま梅富士の中庭から通りに出ると、柳原土手を両国に向かい大川沿いを、浅草寺に向かって駆け抜ける。

浅草広小路（あさくさひろこうじ）に着いたら、花川戸から待乳山に向かった。

こんもりとした待乳山が見えてくると、家永は速度を落とす。とそこで、聖天様に参ってみるか、と思いつき、階段の前まで近づいた。

もしかすると、晋助がなにか符帳でも残しているかもしれない。

階段をのぼり、本殿の前に着いた。

参拝客が、本殿前の境内を歩きまわっている。

夫婦連れではない。男がふたりだ。

こんなところに男ふたりは、いかにも不釣りあいである。

家永は不審に感じた。

境内の端のほうでふたりを見張っていると、きょろきょろと誰かを探しているような仕草を繰り返す。
身体つきは頑丈で、肩や腕の筋肉は人足を思わせた。

「やつら……伝次の手下じゃねぇのかい」
そんな疑いが浮かんだ。
しばらく見ていると、ひとりが、弥六、と叫んでいる。
はっきりとは聞こえないが、ここにはいねぇらしい、という会話が漏れ伝わってきた。
——弥六というのは、伝次のところの手下だ。
物乞いに変装しながら探っていたときに、その名を聞いたことがあった。
やつらが伝次の手下だとしたら、どうしてこんなところにいるのか。
ひょっとしたら、晋助たちを探しているのではないか。
もしそうだとしたら、晋助とお奈津は近くにいることになる。
やがて、弥六ともうひとりの男は、階段をおりていった。

六

家永は、ふたりを追いかけようか、それとも晋助とお奈津を探しにいくかを考える。

だが、もし晋助たちが、あの手下から逃げ隠れしているのならば、容易に見つけられはしないだろう。お奈津のことを考え、いったんこの周辺から離れていることもありえる。

ならば、いっそふたりを尾行すれば、もしかすると阿片窟の場所まで連れていってくれるのではないか。

その考えに満足した家永は、伝次の手下と思えるふたりを追いかけた。

伝次の根城があるのは、千住である。

根城に戻るのだとしたら、大川から今戸に出て、浅茅が原、小塚原と進むはずだ。

しかし、ふたりは大川には出ずに、鳥越町のほうへと進んでいく。

——当たりかもしれん。

やはりふたりはこの足で、隠された阿片窟に向かうのかもしれない。

ふたりの足取りを見ると、急いでいる様子には見えない。

晋助たちを捕まえるために聖天様に来たのではないのか、と疑念を持つが、いまは行く先を確かめるのが肝心だろう。阿片窟に向かっているなら、儲けものである。

ふたりは山谷堀の掘割を東に向かい、さらにそこから掘割を渡った。

小さな稲荷社の前あたりで、周囲を見まわしている。

「やつらは、なにを探しているのだ」

目を凝らしていると。稲荷の境内から人が出てきた。

加吉、という声が聞こえた。弥六と同じように、伝次の手下のひとりだ。この加吉が、伝次の片腕のようにも見えていた。

加吉が後ろを向くと、そこから女の姿が見えた。

「あれは、お洋だな……」

伝次の情婦で、手下たちからも一目置かれる存在である。はっきりとは知らないが、かなり凶悪な性悪女だという噂も聞いた。

伝次の右腕と性悪女が、どうしてこんな小さな神社から出てきたのか。

――この奥に、阿片窟があるのかもしれねぇな。

そんなことを考えたが、会話からは阿片らしき言葉はまったく出てこない。弥六といたもうひとりは、甚助と呼ばれている。

四人の会話から、阿片窟についてなにも出てこないとしたら、家永の推理は外れたのだろうか。

それでも、伝次にかかわる者たちが、四人もいるのだ。もう少し様子を探ってみることにした。

「まだ女の行方はつかめないのかい」

お洋が、加吉を問いつめている。

「それに、あのおかしな覆面は、どこに行ったんだい」

「それが、途中で姿が消えてしまった、というんですがねぇ」

「馬鹿なことというんじゃないよ。人の姿が消えるわけがあるまいに」

「そうなんですが」

加吉は、黒覆面はおそらく忍びだった、と答えた。

「それに、女もおそらく忍びでしょう」

「そんなわけがあるかい」

忍びこんできたとき、女はすぐに鳴子に引っかかった、とお洋はいった。

「ですが、あの女は、甚助が縛った縄をあっさり解いてしまいました」

そこでお洋が、甚助の頬を張り倒した。

「あんたがどじを踏むから、こんなことになるんだ」

「しかし、あれは……」

甚助は不服をいいそうになるが、お洋は聞く耳を持たない。

「やかましいよ。そんなことより、早くやつらを見つけないと、おまえたちは獄門だよ」

なんとかしろ、とお洋はわめき散らす。

遠くから、三味線の音が聞こえてきた。空が光っているのは、吉原の明かりだろう。

気がつくと、そろそろ西の空は赤くなりはじめている。

「ところで、甚助。権八さんの死骸はどうしたんだ」

加吉が聞いている。

浅茅が原に投げ捨てる予定であった、と加吉はいうのだが、

「浅茅が原に行っても、どうもいい場所が見つからなかったんでなぁ」

「じゃぁ、どこに捨てたんだ」

「鏡ヶ池に投げ捨てた。石を重しにしたから、浮いちゃこねぇはずだ」

そうかい、と加吉はうなずく。

「ふん、売り物を懐に入れようなんて、ふてぇ了見を持つから、こんなことになっちまうんだ」

「でも、伝次の弟さんじゃねぇかい。それを……」

加吉は、なんとか葬式くらいは出したかった、というが、お洋はふんと鼻を鳴らすだけである。

「売り物に手を出したやつなんざ、死んで当然だろうよ」

お洋は権八を毛嫌いしていたらしい。

そうだ、そうだ、と甚助も合いの手を入れる。

「それに、権八さんは小八郎を使って、金までせしめようとしたんだぜ。中毒のせいで、頭が少しおかしくなっていたのは、加吉さん、あんただって気がついていたんじゃねぇのかい」

加吉は、かすかにうなずきながら、

「小八郎を使って狂言誘拐を企むなんて、馬鹿げた考えさ」

「あぁ、そんな汚ねぇ真似をしたんだ。池に投げ捨てられたって、しょうがねぇんだよ」

最後に弥六が、吐き捨てるようにいった。

そのころ、お奈津と晋助は鳥越町を歩いていた。

晋助の手には、小八郎の家にあった謎の地図が広げられている。

地図といっても、ほとんどが線で描かれた単純なものであり、はっきりと判断できるほど正確ではない。それでも、聖天様の近くということまでは、源之丞の推理で見通すことはできた。

お奈津も一緒になって、わかりにくい地図を見ながら聖天様のまわりを探り、ついでに鳥越町界隈を歩きまわっているのだった。

「聖天様の近くというのはわかるけど……」

「とにかく、このあたりには間違いないですね。お稲荷さんを、しらみつぶしにあたってみましょう」

お奈津も、根気よく探すしかない、と腹をくっているようである。こんなときは、女のほうが辛抱強いらしい。

「見つけるのは、それしかねぇなぁ」

さっきまで聖天様の周囲をうろついていたのだが、顔つきの悪い連中がやってきたので、ふたりは逃げたのである。

地図から読み取れるのは、稲荷神社のそばという予測である。

だが、江戸名物、火事に稲荷に犬のくそ、といわれるくらい、お稲荷さんは目に入る。そのうちひとつだけを確定するのは、なかなかに難しい。

といって、諦めるわけにはいかない。

源之丞がいれば、もっと楽な方法を考えつくかもしれないが、ここはなんとしても、晋助は己の力で見つけたかった。

「もう一度、聖天様のところからはじめてみるか」

「さっきの人相の悪いふたり組は、どうしたかしら」

「もう、いねぇだろうよ」

「いたら、また逃げましょう」

そうだな。と晋助は笑いながら答えた。

聖天様があるのは、山谷堀からすぐのところ、新鳥越町(しんとりごえちょう)と聖天町(しょうてんちょう)にはさまれた一角である。

そこから山谷堀に沿って西に行くと、吉原に出る。

まさか、そこまではいかないだろう。吉原のそばでは、人目につきすぎる。

「晋助さん、諦めてはいけませんよ」

「……お奈津ちゃん、本当のところ、そろそろくたびれてきたよ」

「それはいけません。私のことを考えれば、力が出ます」

「お奈津ちゃんは、目の前にいるからなぁ」

「ですから、私が晋助さんのお嫁さんにでもなるところを想像してみたら、どうですか」

「な、なんと、いったんだい」

「あら、なにかいいましたか、私」

「あ、あの……」

「ほらほら、晋助さん、目に力が入ってきましたね」

「へへ、騙されたのか」

「あら、騙してなんかいませんよ。私は嘘なんかいいませんからね」

「ははぁ……」

お奈津の悪戯っぽい目つきに、晋助は苦笑しながら、

「よし、力が戻ってきた。まずは聖天様に戻って、そこから近くにある稲荷を探してみよう」

「そうしましょう。でもその前に、いままでまわったところを描きだしてみませんか」

「あぁ、その手があったか」

一度歩いた場所を、また闇雲に歩きまわるよりは、目星がつけやすいだろう。

お奈津の言葉に、晋助は喜んだ。

「お奈津ちゃんは、いい女御用聞きになれそうだぜ」

「あら、本当ですか」

「もちろんだ。須田町の親分は嘘はいわねぇ」

ふふ、とお奈津は笑みを浮かべて、

「では、私を子分にしてください」

口調とは裏腹に、その目はまさに本気を表していて、晋助は少しあわててしまった。

「あ、まぁ、それはぼちぼちと」

「え……いい御用聞きになれるというのは、嘘だったんですか」

「いや、嘘なんかじゃねぇ。本気ですよ。もちろん、本気、本気」

「……あわてたところを見ると、なんだか嘘っぽいけど、許します」

「それはありがてぇ」

ちんとんしゃん、という三味線の音が遠くから聞こえてくる。そろそろ、吉原は大賑わいのはじまりだ。

ふたりは、聖天様の階段をのぼり、本殿の前に着いた。

数えられないほどの大根が、本殿の前にぶらさがっていたり、賽銭箱の前に置かれたりしている。

「これが、夫婦和合のご利益なんですねぇ」

感慨深そうに本殿を見つめるお奈津の目は、潤んでいる。

「お奈津ちゃん、どうしたんだい」

「あら、なんでもありませんよ。私もいつか、ここに来ることになるんだろうなぁ、と思ったら、ね、ほら、なんとなく……」

「ははぁ……なんだかよくわからねぇけど、お奈津ちゃんの涙は、尊いような気がするなぁ」

「そんなことより、さぁ、いままで行った稲荷さんの場所を描いてみましょう」

お奈津は、本殿の裏にまわると大きな木株に座って、

「晋助さん、筆をお借りします」

お奈津はすらすらと、いままでまわった稲荷を地図に記しはじめた。

七

そのころ、源之丞は一度、梅富士に戻っていた。

当然、お比美はいない。

お静も留守のままのようである。それだけに、自分が梅富士を守るのだと考えているのだろう、お恒が張りきっている。

母屋に入ってきた源之丞に、

「なんです、用心棒がいまごろになって顔を出して」

「はい、いろいろご迷惑をおかけして」

「……そんなことはいま聞きたくありません」

前垂れで濡れた手を拭きながら、お恒は源之丞をじろりと睨んで、

「また悪さを企んでいるんだね」

「……悪さではありませんがねぇ」

「ふん、のほほんとした顔をしても、私は騙されませんからね」

「騙してなどいませんて」

「お静さんやお嬢さんはお優しいから、すぐに引っかかるんです」

これはなにをいっても無駄だ、と源之丞はぺこりと頭をさげてから、離れに向かった。梅富士に戻ってきたのは、

阿片窟が見つかったら、戦いになる……。

そう考え、離れに隠している武器を取りにきたのである。

二段になった押入れの奥から、柳行李を引っ張りだした。そのなかにまた、小さな木箱が置かれてあった。

源之丞は蓋を開いて、焙烙玉（ほうろくだま）を取りだした。

それだけではない。

煙玉や、親指の先ほどの粒が入っている袋も取りだす。

中身は石礫である。

「これだ、これだ。いままでは使っていなかったが、今回は思いきって投げてみるか」

それは、源之丞が幼きころに拾って集めた小石だった。

丸く、大きさも同じ石が、見事にそろっている。

「これでよく、礫を投げる練習をしたものだ……」

父の出羽守にくっついて国入りしたとき、信州の山で、礫投げの練習をしたときのことを思いだした。

「あのときは、ご先祖である霧隠才蔵さまのようになる、と必死だった」

そんなひとりごとをいいながら、石礫を袋のまま振り分け荷物風にして、肩にかけた。前に石礫、後ろに焙烙玉や煙玉。武器を手にした源之丞は、そっと梅富士から通りに出ようとする。

「どこに行くんです」

通りに出たところで、またもやお恒に捕まった。

それだけではない。となりには、お静が立っていた。その顔は、困惑の極みであった。

「源之丞さん……」

「お静さん……どうしたんです、その顔は」

普段なら、神田川に河童でも現れましたか、などとふざけた台詞をいうところだったが、とてもそんな雰囲気ではない。

そんなお静を見ながら、お恒も言葉がなさそうだ。

「お静さん、なにがあったんです」

困ったことがあったら自分に相談しろ、とお恒はいうのだが、

「はい、ありがとう。でもこればかりは……」

顔を一度伏せると、源之丞に目を向ける。

「源之丞さん、少しいいですか」

「……はい、何事でしょう」

相談相手が源之丞と知り、お恒は不愉快そうにする。

「お恒さん、ちょっと源之丞さんと出かけてきます」

普段は落ち着いているお静が、そこまで力強くいうのは珍しい。お恒も、普通ではないと感じたのだろう、

「わかりました。まずはお静さんが無事に戻ってきたことを喜んでおきます」

「ありがとう」

ていねいに礼をいってから、お静は源之丞と一緒に歩きだした。

「お静さん、あまり暇はないのだが」

「柳森稲荷(やなぎもりいなり)にでも行きましょう」

そこなら他人に話を聞かれることもないだろう、とお静はいった。

そんなお静の様子から、おそらくはお比美の見合い話の件ではないか、と源之丞は予測する。

お静が姿を消していたのは、越後守に呼ばれていたのだろう。

柳原土手をおりて河原を歩くと、すぐ柳森稲荷である。境内はそれほど広くはないが、内緒話にはちょうどいい。

立ち止まったお静は、源之丞をきっと見つめて、

「あなたは、いいのですか」

「は、なんのことでしょう」

「そんなおとぼけは、私には通用しませんよ。お比美がお見合いをしなければいけなくなった、と知ってますね」

「はい。聞きました」

「それでもいいのですね」

「まぁ、あまりいい気持ちではありませんが、私の一存で決められるような話ではありませんから」

「たしかにそうでしょう。でもお比美には、やめろ、といえたでしょう」

どうやら、その話をお比美から聞かされていたようである。

「しかし、相手が越前松平家のかたとあっては、私も対抗できません」

「身分の話ではありません。気持ちの話です」

はい、と源之丞は答えるしかない。

「それはさておいて、とんでもないことが起きていました」

「とんでもないこと、とは」

「お見合いの当日、お比美は姿を見せませんでした」

ははぁ、と源之丞は意味不明な応対をする。

「それだけではありません。お相手の松平九郎さまも、現れなかったのです。古川家では大騒ぎです。助左衛門は、腹を切る、と大騒ぎをしております」

それも、自分が切るのではなく、越後守に腹を切れと責めているというから、ただ事ではない。

「とにかく大事になっているのですが、お相手の若さまは、不思議なことを伝言していたようです」

「はて、どんな話でしょう」

「町中で、ある女に会って惚れた。見合いはやめたから、相手にもそう告げてくれ、という内容だったそうです」

伝言を残したころは、まだお比美が古川家の姫とは気がつく前だったのだろうか。

それとも、ふたりで示しあわせて見合いをすっぽかしたか。

「とにかくお比美を見つけて、ここに引きずり戻してください。そうしなければ越後守さまは、本当にお腹を召されてしまうかもしれません」

ううむ、と源之丞はうなるしかなかった。

平九郎にしても、お比美にしても、なんとも面倒な揉め事を起こしてくれたものだ。

源之丞はぶつぶついいながら、真福寺に向かうことにした。

真福寺には、ひと足先に、平九郎やつぐみ、お比美が行っている。いずれ、家永も合流するはずだった。

——阿片騒ぎとお見合い騒ぎか……。

思わず源之丞は、げんなりする。

だいいち、お比美はなにをそんなに怒っているのだ。

「まったく女はわからん……」

つい、そんな言葉が出てしまった。

「なにがわからないんです」

後ろから声が聞こえた。

「おお。親分、懐かしいなぁ」

「またすっとぼけを。ちょうどよかった。知恵を借りてぇと思ってたんです」

どうやら晋助たちは、ずっと謎の地図を調べていたらしい。

ある程度の進展はあったものの、これ以上は源之丞や家永たちの意見も聞いたほうがいいだろう、とみなを探しに梅富士に行こうとしていたという。

「それは都合がよい。家永さんも親分たちを探していたはずだからな。真福寺に向かえば、うまく合流できるだろう」

「へぇ、旦那が……顔は見ませんでしたねぇ。行き違いになったのかもしれませんや」

晋助とお奈津が顔を見あわせる。

そういえば、と晋助が地図を見せてきた。

「この描き加えられた印は、お奈津ちゃんが自分で記したんですぜ」

自慢げな晋助に、お奈津は嬉しそうだ。

「それはよい考えだ。それにしても、ふたりは本当に仲がいいのぉ」

「あら、そうかしらねぇ」

お奈津は、けたけたと笑う。

「このあたりを長い間、探しまわっていましたが、なかなか肝心の場所が見つからねぇ」

晋助がいうには、さっきまでお稲荷さんをめぐっていたという。

「目星はつかぬままか……」

「それでも、聖天様の近くに、お稲荷さんがありました。あまりに小さな稲荷さんだったので、印をつけず闇雲に探してたら、見逃していたところでした」

せまいわりには足跡がいっぱいあって、不審を覚えた、と晋助はいう。

「それはたしかに怪しい。で、調べた首尾はどうであった」

境内の奥に、道具小屋らしき建物があったが、鋤（すき）や鍬（くわ）が立てかけられているだけだった、と晋助は肩を落としている。

「だけど、どうも臭うんですよねぇ」

「ほう、お奈津ちゃんは鼻が利きそうだ」

「はい、本当に臭ったのです。汗の匂いが……」

その臭気を思いだしたのか、お奈津は鼻をつまんだ。

神社の境内に、あのような臭気が漂っているのは変だ、と付け加える。

「たしかに……たとえばその小屋に、人足などが出入りしているのであれば、汗の臭気が漂っていたとしても不思議ではないな」

行ってみる価値はありそうだ、と源之丞は絵図面をのぞきこんだ。

「真福寺でみなが集まったら、その小屋をもう一度調べてみよう。いざ戦いになったとしても、家永さんたちがそろっていれば心強いしのぉ」

三人は夕刻の山谷堀に向かい、そこから真福寺に足を向けていった。

第五話　秘めし恋のゆくえ

一

真福寺に着くと、家永が八丁堀同心姿で待っていた。もちろん、平九郎につぐみ、お比美もそろっている。

全員そろったところで、本堂で車座となり、お奈津が印を描き入れた謎の地図を検証する。

平九郎が全体を眺めながら、

「これはまた、あちこち調べまわったものだな」

印は、およそ十か所以上はあるだろう。

「これがみな稲荷というわけか。聖天様まわりに、こんなにあるとは思ってもみなかった」

平九郎の感想に、源之丞もうなずく。

「江戸に稲荷は多い、とは聞いていたがなぁ」

個人で庭にお祀りしている場合もあり、江戸庶民の間では、稲荷信仰は日常といっていい。

「それなら、どれだけの人が出入りしても、目立ちはしないかもしれぬな」

すっかり姫言葉に戻ったお比美が、感心している。

「で、親分とお奈津ちゃんが臭いと思った場所は、どこなんだ」

源之丞が、晋助とお奈津に聞く。

「臭いとは……怪しいという意味か。それとも、本当に臭いのか」

お比美が不思議そうに聞いた。

「どちらもです」

お奈津が答えると、みなに笑みが浮かぶ。

これから阿片窟を見つけて、戦いに出ようする一団とは思えぬ明るさである。

「なるほど、それなら本当に臭いぞ。臭さの花丸だ。二重丸だ」

戦いを前にして、源之丞も調子が戻ってきたらしい。

そんな源之丞に、お比美がちらりと目を送る。しかし、源之丞はそれを無視し

て、

「すでに、周囲は暗くなってしまったな」

「いまから調べにいくのは、遅すぎますかねぇ」

お奈津は、なるべく早くもう一度調べたい、といい張る。晋助もそれは同様だった。

「なんとかして、野郎たちの巣窟を見つけねぇといけねぇや」

あちこちの稲荷神社を調べていた晋助としては、やはり自分で見つけたいのだろう。提灯を持ってでも、調べてみたいという。

「いや、それはやめておいたほうがいい」

「なぜです」

「いまから行って、敵に勘づかれてしまったのでは逆効果だ」

源之丞の言葉にみなが賛同するが、

「では、私が行ってきましょう」

それまでみなの話を聞いていたつぐみが、口をはさんだ。

「私なら夜目が利きます」

「おう、つぐみなら、夜だろうが昼だろうが、どんなときでも動けるからな。それはいい」

　平九郎が手を叩いた。

「それなら……」

　才蔵も同じではないか、とお比美は口に出そうになり、その言葉をぐっと飲みこんだ。

　こんなところで、才蔵の正体を明かす必要はないだろう。ふと源之丞に目を向けると、お比美がなにをいわんとしたのか、気がついているのだろう、にやにやしながら、

「まぁ、忍びなら夜目も利くし、周辺を探ることもできそうではあるなぁ」

「ならば、やはり私が確かめてきます。本当に臭い場所なのか、はっきりとさせましょう」

　つぐみがここまで積極的になるのは、三本木に対する父親の仇討ちがあるからだ。しかし、晋助やお奈津はその事実を知らない。

「じつはな……」

　平九郎がつぐみに、みなに伝えていいか、と目で問うた。

「私からも、みなさんに知ってもらいたいです」

つぐみは簡潔に、父親と三本木の確執を語った。

「では、その三本木という野郎が、伝次の後ろについていると、つぐみさんは考えているんですね」

お奈津が、憤慨やるかたないといった顔つきで問う。

「はい。それは間違いないと思います」

長崎で三本木が横取りした阿片の残りは、まだまだ大量にあるはずだ。

「なるほど、伝次が阿片を使って大儲けをした絡繰りが、ようやく見えてきたぜ。助郷の手助けは、世間に対しての隠れ蓑だったんだな。不埒な野郎だぜ」

家永の言葉は、その場全員の気持ちでもあった。

「では、行ってまいります」

つぐみが立ちあがる。

「待て、待て。もう少し遅くなってからのほうがよいぞ。忍びが暗躍する刻限は、丑三つ刻と決まっている」

「……そうなのですか」

そんな話は聞いたことがない、とつぐみは源之丞を見つめる。

「いや、いまいってみただけだ」

「丑三つ刻は、貴船の呪い術でしょう」

お比美が、あいかわらずいいかげんな人だ、といいたそうにつぶやいた。

律儀にもつぐみは、丑三つ刻になって動きだした。

真福寺の境内は玉砂利だ。

音を立てないよう慎重な足運びをしながら、外の通りに出た。

昼は都鳥の鳴き声がかしましいが、いまは深夜のため、静まり返っている。ときどき、大川の流れが、ぽちゃりと聞こえてくるだけである。

「誰だ……」

そんな闇のなかに、影が浮かびあがった。

殺気は感じられず、つぐみは、源之丞だとすぐ気がついた。

「……そうでしたか。源之丞さま、いえ、才蔵さまも一緒に行くために、こんな刻限がいいと教えてくれたのですね」

「ふふ、そんなところだ」

「私ひとりでは、心もとないとでも」

「そんなことはない。私も本当に臭い場所かどうか知りたいだけだ」

そうですか、とつぐみは笑みを浮かべて、

「お比美さまが、お怒りになるのもわかりますね」

「おや、そうであろうか」

「才蔵さまは、お比美さまを子ども扱いしてるのではありませんか」

それでは怒るのも当然だ、とつぐみはいう。

「そんなことはない。どうして気持ちが伝わらぬのか。むむ、こんなところで無駄話をしている場合ではないぞ」

と、そこにまた影が見えた。

今度こそ敵か、と身構えると、

「私だ……」

「お比美さん、どうしたんです」

つぐみが驚きの声をあげる。

「丑三つ刻という言葉を聞いて、気がついた。私も臭いかどうか、はっきりさせたい」

「臭いのは嫌いではありませんか」

「それとこれとは話が別であろう」

「しかし……」

「源之丞、また私を邪魔にするつもりか」

尋ねられた源之丞は、苦笑を浮かべつつ、

「いえいえ、そんなつもりはありません。いままでだって、これからだって、邪魔になどしたことは一度もありませんよ」

「……おかしな台詞だが、まぁ、いい。とにかく一緒に行く」

夜目にも源之丞が呆れているとわかるが、つぐみは、にんまりしながら、

「では、三人で臭いかどうか、匂いを嗅ぎにいきましょう」

「源之丞といると、みなおかしな物言いをはじめてしまうのだな」

苦笑するお比美に、つぐみは、あら、と微笑んだ。

才蔵に変身した源之丞とつぐみは、忍び走りができる。しかし、お比美は必死に追いかけるしかない。

どうやっても追いつくことはできず、お比美は途中で、私はあとで追いつく、と歩をゆるめた。

一瞬、足を止めようとして、源之丞はそのまま進むことにした。ここで待っていると、また子ども扱いをしている、と文句をいわれそうだからだ。

「お比美さんは、ひとりで大丈夫でしょうか」

「なに、あとから平九郎が来るよ」

「え、そうなのですか」

「人が消えたら、気がつくだろう」

平九郎なら気がつかないはずはないから、追いかけてくるだろう、と源之丞は速度をあげた。

お奈津が記した稲荷は、聖天町と田町にはさまれたあたりであった。周辺には寺社が並んでいる。その一角の、せまい広場のようなところに、ばってん印が記されていたのである。

深夜に見る寺の屋根は不気味である。

今日は半月のはずだが、雲に隠れてほとんど明かりはない。角々に立っている常夜灯の明かりだけが頼りだが、夜目が利くふたりには、暗さも問題ではなかった。

「この神社ですね」

目の前は、山谷堀から続く掘割だ。

周囲には町家が続くが、その裏側にまわると寺が並んでいる。

掘割とは反対側に、織田某の武家屋敷が鎮座している。

「なるほど、ここならちょっとした目くらましになるかもしれんな」

「いまは夜だから、よけい見つけにくいと思いますが、昼でも、よく目を凝らしていなければ、こんなところにお稲荷さんがあるとは気がつきませんね」

「たしかに……ふむ、臭い……」

「はい、匂いますね」

冗談をいったのではなかった。しかも、汗の臭気とともに、神社の境内からそれとは別の不思議な臭気も漂ってきているのだ。

「これは……お香ではありませんね」

「香木とも違うな」

後ろから声が聞こえた。

平九郎であった。となりに、汗を拭いているお比美が立っている。

「やはり来ましたね」

「ふたりだけに、いい思いはさせねぇよ」

四人になった黒い影は、足音を立てぬように境内に忍びこんでいった。

二

そのとき、境内の奥から人影が出てきた。

女のようである。ふらふらと歩いているように見える。

「酔っぱらいか……」

平九郎が呆れるような声をあげたが、

「違います……」

つぐみが否定した。

「女とは思いますが……なにか、動きかたが変です」

「いずれにしても、敵だったら面倒だ。ばらけて隠れよう」

源之丞が手を広げた。

四人はいっせいに身をひそめようとする。しかし、せまい境内のため、固まって隠れるような場所はない。

そのとき、源之丞とつぐみの身体が消えた。

平九郎が驚きの声をあげる。

「どうしたんだ、ふたりは」

突然、源之丞とつぐみがいなくなったように見えたからだ。

「木の上にあがっていった」

笑みを浮かべて、お比美が答える。

以前、お比美は源之丞と敵から逃げるときに、納屋で寝たことがある。お比美は小屋のなかで眠ることができたのだが、朝になって起きてみると、源之丞の姿がなくて驚いた。

あわてて源之丞の名を呼ぶと、木の上から返事が聞こえてきたのである。

源之丞は、木の上で寝ていたらしい。

そのときを思いだしたお比美は、心でつぶやく。

――そういえば、源之丞とはいろんな冒険をした……。

ふと、その日々を思いだす。

危険ととなりあわせではあったが、楽しかった。他愛のない、いいあいになったときもあった。腹が減った、とお比美がだだをこねたとき、源之丞は近所の百姓家から、大根をもらってきたことがある。

しかし、生では食えぬと不服をいうと、いまはこれしかないのだから、贅沢をいうな、生でもおいしいのだといって、源之丞はかぶりついてみせた。しかたなく、お比美も真似をして思わず、おいしい、と答えていた。楽しかった日々が、浮かんでは消えていく。

「お比美さん、どうしたんだ。大丈夫か」

平九郎が、心配の表情でお比美を見つめている。

「大丈夫、私は大丈夫……」

思わず、強い声で答えていた。

「し……声を低くして」

「………」

平九郎とお比美は、じっと身をひそめ続けている。

源之丞とつぐみは、木の上から境内を俯瞰しているのだろう。そこからなら、女の姿も見えているはずであった。

もし敵ならば、つぐみか源之丞が木からおりてきて、打ちのめすかもしれない。

お比美はじっと控えていたが、なにも起こらずに、女の影は稲荷から通りに出ていってしまった。

音もなく木の上からおりてきたつぐみと源之丞は、

「危なく邪魔するところだった」

「なんだったのだ、いまのは」

「お百度参りの下調べかなにかだったらしい」

「どうしてわかるんだ」

「頭に五徳を乗せていた。貴船の丑ノ刻参りですよ」

源之丞が苦笑しながらいった。

「そんな危ない話はやめましょう」

つぐみが、縁起でもない、といいたそうな顔をしている。

「まぁ、人を呪わば穴ふたつ、というからな。他人を恨むなら、自分の考えを変えたほうがこの世はうまくいくものだ」

平九郎が訳知り顔でいった。

「そんなことより、これからどうしましょうか」

つぐみが聞いた。

このまま神社の境内を調べるかどうか、迷っているらしい。

「ここまで来たのだ。この匂いの原因を見極めるまでは、戻るわけにはいかねぇよ」

平九郎の言葉に、誰も反対はしない。

「私が斥候になります」

つぐみが、奥へ進もうとする。平九郎も一緒に行こうといいだしたが、

「こんなときは、ひとりのほうが……」

「あぁ、そうか」

あっさりと、平九郎は引きさがった。

腰をかがめて、身軽に境内の奥に入っていくつぐみを見ながら、

「あの者は、仇討ちのために必死なのだな」

平九郎の言葉に、源之丞もうなずき、

「三本木という男を、なんとかして見つけたいのでしょう」

「その伝次という男と三本木は、本当につるんでいるのか」

「それはまだはっきりしていませんが……伝次と対決すれば、いずれ判明するでしょうねぇ」

「そうか、わかった」

平九郎は、伝法な言葉を使ったり、一見、おかしな行動をとったりするが、じつのところ、家臣思いの若さまなのかもしれない。

ふと、源之丞はそう感じたのだった。

つぐみは、境内の奥に進んでいく。

すると、晋助がいっていたように、道具小屋らしき建物があった。

屋根の傾斜も少なく、粗末な造りだと夜目にもわかるくらい、無造作に建っていた。

神社の境内にあるような造りではない。厳かな雰囲気とは、かけ離れているのだ。

引き戸が傾いているようにすら感じられ、つぐみは、この小屋はあまり関係はないのではないか、と感じた。

といって、そこで素通りするには怪しすぎる。

臭気が、境内にいるときよりも強くなっていたからだ。

小屋のなかはせまく、鋤や鍬がごろんと投げ捨てられているだけである。しかし、その置きかたを見て、さらに疑惑が大きくなる。

道具を、こんな乱暴に扱う百姓はいない。

つぐみは、道具を寄せてみた。

床には莫蓙が敷かれていて、何度も外されているような気がした。それだけすり減っているのである。道具だけが置かれているのなら、こんな擦り切れてはいないはずだ。

——床になにか仕掛けがあるのか……。

莫蓙を外すために、つぐみはせまい場所にしゃがんだ。

ますます臭気は強く漂ってくる。種類は異なるが、厠のそばにいるような気がする。

床下を探ろうとしたときに、足音が聞こえて、つぐみは身構えた。

「私だ……」

「源之丞さま……この床下から、怪しい臭気が強く漂ってきます」

なにしにきた、とはいわずに床下を示す。

「たしかに、臭いな……厠より臭い」

「ふ……私も同じように感じました」

「おう、そうであったか。私たちは似ているらしい」

「そうでもありません」

「……とにかく、床下を見てみよう」

「この床は、はがさなければいけないのでしょうか」

「なにか仕掛けがあるやもしれん」

源之丞は、つぐみのとなりにしゃがんで、手で床を探りはじめる。

「どうもわからぬな……」

今度は懐から携帯の龕灯を取りだして、床を照らした。

「どうですか……なにかありそうですか」

「見てみろ……」

ひとつところに龕灯の光をあてながら、源之丞は指差した。

龕灯の光は、小さな穴を浮かびあがらせている。

「これに指を引っかけるのかもしれんな」

「持ちあげてみましょうか」

ふむ、と源之丞はうなずき、身体をかすかにずらした。つぐみは、空いた場所に座りなおして、指を引っかけて持ちあげた。

ぷん、といままで以上の臭気が鼻をつく。

「この下に階段があります。敵がいたら面倒ですね」

「こんな刻限だ。いたとしてもひとりかふたり、見張りの者だけであろう」

私が先に、といってつぐみは階段に足を伸ばした。

「待て。手ぬぐいは持っているか」

「はい、どうしてですか」

「それで口を塞ぐんだ。阿片の煙を吸って、頭がおかしくなったら困る」

わかりました、とつぐみは懐から黒い手ぬぐいを取りだし、顔に巻いた。

「黒頭巾の才蔵さまみたいですね」

「ふむ、やはり私たちは似ている」

つぐみはその台詞を無視して階段をおりる。

視界が開けた。せまい小屋の下にあるような部屋ではなかった。

そして、部屋一面に敷かれた布団を見て、息を呑んだ。

「これは……」

とろんとした顔で、なにを考えているのか、どこを見ているのか焦点のずれた目つきの者たちで、あふれていたのである。

「これが阿片中毒の顔……」

父の最期……気が触れたようになった顔を思いだし、つぐみの胸は張り裂けそうになっている。

続いて、源之丞が階段をおりてきた。

部屋を見まわした瞬間、源之丞の顔が歪んだ。

「これは……聞きしに勝るひどさであるな……」

「父も同じような表情をしながら、亡くなりました」

つぐみの言葉に返せずにいると、なおもつぐみは続けた。

「この人たちも被害者でしょうねぇ」

そうかもしれん、と源之丞もうなずき、

「このままにはしておけぬ」

「どうするんです」

「全員、ここから外に運びだす」

「こんな刻限に、連れていくことができるでしょうか」

「家永さんや、晋助親分を起こすことにしよう」

いまごろ、お奈津を含めて三人は寝入っていることだろう。しかし、家永のことだ、そのうち四人がいなくなっていると気がつくかもしれない。

「とにかく、阿片窟がここだと判明したのだ。あとは、伝次たちをどうやって捕縛するか」

「ここにある阿片を証拠に使えませんか」

「その件も、家永さんに聞いてみよう」

ふたりが会話を交わしていると、見張りらしき男が、なにやらわめきながら、つぐみに襲いかかった。

「父の仇……おまえではないが、同じことだ」

見張りは、ぐうともいわずに倒れている。

源之丞が先に、階段をのぼる。

続いて、つぐみものぼった。

小屋の外に出ると、不審な影が、あちこちに並んでいるように見えた。

後ろから、平九郎とお比美が寄ってきた。

「伝次たちに待ち伏せされたらしい」

大勢の影が、四人に迫ってきた……。

三

しまった、と源之丞は臍(ほぞ)を噛んだ。

「そうか、やつらは才蔵とつぐみを探しまわっていたんだな」

尾行に気がつかなかったわけではない。やつらは、源之丞たちがここを探しあて、いつかやってくると見張っていたに違いない。

「見張りの人数がひとりだけとは、かえっておかしいと思わなければいけなかった」

源之丞は、我が失態、とつぶやいた。

「いや、おれたちもなぁ、誰かにつけられているような気がしていた。それを放っておいたのがいけなかったかもしれねぇ」

源之丞だけの失態ではない、と平九郎がなだめるようないいかたをする。

「少し伝次を舐めていたようです」

周囲を確認しながら、つぐみは身構える。

「しかし、これだけの人数を、この刻限に集めるとは……」

影の数は、ひとりやふたりではない。使っている人足たちを動員してきたのではないか。

「ここで闘うしかないか……」

「親分たちが来てくれぬかな」

お比美は、小太刀を抜きながらつぶやいた。こんなことになるなら、家永を起こしておけばよかったと後悔するが、もう遅い。

「おそらく敵は寄せ集めだ」

平九郎が、長ドスを引き抜いた。刃の輝きが、ちょうど雲から出てきた月明かりを受けて映えている。身分あるものは、こんなところでも輝きを放つらしい。

「源之丞、どうする。闘うにしても、敵が多すぎるぞ」

平九郎は目を爛々とさせながら聞いた。戦いの前に、気持ちが高ぶっているようである。

「ひとりひとり倒していく方法もありますが……」

「それではいつまで経っても埒があかねぇ」

「そうですね。では、逃げましょう」

「逃げるだと」

なにをいいだすのかと平九郎は、呆れ声を出す。

「やつらが追いかけてきたときに反転して、迎え撃ちます」

「なるほど、奇襲と同じ作戦だな」

平九郎は楽しそうだ。

「よし、逃げよう」

平九郎の掛け声で、全員が境内から抜けだした。

それに同調するように、伝次の怒声が響く。

「野郎、逃がすか。ひとり残らず、ひねり潰してやる。いいか、敵は侍だ。ひとりに三人ずつ固まって切り崩すんだ。ひとりでも逃げられたら、おめえたちは獄門だぞ。それを考えろ」

大きな図体のわりには俊敏な動きで、手下たちに指示を与えた。

伝次の言葉を聞くかぎり、夜まで待っていたような様子である。

昼に大立ちまわりをすれば、町方に理由を聞かれる。そうなったら、阿片窟がばれてしまうかもしれないと考えたのだろう。

走りだした源之丞たちだが、つぐみが遅れている。

どうしたのかと振り向くと、男の前で身構えている姿が目に入った。

「つぐみ、どうした」

平九郎が大きな声で聞いた。

「三本木……」

憤りの声が戻ってきた。

父の仇を見つけたため、その場で闘う判断をしたらしい。しかし、仇らしき男は、つぐみのその言葉でいきなり逃げだした。

追いかけようとした瞬間、三人の敵がつぐみを取り囲んだ。

通りに出ていた源之丞は、腰にぶらさげている袋から石礫をつかんで、つぐみを囲んでいるひとりの額に向けて投げつけた。

つぐみの前で、敵のひとりが倒れこんだ。

そこに穴が生まれた。つぐみは、残りのふたりを突き飛ばして走った。

無事、源之丞の前に着いたつぐみは、頭をさげる。

「よけいなことかと思ったがな」

「いえ、ありがとうございました」

三本木の顔を見つけて、冷静さを失ってしまった、とつぐみはつぶやいた。

「すぐ仇は討てる」

源之丞の励ましに、つぐみは、はい、とうなずいた。冷静さを取り戻したらしい。

「どこまで逃げる」

平九郎が掘割を前にして立ち止まった。

目の前を、山谷堀に続く掘割が横切っているのだ。源之丞が後ろを振り返ると、敵は二十はいるように思えた。

「とんでもねぇ数だ」

呆れながら平九郎がつぶやく。こんな夜中にこれだけの騒ぎを起こせば、さすがに周囲に住む者たちだけではなく、武家からも門番などが駆けつけてくるかもしれない。

おそらくまわりに騒ぎが伝わる前に、圧倒的人数で源之丞たちを押し潰してしまうつもりなのだろう。

「この周辺で、敵を迎え撃つことができそうなのは……」

「浅茅が原だろうよ」

そうだ、と源之丞はうなずき、みなに向けて告げた。

「いざ、浅茅が原へ……」

とんでもないほど、大きな声だった。

「なんだ、敵に感づかれるではないか」

お比美が、馬鹿め、といおうとして、平九郎が止める。

「わざと聞かせたんだ。やつらを浅茅が原に誘いこむためにな」

東の空が、ぼんやりと明るくなっている。

そんなに時間が過ぎていたのか、とみなが驚いている。阿片窟のなかや、神社の境内にいたため、気がつかなかったようである。

「敵は、どこだ」

まわりは、背丈ほども伸びた草が、一面に広がっている。ところどころに誰かが歩いたのか、獣道のような隙間があるだけであった。

「やつらは、いわば烏合(うごう)の衆(しゅう)。伝次だけを狙いましょう」

源之丞の言葉に、全員がうなずく。

「おそらく。伝次を守ろうとするのは、三人です」

加吉、甚助、弥六、とつぐみは名を挙げた。

「その三人は、伝次のために死ぬかもしれません。そしてもうひとり、お洋という女がいました」

「おうおう。これが妲己(だっき)のお百かと思えるほどの悪女だったなぁ」

つぐみを助けるため、敵の根城に押し入ったときに見たお洋の姿を、源之丞は思いだして笑っている。

「お洋の言動を見ると、本当に女は怖い、と思ってしまったなぁ」

お比美とつぐみが、源之丞を睨みつける。

「そんなことより、敵はどこだ……」

平九郎がつぶやいたとき、目の前の草が揺れた。さくさくと聞こえた足音は、三人いるようである。

「来たか……三人とは、加吉、甚助、弥六か……」

「ならば、伝次はどこだ」

源之丞と平九郎の会話に、お比美が、違う、とつぶやく。

「この足音は、家永と親分たちだ。お奈津ちゃんもいる」

お比美がにんまりしたところに、草を割って家永が顔を出した。

「抜け駆けはひでぇなぁ」

あたかも、いま起きたといった声で、家永が姿を現した。続いて、晋助、お奈津が草を払いながら、皆の前に立った。

晋助は腕まくりをして、十手を輝かせている。

「ひでぇ、ひでぇ。あっしがここにいねぇと勝てねぇって知らねぇのかい」

十手を振りおろすと、びゅんと風を切る音がした。

「しかし、どうしてここがわかったのだ」

不思議そうにするお比美に、家永が答える。

「あんなでけぇ声を出したら、千代田のお城に寝ている上さまだって飛び起きるぜ。いやまぁ、それで飛び起きたわけではねぇけどなぁ」

四人の姿が見えぬと気がつき、晋助たちを起こして、神社に向かっていたところだった、と家永は答えた。そこに、源之丞の大声が響いたのだという。

がはがはと平九郎は笑いながら、

「敵だけではなく、味方も誘いこんだか。さすが源之丞だぜ」

みなが笑おうとしたときだった。源之丞は袋から玉を取りだし、それを空に投げつけた。

「つぐみ、割るんだ」

すぐさま、つぐみは手裏剣をその物体に飛ばした。

ばん、と音がして、その物体はふたつに割れて光を放った。周辺が明るくなる。

花火が仕掛けられていたのだ。

「これぞ、霧隠流、夜光閃である」

左右から、驚きの声が聞こえてきた。声を出したのは、味方ではない。

「敵の居場所がわかった」

源之丞は前後左右を指差し、

「私とつぐみ、平九郎とお比美、晋助とお奈津。それぞれ組になって闘う」

敵は、ひとりにつき三人で囲もうとしている。それを、ふたりで突破しようという作戦である。

「おいおい、私を忘れているぞ」

苦笑しながら、家永が叫ぶ。

「家永さんは、遊軍として動いてください」

「へぇ、遊軍ねぇ、それもいいな、あちこちを動きまわってやろう」

「倒すのは伝次。つぐみは三本木だけを狙え。みなみな油断めされるな」

いつもの芝居がかった物言いで、源之丞は全員の顔を見渡した。

いきなり空でなにかが弾けたと思ったら、花火が夜空を焦がした。

敵たちは、自分の居場所がばれたと感づいたのだろう。さわさわと草を倒して、姿を現しはじめる。

そのなかに、伝次と三本木の姿は見えない。どこか後ろに隠れているのだろう。

源之丞はつぐみに、ひとりで戦ってもいいぞ、とつぶやく。

「早く三本木を探して、討ち取れ」

うなずいたつぐみは、さっと周囲を見まわして、一点に集中した。

「あそこだ……」

口に出した瞬間、つぐみの姿は草むらのなかに消えていた。

源之丞はひとりになると、伝次の姿がどこにあるか気配を探る。

「あそこか……」

五間ほど離れた場所に、二本の松の木が立っている。そのあたりに、禍々しい気配を感じたのである。

よし、とひとりごちると、源之丞はまたもや袋から、焙烙玉を取りだした。

「くらえ」

夜空を縫って、焙烙玉が松の木に向かって飛んでいく。

今度は、焙烙玉に向けて石礫を投げた。焙烙玉に石が当たって、松の木の前で爆発した。

小さな火柱とともに、焙烙玉に入れこんでいた釘や器の破片が、ばらばらと飛び落ちる。

わぁ、とあわてる声が聞こえた。

「やはり、そこであったか。待ってろよ、伝次」

源之丞は、矢のように松の木を目指して駆けだした。

四

つぐみは、見つけた三本木を目の前にしても、冷静に相手を睨んでいた。ここで高ぶってしまったら、逃げられるかもしれない。

「三本木……父の仇、覚悟」

「ふざけるな、おまえの親父なんざ知らねぇよ」

「私が知っているだけでいい」

よけいな会話はいらぬ、とつぐみは忍刀を斜めに構えた。相手の目をごまかす仕掛けである。だが、三本木は侍ではない。剣術の覚えがあるわけではないのか、ふんと鼻を鳴らしただけである。

効果は薄いと判断したつぐみは、青眼に構えて、

「死ね」

小さく声を出して突進した。

と、そのとき横から三本木を守ろうとする連中が集まってきた。伝次が命じたとおり、三人がつぐみを取り囲む。

「そんな腕前で、私に勝てるか」

つぐみは、十字手裏剣を飛ばした。手裏剣は高速で回転しながら、ぐるりと円を描き、ひとりは肩、ひとりは脾腹、ひとりは膝をそれぞれ撃ち抜かれ、その場に沈みこんだ。

三本木はその光景を見て、すぐさま逃げだす。

「背中から斬るのは本意ではないが」

父の仇、と叫びながら、逃げる三本木の背中に忍刀を突き刺した。

刀の切っ先が胸を抜けて、前まで飛びだしている。

三本木は即死だった。

「長崎から江戸へ……長年、探し続けていた仇が討てた……最後はあっけなかったが、こんなものかもしれない……」

つぐみは満足そうに、三本木の死体の前にしゃがんで、手を合わせる。仇ではあったが、死んだら仏なのだ。

松の木を目指していた源之丞の目に、三本木を倒すつぐみの姿が見えていた。

「お見事……」

伝次は、すでに松の木から離れてしまったらしい。

「伝次め……阿片を使って庶民をたぶらかす悪人を、正義の霧隠才蔵は決して逃しはせぬぞ……」

源之丞がひとりで見得を切っているころ、平九郎とお比美は、雑魚たちを相手にしている。

「こんな馬鹿どもを相手にしていても、はじまらねぇなぁ」

平九郎は、もっと大物と戦いたい、というのだ。

「雑魚を倒すのも、大事な仕事ですよ」

お比美がいつか、源之丞がいった台詞を思いだしながら答えた。

平九郎も、そうかもしれねぇ、といって、囲みの三人に飛びこんでいく。

「まったく、無鉄砲な……」

お比美も続いて小太刀を振るった。ひとりを倒しても、すぐ別の三人に囲まれる。

いささか面倒だな、とつぶやくと、平九郎とお比美のまわりに、空から数個の焙烙玉が落ちてきた。

「伏せてください」

とっさのお比美の言葉で、平九郎は草の上に身体を投げだした。

その瞬間、焙烙玉が爆発する。火花が飛び散ると同時に、敵がばたばたと倒れていく。

平九郎はすぐ身を起こすと、残っている者たちのなかへと飛びこんでいった。

そこには甚助と弥六がいて、晋助とお奈津が対峙しているところだった。

「雑魚は任せておけ。親分は、ふたりをお縄にしろ」

平九郎の言葉で、晋助は甚助に対峙する。弥六には、お奈津とお比美が向かっていった。

晋助は目前の甚助に集中した。十手を突きだし、身体を斜に構えた。晋助の得意な構えだ。お奈津はその姿を見て、

「晋助さん、美しいこと……」

その声が消えた瞬間、晋助は甚助の懐に飛びこみ、顔を目がけてそのまま十手を突きあげた。

がつん、という音がして、甚助の顎が打ち抜かれ、その場で昏倒する。

「お見事、という平九郎とお比美に、晋助はふぅと息を吐いて、

「次は、おめぇだな、お姫さん、お奈津ちゃん、やっつけてくれ」

弥六は、女相手と高をくくっていたようであったが、ふたりが突きだす小太刀に恐れをなしたらしい。

背中を見せようとした瞬間、お比美が前にまわりこんで、

「浅はかな考えは、やめるんだな」

足が止まった瞬間、後ろからお奈津の振りあげた小太刀の鐺が、弥六の後頭部に叩きこまれていた。

「これもお見事」

平九郎は、笑いながら叫んだ。

家永はみなの戦いを見ながら、遊軍などいらねぇなぁ、と走りまわり続けていたのだが、

「相手になろう」

家永の前に立ちはだかった男がいた。

「おめぇが……加吉だな。どうやら、ほかの馬鹿どもとは様子が違うようだ。伝次の片腕と噂されるだけのことはありそうだぜ」

加吉は、ひとことも語らずに、長ドスを構えている。

「おや、おめぇさん、その構え……もとは武士かい」

「過去は忘れた」

「武士だったおめぇさんが、どうして伝次なんてぇ悪党の仲間になったんだい」

「助郷の助けになると思ったからだ」

「なるほど、そのうち伝次に騙されたと気がついたはずだが」

「食いっぱぐれていたときに助けてくれた恩義は忘れぬ」

「ふん、武士とは面倒なもんだな」

加吉は、長ドスを上段から振りおろしながら飛びこんできた。とっさに家永は刀を抜いて、横に薙ぎ払う。

火花が散った。その瞬間、家永は刀を投げ捨てた。

急に敵の力が抜けて、加吉はたたらを踏む。そこを見越して十手を抜いた家永は、加吉の肩を叩き潰した。

倒れながら加吉は、長ドスを捨て、家永の脇差を引き抜いた。

しまった、と家永が思ったのも束の間、

「御免……これで阿片などと、さらばができる」

なんと加吉は、家永の脇差を、みずからの腹に突き立てていたのである。

源之丞は、ようやく原っぱの端にいる伝次を見つけていた。おりしも、空は赤みを帯び、朝焼けに染まりかけている。

「もう逃げられぬぞ」

伝次は、頼みの加吉が打ち果てた姿を見ていたはずだ。

「ひとりでは逃げることはかなわぬであろう」

「やかましい、死ね」

刃物は持たずに、大きな身体を怒濤のごとく源之丞にぶつけてきた。

「背骨をへし折ってやる」

抱きしめられた源之丞は、その凄まじい力に抗えず、息が苦しくなった。伝次のいうとおり、背骨が軋みはじめる。

「そろそろ折れるな」

伝次がほくそ笑んだとき、源之丞は袋から石礫を取りだし、眉間と目に叩きつけた。

たまらず伝次の力が抜けた。

「これでおまえも最後だ」

離れざま、源之丞の会津兼定が、伝次の眉間を切り裂いていた。

草の陰から、きゃっ、という声が聞こえた。お洋だった。足がすくんで、その場にしゃがみこんでいる。

近づいた源之丞は、家永を呼んだ。捕縄に縛られたお洋から、かつての悪女のおもかげは消えていた。

近づいてきた平九郎が、見事であった、といって、ふくべを腰から外すと、

「みなで蜂蜜を舐めながら、一杯やろうではないか」

背中の痛みをこらえながら、源之丞は微笑んだ。

五

阿片窟の事件が解決してから。一か月が過ぎた。

その間、源之丞は信州に身を隠していた。お比美と平九郎の祝言の日が近づい

ていたからだった。

お比美は、平九郎との祝言を決心したらしいと、父の出羽守から聞かされていたのである。いつかはこのような別れが来るかもしれないと、予測はしていたものの、なんとあっさりお比美は、平九郎との祝言を認めてしまったものか。

いつか戻ってくるだろう、正気になってくれるだろう、と一縷（いちる）の望みを抱いてはいたのだが、阿片窟事件において平九郎と一緒にいた間に、お比美の気持ちは傾いてしまったのかもしれない。

また、父の出羽守によると、古川家の家老、栗原助左衛門には、相手が相手だけに破談になど絶対にできませんぞ、と釘を刺されたそうだ。

源之丞とお比美の仲を知って、牽制（けんせい）してきたのだろう。

こんなところで身分違いが出てきたか、と源之丞は苦笑する。

梅富士にいると、お恒の目にさらされるのがかなわない。

だからこそ、信州の国許へ身を隠していたのだが、いつまでも雲隠れしていてもはじまらぬ、と父から諫められたのだった。

しょうがない、と江戸に舞い戻ってきたのだが、梅富士に行く気は起きない。

そこで根岸の下屋敷でごろごろしていたのだが、屋敷にいても、家老の津田村（つだむら）

義左衛門が、

「あらたなお見合いをしましょう」

などと、性懲りもなく、どこぞの姫との縁談話を持ちこんでくる。

それが面倒だと、またもや屋敷を抜けだしたのであった。

ふらふら歩いても、足は自然と梅富士に向いていく。

と、すぐに晋助につかまった。

「あれあれ。どこに行っていたんです。話があったんですよ」

「おや、どんな話であろうか。お奈津ちゃんと祝言でもあげるのかな」

「まさか、そんな馬鹿な話はねぇですよ」

そう照れていいつつも、晋助もまんざらでもなさそうである。

「とりあえず、お奈津ちゃんは当分、お姫さんの代わりとして、梅富士にいるようですけどね」

「それはそれは。親分のいい相棒ができたではないか」

「まぁ、嬉しい話はそこまでにして……」

晋助は、霧隠才蔵は源之丞さんだったんですね、と横目で睨みつける。

それを、伝次と戦ったときに気がついた、というのであった。焙烙玉やら花火玉などを使ったのだ。ばれても、しかたがないだろう。

もともとばれてもいいと思っていたのだから、いいのだが、

「では、親分、私を捕縛しますか」

「もう、やめてくださいよ。ずっと才蔵は悪人だと思っていました。それに、以前は、旦那も夜中に出歩いていましたからねぇ」

そうだなぁ、と源之丞はあまりくわしい返答はしない。

よけいな話をすると、どんどんとぼろが出て、身分まで教える羽目になってしまうかもしれなかった。

もっとも、お比美が平九郎と一緒になってしまったのなら、梅富士にいる必要はないのだが、そのまま疎遠になるのも、惜しまれる。

「ところで、梅富士からは出ていくんですかい。お姫さんは、どこぞの偉い人と祝言をあげるという話を聞きましたが」

お比美が古川家の姫だと、まだ晋助は知らぬようだ。わざわざ、お静も教える必要はないと考えているのだろう。

源之丞と晋助が、梅富士の中庭に入っていくと、お恒がお比美の代わりに箒を使っている。

お嬢さんがお嫁さんになるのはいいんですけどねぇ、相手がどこの誰なのかお静さんは教えてくれないんですよ、とぶつぶつ嘆いている。

「そらねぇ、お嬢さんは、ずっとこの家で育ったわけではないから、なんとなく怪しげなことには気がついていましたけどね」

お静は、古川家に武家奉公に行って、なかなか戻ってこなかった。

その間にお比美が生まれたのではないか、という疑念があったらしい。

「だとしたら、お嬢さんは大名のお姫さまだからね」

ちょと待ってくださいよ、と晋助が、お恒の吐露を聞いて目を丸くする。

「いまの話は本当ですかい」

「だから、想像ですよ、想像」

「しかし、いまのそのひとりごとを聞いていると、真実以外に考えられねぇ」

お比美は、本当の大名姫さまだったのか、と晋助は腰が抜けそうになっている。

「ちょっと待ってくれよ、そうなると……」

晋助は、疑いの目で源之丞を見つめる。

「あ、あ、あ……」

「親分、私はただのでくのぼうだよ。梅富士の用心棒だ」

源之丞は笑っているが、晋助は口をぱくぱくさせている。それ以上に、お恒があわてている姿に、源之丞は手を振りながら、

「そのような顔は、やめてください。私は本当に、ただの役に立たない用心棒ですから」

しかし、もはや源之丞の言葉に真実味はなかった。

あわてるふたりに見つめられて、これは困ったことになってしまった、と苦笑いを続けるしかない源之丞であった。


江戸は師走を前にして、冷風が吹き荒れる時期に入っていた。

結局あのあと、お恒と晋助には、自分は信州佐和島藩の若さま、桐山源之丞だと教えてしまっていた。

そうしなければ、まるで化け物をみるような目つきをされていたからである。

「そんなわけだが、いまは本当に梅富士の用心棒なのだ。そのつもりで、今後もお願いしたい」

そういって、ふたりには頭を下げていたのである。

おかげで、いままで同様に、梅富士の用心棒として離れで居候をさせてもらう

ことはできている。お静はいままでと変わりない態度であったが、お恒は、源之丞から遠ざかっている節がある。

そのうち慣れるであろう、と源之丞は思っているが、晋助にも似たような態度をとられ、居心地は以前ほどよくはない。

もっとも、嫌われているわけではなく、畏（おそ）れ多いといった感覚で、源之丞を遠くから眺めているようなのである。

「まぁ、いまはしかたあるまいなぁ。あらためて、嫁探しでもするか」

源之丞に対する態度に変化がなかったのは、お奈津だけである。そもそもお奈津は源之丞の素性を知っていたわけで、変わりがないのも当然であろう。

そのお奈津のほうは、桜田家の姫であるとはもちろん明かしていない。

これからどうするのか、いろいろと考えることはあるだろうが、とりあえずいまは、須田町親分の子分になったのです、と機嫌がいい。

そして……。

ついに、その日が来た。

お静が祝言に行く、といって梅富士を出たのは、辰の刻。

お恒はそのとき、ひさびさに源之丞の部屋に顔を見せて、

「お静さんが、お嬢さんの祝言に出かけました」

と伝えにきた。

どこか悲しそうである。

「お恒さん、どうして、そんな顔をしているんです。今日はお比美ちゃんの、晴れの日ではありませんか」

「源之丞さま……いや……やい、役に立たぬ用心棒。本当にいいのかい」

お恒の目は真っ赤である。

「はて……」

「いつも毒づいてはいますけどねぇ。私はあんたのその……のほほんとした顔が大好きなんだ。いろんなところでドジをやって、お嬢さんにやっつけられる場面を、微笑ましく見ていたんだ。それをなんだい、あんなどこの馬の骨かもしれぬ男に取られちまって、本当にいいのかい」

「……なにをいいだすんです、いきなり」

「あぁ、あんたは本当に、阿呆たれの馬鹿たれだ」

「これはしたり」

「早く行きなさいよ」

「どこにです」

「お嬢さんを、かっさらってくるんですよ」

「まさか」

「そのくらいしたって、あんたの身分なら許されるでしょうよ」

「あぁ、まぁ、そうかもしれぬが……しかし」

「早く行け、この馬鹿たれ若さま」


そのころ、祝言がおこなわれる屋敷の庭では、お比美と父の越後守が会話を交わしていた。

「姫、本当にいいのだな」

後ろで控えている栗原助左衛門は、ようやく荷がおりたといった顔である。

「父上、なにがです」

「本当に、源之丞君でなくていいのだな」

「……なにをいまさら」

「おまえは、あの阿片騒ぎが終わってから、あまり元気ではなかった。どうしたかと、父は思案した」

「よけいなことを」

「あぁ、よけいなことかもしれぬ。そこで、はたと気がついた」

「なにをです」

「おまえの本当の気持ちだ」

「本当の気持ちとはなんです」

「いわずとも、おまえがいちばんわかっておるはずじゃ」

「わかりません」

祝言をあげる前である。文金高島田(ぶんきんたかしまだ)に着飾ったお比美は、父に最後の挨拶と思っていたのに、おかしなことをいいだしたものだ、と困惑している。

「助左衛門の顔など見なくてもよい。身分など考えなくてもよい。松平九郎忠明さまのことなど、考えずともよい。おまえは本当の、おまえの心に忠実になってもらいたい」

「ですから、なんの話です」

「これからは、ひとりごとじゃ。あの中庭の陰に林がある。そこには、駕籠が用意されておる。誰かがここから逃げだしたくなったら、すぐに乗せて、連雀町に走る手はずになっているそうだが……まぁ、それを使う者がいるかのぉ……」

「…………」

駕籠など必要はない……。

お比美は、そう自分にいい聞かせている。

だが、本当にそうであろうか。

本当に、平九郎さまと祝言をあげたいのか。

源之丞に対するあてつけだけではなかったのか……。

お比美は、自問自答を繰り返した。

かすかに風が吹いている。式用の衣装が風に揺れている。

このまま祝言の場に足を運んでしまったら、もう抜けだすことはできぬであろう。これでいいのだ、という気持ちと、違うのではないか、と否定する気持ちがせめぎあっている。

困った……。

ふらふらと祝言の場へと向かっていく最中に、かしずいている侍がいた。

「誰じゃ」

私です、と顔をあげると、なんとその顔は、

「家永さん……どうしてこんなところに」

「平九郎さまに頼まれて、警護の指揮をとっています」

「ううむ、そうであったか」

「それと、越後守さまよりの伝言があります」

「…………」

「駕籠は、天竺極楽へと向かって空を飛ぶ觔斗雲だそうです。なんの話か私にはわかりかねますが、お伝えいたしました」

家永はそういうと、意味ありげに、にやりと笑ってみせた。

お比美は、しばらく、はぁはぁ、と荒い息を吐いていたが、

「……私は空を飛びたい」

「でしょうなぁ……では、こちらへどうぞ」

立ちあがった家永は、お比美の前を駆けだした。お比美も続いた。

途中で、高島田の髻を懐剣で切り落とした。

髪の毛は、京の貴族が見せるようなおすべらかしになり、風に揺れた。

「家永さん……平九郎さまに」

「私からよしなに伝えておきますが、じつは、さきほど平九郎さまから、こんな

伝言をいただいていました」

「なんです」

「私はかまわぬ、それだけです」

「……私はかまわぬ、と……」

「はい。そばにつぐみがいました」

そうか、とお比美は気がついた。

平九郎は、お比美が身分を気にして祝言を受けたと思っているのだろう。

だから、逃げてもかまわぬ、と教えてくれたのだ。

平九郎のそばにつぐみがいたのは、お比美が消えたら、またふたりでどこぞの町に雲隠れするつもりかもしれない。

そう考えたら、気が楽になった。

「家永さん、急ぐぞ」

「そうこなくっちゃ、お比美ちゃんじゃねぇぜ」

ふたりの声を聞いた駕籠かきたちが立ちあがった。

駕籠は二丁そろっていた。

梅富士ではお恒が、早くお比美を盗みにいけ、と源之丞をけしかけている。

それはさすがにできぬ、と源之丞がぼやぼやしているところへ、晋助とお奈津がやってきた。

そろそろ、お比美の祝言の時刻になる、とやってきたらしい。ところが、お恒と源之丞が、おかしな表情で面と向かっている。

「どうしたんです、その顔は」

晋助が、おずおずしながら問うと、お奈津は、あんたは黙っていて、と晋助を叱りつけた。

と……。

えいほ、えいほ、という声が聞こえてきた。

あきらかに大名用と思えるきらびやかな駕籠が二丁、梅富士の前に止まった。

先の駕籠から、お比美が裾を持ちあげながらおりてきた。

「お姫さん、どうしたんです、その格好は、祝言はどうしたのです」

驚きの声で、晋助が叫ぶ。

「親分、わたしが天竺極楽へ行くのは、源之丞だけです。この駕籠は、ふたりで空を飛ぶ、魔法の駕籠なのです」

晋助もお奈津もお恒も、なにが起きたのか、お比美の言葉の意味もはっきり読みとれずにいたが、

「源之丞、飛ぶぞ。なにをしておる、こんなときまで私に面倒をかけるつもりか。早く後ろの駕籠に乗りなさい」

はっとした源之丞が、駕籠に向かいだすと、

「ちょっと待って」

お恒が、源之丞に飛びついて叫んだ。

「これを忘れてはいけません。これを持って、ふたりで天竺極楽へ」

お恒が差しだしたのは、お比美がいつも中庭で使っている箒であった。

源之丞とお比美は、空を飛んだ……。

コスミック・時代文庫

●●●●●●●●●●●●●●●●●●●●●●●●●●●●●●●●●●

殿(との)さま忍者(にんじゃ)
秘めし恋のゆくえ

2022年11月25日　初版発行

【著 者】
聖(ひじり)　龍人(りゅうと)

【発行者】
相澤　晃

【発 行】
株式会社コスミック出版
〒154-0002 東京都世田谷区下馬6-15-4
代表　TEL.03(5432)7081
営業　TEL.03(5432)7084
　　　FAX.03(5432)7088
編集　TEL.03(5432)7086
　　　FAX.03(5432)7090

【ホームページ】
http://www.cosmicpub.com/

【振替口座】
00110-8-611382

【印刷／製本】
中央精版印刷株式会社

ISBN978-4-7747-6430-6 C0193